लाल नदी

लाल नदी

इन्दिरा गोस्वामी

अनुवाद

श्रवण कुमार, नीता बैनर्जी, सन्तोष गोयल, पापोरी गोस्वामी

वाणी प्रकाशन ग्रुप

भारतीय ज्ञानपीठ

वाणी प्रकाशन : भारतीय ज्ञानपीठ की पुस्तकों के एकमात्र प्रकाशक एवं वितरक

सजिल्द चौथा संस्करण : 2016
सजिल्द पाँचवाँ संस्करण : 2025

लोकोदय/राष्ट्रभारती ग्रन्थमाला : ग्रन्थांक 746

4695, 21-ए, दरियागंज, नयी दिल्ली-110 002
फ़ोन : 011-23273167, 23275710
ईमेल : sales@vaniprakashan.in

लाल नदी
(कहानी-संग्रह)
इन्दिरा गोस्वामी

ISBN : 978-93-5775-345-6

मूल्य : **395**

मुद्रक : *सिटी प्रेस, दिल्ली-110 095 में मुद्रित*

LAL NADEE (Assamese Short-stories) ***by*** **Indira Goswami**

आदरणीया अमृता प्रीतम को
जिन्होंने मुझे बहुत स्नेह दिया है

मैंने 'थेम्स' की शाही शान देखी
मैंने 'अमेज़न' का जंगली बहाव महसूसा
'नील नदी' की रहस्यमय गहराई झाँकी
'कॉलरेडे' की धूपजली खाल को स्पर्श किया
पर —

यह कैसी लाल नदी* है
जो मेरे दिल को चीर कर गुज़र जाती है
पता नहीं कहाँ?

—इन्दिरा गोस्वामी

* 'लाल नदी' ब्रह्मपुत्र का ही नाम है। किंवदन्तियाँ हैं कि यह लाल मिट्टी पर से गुजरती है, सूर्य की प्रथम किरण उस पर पड़ती है, मन्दिर में पशुबलि के पश्चात् निकला लहू भी उसी की धारा से आ मिलता है, अत: यह 'लाल' है

अनुक्रम

देवीपीठ का रक्त

सन् 1930। कामाख्याधाम के नीचे ही अघोरदेव भागवती सपरिवार रहा करते थे। वर्षा का समय था। देवीपीठ के लिए ऊपर जानेवाले रास्ते के बड़े-बड़े पत्थरों पर लगातार बरसात होने से काई जम गयी थी। वर्षा के बाद धूप निकलने पर अब ये पत्थर अधछिले सिंघाड़े जैसे दिख रहे थे। देवीपीठ के लिए जा रहे बच्चे उन पत्थरों पर बार-बार चढ़ने और फिसलने का खेल खेल रहे थे। पीठ तक पहुँचने के और भी कई रास्ते थे, पर बच्चे उस ओर भला क्यों जाने लगे? जंगली कँटीले झाड़-झंखाड़ और वेर की झाड़ियों वाला यही रास्ता उन्हें प्यारा था।

पद्माप्रिया को खिड़की खोलते ही मन्दिर की ओर चढ़ते तीर्थयात्री दिखायी पड़े। वो देखो, वो दल शायद कूचबिहार से ही आया है। उनकी चीख-पुकार और नये कपड़ों की सरसराहट जैसे यहाँ तक सुनाई दे रही थी। उस दल में तीन वृद्ध, दो वृद्धा और दो बड़े नटखट बच्चे थे। वे दोनों बार-बार पत्थरों की तरफ़ भागना चाहते थे और बुजुर्ग लोग बार-बार चीख पड़ते थे। पर कौन सुनता है बड़ों की बात, उन्हें तो मन-मर्जी करनी ही थी। दल के सभी वृद्धजन सामने झुककर चढ़ाई चढ़ रहे थे, जैसे कोई सारसों का झुण्ड हो।

पद्माप्रिया ने खिड़की से ही, इस दल के पीछे-पीछे एक नवविवाहित जोड़े को पहाड़ी रास्ते उपर चढ़ते देखा। दुल्हन के माथे पर सिन्दूर दूर से ही झिलमिला रहा था। लग रहा था जैसे लाल सूरज को पिघलाकर किसी ने एक रेखा खींच दी है। पत्थरों के करीब आकर दूल्हा उसका हाथ पकड़ने की कोशिश करने लगा। दुल्हन सकुचा कर अपना हाथ कपड़ों में छुपाने की कोशिश कर रही थी। आसपास के पत्तों-डालों को पकड़-पकड़ कर वह किसी तरह अपने को फिसलने से बचा रही थी। बूटीदार मेखला और पाट की चादर देखते ही उसके उत्तरी असम के

किसी सम्भ्रात परिवार की बहू होने का पद्माप्रिया ने अन्दाजा लगा लिया था। कूच बिहार या बंगाल की तो हो नहीं सकती क्योंकि उस ओर के सम्भ्रान्त परिवारों की महिलाएँ लाल किनारी की साड़ी पहनती हैं और पाँवों में आलता लगाती हैं।

अचानक एक कर्कश आवाज सुनकर पद्माप्रिया का ध्यान भंग हो गया...''क्या देखती रहती है उस खिड़की से? चल काम कर। इधर आ, काम में हाथ बँटा।'' पिताजी की आवाज से हड़बड़ाकर वह बाहर आ गयी।

...धीरे-धीरे उसे इस बात का एहसास हो रहा है कि आजकल पिताजी के कण्ठस्वर में थोड़ा-सा विरक्ति का पुट झलकने लगा है। शास्त्री-परिवार वाले जब उसे यहाँ छोड़ गये थे, तब जिस तरह की अनुकम्पा उनसे मिली थी अब उसका लेशमात्र भी नहीं रहा। वह इस परिवार के लिए एक बोझ बन कर रह गयी है, इसमें कोई सन्देह नहीं।

बाहर आयी तो उसने देखा कि पत्री दिखवाने आये दो लोग पिताजी के पूजा के कमरे के बाहर खड़े थे। वे उनके पुराने जजमान थे। दोनों ही धोती पहने थे, मगर एक जो अधेड़ था उन्होंने ढीले-ढाले ढँग से बाँधी थी। अपनी धोती का एक सिरा उन्होंने अपनी नीली कमीज की जेब में ठूँस रखा था। बीच की माँग निकालकर उन्होंने चपटे बाल बना रखे थे। उनके साथ आये ठिगने-से अल्पवयस युवक ने भी बीच में से माँग निकाल रखी थी पर बाल अलग ढंग से सँवारे थे।

पद्माप्रिया ने झटपट अन्दर से दो मोढ़े लाकर उन्हें दिये। अधेड़ व्यक्ति ने सादर मोढ़े उठाते हुए पूछा, ''बेटी, तुम्हीं रौता की बहू हो न! वहाँ के शास्त्री-परिवार द्वारा छोड़े जाने की बात हमने भी सुनी है।'' कुछ पल मौन रहने के बाद वे फिर बोले, ''करें भी क्या, सब भाग्य का खेल है।''

इस पर उस छोटे कद के गौरवर्ण नवयुवक ने टिप्पणी की, ''सुना है वह बंगरा के तरफ की औरत भी ले आया है। ये तो सरासर अन्याय है। आज हर जगह [illegible] आवाज उठा रहे हैं। ऐसे ही बैठे रहने से काम नहीं चलेगा। जरुरत पड़ी तो अदालत भी जाना पड़ेगा।''

'अदालत!' पद्माप्रिया वहाँ खड़ी नहीं रह पायी। वह भागकर कमरे में गयी और द्वार बन्द कर लिया। हाँ, अब सब लोग जान चुके थे। देवी मन्दिर के आसपास, क्या करीब के और क्या दूर के, सभी तो जान गये थे।...दीवार पर टँगा छोटा आईना उसने फिर उतार लिया। अपना ब्लाउज खोल डाला, फिर घुटनों तक लम्बी मारकीन की शमीज भी उतारकर बिस्तर पर फेंक दी। अब घुटनों के

बल बैठकर उसने पीठ का छोटा-सा दाग देखने की पूरी कोशिश की। ओह...ओफ्फोह। बड़ी मुश्किल है। कुछ भी ठीक-से दिखायी नहीं देता। माँ उसके सारे कपड़े उतरवाकर ही उस दाग को देख पायी थी और चीख पड़ी थी, ''ओह...ओह...यही है वह सफेद दाग? इसी दाग के कारण वो लोग तुझे यहाँ छोड़ गये हैं?''...

एक अधेड़ व्यक्ति छाता लेकर, लाठी की तरह टिका-टिकाकर ऊपर की ओर चढ़ रहा था। उसके पीछे-पीछे था कामाख्याधाम का गठीला बौना, सेंग। सेंग यजमान को ऊपर ले जाने में तल्लीन था। उसने महसूस किया कि दो जोड़ी आँखें उसे घूर रही थीं। पलभर को ऐसा लगा जैसे वस्त्रविहीन होकर वह उनकी दृष्टि के सामने खड़ी थी और वे ढूँढ़ना चाह रहे थे कि वह दाग शरीर के किस अंग पर है। हाँ...हाँ..., उनकी नजर उसी सफेद दाग को ढूँढ़ रही थी।

अभी उस दिन एक ऐसी नजर पड़ते ही प्दमा लपक कर भाग खड़ी होती थी, मगर नहीं...आज वह नहीं भागी। इतने में एक ने धूर्त-स्वर में पूछ ही लिया, ''क्या करती रहती हो सारा दिन? कैसे वक्त काटती हो?''

''...क्या...करती...रहती हो?'' यह वाक्य हमेशा पत्थर की तरह आता था और उसके शरीर से टकराकर हजारों टुकड़ों में खण्डित हो जाता था।

क्या करती रहती हो?

क्या...करती...रहती...हो?

उसे याद आया, शादी से पहले पद्मा और पुजारी की बेटी कैसे ठिठोली किया करती थीं, ''अरे, अभी से चोटी में माला लपेट ले...बाद में तो वक्त ही नहीं मिलेगा।''

''हाँ, ये पुरुष तो चबा-चबाकर गन्ने की गँडेरी-सा बना देते हैं...दाँत में अटकी फाँस जैसी हालत हो जाती है।'' और कैसे सबकी सब खिलखिलाती थीं!

लावण्य ने फिर चिढ़ाया था, ''सुना है खूब भरा-पूरा परिवार है। जेठ के बच्चों का गू-मूत साफ करते-करते ही तेरा वक्त कट जाएगा।''

''ही: ही: ही: काम करते-करते तेरा 'वो' पीछे से आकर चोटी में से फूल निकाल लेगा। हाँ री, बासन्ती-पूजा, साथ-बरात और मदन-चतुराली पूजा के वक्त तुझे आने तो देगा न?''

फिर सारी की सारी एक साथ ही-ही-ही करती खिलखिलाकर हँस पड़ी थीं।

ओह! कितने दिन बीत चुके हैं तब से। गुटिमाली फूलों की माला चोटी

में गूँथना तो बड़ी दूर की बात है, वह तो ऊपरवाली छिन्नमस्ता और धूमावती देवियों तक के लिए माला नहीं पिरो पाती। लगता था जैसे कानों में कोई बार-बार कह रहा है, "तुमने छिन्नमस्ता को गुटिमाली की माला नहीं पहनाई। तुमने धूमावती को भी गुटिमाली की माला कभी नहीं पहनाई।"

"ही: ही: ही:"...चौंक उठी थी पद्माप्रिया।

"हट। हट। हट।" बौना सेंग खिड़की के पास ही खड़ा चिल्ला रहा था। उसने खिड़की बन्द करनी चाही पर वह फिर भी खड़ा रहा। अपने पीले-पीले दाँत निकालकर वह हँसने लगा। पद्मा ने गौर किया उसका सिर उसके शरीर की अपेक्षा काफी बड़ा था। बाल रूखे, उलझे-उलझे, तन पर शतछिद्रों वाली कमीज और हाफ पैण्ट। उसने नजर घुमा ली। ताम्बूल-पात्र लिये वह फिर उस कमरे में गयी तो देखा एक और यजमान आ विराजे थे। वे तीनों ऊँची आवाज में कोर्ट-कचहरी की बातें कर रहे थे।

"केस करना पड़ेगा। दावा तो करना ही पड़ेगा न! ब्याही हुई लड़की को लाकर घर पर पटक गये और यहाँ सब लोग मुँह बन्द करके बैठे हैं।"

"किस्मत का खेल है...किस्मत का।" अघोरदेव अपना माथा पीटते हुए खुद को कोसने लगे। पद्मा को अन्दर आते देख तीनों कुछ संयत तो हुए पर बीच में माँग निकाले, सुपारी चबाता हुआ नया यजमान पत्री पर से नजर हटाकर चश्मा नाक पर थोड़ा सरकाकर बोल पड़ा, "हिन्दू नियमों ने ही हमारी स्त्री जाति का सर्वनाश किया है। उत्तराधिकार में मिली जमीन-जायदाद से जो रानी बनकर राज कर सकती थी उसे किस तरह सब कुछ छीनकर भीख माँगने के लिए घर से निकाल बाहर किया, जानते ही हो न! ब्याह के ले गये थे जिसे, उसे फिर तुम्हारे मत्थे मढ़कर छाती पर मूँग दल रहे हैं...।"

दोनों हाथ उठाकर भागवती फिर से आह भरकर बोल उठे, "मेरे ही आँगन में खड़े होकर मेरे मुँह पर थूक गये कि मैंने उन्हें धोखा दिया है। परगने से आकर इसी आँगन में पैर ठोककर गाली दे गये कि मैं ठग हूँ, मैंने जानबूझकर रोगी लड़की को ब्याह दिया..."

पद्मा के पिता तेज कदमों से उसकी ओर बढ़े, इतने में ढेंकीसाल से माँ लपककर आयी और उनका रास्ता रोककर उन्हें टोका, "ये कर क्या रहे हैं?"

अघोरदेव भागवती चिल्लाये, "मैं अपनी बेटी की पीठ दिखाकर पूछूँगा, देखो, क्या है...क्या बीमारी है इसे...देखें, सब लोग देखें!" बायें हाथ के धक्के से बेटी को अन्दर ठेलते हुए माँ भी गिरने को हुई, पर खूँटी को पकड़कर किसी तरह सँभल गयी। किंकर्तव्यविमूढ़ तीनों यजमान भागवती की ओर देखकर बोल

उठे, ''धर्म की खूँटी तो आपके कारण ही अटल है...आप इतने विचलित न हों।''

उनके जाते ही घर मरघट-सा शान्त हो गया।

पद्मा फिर अन्धकूप-सी कोठरी में जा घुसी। अनजाने ही वह फिर ब्लाउज के पीछे हाथ से पीठ के उसी दाग को सहलाने लगी, बस कुछ ही क्षणों के लिए। उसने फिर खिड़की खोल दी। तीन ग्रामसेविकाएँ मन्दिर की ओर चढ़ती चली जा रही थीं, सफेद झक पोशाक में। लग रहा था जैसे श्वेत स्थल-पद्म देवी के मन्दिर की ओर बढ़ रहे हैं।

दोपहर में तीनों ग्रामसेविकाएँ आईं। वे बापू का आशीर्वाद पाने के बाद दर्शन के लिए आयी थीं यहाँ। जाते समय कुछ किताबें और काता हुआ सूत दे गयीं। उसने उनके सामने थोड़ा सूत कातकर दिखाया तो वे शाबाशी देते हुए बोलीं कि जो इतना महीन सूत कात सकता है उसे कभी पेट भरने में दिक्कत नहीं होगी। जाने से पहले वे अपने चाय के गिलासों को नाँद के पास ही घास, मिट्टी और मानीमूनि के खट्टे साग से माँज-धोकर पीतल को सोने-सा चमका गयीं।

उसे हलका-सा नींद का झोंका आते ही लगा, कोई दस्तक दे रहा था। ''कौन है?'' वह चिल्लायी।

''मैं हूँ, लावण्य!''

वह झटपट उठ बैठी। मगर अगले ही पल लपक कर गयी और दरवाजा खोल दिया। लावण्य उसकी बचपन की सहेली थी। दूसरी लड़कियों को अब उसे गले लगाने को क्या हाथ पकड़ने में भी संकोच होता था, पर लावण्य को नहीं। आते ही वह पद्मा के गले से लिपट गयी और एक ही साँस में बोली, ''सुन, आज जो खबर मैं तुझे देने आयी हूँ, उसे सुनते ही तू चौंक जाएगी।''

''चौक जाऊँगी? अब चौंक जाने लायक रहा ही क्या है? सब कुछ तो खत्म हो गया...मिट गया सब।''

लावण्य फिर उससे लिपट गयी, उसकी आँखों से टप-टप आँसू चूने लगे। उसने धीमे स्वर में कहा, ''तुझे दुख तो बहुत होगा मगर ये बात तो तुझे बतानी ही पड़ेगी। सुन, मेरी बहन कमला की शादी में भुवनेश्वर आनेवाला है, वो नयी बहू भी आ सकती है।''

''नयी बहू?''

अचानक सब कुछ स्पष्ट हो गया। उसने गर्दन झुका ली। उसका चेहरा देखकर लावण्य कुछ देर चुप रही, फिर पैर उठाकर बिस्तर पर उससे सटकर सहज होकर बैठ गयी। एक भीनी-सी गन्ध ने उसे घेर लिया। नवविवाहिता के तन की वह भीनी गन्ध कुछ देर के लिए उसे मुखर बना गयी। यह जैसे अभी-

अभी काटे डिमरू फल की मीठी-सी गन्ध थी जो दिल के किसी कोने को कचोट गयी। लावण्य धीरे-से पर सधे स्वर में बोली, "सुन, तुझे भुवनेश्वर से आमने-सामने तो होना ही पड़ेगा। मैं भी तैयार होकर आयी हूँ।"

पद्मा हतप्रभ-सी उसका मुँह ताकती रह गयी। तब लावण्य ने सिर उठाकर दरवाजे की ओर देखा...नहीं कोई नहीं आ रहा था...सब उस पर विश्वास जो करते थे। फिर बोली, "नहीं, नहीं, तू यों ही पड़ी सड़ती क्यों रहेगी? वो लोग तुझे कूड़े-कबाड़े की तरह यहाँ पटक गये हैं, मगर मुझे तो लगता है उसने तुझे ठीक तरह देखा भी नहीं होगा।"

"मतलब?"

"मतलब और क्या...यही कि, तेरे हाथ-पाँव, ये भरा-पूरा बदन। तुझे नहीं मालूम, ये आदमी भेड़िये की तरह होते हैं। एक बार तेरे मांस का स्वाद पा जाएँ तो नरभक्षक की तरह खून की गन्ध सने कपड़े तक चबाकर खा जाते हैं। नर-रक्त में ऐसी मादकता होती है। इन्सान को इन्सान का मांस ही सबसे ज्यादा भाता है।"

"छी: छी: , कैसी बेशरम-सी बकती चली जा रही है।"

"अरे, मैं भी तो अब जाकर इतना कुछ जान पायी हूँ, पुरुष के मन को बूझ पायी हूँ।"

ब्रह्मपुत्र की ओर से आती हवा से खिड़की का पल्ला खुल गया और मन्दिर की ओर चढ़ते हुए दूल्हा-दुलहन नजर आये। उनके आगे-आगे एक खाली पालकी लिये पालकी वाहक चले जा रहे थे। शायद देवी-मन्दिर तक पालकी पर चढ़ने की इच्छा नहीं थी दुलहन की। वह सँभल-सँभलकर चढ़ रही थी। माथे पर लम्बा घूँघट, पाट की नयी पोशाक वर्षा में उफनती ब्रह्मपुत्र को फेन-सी जगमगा रही थी। हाय! हाय! यह कौन नजर आ रहा है ठीक उनके पीछे? उलझे हुए बाल, कमर में बँधा गमछा। ओह यह तो सेंग बौना है! उसकी आदत है, धनी-मानी यात्री नजर आते ही पीछे लग जाता है और जरूरत पड़े तो बलि का बकरा तक खींचकर ऊपर तक ला देता है।

लावण्य को शरारत सूझी, "ऐ बौने सेंग। दे बकरे की टाँग।"

दूल्हा-दुलहन सब नीचे की ओर झाँकने लगे। मुँह में ही कुछ बड़बड़ाकर एक अजीब-सी आवाज निकाली सेंग ने, जिसे कोई भी समझ नहीं पाया। उसका चेहरा चेचक के दाग से भरा था, बाल जटाओं-से बेजान और रंग ताँबे जैसा। उससे सभी बोलते-बतियाते थे। वह चिल्लाया, "सुन बुद्धू पद्मा, ये सेंग बड़े काम का आदमी है। समझी?"

पद्मा ने लावण्य की तरफ देखकर कहा, ''समझ में आया?''

''हाँ समझी।''

दिन-वार तिथि वगैरह सब ठीक से बताकर लावण्य ने पद्मा से विदा माँगी। लावण्य ने काफी देर तक उसका हाथ कसकर पकड़े रखा और महसूस किया कि उसके हाथ में कम्पन है और माथे की शिरा फड़क रही है। माथे की यह शिरा थोड़ी-सी फूलकर उभर आयी थी और कुछ ही देर में वह शिरा त्रिशूल जैसी दिखने लगी।

''...अच्छा है...अच्छा ही तो है, इन क्यारियों में, फूलों में मन लगा।'' पद्मा खुरपी से पौधों की जड़ों के आसपास निराई-गुड़ाई कर रही थी। माँ वहाँ खड़ी होकर उसका उत्साह बढ़ाकर रसोई की ओर चली गयी। बौना सेंग मिट्टी के ढेले हाथ से तोड़-तोड़कर बराबर कर रहा था। लावण्य ने पिता के यजमानों द्वारा लाये गये बताशे और नारियल के लड्डू देकर सेंग को पटा लिया था।

मिट्टी को चौरस करते हुए उसके दोनों हाथ सिर की तुलना में बहुत छोटे नजर आ रहे थे। उसका बाप कामाख्याधाम के श्मशान में लकड़ी जुटाने का काम किया करता था और माँ जन्म देकर कभी की मर चुकी थी। उसका सेंग नाम किसने रखा था कोई भी यह नहीं जानता। देवीधाम के ही किसी धूर्त आदमी ने रखा हो शायद। खैर! उसका खाना-पीना-सोना सब कुछ मन्दिर में ही होता था।

पिता की पूजा की वेदी से धूप और धूनी की गन्ध चारों ओर व्याप्त हो रही थी। आज सुबह की उत्तरी पार से दो यजमान शनि-पूजा करवाने के लिए आये थे। पिता की गुरु-गम्भीर आवाज घर-भर में गूँज रही थी: शनैश्चर महाभाग लोकान ग्रहकारक/मूलशक्ति समुद्भूत नमस्ते सूर्य संभव/नमस्ते शूल हस्तीय/पास हस्तीय धन्विने...।

अचानक माँ के पास आकर पद्मा ने कहा, ''मैंने सुना है भुवनेश्वरी के पश्चिम में सफेद फूलों के पौधे हैं...मैं जरा उधर हो आऊँ?''

''जा। जा बेटी, पर सेंग को साथ लेकर ही जाना।''

माँ ने खुश होकर उसे उत्साहित किया। सच ही तो है, ससुर उसे जब से यहाँ छोड़ गये थे तब से, करीब दो सालों में पद्मा ने कभी किसी चीज में रुचि नहीं दिखायी। माँ दरवाजे पर खड़ी उसे जाते देखती रही। सोचती रही, कैसी सुन्दर लड़की है, सारे देवीपीठ और आसपास के इलाके में इसके मुकाबले की सुन्दरी नहीं, पर देखो...भाग्य...! चादर की कोर से उसने आँखें ढँक लीं...क्यों...आखिर क्यों हुआ ऐसा?

वह भुवनेश्वरी पहाड़ से सेंग के साथ ही उतरी। दोनों सफेद गुटिमाली फूल के छोटे पौधे ढूँढ़ते हुए नीचे उतर रहे थे और सेंग बराबर लौट चलने की जद्दोजहद कर रहा था। इस भयावने जंगल में आने से वह बहुत घबराता था...पर पद्माप्रिया? वह सेंग का हाथ थामे बढ़ती ही जा रही थी। वह किसी भी तरह की भय-भीति से कोसों दूर थी। वहाँ आसपास कहीं कोई नहीं था, सिर्फ जंगली फूलों की खुशबू वातावरण में व्याप्त थी। दूर...ब्रह्मपुत्र के किनारे शिलाओं पर बगुलों के झुण्ड बैठे थे।

गुटिमाली के एक पौधे को पद्मा जड़ से उखाड़ने की कोशिश कर रही थी। पौधा बड़ा था सो सेंग और पद्मा दोनों मिलकर उसे खींच रहे थे। अचानक उसकी जड़ उखड़ गयी और पद्मा छिटककर उसी राह से ऊपर आते हुए एक आदमी के ऊपर जा गिरी।

"हाय, हाय! कौन है...न जाने किस जात की है।" फुफकारते हुए बलि देने वाले ब्राह्मण शम्भुदेव हाथ से गिरे खड्ग और माल्टे के फल को ढूँढ़ते हुए कुछ देर इधर-उधर टहलते रहे। सेंग ब्रह्मपुत्र के बिल्कुल किनारे तक लुढ़क गये हुए माल्टे को उठाकर लाया और 'बम...बम' कहते हुए शम्भुदेव के पास आ गया।...छिटक कर दूर जा गिरे खड्ग को ढूँढ़ने के बाद ही शम्भुदेव की नजर पदमा की आँखों पर गयी। उन्हें एकबारगी अपनी आँखों पर विश्वास नहीं हुआ। सोचने लगे, ऐसी सुन्दर लड़की कभी देवीपीठ के आसपास कहीं नजर नहीं आयी। आखिर यह है कौन?...कौन है? सेंग बौना सारी बत्तीसी दिखाकर बार-बार पदमा के घर की ओर हाथ से इशारा करता रहा। कुछ देर के लिए शम्भुदेव जड़वत् खड़े रहे।

हाँ...हाँ, धीरे-धीरे सब कुछ स्पष्ट होता जा रहा था। एक-दो बार ऐसी एक लड़की उन्हें बलिशाला के आसपास नजर आयी थी, बस इतना ही। मगर इस गदरायी देहवाली यौवना को तो उन्होंने आज ही देखा था...जैसे एक नयी नारी ने जन्म लिया था। बलि के वक्त चीखकर रोनेवाली बालिका का ऐसा रूपान्तर! क्या आश्चर्य है! सचमुच विस्मयकर!

हफ्ते भर बाद पद्मा फिर खुरपी और दाव लेकर सेंग के साथ फूल की पौध ढूँढ़ने निकल पड़ी। दोपहर के भोजन के बाद सब लोग पान-ताम्बूल लेकर सुस्ताने बैठे थे...तब सेंग के साथ वह नदी की ओर जा रही थी। भागवती ने उनींदे स्वर में पत्नी से पूछा, "वो कहीं गयी है क्या?"

"सेंग के साथ शायद सफेद फूल की खोज में गयी है।"

"सफेद फूल?"

"हाँ, देख नहीं रहे, सारा बगीचा सफेद फूलों से सज गया है।"

"सफेद फूल...?"

...हैरानी की बात थी कि दूसरी बार भी पद्मा को शम्भुदेव वहीं मिले, नदी के किनारे। बोरी में लाये बड़े-बड़े माल्टे वे एक-एक कर पानी में बहाते जा रहे थे और एक जैसे उनके दो टुकड़े कर रहे थे। सेंग और पद्माप्रिया बड़े कौतूहल से यह दृश्य देख रहे थे।

पेशीबहुल शरीर वाले शम्भुदेव की हर शिरा-उपशिरा जैसे फड़कती रहती थी। सारे देह-सौष्ठव में पुरुषत्व जैसे उन्मत्त होकर झलकता था। सिंह-स्कन्ध, लौह-बाहु, पैरों की मांसपेशियों में झलकता रक्त जैसे दूर से ही चमकता था। कौतूहल का दमन नहीं कर पायी तभी, पद्मा चिल्लाई, "ओ, बलि वाले देव! आप क्या कर रहे हैं?"

शम्भुदेव पलटे, साथ ही खड्ग हाथ से छूट गया। उनके मुँह से स्वत: उच्चरित होता रहा, ऊँ/लौह दत्ताय: नम: /ऊँ/लौह दत्ताय: नम:।

शम्भु शिकदार ने गिरा हुआ खड्ग उठाकर पूछा, "क्यों इस भरी दुपहरी में इस भयानक जंगल में चली आती हो?"

कोई उत्तर नहीं दिया किसी ने।

"क्यों आती हो?"

"बलि वाले देव ये क्या शिक्षा दे रहे हैं?"

"प्रायश्चित। कल भैंसे की बलि देते समय मुझे तीन प्रहार करने पड़े। फिर कभी ऐसा न घटे इसी की शिक्षा दे रहा हूँ अपने आप को।"

तीनों कुछ देर तक मौन रहे।

"देवीपीठ के नियमानुसार प्रायश्चित करने के बाद मैं शुद्ध होना चाहता हूँ...सभी उपायों से।" पत्थर पर खड्ग रखकर वे पानी से बाहर निकल आये। ब्रह्मपुत्र से आती हवा में कच्चे मांस-सी गन्ध आयी। बैशाख का महीना...क्या पता बाढ़ के कारण पर्वत का कोई हिस्सा शायद नदी में ढह गया हो। कच्ची मिट्टी और पेड़ की जड़ों की मिलीजुली गन्ध तो नहीं।

सेंग का कन्धा पकड़कर वह घुटने टेककर मिट्टी पर बैठ गयी और पूछने लगी, "अब तक कितने भैंसे बलि दे चुके हैं?"

कुछ देर एकटक उसके चेहरे को देखने के बाद बोले, "तीन हजार भैंसे।"

"तीन...हजार...भैंसे?"आर्त्तनाद कर उठी पद्माप्रिया।

"आज सुबह, शत्रु के भय से काँपते महाजन ने जो भैंसा चढ़ाया था उसी की बलि में तीन प्रहार करने पड़े।"

गारो पहाड़ों के गाँव से आये आदमी सुबह से ही सौभाग्य कुण्ड की सीढ़ियों पर बैठे हुए थे...उन्हें पहले से खबर मिल गयी थी। आत्मकथन करता हुआ-सा वह सिंह-से विशाल कन्धों वाला आदमी ऊपर आकाश की ओर देखता हुआ चीख-चीखकर कहने लगा, ''मैंने तो बक्ष्यमान मन्त्र का उच्चारण किया था।''

वह फिर से जैसे अपने मन में अपने मस्तिष्क में बुदबुदाता हुआ वही मन्त्र दोहराने लगा, *यथा बाहं भगवान द्वेष्टि यथा बहसि चण्डिकाम। तथा मम रिपूण हिसशुभम् बह लूलापक.../ यमस्य वाहनस्तन्तु बररापधराव्यया.../ आयुर्वितं यशो देहि कासराय.../ नमोहस्त ते...*

''...हे महिष! तुम जैसे अश्व से विद्वेष रखते हो और चण्डिका का वहन करते हो वैसे ही मेरे शत्रु का विनाश करो। मुझे आशीर्वाद दो...'' इस प्रकार शत्रु के विनाश की कामना करके ही शिरच्छेद किया था।...शत्रु की प्राण-प्रतिष्ठा की गयी थी इस बलि में। ओह्...ओह्...फिर भी तीन-तीन बार प्रहार करना पड़ा...आह देवी...आह...महामाया...!

गारो लोग काटने-पीटने में व्यस्त थे। जाओ जाकर देख आओ। वटवृक्ष के नीचे कैसे धूमधाम से काटे हुए हिस्सों की बँटाई चल रही है।

कुछ देर पद्मा और सेंग मौन साधे रहे, फिर पद्मा ने ही मौन तोड़कर धीरे से पूछा, ''देव! देवी क्या सचमुच कभी मानव-बलि स्वीकार करती थीं? मनुष्य का रक्तपान करती थीं?''

''मानव बलि?''

''शास्त्रों में लिखा है सब प्रकार के विधि-विधान द्वारा एक नर-बलि देने पर देवी सहस्त्र वर्षों के लिए तृप्त हो जाती हैं। तीन नरों की बलि से लाख वर्ष...मनुष्य मांस से तीन सहस्त्र वर्ष...समझी? और सुन, बलि देने वाले खड्ग की पूजा के सही मन्त्रोच्चारण के लिए मैंने बहुत वर्षों तक कड़ी साधना की है।'' बात खत्म होते ही शम्भुदेव ने एक और माल्टा पानी में फेंका और खड्ग से दो टूक कर डाला।...यह है बलि देने का अभ्यास। इस अभ्यास को करते रहने से बलि-पतित नहीं होते।

सेंग का हाथ पकड़कर वह पगडण्डी से आगे बढ़ गयी। पमा, नूनी, उरियाम और कुछ कँटीले झाड़ों के नीचे से चलती हुई वह विशाल आँवले के पेड़ के नीचे जा खड़ी हुईं। यहाँ पर पेड़ों से लिपटी जंगली बेलें इतनी नीचे तक लटक रही थीं कि उसके जूड़े से उलझी जा रही थीं। एक जगह तो मधुमक्खी के छत्ते से शहद ही माथे पर चू पड़ा। किसी जगह पर किसी भक्त ने सिन्दूर से देवी के चरणों की आकृति वाली चट्टान पर तुलसी माला ऐसे सजा दी थी कि उसे

उछल-उछल कर ही पार कर पायी। कहीं काला पहाड़ द्वारा खण्ड-विखण्ड किये गये देवी के शरीर के किसी अंग पर उसका पाँव पड़ गया तो? दोनों अन्ततः प्राचीन वटवृक्ष के नीचे पहुँचे तो उन्हें जैसे साँप सूँघ गया।

...गारो गाँव के लोग बलि दिये गये भैंसे को काट-कूटकर कई हिस्सों में पोटली बाँधकर ले जाने की व्यवस्था कर रहे थे। आसपास की सारी घास पर रक्त के छींटे...करीब ही रक्त-सने पड़े थे भैंसे के खुर...पद्मा को याद आ गया, ओह इसी ओर से तो उसे घसीटकर खींचकर ले गये थे...सीढ़ियों से चढ़ने में उसे कितनी दिक्कत हो रही थी...कैसी भयार्त दृष्टि से बेचारा चारों ओर देख रहा था। हाय! उसी के शरीर के मांस के टुकड़े यहाँ, उसकी आँखों के सामने...

ओह...ओह...ये क्या हो रहा है उसे! घुटने टेककर वह वहीं बैठ गयी और फूट-फूटकर रोने लगी। सेंग कुछ समझ नहीं पाया और असहाय-सा इधर-उधर चहलकदमी करने लगा। शम्भुदेव भी माल्टा काटने के अपने अभ्यास से हाथ रोककर उसकी ओर देखने लगा।

दो दिनों तक वह सफेद फूलों की खोज में ऊपर नहीं जा पायी...उसी अन्धकूप में दरवाजे बन्द करके पड़ी रही। बीच-बीच में आईने में अपनी पीठ के दाग को देखने की कोशिश करती रही। उस अँधेरी कोठरी की दीवार पर लटके पुराने शीशे में कुछ भी साफ दिखायी नहीं देता, पर वह थी कि कोशिश करती ही रहती थी...शायद कुछ दिख जाए। पर नहीं...दाग तो जरा भी नहीं बढ़ा...न ही कम हुआ, वैसे का वैसा ही है, फिर भी और दिनों की तरह पहले वह दाग को सहलाती, मसलती रही, फिर खरोचने लगी और फिर दर्द के मारे बिछौने पर जा पड़ी।

हफ्ते भर वाद लावण्य दो और लड़कियों के साथ लेकर नीचे आयी। उन दोनों लड़कियों को देखकर पद्मा की माँ यशोदा को अच्छा लगा। दो दिन से पद्मा कोठरी में ही पड़ी थी, पण्डे की दोनों छोटी लड़कियों को देखकर उसे भी अच्छा लगेगा, जरूर अच्छा लगेगा।

''जाओ, जाओ, वो अन्दर ही है।'' यशोदा ने कहा।

लावण्य तो अन्दर चली गयी मगर छोटी दोनों लड़कियाँ संकोचवश इधर-उधर देखने लगीं।

''अरे! तुम लोग अन्दर कमरे में क्यों नहीं जातीं?''

वे न कुछ बोलीं न ही अपनी जगह से हिलीं, तब यशोदा ने डपटकर कहा, ''जाओ, संगी-साथी मिलने पर वह खुश होगी।'' लड़कियों को फिर भी हिचकिचाते देख वह गरज उठी, ''ये चण्ट छोरियाँ तमाशा देखने आयी हैं यहाँ।

मेरी बेटी को 'श्वेती' हुई है यही सोच रही हो न। उसे जानवर की तरह यहाँ पटक गये हैं यही न! चालाकी करके उसे ही देखने आयी हो न। लो देखो...अपनी खुद की आँखों से देखकर छाती ठण्डी कर लो।''

यशोदा उन्मादिनी-सी फुफकारती हुई अन्दर गयी और पद्मा को खींचकर बाहर ले आयी। चारों तरफ कोलाहल मच गया। यह दाग दिखाने के लिए एक झटके से पद्मा का ब्लाउज पीठ पर से फाड़ने ही वाली थी कि यजमानों को छोड़कर भागवती एक-दो लम्बे डग भरते आ पहुँचे और झपटकर उसका हाथ पकड़ लिया वरना उस दिन तो...

लावण्य के साथ आयी दोनों लड़कियाँ तो पलक झपकते ही भाग गयीं। बेचारी लावण्य वहाँ काठ-सी खड़ी रह गयी। उसकी अंतरात्मा हाहाकार कर उठी...हाँ, यही सच है...ऐसी ही तो बात है।

उधर रो-रोकर बेहाल हुई पद्मा फिर से उसी अँधेरी कोठरी में आकर चौकी पर गिर पड़ी। लावण्य ने उसे गले लगाकर सांत्वना देना चाहा...मगर आज वह खुद ही संकुचित हो गयी थी। माँ एक पीढ़े पर बैठी आँखें पोछती जा रही थी और बीच-बीच में शास्त्री के परिवार को गाली देती जा रही थी, ''मरो...मरो...तुम सबके सब मर जाओ...तुम्हारा सर्वनाश हो...तुम्हारा वंश मिट जाये।''

भागवती ने करीब आकर गरज कर उन्हें धमकाया, ''यजमान बैठे हैं, दिखता नहीं? चुप! चुप रह! जबान पर जरा भी लगाम नहीं...बकती जा रही है।''

जाते-जाते लावण्य उसके कान में धीरे से कह गयी, ''उसकी शादी में अब सिर्फ बीस दिन रह गये हैं। याद रखना, सिर्फ बीस दिन। सुना है, कूचबिहार के उस ब्राह्मण की बेटी का अभी तक कोई बाल-बच्चा नहीं हुआ है...दो साल तो निकल गये। उसका तो स्वभाव भी बड़ा चिड़चिड़ा बताते हैं...हाथ-पाँव भी बिल्कुल सींकिया-से हैं, तेरे जैसे सुडौल नहीं...'' पद्मा भावहीन-सी कहीं दूर नजर गड़ाये बैठी रही।

सुबह उठते ही पद्मा को मेखेला उजोवा पथ पर हाथी के पेट जैसी काली चट्टान पर खड़ा सेंग दिखायी दिया। उसके हाथ में एक गुच्छा सफेद कुन्द फूल थे और वह उसकी कोठरी की खिड़की की ओर ही ताक रहा था। फूलों को दिखाकर वह कुछ बताना चाह रहा था...पर क्या? आखिर क्यों?

...मेखेला उजोवा पथ की चढ़ाई पर कई तीर्थयात्री धीरे-धीरे जा रहे थे...छोटे, लम्बे, मोटे या दुबले...बच्चे, बूढ़े और जवान। बलि के लिए ले जाते हुए बकरों की 'मैं-मैं-मैं' दूर तक गूँज रही थी। पर नहीं...आज तो लालच के

मारे बौना सेंग उनके पीछे-पीछे नहीं था...मगर क्यों? दोपहर में भी उसी काली चट्टान पर वह फूल लिये वैसे ही बैठा था। फिर दोपहर के खाने के बाद बर्तन माँज-धोकर रसोईघर साफ करने के बाद पद्मा ने यशोदा से कहा, ''मैं फूल लेने जाऊँ ? मुझे देवी के सफेद फूल चाहिए।''

यशोदा कुछ देर तक स्तम्भित-सी बैठी रह गयी। पद्मा ने चट्टान पर बैठे सेंग की ओर इशारा करके कहा, ''अकेली थोड़े ही जाऊँगी। वह देखो, सेंग बौना वहाँ है, उसे भी मालूम है सफेद फूल कहाँ पर मिलते हैं।''

माँ ने ऊपर चट्टान पर सेंग को देखा तो मुस्करा उठी, ''जा, जा, हमेशा अन्धकूप में क्यों पड़ी रहती है? जा बेटी...''

हाय...हाय। नदी के इस पार आज कितने जंगली बतख आ गये हैं...कैसे सुन्दर लग रहे हैं! उनके पंजों की छप्-छप् और उत्तर से आती नावों के चप्पुओं की छपाक्-छप यहाँ तक सुनाई दे रही है।

कँटीले पेड़ों और जर्मन झाड़ों से घिरी उस पगडण्डी से जब वह नदी के बिल्कुल किनारे तक आ गयी तो उसे शम्भुदेव अभ्यास करता नजर नहीं आया।

हठात् उसका हाथ छुड़ाकर सेंग एक अजगर-सा सरकता हुआ इमली के पेड़ पर जा चढ़ा। ऊपर से उसने शम्भुदेव को एक बेल के नीचे खड़े देखा तो यों ही हँसने लगा और नीचे आकर चट्टानों पर कूदता-फाँदता उस ओर चल दिया।

शम्भुदेव एक पत्थर पर घिस-घिसकर खड्ग की धार तेज कर रहा था। पीछे से चौपाये की तरह घिसटकर पद्मा भी वहाँ आ पहुँची। उसकी ओर मुड़े बिना शम्भुदेव जैसे खुद ही से कहता रहा, ''यह मेरा अपना खड्ग है, देवीपीठ का नहीं। बलि देने के लिए सर्वोत्तम अस्त्र है खड्ग। तलवार, धनुष और आरी द्वारा बलिच्छेद को शास्त्रों में मध्यम और उस्तरे तथा भाले द्वारा किये गये को अधम माना जाता है...। इन सब अस्त्रों से बलिच्छेद करने पर बलि-कर्ता की मृत्यु हो जाती है।''

सेंग ने सान देते हुए खड्ग को छूकर अट्टहास किया और फिर झूठमूठ बलि देने का भाव दर्शाते हुए शम्भुदेव के सामने गुलाटी मारकर गिर गया।

शम्भुदेव, पद्मा की ओर देखकर मुस्कराए। तभी पद्मा घिला-लता के कुछ पत्ते तोड़कर अचानक पूछ बैठी, ''देव! मैं अपने शरीर का रक्त चढ़ाकर देवी की पूजा करना चाहती हूँ...। मेरे मन में दो कामनाएँ हैं...।''

शम्भुदेव ने सिर उठाकर उसे देखा, फिर कहने लगे, ''शूकर कृष्णसार, शरभ सिंह, शुदिल व्यक्ति और स्वीय अर्थात् स्वयं के रक्त से चण्डिका और भैरवी

की पूजा करने के तो नियम हैं...परन्तु तुम तो ब्राह्मणी हो न! तुम अपना रक्त देने से आत्महत्या के पाप की भागी बन जाओगी।''

शम्भुदेव उठ खड़े हुए। उन्होंने अपने हाथ के मणिबन्ध पर नजर डाली...कलाई और मजबूत...ओह! कल ही उस भैंसे पर तीन बार प्रहार करना पड़ा। बेचारा बलिदाता तो मारे डर के अधमरा हो गया था। उसने शत्रुनाश के लिए ही यह बलि चढ़ायी थी। अचानक जैसे कोई बात याद आ गयी हो इस तरह उन्होंने अपने रक्त से पूजा करने की इच्छा व्यक्त करनेवाली उस लड़की को देखा।

उसका तेजोद्दीप्त चेहरा जैसे चमक रहा था...घुटनों तक लहराती काली केशराशि जैसे देवी के केशों की याद दिला रही थी...उसके पाँव? टखनों तक ऊँची मूँगा की मेखला से झाँकते दोनों पाँव गाय के दूध के झाग जैसे झक सफेद थे। और वक्ष का रक्त! देवी को चढ़ाने की कामना रखने वाली का वक्ष? ओह...ओह! अभी-अभी जैसे ब्रह्मपुत्र में स्नान करके उगे हैं दो-दो सूर्य...जगमगाते हुए सूर्यद्वय जैसे पानी के आँचल पर अपनी उच्छृंखल स्थिति का स्वाक्षर छोड़ आये हों।

''भागवती की बेटी पद्मा...पद्मा हो न तुम! सफेद फूल ढूँढ़ने आयी हो न! आओ मैं तुम्हें ले चलता हूँ, बताता हूँ कहाँ मिलेंगे सफेद कुन्द फूल।''

दोनों चल पड़े। दोनों के आगे-आगे सेंग, कूदता-फाँदता, हो-हो, ही-ही करता बढ़ा चला जा रहा था। कुछ दूर जाने पर उन्होंने देखा, सवेरे ही बलि चढ़ाये गये भैंसे के प्रसाद को गारो गाँव के लोग काट-कूटकर, बाँधकर ले जाने की तैयारी में थे। वे उतरने लगे, उनकी 'हेई-हो' ध्वनि दूर तक सुनाई देती रही। घास में पड़े, खून, चर्बी, खुर, पूँछ, वगैरह की खींचतान करते कौवे शोर मचा रहे थे।

''यहीं पर सब कुछ साफ किया था शायद...'' गद्गद् कण्ठ से शम्भुदेव बताते गये, ''इस भैंसे का मस्तक उत्तर की ओर पतित हुआ...अतएव बलिदाता का सौभाग्य विद्यमान है।...शास्त्रों में कहा गया है, जानती हो?...महिष के छिन्न मस्तक के दोनों नेत्रों से यदि आँसू बहें तो इसे भी बलिदाता के सौभाग्य का सूचक मानते हैं।''

फिर दूर से 'हेई-हो, हेई-हो' की आवाज सुनायी पड़ी। फिर पद्माप्रिया आर्त्तनाद कर उठी...छिन्न मस्तक से आँसू बहने का अर्थ यन्त्रणा पाना नहीं होता है क्या? हाय! हाय! उस भैंसे ने भी कितनी यंत्रणा भोगी होगी!

शम्भुदेव ने एक बार फिर उसकी तरफ देखा...मौन।

देवीपीठ के इस स्थान पर बड़ा घना जंगल है। इमली, घिलालता, भेलेऊ,

आँवला, पमा...क्या नहीं है यहाँ। सेंग उसे पकड़कर, उससे सटकर तेज चलने लगा। वह बोली, "मेरा जन्म इसी पीठ में हुआ है, मगर मैं पहले कभी इस ओर आयी हूँ, ऐसा याद नहीं पड़ता।"

"तुम न सही, तुम्हारे पिता जरूर आये होंगे।" शम्भुदेव बोले।

"एक बार एक पुरोहित, जिसपर देवी आयी थी, को तुम्हारे पिता ने बेल के पत्तों की टोपी और घण्टाकर्ण की माला से सजाया था। उसने मन्दिर के पास न रहकर यहीं शिविर डाला था...अन्य पुरोहितों की तरह वह फल-मूल खाकर तैयार नहीं हुआ था वरन् उसने कबूतर का ताजा रक्त पिया था...उसने अपने शरीर पर बेंत मार-मारकर खाल उधेड़ डाली थी..मुझे अब भी इसलिए वह घटना याद रह गयी है क्योंकि उस पुरोहित के, भैरवी के सम्मुख तलवार पर नृत्य करते-करते पाँव कट गये थे।"

ही: ही: ही:। सेंग बौना खिलखिलाकर हँस पड़ा, फिर बम-बम-बम-बम करता...एक यात्रीदल मन्त्रोच्चारण करता ऊपर चढ़ रहा था, *कामाख्ये वरदे देवी नीलपर्वत वासिनी/कामाख्ये वरदे देवी नीलपर्वत वासिनी...*

तीनों आकर एक गुफा के सामने ठहर गये। इस ओर पेड़ लतादि इतने घने और नीचे थे कि उन्हें घुटने टेककर आगे बढ़ना पड़ा...वे धीरे-धीरे बढ़ते रहे।

"इसी के भीतर कुछ दूरी पर है वह कुन्द फूल।"

"इसके भीतर?"

"हाँ-हाँ, इसी के भीतर...यहीं।"

सेंग बौना डर के मारे चीख पड़ा, "उस तरफ तो अँधेरा है, मुझे डर लगता है।"

"अँधेरा?"

"हाँ, हाँ, बेल, बूटे, झाड़ और काई से भरे पत्थरों के कारण उस तरफ अँधेरा है...मगर वह कुन्द फूल तो दुर्गा-छिन्नमस्ता के सामने जलती दीपशिखा की तरह है जो अँधेरी गुफा को भी प्रकाशित किये रहता है...आओ, आओ...चली आाओ...भीतर चली आओ..."

सेंग मिनमिनाने लगा...नहीं, किसी शर्त पर अन्दर नहीं जाएगा...वह आगे ही नहीं बढ़ पाएगा।...उसे वहीं छोड़कर पद्मप्रिया शम्भुदेव के साथ स्वर्णाभ कुन्द फूल और उसकी पौध लाने के लिए अँधेरी गुफा में प्रवेश कर गयी।

पुंई की बेल या बाँदर के कोवा की, न जाने कौन-सी बेल उलझ गयी थी सेंग के बदन से। सेंग बौना खुजाता हुआ, उछल-कूद मचाता हुआ बाहर ही

रह गया। कँटीले झाड़, वन-कुसुम, थेकेरामही पेड़, भेकुरी के पेड़, बनफनी ढेकीया और घिलालता आदि बेलों से घिरी गुफा में अँधेरे में टटोलते हुए कुन्द फूल की खोज में बढ़े जा रहे थे शम्भुदेव और पद्मप्रिया। जंगल से आती सुगन्ध चारों ओर व्याप्त थी। अंबुवाची की शुद्धि के दिन एक सौ आठ सुगन्धित कलशों के जल से जो गन्ध आती है, वैसी ही गन्ध से वातावरण भरा था। कहाँ से आ रही थी वह गन्ध? वह रहस्यमयी, देवी के रक्त की गन्ध?

आसपास से किसी निर्झर की सी कल-कल सुनाई दे रही थी। वहाँ से लग रहा था जैसे ब्रह्मपुत्र किसी नववधू की सुहागरात में पहनी, सिकुड़ी-सिमटी चादर-सी पड़ी है। उधर बांदर के कोवा के स्पर्श की खुजली से सेंग बौना जमीन पर लोटपोट होता रहा।

कुन्द फूल का एक पौधा हाथ में लिये पद्मप्रिया जब गुफा से बाहर आयी तो उसके बाल अस्त-व्यस्त से चेहरे को ढके हुए थे। वह जल्दी-जल्दी चलकर सेंग के पास जा खड़ी हुई। शम्भुदेव बाहर नहीं निकले पर उनका गम्भीर कण्ठ स्वर सुनाई पड़ा-

''यहाँ पर स्वर्ण-वर्ण के फूलों की भी पौध है...मृत्युरता देवी के आभरण-स्वरूप सुनहरे फूल...ये जो बाघ के नखों जैसे काँटों वाली लताएँ हैं, इन्हें मैं अपने खड्ग से काट डालूँगा। तुम ये राह पहचान लोगी न!...हाँ, ये राह जरूर पहचान पाओगी।''

ये किस फूल का पराग लग गया उसके शरीर में? किसकी सुवास? ऋतुमती देवी को स्नान कराये गये जल की-सी गन्ध? कैसी सुगन्ध? किसकी है ये गन्ध? विशाल ब्रह्मपुत्र के वक्ष से बहती आती ताजा रक्त जैसी यह किसकी गन्ध है? दाहिने हाथ में फूल की पौध और बायें हाथ से खुजली से परेशान सेंग को घसीटती हुई पद्मप्रिया तेज कदमों से घर की ओर चल पड़ी।

बलिशाला में लाकर पटके गये भैंसे के पैरों और सींगों में रस्सी बाँधकर तैयार करनेवाले लड़कों के चेहरों को उसने देखा। एक दल भैंसे की गर्दन की चमड़ी को नर्म बनाने के लिए कलश पर क़लश पानी उँड़ेल रहा था। ओह, ओह! बेचारे बेबसी से छटपटाते भैंसे को सींगों से लेकर पाँवों तक रस्सी से जकड़ रखा था। कैसा निस्संग-निस्सहाय था बेचारा जानवर!

वह भागकर शम्भुदेव पर जा गिरी...शम्भुदेव के हाथों से खड्ग छिटक कर दूर जा गिरा। उसने अपने तीखे नाखूनों से शम्भुदेव के वक्ष को क्षत-विक्षत कर डाला...हाय! हाय! एक बार भी एक पल को भी कुछ सोचा नहीं। उसने दोनों हाथों में शम्भुदेव का रक्त...

हड़बड़ाकर पद्‌माप्रिया उठ बैठी। यह सपना देखा उसने...हे भगवान! उसे ऐसा सपना क्यों आया? आधी रात को वह माँ के बिछौने के पास गयी, उसकी मच्छरदानी हटाकर उसे हिलाकर जगाया और फफक-फफक कर रोने लगी। मच्छरदानी खिसकाकर मीठे तेल के दीये की बत्ती को थोड़ा ऊँचा करके, यशोदा भी उठ गयी और हाय-हाय करने लगी, "हाय! मेरी बच्ची, क्यों रो रही है? बोल न। क्यों? पीठ का दाग बढ़ तो नहीं गया? जरा देखूँ तो! अगर कुछ हुआ भी है तो तुझे हम शहर ले जाएँगे, इलाज करवाएँगे...ना, रो मत मेरी बच्ची।" माँ का हाथ कसकर पकड़े हुए पद्‌माप्रिया बोली, "मुझे डर लगता है, माँ बड़ा डर लगता है।"

"ओह। मगर क्यों बेटी, डर क्यों लगता है?"

पास पाली कोठरी से भागवती भी उठकर चले आये। उनकी खड़ाऊँ की खटखट आवाज सुनकर पद्‌मा यशोदा के गले से लिपट गयी।

भागवती ने डपट दिया, "बिटिया अँधेरे कमरे में डरती है तो तू क्यों नहीं सोती उसके पास...क्यों नहीं रहती वहाँ?"

"नहीं, नहीं, मुझे डर नहीं लगता, मैं अकेली ही रहूँगी।" पद्‌मा फिर सुबकने लगी...फिर अपने कमरे में चली गयी, दरवाजा बन्द किया और बिस्तर पर लेट गयी। रातभर माँ-बाप जमीन पर बैठे क्या करें, क्या न करें, यही सोचते रहे...एक बार बनारस में संस्कृत पढ़ रहे भाई चन्द्रनाथ को बुलाने का खयाल भी आया पर किसी निष्कर्ष पर नहीं पहुँच पाये।

ढं-ढं-भेंपू-भेंपू-भेंपू बजाता हुआ एक समदल देवीपीठ से नीचे उतर रहा था। शंख, घण्टा और भोंपू की आवाज से दिशाएँ मुखरित हो उठीं। खुली जगह के सारे लोग कोलाहल मचाते हुए बाहर निकल आये...भेंपू, ढं-ढं-ढं। हाथ में कुश और तुलसीमाला लिये इन नन्दकुमार दोलोई हताति कुटुम्ब जनों के साथ उतर रहे थे। अपने पूर्वजों का श्राद्ध-कार्य सम्पन्न कर वे पिण्डदान के लिए शोभायात्रा गें नदी की ओर जाएँगे। कद्‌दावर, स्वस्थ और गोरे साहब-से—नन्द दोलोई। आजकल तो अपने से नीचे वालों के साथ भी रिश्ता देने का रिवाज चल पड़ा है। उनकी लड़की भानुमती दक्षिण में अवस्थापन्न जमीन-जायदाद वालों के घर ब्याही थी।

पिण्डदान देखने के लिए जमा हुई भीड़ में लोगों की कानाफूसी शुरू हो गयी, "बड़ी जोरदार शादी होगी, देखना! आज सुबह से लोग ऊपर चढ़ते चले

आ रहे हैं, देखो कैसे चींटियों की अटूट लाइन जैसे आते जा रहे हैं।''

यशोदा अब तक ऊपर जा चुकी थी। नन्द दोलोई की पत्नी के साथ उनका मेलजोल था। पद्मा भी अपने पिता के साथ बाहर निकली। अचानक एक चीख के साथ पद्मा वापस घर में जा घुसी। भागवती को समझते देर न लगी कि उसने भुवनेश्वर को देख लिया है। हाँ, वो भुवनेश्वर ही तो था उस जुलूस के साथ। हाँ, हाँ वही हट्टा-कट्टा, वही चेहरा-मोहरा, घने बाल, घनी मूँछें सब कुछ वैसा ही था। शान्तिपुरी धोती की किनारी का रंग तक साफ दिखायी दे रहा था। कितने शौक से उसे जँवाई बनाकर लाये थे! शास्त्र की बातों पर उसके साथ कितना तर्क-वितर्क किया करते थे, गोमेद यानी 'पिंगल स्फटिक' के बारे में भी हमेशा बहस होती थी। बिपत्ति के समय कवच-स्वरूप, ईर्ष्या, द्वेष, राग, क्रोधादि को दूर करने में सहायक गोमेद की प्रयोजनीयता नारी के लिए अधिक होती है या नर के, इस बात को लेकर ससुर-जँवाई में कम तर्क नहीं होते थे!

गोमांस के-से रंग के पत्थर की अँगूठी उन्होने उसे दी थी। वो देखो, शायद वही चमक रही है।...जन्म-पत्रिका में राहु-दोष था। कर्मनाश...परस्त्रीगमन... ओह...ओह...सारी बातें एकाएक याद आ गयी उन्हें। वो देखो...देखो, इस तरफ से नजरें बचा रहा है, लोगों के बीच अपना चेहरा छुपाने की कोशिश कर रहा है।

हरामजादा...हरामजादा...कुत्ता कहीं का...तेरा...तो...तेरा वंश समूल...मुँह से निकलते-निकलते रह गया। राम राम! इस बुढ़ापे में जबान पर ऐसी बाते? छी: छी: छी:।

घंटे की ढं-ढं-ढं नीचे तक बिखर गयी। मधुमक्खी की गुनगुन की तरह भीड़ की गुनगुनाहट भी धीरे-धीरे नीचे की ओर उतर गयी।

भागवती बड़े दुख से बोले, "ऐ पद्मा! इस अन्धकूप में पड़ी-पड़ी तो तू कंकाल बन जाएगी। सुन, वह जब इधर आया ही है तो मौका देखकर बातचीत चलानी पड़ेगी। बाटोरहाट जैसे गाँवों में ब्राह्मण-गोस्वामियों के यहाँ दो-दो तीन-तीन पत्नियाँ चैन से एक साथ रहती हैं कि नहीं? सब साथ मिलकर सुख-चैन से जीवन बिताती हैं।''

पद्मप्रिया सचमुच शादी में जाने के लिए राजी हो जाएगी यह भागवती ने सोचा तक नहीं था।

वो, वही द्वार पर खड़ी थी...भागवती को जैसे अपनी आँखों पर विश्वास नहीं हो रहा था। अपनी शादी का जोड़ा, पाट की मेखला-चादर आज उस पर कितना जँच रही थी।...और कपाल पर यह क्या था....वो जटाधारिणी वैष्णवी

पुरुष को मोहने वाला जो मन्त्र सिखा गयी थी...सिन्दूर दे गयी थी...वही सिन्दूर. पति के वशीकरण का गोरोचन सिन्दूर और अपने कलेजे के रक्त से तैयार किये सिन्दूर की जगमगाती बिन्दी! देवी चामुण्डा के रक्तवर्ण नेत्रों की तरह उज्ज्वल बिन्दी! हाँ, हाँ, निश्चय ही किसी वैष्णवी के वशीकरण का चिन्ह। कैसी दमक रही थी उसके माथे की बिन्दिया।

भागवती आक्षेप के स्वर में चिल्लाये, "बिटिया, अरी बिटिया, तू क्या सचमुच वहाँ जाएगी?" फिर आगे बढ़कर उसके माथे पर हाथ फेरते हुए बोले, "मैं तो तुझसे मजाक कर रहा था...मैंने तो ऐसे ही..."

पद्मा सिर झुकाकर पिता की बातें सुनती रही मगर कोई उत्तर नहीं दिया। उनकी बात जैसे ही खत्म हुई तेजी से ऊपर की ओर चल दी। पिछले दो साल में किसी ने उसे इतनी तेजी से चलते नहीं देखा था। वज्राहत-से भागवती वहीं खड़े के खड़े रह गये।

विवाहस्थली पर कदम रखते ही सारी की सारी आँखें उसी की ओर मुड़ गयीं। पिछले दो वर्षों में वह किसी शादी-ब्याह में गयी भी तो नहीं। आज वह समाज जैसे उसे पहली बार देख रहा था। पति द्वारा त्यागी हुई इस देवीपीठ में वही पहली लड़की थी...एकमात्र वही। ओह! ओह! ये कैसी नजरें घूर रही थीं उसे? उसके सारे कपड़े-लत्ते उतारकर, उसे सबके सामने निर्वस्त्र करने का ही आयोजन लग रहा था यह।

ठीक समय पर लावण्य ने आकर उसे बचा लिया, "आ, आ जा! तू चल, उधर पान-ताम्बूल काटने वाले कमरे में चल कर बैठ, यहाँ नहीं।"

पान-ताम्बूल काटकर रखने वाली जगह जरा अलग-थलग-सी थी। ब्रह्मपुत्र से पानी लानेवाले रास्ते के करीब ही थी यह कोठरी, जिसके बाहर पत्थर की सीढ़ियाँ बनी हुई थीं। यहाँ से भोज पकानेवाली औरतें अनवरत आ-जा रही थीं। भोज के लिए मारे गये बकरों की खाल भी किसी ने उधर रास्ते में ही पसार रखी थी। गोधूलि होने को थी। ढोल-ताशे बजानेवाले और दूसरे लोगों के शोर-शराबे में कान बहरे हो रहे थे।

दोनों सहेलियाँ टपाटप सीढ़ियाँ उतरने लगीं। पूनम की रात। ब्रह्मपुत्र से निकली किसी सद्यःस्नात षोडशी के शुभ्र स्तन-सा आकाश का पूर्णचन्द्र अब बिल्कुल निरावरण था।

भेंपू-भेंपू-भेंपू आवाज धीरे-धीरे दूर हो गयी। पान-ताम्बूल वाली कोठरी में ज्यादा लोग नहीं थे। लावण्य ने उसे एक मोढ़े पर लाकर बिठाया और बोली, "रात होने वाली है, इधर कोई आता-जाता नहीं है। सुन, मैं उसे यहाँ बुला लाऊँगी,

वो जरूर बात करेगा। तेरे मन में जो कुछ भी आये, सब खुलकर कह देना। चाहे खर्चे-वर्चे की बात हो या अपने भाग्य की, कह देना हम अन्याय चुपचाप सहने वाले नहीं हैं, हाँ।''

भेंपू-भेंपू-भेंपू...दूर से फिर आवाज आयी। सयानी औरत की तरह लावण्य ने धीरे से कान में कहा, ''सिर्फ मुँह से नहीं, मन से, तन से, हर तरह से बात करना। युवती अपने प्रेमी से जब इस तरह से प्रेम-निवेदन करती है तब घमण्ड, जिद्द, अहंकार, गुस्सा सब कुछ रेत की दीवार की तरह ढह जाता है, समझी? अरे, ऐसे में तो अच्छे-अच्छे शेर भी चूहे बन जाते हैं।'' पद्मा निरुत्तर। लावण्य, भुवनेश्वर को लिवाने ऊपर चली गयी।...देवीपीठ के ऊपर जैसे चाँदनी रात की कोई ईश्वरीय लीला खेली जा रही थी...पानी में रुपहली बालू फैलाती, कलकल ध्वनि में जैसे देवी स्वयं नृत्य कर रही थीं...उनके वक्ष पर बँधी थी कुन्द-फूलों की चोली।...ओह! कुन्द फूल! हाँ, ये देखो चारों ओर शुभ्र श्वेत कुन्द-फूल ही तो बिखरे पड़े थे। देवी के वक्ष पर भी कसी हुई शुभ्र कुन्द फूलों की बाँधनी।

ढं-ढं-ढं, भेंपू-भेंपू...पण्डित जल लेकर ऊपर जा चुका था।...जंगली, हिंस्र जन्तुओं की तरह लपकते हुए आ पहुँचे लावण्य और भुवनेश्वर। लावण्य ने पान-ताम्बूल काटने के लिए आये चाकरों को दरवाजे पर ही ऊपर जाने के लिए कह दिया।

दोनों मोढ़े लेकर आमने-सामने बैठ गये। नहीं...नहीं, भुवनेश्वर सिर उठाकर नजर नहीं मिला पा रहा था। बस बेबसी में कहे जा रहा था, ''मुझे यहाँ क्यों लाई? यहाँ क्यों लाई?''

लावण्य उससे कुछ न कहकर पद्मप्रिया से बोली, ''पद्मा सुन, तू इससे जी खोलकर सब कुछ कहना, सारी बातें साफ कर लेना और चाहे तो भरपूर ताकत से गाल पर ऐसा चाँटा जड़ना कि याद रखे!''

भुवनेश्वर झल्लाकर उठ खड़ा हुआ और ''लावण्य! क्या कहा? क्या कहा तूने?'' कहता हुआ बाहर की ओर लपका।

मगर पद्मा? पद्मा ये क्या कर बैठी? कैसे इतना साहस जुटा पायी? पलक झपकते ही उसने भुवनेश्वर के पास जाकर उसका हाथ पकड़ लिया। पद्मा के हाथ के स्पर्श से और उसके इस अपूर्व दुस्साहस से भवनेश्वर को जैसे साँप सूँघ गया। जाते-जाते वह फिर धप से मोढ़े पर बैठ गया। इस गड़बड़ी और हड़बड़ी में मौका पाकर लावण्य वहाँ से खिसक गयी।

पद्मप्रिया ने अब भुवनेश्वर के एक हाथ को अपने सीने से लगाकर फूट-फूटकर रोना शुरू कर दिया। कुछ देर रो-धोकर जब उसका सिसकना कम हुआ

तब उसने धीमे स्वर में कहा, "देखो, जरा देखो तो मेरी पीठ का दाग जरा भी बढ़ा नहीं है...ये देखो, देखो न!"

अरे! अरे, ये वह क्या कर रही है? उसकी आँखों के सामने ही उसने अन्तर्वस्त्र खोल दिया...ओह! ओह, ये हो क्या रहा है? यह सब क्या हो रहा है उसके सामने? चाँदनी और मिट्टी के दीये की रोशनी में उसकी मांसल देह सोने-सी दमकती हुई भुवनेश्वर की आँखों को चकाचौंध करने लगी।...नहीं...नहीं! यहाँ ज्यादा देर तक इस तरह बैठे रहना ठीक नहीं होगा। वैसे भी सब लोग यहाँ इसे छोड़ दिये जाने की बात जानते ही होंगे।

हाँ, हाँ, सभी लोग...सभी लोग जानते हैं।

भेंपू-भेंपू करते फिर लोग पवित्र पानी लेने जा रहे थे। वो देखो, वो चट्टानें। किंवदन्ती के अनुसार, दोलोई स्वामी की मृत्यु के बाद उनकी पत्नियाँ जिन चट्टानों से नदी में कूदी थीं, वे चट्टानें अब भी पानी से ऊपर निकली जलहस्तियों-सी दीख रही हैं। ब्रह्मपुत्र की तीखी लहरें रुपहली तलवार बनकर उन पर वार करती जा रही हैं।

पद्माप्रिया और भुवनेश्वर भोर होने तक यानी दूल्हा-दुल्हन के गाजे-बाजे सहित नीचे चले जाने तक उसी कमरे में रहे...

जिस दिन भुवनेश्वर ने आकर भागवती के आँगन में कदम रखा, यशोदा और कुछ यजमान आकर सामने किंकर्त्तव्यविमूढ़-से खड़े रह गये। सिर्फ यशोदा क्यों, अड़ोस-पड़ोस के जिसने भी सुना, वह मारे कौतूहल के चौताल में दौड़ा चला आया। किसी यजमान ने, बुद्धिमत्ता का परिचय देते हुए, एक बड़ा पीढ़ा लाकर भुवनेश्वर से बैठने को कहा।

भागवती उस समय नाद के किनारे हाथ-पैर धोकर पूजा के लिए तैयार हो रहे थे। खबर पाते ही वे नंगे बदन ही दौड़े चले आये। भीड़ को ठेलते हुए वे भुवनेश्वर के सामने आ खड़े हुए। गुस्से से काँपते हुए वे बोले, "अब यहाँ क्या लेने आये हो?"

भुवनेश्वर कुछ नहीं बोला।

"नन्द दोलोई की बेटी की शादी में शायद दोनों बात कर चुके हों?"

"हाँ, कर चुके हैं।"

"तब तो लेने का निश्चय करके ही आये होगे?"

भुवनेश्वर ने सिर झुका लिया।

आसपास इकट्ठे हुए जवान-बूढ़े सभी लोगों के मुँह खुले थे और कान खड़े थे कि भुवनेश्वर अब कुछ कहे...तब कुछ कहे। उसने जेब से जूट का एक बटुआ

निकाला और भागवती के पैरों के पास रख दिया। यशोदा रो पड़ी।

"ये ठीक नहीं। यह अच्छा नहीं कर रहे हो। एक लड़की को अगर सामने के दरवाजे से लिवा लाते हो तो दूसरी को पिछवाड़े धकेल देना कोई अच्छी बात नहीं है। लड़कियाँ कोई बाजार की गाय-बकरी तो हैं नहीं न!"

भीड़ में सभी ने सिर हिलाया और समवेत स्वर में बोले, "यह अच्छा नहीं हुआ। कलियुग है, घोर कलियुग।"

भुवनेश्वर ने हाथ ऊँचा उठाकर सभी से स्वीकृति लेने के लहजे में कहा, "पद्मप्रिया को तो मैं ले जाऊँगा, मगर उसके लिए मुझे थोड़ा समय चाहिए। असल में पद्मा के बाद मैं बंगरा की एक लड़की ले आया था, उसे राजी करना पड़ेगा...वो राजी हो जाएगी...बड़ी सीधी लड़की है।"

भीड़ में फिर आह! ओह! हाय! सुनाई देने लगा, जैसे सभी को एकबारगी उस नयी लड़की के प्रति भी सहानुभूति महसूस हो रही हो। भुवनेश्वर फिर कुछ समय तक मौन रहा।

भागवती ने बटुए की ओर इशारा करके पूछा, "इसमें क्या है?"

"कुछ रुपये हैं, उसके खर्च के लिए।"

आसपास खड़े जवान-बूढ़े सब ठठाकर हँस पड़े, जैसे कह रहे हों, "दो साल बाद जाकर खर्च की बात याद आयी।"

उस दिन तो भुवनेश्वर ज्यादा नहीं रुका, चाय, पान-ताम्बूल लेकर ही वापस चला गया। जाते वक्त पद्मा से मिलने में भी उसे संकोच हुआ, क्योंकि सभी लोग मुँह बाए वहीं खड़े थे। बाद में भुवनेश्वर आने-जाने लगा। पहले-पहल बैठक में ही बैठकर बात करता था। बाद में पद्मा के कमरे में भी जाने लगा।

धीरे-धीरे सब कुछ सामान्य-सा हो गया। कभी-कभार भुवनेश्वर के साथ उसके कुछ दोस्त भी आने लगे। जवान वैद्य महेन्द्र, हाती का महलादार दयाराम वगैरह भुवनेश्वर के साथ-साथ भागवती के घर आया करते थे। चाय-पानी पीकर पान-ताम्बूल खाकर गप्पें मारते हुए कभी-कभी आधी रात के बाद ही लौट पाते थे। पद्मप्रिया भी धीरे-धीरे उनसे काफी खुल गयी।

फिर भागवती के बरामदे में ही ताश का अड्डा भी जमने लगा। अड़ोस-पड़ोस के भी दो-एक नवयुवकों का आना-जाना शुरू हो गया। पद्मप्रिया के हाथों की बनाई हुई चाय में उन्हें जैसे मदिरा की मादकता का आस्वाद मिलता था। वे भी कलकत्ते की रासबिहारी लेन या मिर्जापुर स्ट्रीट के बंगाली बाबू की तरह कन्धे पर शॉल डालकर, बीच की माँग निकालकर, 'बाबू' बनकर आने लगे। इतने दिनों श्मशान-से शान्त घर में फिर से जैसे सूर्य की नई किरण आ पड़ी।

मौका पाकर भुवनेश्वर भी अब निर्बाध पद्माप्रिया के कमरे में चला आता था।

कार्तिक मास के शुक्ल पक्ष की चाँदनी में बैठक में भुवनेश्वर वगैरह ताश खेल रहे थे। उनके सामने एक लालटेन जल रही थी। इतने में कमरे का दरवाजा ठेलकर पद्मा भागती-सी पिछवाड़े की ओर जाने लगी, मगर बीच में ही वह आँगन में बैठ गयी और कै करने लगी।

"हाय-हाय, क्या हो गया मेरी बच्ची को?" कहकर यशोदा उसे खींचकर कुएँ के करीब ले गयी।

लोग-बाग ताश खेलना बन्द कर एक-दूसरे का मुँह ताकने लगे...फिर सबकी नजर एक साथ भुवनेश्वर...वह पैर पटकता हुआ भागवती के कमरे में चला गया। उस दिन फिर ताश का खेल नहीं जम पाया। सबको लगा बात गम्भीर है। हाँ! बात तो गम्भीर ही थी।

सौभाग्य कुण्ड की सीढ़ियों पर बैठकर भुवनेश्वर ने सारे बुजुर्गों के सामने स्वीकार किया कि पद्माप्रिया के गर्भ में उसकी ही सन्तान है। बड़े-बूढ़ों को साष्टांग प्रणाम करके उसने अपना दोष स्वीकार किया। उसके बाद एक काले बकरे की बलि देकर, देवी-दर्शन करके वह नीचे उतर गया।

बड़े उत्फुल्ल मन से वह नीचे आया था।

चिन्ताविष्ट भागवती धीरे-धीरे उतर रहे थे। उनका स्वास्थ्य काफी गिर गया था। वे सोच में डूबे थे। रह-रहकर यही खयाल आ रहा था कि सचमुच सारी समस्या का इतना सहज समाधान हो सकता है क्या? इतनी गम्भीर समस्या, जो दो बरसों से उन्हें अन्दर-ही-अन्दर खाये जा रही थी! यह कैसा युग है? कैसी बातें हैं? हे महामाया!...ये क्या देख रहा हूँ मैं?

यशोदा ने बलि का प्रसाद पाकर सबको दिया...फिर सारे कपड़े-लत्ते बक्से वगैरह लाकर उसने बाहर बरामदे में रखे...फिर एक बार आँगन भीड़ से भर गया।

कुछ देर बाद पद्माप्रिया ने माँ को पुकारा, "माँ, उन्हें जरा यहाँ बुलाना तो!"

"अरी, जाने के वक्त अब क्या काम आ पड़ा?"

"ओ हो। कह रही हूँ न, बुलाओ जल्दी बुलाओ।"

भागवती के कमरे में यजमानों से बतिया रहे भुवनेश्वर को यशोदा ने आँख के इशारे से बाहर आने को कहा। वह बाहर आया तो धीरे से बोली, "वह कुछ कहना चाहती है।"

"अब क्या कहना है?"

"मैं क्या जानूँ! उसे जाते-जाते क्या याद आ गया!"

खैर। भुवनेश्वर उसकी कोठरी में गया...देखा वह पहन-ओढ़कर तैयार हो गयी थी। माथे पर लाल सिन्दूर की बिंदिया जगमग-जगमग दमक रही थी। लाल...बिल्कुल बलि के ताजे रक्त-सी लाल!

"क्या बात है?"

"एक बात कहनी है, पहले दरवाजा बन्द करो।"

देवीपीठ से ढोल-ताशे की प्रचण्ड ध्वनि सारे के सारे वातावरण में गुंजायमान थी...हाँ, हाँ, भैंसे की बलि दी जा रही होगी...लोग भैंसे की गर्दन पर कलशों पानी डाल रहे होंगे...शायद...

"अरे, बताती क्यों नहीं, क्या कहना है!"

भुवनेश्वर से कुछ दूर जाकर वह सामने की दीवार से टिककर खड़ी हो गयी। जूड़ा खोला...सारी केशराशि मुँह, कन्धों और पीठ पर बिखर गयी। उसके दो कजरारे नयन कुछ विस्फारित होकर और भी बड़े-बड़े लगने लगे...सीना चढ़ने-उतरने लगा...वह हाँफने लगी।

...एक-एक कर कई देवियों की मुखाकृति भुवनेश्वर की आँखों के आगे घूमने लगीं...काली, तारा, महाविद्या, भुवनेश्वरी...

वह बोली, "अच्छा तो आप सन्तान को अपनी बताते फिर रहे हैं!"

"हाँ, कह रहा हूँ, और कहूँगा भी...दो महीनों से..."

"यह सन्तान आपकी नहीं है!"

"क...या..."

"यह...सन्तान...आपकी...नहीं है!"

"मेरी नहीं...?"

झपटकर वह करीब आया और उसका हाथ पकड़कर झिंझोड़ते हुए पागल की तरह पूछने लगा, "कौन है? बोल वो कौन है? किसकी सन्तान है ये?"

"यह सन्तान बलि देने वाले शम्भुदेव की है।"

"शम्भु...दे...व...!" दरवाजे पर लुढ़क गया भुवनेश्वर।

अनुवाद : नीता बैनर्जी

संस्कार

पीताम्बर महाजन अपने घर के सामने बैठा था। उसके जूतों पर कीचड़ की मोटी तह जमी हुई थी। उसने उन्हें उतारा नहीं बल्कि वह उनकी ओर गर्व से देखने लगा। इस दूर-दराज गाँव में केवल उसके और सत्र (मठ) के गोसाईं के पास ही तो ऐसे जूते थे।

पीताम्बर ने पचास पार किये ही थे। एक समय वह काफी हट्टा-कट्टा था, लेकिन फिर चिन्ता से उसका स्वस्थ शरीर धीरे-धीरे दुबलाता गया। उसकी ठुड्डी के नीचे की खाल अब ढीली पड़कर लटकने लगी थी। दूसरों से बात करते समय उसकी आँखें भी सीधी नहीं दिखती थीं, एवं उसका सर भी झुका रहता था। उसकी नजरें अब हमेशा अपने पाँव के पास जमीन पर गड़ी रहतीं, जैसे कि वे कुछ खोज रही हों।

भारी वर्षा ने जमीन को नम बना दिया था और साथ ही गाँव के दोनों ओर पानी जमा हो गया था। अधनंगे बच्चे या तो पानी में खेलते रहते या इधर-उधर खड़े रहते। उनके हाथों में लम्बे-लम्बे बाँस होते जिनसे वे मछली पकड़ते। बारिश की वजह से हर तरफ तरह-तरह के पौधे और हेलसी तथा नलकोचू किस्म की बेलें उग आयी थीं। उड़ने वाले मेंढक एक पोखर से उछलकर दूसरे पोखर में जा पहुँचते और कभी-कभी पास से गुजरते लोगों से भी जा टकराते।

एक गुलगुला-सा नंग-धड़ंग बालक नलकोचू में फँसी अपनी बंसी की डोरी छुड़ाने की कोशिश कर रहा था। पीताम्बर उसे देखे जा रहा था। एकाएक उसकी विचार-शृंखला टूटी। गाँव का पुजारी, कृष्णकान्त, अपनी खड़-खड़ करती आवाज में उससे कह रहा था, ''तुम्हारा अपना तो कोई बच्चा है नहीं। तब तुम उस बच्चे को भूखी निगाहों से क्यों देख रहे हो? जितनी बार मैं मन्दिर गया

हूँ, या वहाँ से लौटा हूँ, तुम्हें यहीं बैठे पाया है। तुम्हारी पत्नी अब कैसी है? क्या वह पहले से बेहतर है?''

पीताम्बर से उत्तर देते नहीं बन पा रहा था। उसने रुक-रुककर कहा, ''मैं कई बार उसे गुवाहाटी के सरकारी अस्पताल में ले जा चुका हूँ। कोई फायदा नहीं हुआ। उसके समूचे शरीर पर सूजन आ गयी है।''

''तब तो सन्तान की कोई उम्मीद नहीं दिखती। है न! बड़े दुख की बात तुम्हारा वंश चलानेवाला तो अब कोई हो नहीं सकता।''

पीताम्बर ने कोई उत्तर नहीं दिया। पुजारी थोड़ी देर तक उसके पास खड़ा रहा। वह अपने घुटनों से ऊपर एक पुरानी धोती पहने हुए था। उसके बदन पर रेशम का कुर्ता था। उसका रंग सूखी भेड़ की खाल की तरह था। उसके कन्धों पर एक सूती चादर थी और उसके मुँह में केवल दो ही दाँत थे। इसलिए उसके गाल हमेशा भीतर धँसे रहते जिससे उसके चेहरे पर कुछ ऐसा भाव आ जाता जिससे यों ही हँसी आ जाए। आँखें उसकी छोटी-छोटी थीं जिनमें धूर्तता की चमक विराजमान रहती। उसके सर पर बाल भी बहुत कम थे, जिनमें वह बीच से माँग काढ़ता था। उसने झुककर पीताम्बर के कान में फुसफुसाते हुए कहा, ''दूसरी शादी के बारे में तुम्हारा क्या विचार है रे?''

पीताम्बर ने अपनी चादर को थोड़ा हटाकर उसके एक सिरे से अपना चेहरा पोंछा। वह अभी उत्तर देने को ही था कि दोनों की आँखें पास से गुजरती एक युवती पर जा टिकीं। युवती का नाम दमयन्ती था, और वह सत्र के एक युवा पुजारी की विधवा थी। वर्षा के कारण उसके कपड़े भींग गये थे और उसके शरीर से चिपक रहे थे। उसकी त्वचा का रंग वैसा ही था जैसा कि खौलते हुए गन्ने के रस की घनी झाग का होता है। कद-काठी तो कोई खास नहीं था, पर थी वह बेहद आकर्षक। लोग उसके बारे में हर तरह की बातें कहते थे। कुछ तो उसे वेश्या तक कहते थे। सत्र की शायद वह पहली ब्राह्मण वेश्या थी।

कृष्णकान्त ने फौरन आवाज लगाई, ''अरी दमयन्ती, कहाँ से आ रही है?''

''देख नहीं रहे ये रेशम के कोवे?''

''तो तुमने अब उन मारवाड़ी व्यापारियों से मेलजोल बढ़ाना शुरू कर दिया है? हाँ, कहावत भी है न कि जरूरत के वक्त लोग बकरी की टाँगें धोने पर भी उतारू हो जाते हैं! है न!''

दमयन्ती चुप रही। झुककर उसने अपने लहँगे की तहों को निचोड़कर उनसे पानी निकाला। उसकी चोली काफी कस गयी थी और ऊपर को उठ आयी थी, जिससे उसकी गोरी त्वचा दिखने लगी थी। वह गोरी त्वचा दोनों पुरुषों को

लालायित करने लगी।

कृष्णकान्त थोड़ा सँभला और फिर उसने तुरन्त अपनी नजर दूसरी तरफ घुमा ली। लेकिन पीताम्बर उसे एकटक देखता रहा और गद्गद् होता रहा। दमयन्ती अब सीधी खड़ी थी। उसने उनकी तरफ देखा नहीं। वह अपने ध्यान में ही आगे बढ़ गयी। उसकी मेखला बराबर आवाज किये जा रही थी।

''मैंने सुना है कि मांस, मछली-सब कुछ खाती है?''

कृष्णकान्त ने अपना सिर हिलाया और बोला, ''इस लड़की ने तो बंगरा ब्राह्मणों की नाक कटवा दी है। विधवाओं के लिए जो विधान बना है, इसने उसकी रेंड़ मारकर रख दी है।''

''हाँ, हाँ। मैंने इसे एक बार देखा था। धान की दो टोकरियों के बदले खड़िया मछली का एक जोड़ा ले रही थी।''

कृष्णकान्त के मुँह से एकदम निकल पड़ा, ''अरे, अरे! विधवा और खड़िया मछली! छी:, छी:! कलियुग! घोर कलियुग!''

''चुप ब्राह्मण कहीं का! अब तुम सारी दुनिया में इसका ढिंढोरा पीटकर कहोगे कि एक ब्राह्मण विधवा मछली खाती है! अरे, जहाँ देखो अब ऐसा ही है। चाहे ब्रह्मपुत्र के उत्तर में चले जाओ या उसके दक्षिण में। पुरानी रस्में अब तो खत्म कर ही देनी चाहिए...''

पीताम्बर के इर्द-गिर्द कुछ मक्खियाँ भनभनाने लगी थीं। उसने अपनी चादर के पल्लू से उन्हें भगाया। इस दौरान कृष्णकान्त पास के एक पेड़ के ठूँठ पर गहरी साँस लेता हुआ बैठ गया था।

पीताम्बर ने प्रश्न किया, ''तुम्हारे उन यजमानों का क्या हाल है? वही जिनके लिए तुम पूजा कर रहे थे? आजकल तुमसे कैसे पेश आते हैं?''

''सब कुछ तो तुम जानते हो, और फिर भी पूछ रहे हो। मेरे बड़े भाई का मुझसे झगड़ा हो गया है। ज्यादा काम तो उसी ने हथिया लिया है। मैं तो एक तरह से बरबाद हो गया हूँ।''

''भैया, तुम्हें संस्कृत तो ठीक से आती नहीं। तुम्हारे भाई ने चारों तरफ यह खबर फैला दी है। इसीलिए तुम्हारे यजमान अब तुमसे बिदकने लगे हैं।''

कृष्णकान्त ने इसका विरोध करना चाहा। बोला, ''खूब! बहुत खूब! जरा बताओ तो, उत्तरी किनारे के कितने ब्राह्मण नरहरि भगवती की तरह संस्कृत बोल सकते हैं? हमदोनों ने साथ-साथ ही शिक्षा ग्रहण की थी। उसकी अकसर बेंत से पिटाई होती, लेकिन मेरी एक बार भी नहीं हुई। मैं जानता हूँ, मेरे यजमान क्यों मुझसे विमुख हुए। इधर तो चारों वेदों में पारंगत ब्राह्मणों को भी भूखा मरना

पड़ रहा है। पहले यजमान से हर महीने एक जनेऊ, दो धोतियाँ और पाँच रुपए प्राप्त करना आसान था। अब तो कोई इन बातों को मानता ही नहीं। अपना खर्चा बचाने के लिए हमारा पुराना यजमान मणिकान्त शर्मा अपने दोनों बेटों को कामाख्या ले गया और वहीं उनका यज्ञोपवीत करवा दिया। माइतानपुर के यजमानों ने अब अपने माता-पिता का श्राद्ध एक साथ ही करवाना शुरू कर दिया है।''

जब तक कृष्णकान्त अपनी बात कहता रहा, पीताम्बर बिलकुल चुप रहा। उसने न तो सहमति दिखाई और न ही असहमति। उसके दिमाग में तो, बस, दमयन्ती का गोरा रूप ही चक्कर काटे जा रहा था। उसने त्वचा की ऐसी कोमलता और चमक पहले कभी नहीं देखी थी। और ऐसी बात भी नहीं कि उसने औरत के मांस को कभी छुआ न हो। एक तो उसकी पहली पत्नी थी। फिर वह दूसरी वाली भी थी जिसे उसने बच्चा पाने की उम्मीद से खरीदा था। वह तो अब गठिया के कारण बिस्तर से लगी है और उसका समूचा शरीर सूखकर ठठरी हो रहा है, जैसे कि वह हड्डियों का मात्र ढाँचा हो जिसे बिस्तर के एक कोने में पटक दिया गया हो। वह कई बार गुवाहाटी के अस्पताल तक पैदल चलकर गया था, यहाँ तक कि उसके जूतों के तल्ले भी घिस गये थे। उसे यही डर खाये जा रहा था कि वह निस्संतान मर जाएगा और उसकी वंशबेल खत्म हो जाएगी। उसका यह डर तब और बढ़ गया था जब पुजारी तथा दूसरे लोगों ने उसे हर घड़ी जताना शुरू कर दिया था, जो कि कटे पर नमक डालनेवाली बात थी। इससे उसकी दिमागी हालत बिगड़ने लगी थी।

पीताम्बर का घर कच्चा था। उसकी बीमार पत्नी भीतर बिस्तर पर लेटे-लेटे साफ देख सकती थी कि पुजारी बाहर खड़ा है। उसने अपनी आँख के इशारे से पास ही खड़े एक नौकर को बुलाया और उससे कहा कि वह बाहर पुजारी के बैठने के लिए एक मूढ़ा पहुँचा आए। पीताम्बर अपने में डूबा हुआ था। उसने न यह खयाल किया कि मूढ़ा कब आया और न यह कि वह कैसे आया।

कृष्णकान्त उठकर खड़ा हो गया और बोला, ''गाँव के लोग तुम्हारे बारे में बेपर की उड़ा रहे हैं। वे कहते हैं कि तुम्हारा दिमाग चल गया है। तुम क्या कहते हो इस बारे में? तुम्हें पता ही होगा कि इस दुनिया में ऐसे बेशुमार लोग हैं जो तुम्हारी तरह निस्संतान हैं। अब इस पर दूसरी तरह से गौर करो। कहो कि आखिर यह सब माया है, प्रपंच है।''

पीताम्बर का सर झुक गया था। पूजारी को उसके सफेद बाल साफ दिख रहे थे। उसके कपड़ों की हालत भी खराब थी। वे घिस भी रहे थे और उजले भी नहीं दिखते थे। केवल उसके जूते ही सही-सलामत थे, भले ही वे कीचड़

से लथपथ रहे हों। उसे इस आदमी पर कुछ दया-सी आ गयी। कभी वह इतना बाँका था कि लोग उसे 'गोरा पलटन' कहकर बुलाते थे। अब उसके पास पैसा था, धान से भरपूर खलिहान था, सब कुछ था, पर इसके बावजूद वह खुश नहीं था।

एकाएक कृष्णकान्त के मन में एक विचार आया। उसने इधर-उधर देखा। पीताम्बर के सोने के कमरे का दरवाजा खुला था और उसकी पत्नी बिस्तर पर अधलेटी हो रही थी। उसे उसकी आँखें भी दिख रही थीं। वे वैसे ही जल रही थीं जैसे अँधियारे जंगल में किसी जानवर की जलती हैं। लग रहा था जैसे कि वह अपनी पूरी ताकत से यह जानने की कोशिश कर रही है कि उसके पति के साथ पुजारी की क्या बातचीत हो रही है। उन जलती आँखों की चमक इतनी तीव्र थी कि दूर से ही उसमें व्याप्त वेदना का एहसास हो रहा था। पर पुजारी को इसका यकीन नहीं हो पा रहा था।

उसने, यानी पुजारी ने आखिर निर्णय कर ही लिया। थोड़ा झुककर वह पीताम्बर के कान में फुसफुसाया, "मैं इस यातना से तुम्हें निकाल सकता हूँ।"

"कोई और समाधान सूझा है?"

"हां, और इस बार बिलकुल पक्का है।"

"मैं तुम्हारी बात समझ नहीं पा रहा।"

"इस बार असफल गर्भ का सवाल ही नहीं उठता। चार बार यह गर्भपात करवा चुकी है और हर बार इसे अपनी खुराफात से छुटकारा पाने के लिए भ्रूण को अपने घर के पिछवाड़े में बाँस के झुण्ड में दफनाना पड़ता है।"

पीताम्बर स्तब्ध रह गया। वह एकाएक बोला, "तुम दमयन्ती की बात कर रहे हो?"

"हाँ! आजकल तो ब्राह्मण कन्याएँ मछुआरों से ब्याह रचाने लगी हैं। धनेश्वरी नदी के किनारे रहने वाले गोसाईं की बेटी ने एक मुसलमान लड़के से शादी की है। महात्मा गाँधी हमें रास्ता दिखा गये। इसलिए मैं तुमसे कह रहा हूँ कि..."

लगा जैसे कि पीताम्बर गें आवेश की लहर उठी। वह बोला, "कहना क्या चाहते हो?"

"अगर तुम चाहो तो दमयन्ती को अपना सकते हो!" कृष्णकान्त ने अपना सर घुमाकर एक बार फिर पीताम्बर की रुग्ण पत्नी की ओर देखा, जिसकी आँखें अब भी उसके चेहरे पर अंगारों की तरह दहक रही थीं। वे लगातार उसे घूरे जा रही थीं।

पीताम्बर उठकर खड़ा हो गया। कृष्णकान्त उससे वही कह रहा था जिसके बारे में वह अब तक केवल स्वप्न ही देखता रहा था, और वह भी बिलकुल स्पष्ट शब्दों में। वह उसकी ओर बढ़ा और आभार तले दबकर उसने उसके हाथ को दबाना चाहा, पर कृष्णकान्त पीछे हट गया। उसने कुछ देर पहले ही स्नान किया था और उसे गोसाईं के यहाँ पहुँचकर मुरलीधर को नित्यप्रति का प्रक्षालन करवाना था। यदि पीताम्बर उसे छू देता तो उसे फिर से स्नान करना पड़ता।

पर पीताम्बर की हालत तो ऐसे हो रही थी जैसे डूबते को एकाएक रंगों भरा पाल दिख गया हो! वह समझ नहीं पा रहा था कि वह पुजारी के हाथ छुए या पाँव!

''तब तो यह तुम्हारे मन में काफी अर्से से चल रहा होगा। क्यों?''

कृष्णकान्त ने उस रुग्ण स्त्री की ओर एक बार फिर देखा। पर इस बार उसकी आँखें पूरी तरह बन्द थीं। शायद उसे दर्द का दौरा पड़ा था। पीताम्बर पुजारी के पाँव के पास झुक गया और उससे अनुनय करता हुआ बोला, ''केवल आप ही यह कर सकते हैं। कृपया मेरी मदद कीजिए। मुझे लड़की चाहिए। बेशक, वह ब्राह्मण है। मैं उसे हर प्रकार का सुख दूँगा।''

कृष्णकान्त के पोपले मुँह पर एक क्षण के लिए मक्कारी-भरी मुस्कान आ गयी। ''अच्छा, ठीक है। देखूँगा। मुझे बार-बार इधर आना होगा। उसकी दो छोटी बेटियाँ भी हैं। उनके बारे में भी सोचना होगा।''

पीताम्बर के भीतर कई भाव आ-जा रहे थे। वह अब अपने सोने के कमरे की ओर बढ़ा। जब वह उसमें दाखिल हुआ तो उसने देखा कि उसकी पत्नी ने अपनी आँखें खोली हुई हैं और वह उसे देख रही है। अब पत्नी ने देखा कि उसके पति ने लकड़ी का बक्सा खोला है। पैसा और दूसरा कीमती सामान उसी में रहता था। कुछ देर बाद पति ने वह बक्सा बन्द कर दिया और पुजारी के पास लौट गया।

कृष्णकान्त के हाथ में अब बीस रुपये नकद थे और वह मजे-मजे में गुनगुनाता हुआ आगे बढ़ रहा था।

एक सप्ताह बीत गया। पीताम्बर पुजारी का बेसब्री से इन्तजार कर रहा था। उसका समूचा अस्तित्व जैसे किसी रंग में रंगा हुआ था। इन पिछले सात दिनों में उसने दमयन्ती को कई बार गोसाईं के यहाँ जाते देखा था। जनेऊ बनाने के लिए वह रूई का गट्ठर लिये हुई होती। उसकी देह को देखते ही उसके भीतर खलबली मच जाती। वह उसके विचार से इतना घिरा रहता कि उसके सामने तरह-तरह के दृश्य उभरने लगते। उसे दमयन्ती हर बार वस्त्रहीन दिखायी देती

जिससे वह उसके सुन्दर, गोरे बदन को जी भरकर देखता।

लोगों का कहना था कि दमयन्ती का जन्म कामरूप में धनेश्वरी नदी के किनारे रऊता में हुआ था। ऐसा विश्वास भी किया जाता था कि इतनी सुन्दर बालाएँ और कहीं देखने को नहीं मिलतीं जितनी धनेश्वरी के दोनों तरफ रहने वाली ब्राह्मण बालाएँ होती हैं। पीताम्बर अब पूरी तरह आश्वस्त था कि यह उक्ति शत-प्रतिशत सही है।

पीताम्बर ने अब हर रोज अपने घर के बाहर बैठना शुरू कर दिया। ये दिन भी ऐसे थे कि दमयन्ती सड़क के दोनों ओर बहने वाले नालों के किनारे उग आयी कलमी और दूसरी वनस्पतियाँ बटोरने नियमित रूप से आती। उसकी दोनों नन्ही बेटियाँ भी प्राय: उसके पीछे-पीछे चली आतीं। वे बिलकुल डण्ठल थीं और नंगी ही रहती थीं। माँ का शरीर हृष्टपुष्ट और कामेच्छा जगानेवाला, और बेटियाँ भुखमरी की शिकार। दमयन्ती के लम्बे, भूरे बाल पीताम्बर की आँखों में बस जाते।

एक दिन पीताम्बर ने हिम्मत जुटा ही ली। दमयन्ती जब हरे पत्ते तोड़ रही थी तो वह उसके निकट गया और बोला, ''अगर तुम हर रोज इसी तरह कीच-भरे पानी में खड़ी रही तो तुम्हें ठण्ड लग जाएगी।''

दमयन्ती ने एक बार उसकी ओर केवल देख भर लिया। बोली कुछ भी नहीं। उसकी आँखें विस्मय से खुली थीं।

पीताम्बर ने फिर कहा, ''मैं नौकर को भेज देता हूँ। तुम उसे बता देना। जितनी वनस्पति चाहिए, वह इकट्ठी कर देगा। और...''

लेकिन उसका वाक्य अधूरा ही रहा। दमयन्ती ने हिकारत भरी, तीखी नजरों से जैसे ही उसको ओर देखा, पीताम्बर की आँखें झुक गयीं। वह तुरन्त वहाँ से हट गया, और लौटकर अपने घर के सामने वाले ठूँठ पर जा बैठा। उसने देखा कि उसकी पत्नी टूटे पंखों वाले पक्षी की तरह फिर बिस्तर पर लुढ़क गयी है। सुबह वह बेहतर दिख रही थी। कमरे में थोड़ा घूमी भी थी। लेकिन अब फिर बिस्तर की मेहमान हो गयी थी।

उसके भीतर फिर क्रोध घुमड़ उठा। उसने तीक्ष्ण दृष्टि से उसकी ओर देखा। एक समय उसे यह भी लगा कि उसकी बीमार देह में उसके सूखे जोड़ क्रीं-क्रीं कर रहे हैं। उसका दिल उससे भर गया था। वैसे तो यह उसे दवाई देने का समय था, लेकिन वह उठा नहीं। उसने अपने जूतों की तरफ देखा, फिर अपनी जेब से रूमाल निकाला और उन्हें साफ करने लगा। साथ ही वह बार-बार सड़क की ओर भी देख लेता। वह कृष्णकान्त के लिए उतावला हो रहा था।

एकाएक उसे बैलगाड़ी की आवाज सुनाई पड़ी। वह जानता था कि यह बैलगाड़ी क्यों आयी है। उसके आसामी उसके हिस्से का बोका धान लाये होंगे। बोका धान की फसल जुलाई के महीने में होती है। उसे धान से लदी बैलगाड़ियों को देखकर बहुत खुशी होती थी। वह बड़े सन्तोष से नई फसल की गन्ध अपने भीतर भर लेता और गाड़ियों से उतरती टोकरियों की गिनती करने में लग जाता। लेकिन आज वह अपनी जगह से टस से मस नहीं हुआ। हाँ, उसके नौकर जरूर बाहर आये और खलिहान की ओर टोकरियाँ ले जाने लगे। जब यह काम पूरा हो गया तो आसामियों को चाय, गुड़ और भुना चावल दिया गया जिसे उन्होंने बड़े चाव से खाया। खा चुके तो वे कुएँ की ओर बढ़े। वहाँ उन्होंने अपने हाथ-पाँव धोये और फिर अपने लिए अलग रखी गयी पान-सुपारी का सेवन करने लगे।

जब वे सब कामों से निपट चुके तो पीताम्बर के पास विदा लेने आये, लेकिन उसकी अन्यमनस्कता और चुप्पी देखकर हैरान रह गये। फिर जैसे कि उन्होंने मन-ही-मन कहा, 'अरे, आपके बच्चे तो हैं नहीं। खलिहान धान से लबालब भरे पड़े हैं। कौन खाएगा यह सब? आप बूढ़े भी तो हो चले हैं। देवी-देवताओं की मनौती करें और जितना दान-पुण्य कर सकते हैं, करें।'

पीताम्बर घर के भीतर गया और कुछ पैसा ले आया। फिर उसने बारी-बारी से सबको कुछ-न-कुछ राशि दी और उन्हें विदा किया। पर उसकी चुप्पी बरकरार रही। अब वह फिर अपनी पहलेवाली जगह पर आ बैठा था और खुले दरवाजे में से उसकी आँखें भीतर बिस्तर से लगी पत्नी पर गड़ी थीं। पत्नी की आँखें खुली थीं। पलंग के नीचे एक गिलास पड़ा था। शायद उसने थोड़ा पानी पिया था। दवाई लेने का समय कब का निकल चुका था।

आखिर वह उठ खड़ा हुआ ताकि भीतर जाकर पत्नी को दवाई दे सके। जूते उतारकर उसने उन्हें कोने में रख दिया। अभी वह दहलीज पार करने को ही था कि पीछे से उसे खाँसने की आवाज सुनाई पड़ी। कृष्णकान्त ही था। वह तुरन्त मुड़ा और जूते पहन लिये। उसकी पत्नी की आँखें उसके पीछे-पीछे लगी रहीं। वह उम्मीद लगाये हुए थी कि अब उसे दवाई मिल जाएगी। पर पीताम्बर के लौट जाने से वह नाउम्मीद हो गयी और उसने अपनी आँखें फिर बन्द कर लीं। उन आँखों की अग्नि अब बुझ चुकी थी। केवल राख ही बाकी थी उनमें।

पीताम्बर व्यग्र हो रहा था। बोला, "बापू, क्या खबर लाये हो मेरे लिए? फटाफट बताओ।" वह इतना व्यग्र था कि कृष्णकान्त को बैठाने का भी उसे खयाल न रहा। उसने फिर कहा, "बताओ, क्या खबर है?"

पुजारी ने चारों तरफ अपनी नजर घुमायी। रोगी स्त्री लाश की तरह बिस्तर पर पड़ी थी। वह अब कुछ सुन भी नहीं पा रही थी।

पुजारी ने पीताम्बर के कानों में फुसफुसाया, ''ध्यान से सुनो। मुझे एक खबर मिली है। इस समय उसका गर्भाशय बिलकुल खाली है। अभी मुश्किल से एक महीना ही हुआ है जब उसने अपनी पिछली करतूत का फल जमीन में दबाया है। उसकी छोटी बेटी कह रही थी कि इस बार उसकी माँ ने उस कुदाल से कब्र खोदी थी जो उसे साइकिल पर सवार होकर कॉलेज जाने वाले छात्र से मिली थी। अमीर घर का लड़का है वह। बस, यों ही है, चरित्र-वरित्र कुछ नहीं उसका। कहने को कॉलेज के लिए घर से निकलता था, लेकिन आता था सीधा दमयन्ती के यहाँ। उसी के यहाँ पहुँचकर चावलों की टोकरी में अपनी किताबें छिपा देता और कॉलेज में देने के लिए जो फीस लाता था, वह उसके बनाव-शृंगार पर खर्च कर डालता''

पुजारी की आवाज अब और भी धीमी हो गयी थी। वह महज फुसफुसा रहा था, ''वह उसे लेकर सीधा फर्श पर पड़ जाता। छोटी बच्चियों के सामने ही। हरे! हरे! बड़े बेशर्म होकर आपस में लगे रहते। इस बार तो उसी छात्र का बीज रहा होगा।''

पीताम्बर ने सब कुछ सुना, लेकिन ऐसे जैसे कि सुन्न हो गया हो।

पुजारी ने अपनी बात जारी रखी, ''मैंने उससे तुम्हारे बारे में बात की थी। वह एकदम लाल-पीली हो गयी, बल्कि उसने जमीन पर थूक दिया। कहने लगी, 'वह कुत्ता! कैसे हिम्मत की उसने ऐसी बात मुझ तक पहुँचाने की? जानता नहीं वह कि मैं यजमानी ब्राह्मण कुल से हूँ और वह कीड़ा नीच जाति का महाजन है।' मैंने उससे कहा कि जब वह पाप के कीचड़ में लोट लगा रही है तो ऊँची जाति और नीच जाति का क्या महत्व? कोई ब्राह्मण लड़का तो उससे शादी करने की सोच भी नहीं सकता। फिर विधवा से शादी करेगा भी कौन! और उससे, जिसकी बेटियाँ भी हों। कम-से-कम तुम उससे शादी करने को तो तैयार हो। है क्या वह! गन्ने के पोर की तरह चुसी हुई। उच्छिष्ट। मैंने उसे साफ-साफ कह दिया कि तुम पंचायत की रजामन्दी भी ले लोगे और हवन करके विधिवत उससे शादी करोगे। उसने तुम्हारी पत्नी के बारे में पूछताछ की। मैंने उसे बताया कि तुम्हारी पत्नी उस तिनके की तरह है जो हवा के झोंके से कभी भी उड़ सकती है। मैंने यह भी कहा कि तुम उसे बड़े आराम से रखोगे और यह भी कि पूरे सत्र में केवल तुम ही हो जो महँगे जूते पहनते हो। एकाएक उसने रोना शरू कर दिया। पता नहीं क्यों? फिर अपनी चादर से अपने आँसू पोछते हुए बोली,

'आजकल मेरी तबीयत ठीक नहीं रहती। मैं चाहती हूँ कि मुझे ऐसा सहारा मिले जो ठोस हो और बना रहनेवाला हो।' मैंने उससे कहा, 'तुम्हारी तबीयत ठीक कैसे रह सकती है? मैंने सुना है कि तुमने अपने पेट से चार-पाँच बार कचरा निकलवाया है। अगर पंचायत ने इस बात को पकड़ लिया तो समझ लो पूरे सत्र के लिए मुसीबत खड़ी हो गयी। तुम्हारे यहाँ अगर कोई पानी का गिलास भी लेने गया तो उसे बीस रुपये से कम जुर्माना नहीं होगा। तुम्हारा लिहाज इसीलिए किया जाता रहा है कि तुम ब्राह्मण हो। लेकिन कब तक चलेगा यह?' उसका कहना था, 'मैं कर भी क्या सकती हूँ! मुझे जिन्दा तो रहना ही था। अब मेरे पास न तो जनेऊ का काम आ रहा था और न ही मुरमुरों का। मुझे तो अब भ्रष्ट और अपवित्र समझा जाने लगा है। और मेरे आसामी? वे सब चोट्टे हो गये हैं। धान का मेरा हिस्सा भी नहीं देते। मेरी मजबूरी का फायदा उठाते हैं। ऐसे हालात में मैं इन दो नन्ही बच्चियों को लेकर कहाँ जाती? मैंने लगान भी चुकता नहीं किया। एक दिन मेरी जमीन की भी नीलामी हो जाएगी। बताओ, मैं क्या करूँ?''

पीताम्बर का धैर्य खत्म हो रहा था, ''मेरे प्रस्ताव का क्या हुआ?''

''हाँ, हाँ, मैं उसी पर आ रहा हूँ। वह तुमसे मिलना चाहती है। पूर्णमासी की रात को अपने ठिकाने पर, पिछवाड़े में धान कूटनेवाले कोठे में।''

पीताम्बर गद्‌गद् हो गया। कृष्णकान्त ने इस मौके को हाथ से जाने न दिया और उसके कान में फुसफुसाया, ''चलो, मेरे लिए चालीस रुपये निकालो। मच्छरों ने नाक में दम कर रखा है। मैं एक मच्छरदानी खरीदना चाहता हूँ।''

पीताम्बर घर के भीतर गया। उसने देखा कि उसकी पत्नी पूरी तरह जगी हुई थी। उसने इस बात की चिन्ता नहीं की। वह सीधा अपनी लकड़ी की सन्दूकची के पास पहुँचा और उसमें से पैसे निकालकर बाहर जाने के लिए मुड़ा। रोगी स्त्री उसकी ओर टकटकी लगाए देखे जा रही थी। वह एकाएक भड़क उठा, ''क्यों मुझे इस तरह घूर रही हो? मैं तुम्हारी आँखें नोच लूँगा।''

कृष्णकान्त ने सुना। वह सब कुछ समझ गया। पीताम्बर से पैसा लेते हुए धीरे से बोला, ''देखो, अगर यह ज्यादा घूरती हो तो इसे थोड़ी अफीम दे दो। तुम्हारी पहली पत्नी की तरह यह झगड़ालू नहीं है। शायद इसे इस बात का रंज है कि वह तुम्हारे लिए बच्चा पैदा नहीं कर सकी।'' और यह कहकर वह अपने पोपले मुँह से हँसा।

रोगी स्त्री ने पहले की तरह अपनी आँखें बन्द कर लीं और बिस्तर पर वैसी की वैसी पड़ी रही। पुजारी अब संजीदा हो गया था। वह कहे जा रहा था, ''लेकिन उस कुतिया को पैसे की बहुत भूख है। अब सब तय हो चुका है।

तुम उसे उसी के ठिकाने पर दबोच सकते हो।''

पीताम्बर ने भीतर सो रही स्त्री पर एक नजर डाली। उतनी दूर से भी वह देख सकता था कि उसके माथे पर पसीने की छोटी-छोटी बूँदे उभर आयी हैं।

अगस्त का महीना था और पूर्णमासी की रात। पीताम्बर ने अपने सबसे बढ़िया कपड़े निकाले और अपने जूतों को अपने हाथ से इस तरह साफ किया जैसे कि वह उन पर स्नेह उड़ेल रहा हो। फिर उसने आईना उठाया और बाहर आँगन में खड़ा-खड़ा उसमें अपना चेहरा निहारने लगा। अभी सुबह ही उसने शेव बनायी थी। आईने में अपना चेहरा निहारने लगा। अभी सुबह ही उसने शेव बनाई थी। आईने में अपना चेहरा निहारते समय उसे उस पर झुर्रियाँ भी दिख गयीं। जो एक-दूसरे को काट रही थीं। उसे लगा, उसका चेहरा ठीक वैसा लग रहा था जैसे कि जाल में फँसी मछली।

वह दमयन्ती के घर की ओर चल पड़ा। रास्ते में साल का घना जंगल पड़ता था। उसका घर जंगल के पार, गाँव के बाहरी हिस्से में था। एक तरह से यह जगह आदर्श थी, क्योंकि दमयन्ती यहाँ निश्चित होकर जो मन में आये, कर सकती थी।

चाँदनी रात में उसे कुकुरमुत्ते के रंग के बादल आकाश में तोप का आकार लिये दिख रहे थे। उसे चाँद उस व्यक्ति की तरह दिख रहा था जिसने किसी हिरन की खाल उतारकर और उसके टुकड़े-टुकड़े करके उसे आकाश में टाँक दिया हो। पर उसकी चमक अद्‌भुत थी।

अचानक चाँद अब पीताम्बर को नग्न, मादकता से लहकती दमयन्ती के रूप में दिखने लगा। उसने उसके उरोजों की कल्पना करनी चाही। वे तो गाभिन बकरी के कोमल और गोल पेट की तरह होंगे। और उसकी देह की बनावट? सीधी, बांस की कोमल छड़ की तरह। उसने अपनी आँखें झुका लीं-नहीं, नहीं, वह आकाश की ओर और नहीं देख सकता। वह तेज चलने लगा।

साल के जंगल के पार उसे रास्ता काटता गीदड़ों का एक झुण्ड दिखायी दिया। पर अब वह दमयन्ती के घर के फाटक के पास पहुँच चुका था। वह चुपके से उसके भीतर घुस गया। वह अब सहन में पहुँच चुका था। एक कमरे में मद्धिम-सी, मिट्टी के तेल की ढिबरी जल रही थी। उसने भीतर झाँका। एक जगह कटहल का ढेर लगा था और वहीं चावल की टोकरियाँ पड़ी थीं। एक बच्ची वहीं गहरी नींद सो रही थी। दूसरी बच्ची छोटी-सी स्लेट पर कुछ लिख रही थी। दमयन्ती पिछवाड़े के कमरे से पीताम्बर की हर गतिविधि पर आँख रखे हुए थी। वहीं से उसने पुकारा, ''अरे, इधर। यहाँ!''

ड्यूटी पर मुस्तैद किसी सैनिक की तरह पीताम्बर तुरन्त मुड़ा और उसकी ओर बढ़ गया। धान कूटनेवाले धोड़े के पास एक मिट्टी का दीया जल रहा था। दमयन्ती एक टूटी हुई दीवार के पास खड़ी थी। पीताम्बर उससे भयभीत था। वह उसकी आँखों में देखने की हिम्मत जुटा नहीं पा रहा था। फिर उसे एकाएक लगा कि यह सब भ्रम-मात्र है, दीये की रोशनी में दिखती उसकी आकृति भी भ्रम ही है। लेकिन उसके विचारों की शृंखला जल्दी ही टूट गयी। उसने सुना। वह कह रही थी, "कुछ पैसे लाये हो?"

वह स्तब्ध रह गया। उसे उम्मीद न थी कि उसका पहला प्रश्न यही होगा। वह झट से बोला, "ये रहे। पकड़ो। मेरा जो कुछ है, सब तुम्हारा है।" उसने अपनी कमर में खोंसा एक सुतलीवाला बटुआ निकाला और उसे उसके हाथ पर रख दिया। दमयन्ती ने वह बटुवा तुरन्त अपने ब्लाऊज के भीतर वक्षोजों के बीच सँभाल लिया। फिर उसने दीया उठाया और उसे उस कमरे में ले गयी जहाँ पहले उसकी एक बेटी अपना पाठ याद कर रही थी।

दोनों लड़कियाँ अब तक गहरी नींद में डूब चुकी थीं और एक-दूसरे से चिपटी हुई थीं। दमयन्ती पीताम्बर को बगल के कमरे में ले गयी। वहाँ सीलन भी थी और अँधेरा भी। वहीं उरियाम (अमरूद) की लकड़ी की एक खटिया पड़ी थी। यह खटिया उसके मृत पति को गोसाईं की अंत्येष्टि के समय मिली थी। उसने फूंक मारकर दीये को बुझा दिया।

दो माह बीत गये। शाम काफी हो चुकी थी। पीताम्बर अपने घर पहुँचने की जल्दी में था। वह अँधेरे में ही निकल पड़ा। दमयन्ती लुढ़कती-सी कुएँ की ओर बढ़ी और वहाँ नहाने लगी। ठीक उसी समय वहाँ पुजारी भी आ पहुँचा ओर व्यंग्य करता हुआ-सा वह बोला, "उस ब्राह्मण लड़के का संग पाने के बाद तो तुम नहाती नहीं थी! अब क्या हो गया है?"

दमयन्ती ने कोई उत्तर नहीं दिया।

"जानता हूँ, वह नीची जाति का है। यही बात है न?"

एकाएक दमयन्ती दौड़ी। उसके कपड़े भीगे हुए थे। वह दौड़कर सहन के दूसरे कोने में जा पहुँची। फिर उसने दुहरी होकर उलटी करना शुरू कर दिया।

कृष्णकान्त एक क्षण के लिए बिलकुल निष्क्रिय हो गया। उसकी कुछ समझ में नहीं आ रहा था। फिर वह लपककर उसके पास पहुँचा और धीरे से बोला, "यह पीताम्बर का ही है न!"

दमयन्ती ने फिर भी कोई उत्तर नहीं दिया।

''वाह! क्या बात है! वह शख्स तो बच्चे के लिए तरस रहा है।''

इस पर भी दमयन्ती ने कोई प्रतिक्रिया व्यक्त नहीं की।

''अब मैं चलता हूँ और उसे यह खबर दिये देता हूँ। वह अब तुमसे खुल्लमखुल्ला शादी कर सकता है।''

फिर वह उसके निकट गया और फुसफुसाता हुआ बोला, ''तुम्हारे यहाँ जो कुछ चलता रहता है, लोग उससे परेशान हैं। बीच-बीच में बात भी होती रही कि पंचायत बुलाई जाए। और सुनो! एक और बात भी है। वह बहुत गम्भीर है। वह तीन महीने का गर्भ जो तुमने बिजुली बाँसों के पीछे दबाया था, उसे एक दिन एक लोमड़ी ने खोदकर निकाल लिया और उसका एक भाग हड़प कर गया। जो हिस्सा बच गया था, उसे वह थोड़ा-सा चबाकर गोसाईं के पुजारी को अहाते में छोड़ गया। जानती हो न उसे? वही जो गोसाईं के मुरलीधर को स्नान करवाता है। शुद्धीकरण में उसे बहुत परेशानी आयी। दो गिलास पानी में घुला गोबर पीना पड़ा।''

दमयन्ती ने फिर वमन करना शुरू कर दिया था। उसके मुँह से ओंक-आँक की आवाज निकल रही थी और वह पूरी तरह खुला था।

पुजारी कहता गया, ''इन सबके बावजूद पीताम्बर तुमसे शादी करने को तैयार है। देखो, मैं इस जनेऊ पर हाथ रखकर कसम खाता हूँ कि अगर इस बार भी तुमने अपने पाप से बचने के लिए इस अवसर को खो दिया तो तुम नरक की आग में जलोगी!''

पीताम्बर को उसके जीवन की सबसे बढ़िया खबर सुनाकर कृष्णकान्त बोला, ''अब लगता है, तुम्हारा स्वप्न पूरा होने को है। अगर उसने इस बच्चे को नष्ट न किया तो विश्वास रखो वह तुमसे शादी कर लेगी।''

पीताम्बर हमेशा की तरह अपने घर के सामने पेड़ के ठूँठ पर बैठा था और अपने उन अनगोल जूतों को भी पहने हुए था। जैसे ही कृष्णकान्त के शब्द उसके कानों में पड़े, उसका समूचा शरीर खुशी से थरथराने लगा। क्या यह वाकई सच है? क्या उस औरत के पेट में उसी का बच्चा है? ठीक ही होगा। यह ब्राह्मण झूठ क्यों बोलेगा? वाकई, उसी का बच्चा होगा।

वह उठकर खड़ा हो गया। वह व्यग्र हो रहा था। और उसी व्यग्रता में उसने अपने घर के सामने चक्कर लगाना शुरू कर दिया।

वह पुजारी के कदमों में झुक गया और उससे विनती करने लगा, "देखना बापू! मेरी उम्मीद पर पानी न फिरे। तुम मेरे बारे में सब कुछ जानते हो। मेरे पुरखे भारी योद्धा थे। उन्होंने उन बर्मी आक्रमणकारियों से युद्ध किया था। तुम यह भी जानते हो कि यदि यह वंशबेल टूट गयी तो उसे आगे बढ़ाने वाला कोई नहीं होगा। केवल मैं ही जानता हूँ कि मेरी आत्मा कैसे छटपटा रही है। अब मेरी जान इस मोहक जादूगरनी की मुट्ठी में है। अरे बापू, बताओ, क्या करूँ मैं?"

कृष्णकान्त ने सांत्वना देते हुए अपना एक हाथ ऊपर उठाया और बोला, "जैसे एक गिद्ध लाश की चौकसी करता है, उसी प्रकार मैं भी इस औरत की चौकसी करूँगा। इसके साथ ही मैं उस बुढ़िया को भी चेतावनी दे दूँगा कि वह पेट गिराने के लिए इसे कोई उलटी-सीधी जड़ी-बूटी न दे। लेकिन खेल सारा पैसे का है। मुझे ढेर सारी रकम की जरूरत पड़ेगी।"

इस बार पैसा लाने के लिए पीताम्बर को घर के भीतर नहीं जाना पड़ा। सुबह ही उसने औरपुट के एक व्यापारी को अपने सात पेड़ों के कटहल बेचे थे और समूची रकम उसकी जेब में ही थी। उसने वह बाहर निकाली और कृष्णकान्त की फैली हथेली पर रख दी। पुजारी ने उसे आशीष दिया और वहाँ से चलता बना।

घर में दाखिल होते समय उसे फिर बीमार औरत की छेदती, पथराई आँखों का सामना करना पड़ा। उन आँखों में लांछन का भाव था, चाहे किसी एक के लिए ही सही, पर पीताम्बर फिर पहले की तरह अक्खड़ और भावहीन बन गया था। बड़ी जोर से वह गुर्राते हुए बोला, "अरी, बाँझ कुतिया! इस तरह मेरी तरफ क्यों देख रही है?"

वह तो, दरअसल खुशी से बावरा हुआ जा रहा था। वह अब अपने घर के बाहर, अपने प्रिय स्थल पर बैठकर, दमयन्ती के पेट में पल रहे अपने बच्चे के बारे में सपना देखता रहता। वह उसके विकास की विभिन्न अवस्थाओं की कल्पना करता—अब वह, यानी उसका बेटा, अपनी पूरी जवानी में है और वह उसे नदी के किनारे घुमाने ले गया है। फिर उसे लगता जैसे कि उसकी वंशबेल की सुनहरी डोरी उसे चमचमाते भविष्य की ओर खींचे लिये जा रही है। वह स्वप्न पर स्वप्न देखता—बाप और बेटा उस उज्ज्वल प्रकाश की ओर चले जा रहे हैं जहाँ धरती और आकाश, दूर क्षितिज में, एकाकार हो जाते हैं।

नौकर की मदद से उसने अपने सोने के कमरे की पड़छत्ती पर पड़ी एक पुरानी सूंदकची को उतारा। सन्दूकची पर मिट्टी अटी पड़ी थी और उससे मकड़ी

के जाले लिपट रहे थे। उसने उन्हें साफ किया और सन्दूकची को कमरे के दूसरे कोने में ले जाकर चुपके से खोला। उसमें कपड़े में लिपटा कुछ रखा हुआ था। दरअसल, वे उसके पिता की अस्थियों के अधजले टुकड़े थे। इसमें उसके पिता की सोने के मनकों की वह माला भी थी जो वह बराबर अपने गले में पहना करते थे। मरते समय पिता ने यह माला उसे दी थी और कहा था कि सोने के ये मनके सोने की सीढ़ियों की तरह हैं जिनपर चढ़ते हुए वह अपने परिवार का झण्डा फहराएगा।

पीताम्बर उन अवशेषों को कुछ समय तक देखता रहा। फिर उसने उन्हें उसी कपड़े में सावधानी से लपेटा और सन्दूकची में वापस अपनी जगह पर रख दिया।

ऐसे ही कुछ समय बीत गया। पीताम्बर का धैर्य अब खत्म होता जा रहा था। उसने सुन रखा था कि पाँच महीने का गर्भ नष्ट नहीं किया जा सकता। इसलिए वह चाह रहा था कि यह नाजुक समय किसी तरह बीत ही जाए। इसे लेकर वह बेहद परेशान था। हर दिन उसे सामने खड़े पहाड़ की तरह दिख पड़ता। हर दिन अपने कानों में उसे उसकी तरफ आते उस ब्राह्मण विधवा के कदम सुनाई पड़ते। जैसे वह उससे कह रही होती—हवन की तैयारी करो। फिर वह कुछ उदास होकर कहती, 'मैं घर से अब बाहर नहीं निकल सकती। देखो, मेरा पेट कितना बढ़ गया है! मैं, बस, सोचती ही रही हूँ—हिन्दू, मुसलमान, ब्राह्मण और कायस्थ। ये सब मिट्टी के बर्तन के टुकड़े भर तो हैं। इन शब्दों में अब कोई सार नहीं रहा। मुझे तो वह पुरुष चाहिए जिसके शरीर से, जब उसका मांस काटा जाए, तो असली खून निकले।'

पीताम्बर के मन में उथल-पुथल मची हुई थी। दमयन्ती की छाया हर वक्त उसके सामने अपनी पूरी जीवन्तता और सौंदर्य के साथ खड़ी रहती। उसे यहाँ तक लगता जैसे कि उसके चिकने, बाँस की डालियों-से टखनों से, पाजेब के संगीतमय स्वर फूट रहे हैं।

तीन महीने बीत गये थे। पीताम्बर अब लगभग हर रोज अपने काल्पनिक युवा बेटे के साथ धनेश्वरी के किनारे घूमता होता। उसका सपना हर समय, रात और दिन, उसके साथ रहता।

अब अगस्त का महीना था। दोपहर को तूफान आया और साथ में बारिश भी ले आया। पीताम्बर पिछवाड़े के धान कूटनेवाले कमरे के बगल वाले कमरे

का दरवाजा बन्द करने को बढ़ा। पर उसकी पत्नी की आँख उस पर बराबर गड़ी हुई थी। वह सुन्न-सा हुआ खड़ा रहा। पत्नी की विस्फारित आँखें अँधेरे में चमकीले सर्पों की तरह दिख रही थीं। अचानक तूफान ने फिर तेजी दिखायी। सभी बत्तियाँ फड़फड़ाने लगीं और फिर बुझ गईं। चारों ओर घुप्प अँधेरा हो गया। तूफान की गर्जन के अलावा कुछ टूटने के स्वर भी सुनाई पड़े। यह क्या हो सकता है? जरूर, सहन वाले पेड़ पर बिजली गिरी होगी और उसे दो फाँका कर दिया होगा। यह कौन-सा पेड़ होगा? वह अफरा-तफरी में बाहर की ओर दौड़ा। घर के नौकर पहले से ही बरामदे से नारियल के ढेर को हटाकर नारियलों को पिछले कमरे में पहुँचा रहे थे।

धीरे-धीरे तूफान की गर्जन और बिजली की कौंध तो कम हो गयी, पर बारिश पहले की तरह ही अपनी पूरी ताकत के साथ होती रही। एकाएक पीताम्बर के कानों में कोई स्वर सुनाई पड़ा। कोई उसे बुला रहा था। वह हाथ में लालटेन लेकर बाहर की ओर लपका। वह पुरुष आकृति उसकी आँखों के सामने उभरी। वह बिल्कुल निचुड़ रही थी। धोती उसके घुटनों के ऊपर थी। उसके हाथ में एक पुराना, फटा-सा छाता था। वह आकृति बिलकुल कंकाल के समान लग रही थी। वह पीताम्बर के निकट आयी। यह कौन हो सकता है? पीताम्बर ने लालटेन को ऊँचा किया और उसे गौर से देखा। यह तो कृष्णकान्त है!

पीताम्बर के मुँह से एकाएक निकला, ''बापू, तुम! क्या बात है? ऐसे खराब मौसम में क्यों आये हो?''

बड़ी मुश्किल से पुजारी बरामदे तक पहुँच पाया। वहाँ पहुँचते ही उसने छाता बन्द कर दिया। उसके हाथ काँप रहे थे। वह बेहद घबराया-सा लग रहा था। बोला, ''तुम्हारी पहली पत्नी अशुभ घड़ी में मरी थी। अब जो कुछ हुआ है, उसके पीछे यही कारण रहा होगा।''

''क्या! क्या कहा? क्या हुआ है?''

''शास्त्रों में कहा गया है कि जब किसी व्यक्ति की ऐसी घड़ी में मृत्यु होती है तो सहन में घास का छोटे-से-छोटा तिनका भी जलकर राख हो जाता है। तुम्हारे लिए अब सब कुछ जलकर राख हो चुका है।''

पीताम्बर भयभीत सा चीख उठा, ''हुआ क्या है? ईश्वर के लिए मुझे जल्दी से बताओ।''

''क्या कहूँ? उसने उसे नष्ट कर दिया है। उसने उसे साफ करवा डाला है। वह किसी छोटी जाति वाले का बीज अपने भीतर पनपने देना नहीं चाहती थी। वह शांडिल्य गोत्र की ब्राह्मण है। हाँ रे, पीताम्बर, उसने पेट गिरवा दिया

है।"

पीताम्बर के साथ धनेश्वरी के किनारे टहलनेवाले युवक का पाँव एकाएक फिसला और वह नदी में जा गिरा...।

एक रोज आधी रात के वक्त दमयन्ती चौंककर उठी। उसके पिछवाड़े से कुछ आवाजें आ रही थीं, जैसे कि कोई जमीन खोद रहा हो। मारे डर और घबराहट के उसने अपनी बड़ी बेटी को जगाया। दोनों ने ध्यान लगाकर सुना। हाँ, घर के पिछवाड़े में बाँसों के झुरमुट की दिशा से खोदने की आवाज साफ आ रही थी। यह वही स्थल था जहाँ कुछ रोज पहले दमयन्ती ने भ्रूण को दबाने के लिए गड्ढा खोदा था। उस रात दमयन्ती की बेटी अपने हाथ में मिट्टी का जलता दीया थामे हुई थी और दमयन्ती इधर-उधर डोलती, कुदाल से जमीन खोदती जा रही थी और फिर उसने काँपते हाथों से खोदी हुई मिट्टी बाहर निकाली थी। लेकिन माँ और बेटी डरी भी बहुत थी, क्योंकि लोमड़ियों के हू-हू करने की आवाजें बार-बार आ रही थीं।

ठुक! ठुक! ठुक!

उन्होंने बड़ी सावधानी से खिड़की के पल्ले खोले और बाहर देखा। एक आदमी लालटेन के मद्धिम प्रकाश में जमीन खोदने में लगा था। लालटेन पास के एक बाँस् के झाड़ से लटक रही थी।

दमयन्ती का दिल जोर-जोर से धड़कने लगा। क्या पीताम्बर है वहाँ? हाँ, वही है। वह अपने में बिलकुल खोया हुआ जमीन खोदे जा रहा था। धीरे-धीरे खुदाई में और तेजी आ गयी। उस महाजन के समूचे शरीर और चेहरे पर भयंकर आक्रामकता ठहरी हुई थी। वह खोदे जा रहा था और पागलों की तरह खोदी हुई मिट्टी अपनी पूरी ताकत से परे फेंके जा रहा था।

दमयन्ती का शरीर सर से पाँव तक काँप गया। उसका दिल बड़ी तेजी से धड़क रहा था। क्या करे वह? क्या वह शोर मचाए? क्या वह चुप रहे? गजब हो रहा था!

"ए महाजन! अरे ओ महाजन!"

कोई जवाब नहीं। बस, ठुक, ठुक, ठुक।

"वहाँ क्यों खोद रहे हो, महाजन?"

पीताम्बर ने सिर उठाकर देखा, पर जवाब नहीं दिया। बस, ठुक, ठुक ठुक, ठुक, ठुक!

दमयन्ती एकदम पागल हो उठी। वह बुरी तरह से चिल्लायी, ''क्या मिलेगा तुझे वहाँ? हाँ, मैंने उसे दबा दिया है। वह नर ही था। पर वह तो मांस का लोथड़ा भर था। कुछ खून और कुछ गन्दगी। रुको! रुक जाओ!''

पीताम्बर ने अपना चेहरा ऊपर उठाया। उसकी आँखें जल रही थीं। उसने कहा, ''मैं उस लोथड़े को अपने इन हाथों से छूना चाहता हूँ। वह मेरी वंशावली की कड़ी था, मेरे ही मांस और लहू से बना था। मैं उसे एक बार जरूर छूकर देखूंगा।''

अनुवाद : श्रवण कुमार

एक अविस्मरणीय यात्रा

प्रोफेसर मीराजकर और मैं काजीरंगा राष्ट्रीय उद्यान से लौट रहे थे। हम वहाँ घूमने गये थे। हम दोनों दिल्ली विश्वविद्यालय के भारतीय भाषा विभाग में काम करते हैं और असम के छात्रों द्वारा आयोजित एक सम्मेलन में शामिल होने के लिए असम गये थे। हमें अँधेरा होने से पहले गुवाहाटी पहुँचने की जल्दी थी। मीराजकर का कहना था कि उन्हें जंगली जानवरों से डर नहीं लगता, लेकिन आतंकवादियों से वह निश्चित रूप से भयभीत रहते हैं। उनके एक बहुत ही प्यारे दोस्त को पंजाब में इन्हीं आतंकवादियों ने खत्म कर दिया था। वे मुझसे बार-बार पूछ रहे थे, "क्या आप अपने इतने सुन्दर प्रदेश में आतंकवाद पर काबू पाने में सफल रही हैं?" मैं समझ नहीं पा रही थी कि उन्हें क्या जवाब दूँ, क्योंकि रास्ते में हमें कई चैकपोस्टों पर रोका गया था और जाँच करने के लिए हमारे चेहरों पर टार्च की रोशनी भी डाली गयी थी।

मैं कार में बैठी खिड़की से बाहर देख रही थी, लेकिन मेरा मन वापस काजीरंगा के पर्यटक ग़ृह के बरामदे में विचर रहा था जहाँ मैं बिजुली बाँस के झुरमुटों में से बहती हवा की सरसराहट सुन रही थी। वह मूँगा रेशम का एहसास दे रही थी। मुझे चाँद की चाँदनी में वह विशालकाय उल्लू भी दिख रहा था जो एक चटयन पेड़ पर बैठा था और जिसका सर उसके धड़ से बड़ा दिख रहा था, जैसा कि एक नवजात शिशु का होता है। मीराजकर को आतंकवादियों की चिन्ता ही खाये जा रही थी। किसी ने उनसे कह दिया था कि पंजाब के बब्बर खालसा और जम्मू-कश्मीर के जे.के.एल.एफ. से जुड़े आतंकवादी असम के जंगलों में घुस आये हैं और यहाँ के स्थानीय गुटों से मिल गये हैं।

हम राष्ट्रीय मार्ग पर तेजी से आगे बढ़ रहे थे। मार्ग के दोनों तरफ, कुछ

फासले पर पहाड़ियाँ थीं। धान के खेत अपने पूरे यौवन में थे। उनका सुनहलापन सोने को मात दे रहा था। कहीं-कहीं वे बड़े विनम्र भी दिखते थे, जैसे कि बौद्धों के गेरुए चीवर से ढके हों या अँधेरे की बाँहों में सिमटकर छिप जाना चाहते हों। रह-रहकर मीराजकर चौंक जाते, गोया कहीं गोली चल रही हो। फिर वह अपने सपनों में खो जाते, हालाँकि उनकी उदास नजरें कार की खिड़की में से बाहर का दृश्य देख रही होतीं, जहाँ खेत या जंगल थे और जंगलों में कपास, खैर, सिसू, होलोंग पोमा, बोगी पोमा, बोकुल और शीशम के पेड़ थे। सन्ध्या का समय होने के कारण शीशम रेशम की चिन्दियों में लिपटा दिखता और सुबह ऐसा लगता जैसे सूरज उन्हें उघाड़ना चाह रहा हो या एक जादूगर की तरह चिन्दियों को हरिण की खाल में परिवर्तित कर रहा हो।

ड्राइवर ने ही चुप्पी तोड़ी, ''पिछले साल यह सड़क खून से सनी रही। हमेशा यहाँ दोनों तरफ से मशीनगनें चलती थीं और हथगोले फेंके जाते थे। अब यहाँ शान्ति है। अब किसी के हाथ में बन्दूक नहीं दिखती। सच कह रहा हूँ।''

जैसे नरम-नरम गलीचे के नीचे सब कुछ दब गया था—खून के धब्बे, शस्त्र-अस्त्रों के ढेर, बारूद की गन्ध।

मीराजकर बोले, ''बेशक हमें हथियार नजर नहीं आ रहे, लेकिन काजीरंगा में वन विभाग के अधिकारी अहमद ने हमें बताया नहीं था कि पशु-चोरों के पास विदेशी हथियार हैं जिनमें 470 अमरीकी कारबाइन भी शामिल हैं? उन्होंने यह भी बताया कि कुछ तस्कर मोरी डिफू में पकड़े गये थे और दो पशु-चोरों को गोली मार दी गयी।''

मीराजकर ने अस्त्र-शस्त्रों का गहन अध्ययन किया है, और अब वह प्रथम विश्वयुद्ध से सम्बन्धित किस्से सुना रहे थे। उधर हमारा ड्राइवर रमाकान्त भी सीमान्त क्षेत्रों में पशु-चोरों के किस्से सुनाने लगा। रमाकान्त पकी उम्र का आदमी था और गंजे हो रहे अपने सर को सूरज से बचाने के लिए नेपाली टोपी पहने हुए था। वह छोटे कद का था, पर मजबूत था। उसकी गर्दन उसकी कमीज के कालर में छिपी हुई थी। घाटी के अन्य बोडो लोगों की आँखों की तरह उसकी आँखें छोटी थीं। मूँछ बिल्कुल पतली। बढ़िया ड्राइवर था वह। ब्रेक या क्लच तो कभी-कभी ही इस्तेमाल करता था।

लेकिन मेरा मन कहीं और था। मैंने गोला-बारूद या आतंकवादियों पर बिल्कुल ध्यान नहीं दिया। मैं कार की खिड़की के बाहर साँय-साँय की आवाज के साथ पीछे छूटते पेड़ों को देख रही थी। मैं वेलाई के शानदार पेड़ों को देख रही थी जो काई से एक तरह ढँके हुए थे जैसे लंबी पूँछ वाले बन्दरों की टाँगें

बालों से ढँकी रहती हैं। कई प्रकार के पेड़ थे जिनकी बेलें मूँगा रेशम को अपने में लपेटे थीं। कुछ पेड़ उन आलीशान खंडहरों की तरह दिख रहे थे जहाँ बड़े-बड़े मकड़ी के जाले झिलमिल करते फैले रहते हैं। चारों तरफ हरियाली थी, कहीं खूब घनी, जिससे मुझे नन्ही पूथी मछली की याद हो आती। कहीं-कहीं पत्ते गोल थे जैसे कभी महारानी विक्टोरिया की छाप वाले चाँदी के सिक्के हुआ करते थे। और बिरिना के पेड़ तो सफेद फूलों से सराबोर हुए दिखते थे, जैसे बादल धरती से अठखेलियाँ कर रहे हों।

मीराजकर अब भी खिड़की से बाहर देख रहे थे। यहाँ बन्दूकों की धाँय-धाँय, नहीं, असम्भव। दिल्ली के मुकाबले तो यहाँ स्वर्ग है। दिल्ली में अब कौन रह सकता है? अफगान और तुर्क शायरों ने जिसे सखी यमुना कहा, वह अब मात्र एक दुर्गन्धयुक्त नाला बनकर रह गयी है। सदर बाजार! तोबा, तोबा! इतनी भीड़, जैसे युद्ध का मैदान हो।

आहिस्ता-आहिस्ता, हमें पता भी न चला और सूरज की किरणें मन्द पड़ती गयीं, जैसे कोई अजगर अपनी केंचुली उतारकर अँधेरे में खो रहा हो।

हर्र...हर्र...कट...कट...की आवाज करती कार वहीं रास्ते में एक झोंपड़ी जैसी दुकान के सामने झटके के साथ रुकी। रमाकान्त लपककर बाहर निकला और बोनट खोल दिया। फिर उसने हमें बताया कि रेडियेटर चू गया है और उसका सारा पानी खत्म हो गया है। अब कोई चारा नहीं था, सिवाय इसके कि गाड़ी को किसी मिस्त्री को दिखाया जाए।

मीराजकर और मैं भी गाड़ी से उतर आये। वहाँ उसी तरह की कुछ और दुकानें भी थीं जिनमें बहुत कम रोशनी थी। वहाँ कच्चा नारियल और चाय बिक रही थी। मीराजकर बोले, "अगर गाड़ी जंगल में खराब हो जाती तो गजब हो जाता। देखो, अभी से कितना अँधेरा हो गया है!"

मैंने सहमति में सिर हिला दिया और रमाकान्त वहीं दुकानों में मिस्त्री के बारे में पूछताछ करने लगा।

एकाएक, थोड़ा परे, एक दुकान में से एक दुबली-पतली काया बाहर आयी। वह एक पुरुष था जिसके हाथ में मिट्टी के तेल की लालटेन थी। वह ढीला कुर्ता तथा धोती पहने हुए था। धोती मुश्किल से उसके घुटनों तक ही पहुँच पा रही थी। मैं यह नहीं देख पायी कि उसने पाँवों में कुछ पहन रखा है या नहीं। वह कार के निकट आकर रुक गया। उसके बाल लम्बे थे और उन्हें उसने जूड़े की शक्ल में बाँध रखा था। जूड़ा नीचे की ओर झूल रहा था। वह एक बूढ़ा व्यक्ति था जो काफी कमजोर दिख रहा था।

लालटेन थोड़ी ऊँची करते हुए वह बोला, ''गाड़ी खराब हो गयी है? सात मील दूर एक दुकान है। रुकिए, मैं आपके लिए किसी कार को रोकता हूँ। ड्राइवर उसमें बैठकर वहाँ से मिस्त्री को ला सकता है। आप मेरी दुकान में बैठिए और गरम-गरम चाय पीजिए। पान भी मिल जाएगा।''

वह सड़क के बीचोंबीच खड़ा था और अपनी लालटेन झुला रहा था। उसके बालों का जूड़ा उसके कन्धों पर सरक आया था। मन्द रोशनी में वह प्रेत-सा दिख रहा था।

मीराजकर और मैं उसकी दुकान में घुस गये। बाँस के एक डण्डे से एक और लालटेन लटक रही थी जिसकी चिमनी टूटी हुई थी और बेहद गन्दी भी हो रही थी। लकड़ी की एक बैंच के नीचे एक पुराना स्टोव पड़ा था और कुछ जंग खाये डिब्बे भी थे। कच्ची दीवार पर एक कैलेण्डर लटक रहा था जिसमें एक श्वेतांगना का चित्र था। श्वेतांगना सिगरेट पी रही थी।

हम बैंच पर बैठ गये। भीतर की कोठरी से एक महिला आयी। वह बूढ़ी थी और अपने हाथ में एक और लालटेन लिये हुए थी। वह बोली, ''सारा दिन ऐसे निकल गया जैसे हम समुद्र से मछलियाँ पकड़ रहे हों। एक भी व्यक्ति देखने में नहीं आया।''

''कोई ग्राहक नहीं आया?'' मैंने विस्मय से पूछा।

''सड़क के दोनों तरफ अब ढेर-सारी दुकानें हैं,'' वह बोली, ''उन्हें ग्राहकों को अपनी ओर खींचना आता है। वहाँ गाना भी बजता है।'' फिर वह मेरे और निकट आ गयी और फुसफुसाने लगी, ''वे सब कुछ बेचते हैं। हम भगत लोग हैं। उस तस्वीर को लेकर भी मेरा पति का हमारे बच्चों से काफी झगड़ा हुआ।''

उसने अब केतली उठायी और चाय के लिए पानी लेने बाहर चली गयी। उसकी लालटेन की रोशनी में हम अब उसका फटा ब्लाउज देख सकते थे। उसके नीचे के परिधान सूती थे और पुरानी कढ़ी चद्दर पर पान की पीक के निशान थे। केतली में पानी लेकर लौटकर उसने स्टोव जलाने की कोशिश की। स्टोव में तेल शायद रुक रहा था। इसलिए कोठरी एक तीखी गन्ध से भर गयी।

बुढ़िया अपने काँपते हाथों से चाय के गिलासों को ठीक से जमा रही थी। मुझे अच्छा नहीं लगा। ''अम्मा,'' मेरे मुँह से निकला, ''और कोई नहीं है तुम्हारा हाथ बँटाने को?''

''मेरी बहू, बड़े बेटे की बीवी, मेरा हाथ बँटाती थी। पिछले साल बाढ़ आयी तो बेटा किसी बीमारी से चल बसा। हम उसकी दवा-दारू भी न कर सके। डाक्टर तो अब डाकू बन गये हैं। जब उसकी मौत हुई तो उसकी बीवी पेट से

थी। अब उसके बेटा हुआ है। वह बहुत कमजोर है...अपने पाँवों पर खड़ी भी नहीं हो सकती।''

''और कोई नहीं?''

''मेरे दो बेटे और एक बेटी हैं। वे स्कूल में पढ़ने जाया करते थे किसी वक्त। अब तो सब कुछ बदल गया है। बेटी एक फौजी के चक्कर में पड़ गयी। वे लोग यहाँ आतंकवादियों को खत्म करने आये थे। यहाँ के लड़कों ने उसकी पिटाई कर दी। अब धीरे-धीरे वह ठीक हो रही है...क्या बताऊँ, बेटी, पिछले सात सालों से यही सब चलता आ रहा है। नरक बन गयी है यह जिन्दगी। नदी का कोई भरोसा नहीं। वह हमारी सारी जमीन चट कर गयी है। अब तो इतना भी चावल नहीं कि...''

वह बूढ़ा अब तक लौट आया था। वह अपने हाथ में उसी तरह लालटेन लिए हुए था। शायद वह मिस्त्री लिवा लाने के लिए ड्राइवर को भेजने में सफल रहा था। वह जहाँ खड़ा था, वहीं से उसने अपनी पत्नी को पुकारा, ''ओ निर्मली की माँ, ग्राहकों को अपनी दुखभरी कहानियाँ सुना-सुनाकर परेशान न कर। वे थके हुए हैं। उन्हें चाय दे।''

बुढ़िया अपने आदमी को देखकर झट से उठ खड़ी हुई और फिर उसके निकट जाकर फुसफुसायी, ''मनोहर और कुछ और लोगों ने आज उसे रेलवे लाइन के पास देखा था।''

एक क्षण के लिए तो वह बूढ़ा जैसे बुत बन गया हो। फिर बोला, ''उनकी बातों में मत आओ। पिछली बार भी तो यही कहा था कि उसे रेलवे लाइन के पास देखा है।...इन्हें चाय दी? ये काजीरंगा से लौट रहे हैं। काफी थके होंगे। बिस्कुट भी दो चाय के साथ।''

''बिस्कुट? वो कहाँ से दूँ? सारा पैसा तो पिछले हफ्ते चीनी और चाय की पत्ती लाने में लग गया।''

मीराजकर और मैं एक साथ ही बोल उठे, ''नहीं, नहीं, कोई जरूरत नहीं बिस्कुटों की। दूध के बिना भी चाय चलेगी।''

बुढ़िया चाय तो तैयार कर रही थी, पर उसके मुँह से कुछ अस्फुट भी निकल रहा था, ''भगवान ही जानता है, मैं यह दुकान कैसे चलती हूँ। पिछले सात सालों में नदी हमारी सारी जमीन हड़प गयी। वहाँ सड़क के किनारे बाढ़-राहत वालों ने अपने तम्बू लगाये थे...बस, एक सौ रुपया देकर हम लोगों का मुँह बन्द कर दिया।''

बूढ़ा चिल्लाया, ''बुढ़िया, जबान को लगाम देगी कि नहीं?'' लेकिन

बुढ़िया का बुदबुदाना बन्द नहीं हुआ। वह कहती गयी, "इस बुढ़ऊ को उनके पाँव छूते शर्म आती है। सरकार ने राहत के लिए जो पैसा दिया था, उसे वे खुद ही खा गये। हाय, पिछले सात सालों में क्या कुछ नहीं हुआ हमारे साथ, और यह आदमी अपने दिमाग में पुराने फितूर पाले इधर-उधर फुदकता फिरता है। अगर परिवार में कोई बड़बरुआ (अहोम राज्य का मन्त्री) हुआ भी, जिसकी छड़ी का सिरा सोने से मढ़ा रहता था और छाते का हैण्डल चाँदी का होता था या जो एक शानदार दीवान पर बैठता था, तो इससे क्या हुआ?...मैं बार-बार इसे कहती रहती हूँ, लेकिन यह है कि किसी कर्मचारी से मिलता ही नहीं...और इसी वजह से हम पिछले सात सालों से यातना भुगत रहे हैं...कृपा करके सरकार को बताइए कि हमारी क्या हालत हो रही है...जब भी कभी..."

बुड्ढे ने गुस्से से उसकी ओर देखा। फिर हमें सम्बोधित करते हुए बोला, "आप इसका खयाल न करें। जब भी यहाँ ग्राहक आते हैं, यह इसी तरह बड़बड़ाने लगती है। इसका बस चले तो यह टूरिस्ट लोगों को काजीरंगा के बजाय बाढ़ से बरबाद हुए लोगों से मिलवाने ले जाये। वे बिलकुल पशुओं की तरह रहते हैं।"

अब उसने उसकी ओर घूरकर देखा और आदेश देता हुआ बोला, "उठो, पहले इन्हें चाय दो। जल्दी। चाय में अदरक डालना न भूलना। अगर अदरक नहीं है तो तेजपात की एक-एक पत्ती डाल दो।"

ठीक उसी समय मेरी निगाह दीवार से लटकते दोतारा पर पड़ी। मैं तब तक उसे नहीं देख पायी थी, क्योंकि वह उस बैंच के पीछे था जिस पर हम बैठे थे। वहाँ, दीवार से सटी, और भी बहुत-सी चीजें थीं— बोरियाँ, कनस्तर और नारियल के खोल। उन्हें देखकर मुझे हैरानी हुई। दोतारे पर काफी नक्काशी की हुई थी। लगा, उसकी देखभाल ठीक ही होती है।

"इस दोतारे को कौन बजाता है, दादा?"

बूढ़े व्यक्ति के चेहरे पर, यह प्रश्न सुनते ही रौनक आ गयी। इससे पहले मैं यह कल्पना भी नहीं कर सकती थी कि वह इस तरह मुस्करा सकता है। कहने लगा, "डिफलू नदी के तट पर जो लोग नामघर देखने आते थे, वे मेरे इस यन्त्र से परिचित थे। लेकिन अफसोस कि नदी अपने तट पर बने कई नामघरों को निगल गयी है। अरीमराह, होलापर, कोहारा, मिहिमुख...इन तमाम जगहों पर रहनेवाले लोग मेरे दोतारा को जानते थे। और तो और, ब्रह्मपुत्र के पार बेहाली के लोग भी मेरे गीतों के प्रशंसक थे।"

बुढ़िया ने अब तक अदरक कूट लिया था। कुछ झुँझलाकर बोली, "यह

बूढ़ा अब नक्काशीदार शीशों जड़ी पालकी की डींग मारेगा। बेटे को गये दो महीने हो रहे हैं। वह भूखा, बेहाल रेल की पटरी के पास कहीं हमारा इन्तजार करता होगा। पर यह बुढ़ऊ तो उसके बारे में सुनना ही नहीं चाहता।''

बूढ़े व्यक्ति ने इस पर घुड़की भरी, ''बकवास बन्द कर, बुढ़िया ! दो कप चाय बनाने में तुम्हें सालों लग गये।''

प्रो. मीराजकर एकाएक बोल पड़े, ''मैं तुम्हारा दोतारा सुनूँगा।''

''क्यों नहीं?'' बूढ़ा तो जैसे पहले से ही तैयार था। ''आपके मिस्त्री को आने में कुछ वक्त तो लगेगा ही। जो लोग यहाँ चाय पीने आते हैं, मेरे गीत जरूर सुनते हैं।''

''ग्राहकों की बात कर रहे हो? पिछले कई दिनों से यहाँ क्या कोई ग्राहक आया है? कारें भले ही ढेरों गुजरीं।'' बुढ़िया का बड़बड़ाना जारी था। ''मैं ग्राहकों को चाय बना देती हूँ। तुम रेल की पटरी पर जाओ और उसे देखो। लालटेन साथ लेते जाओ। तुम्हारा क्या है, तुम तो एक बार गप्पें हाँकने और गीत सुनाने बैठ गये तो बैठे ही रहोगे।''

''मैं यह कहानी पहले भी सुन चुका हूँ। कुछ महीने पहले क्या इसी तरह की अफवाह नहीं उड़ी थी।'' बूढ़े ने उसके हाथों से चाय के गिलास लेते और उन्हें आदरपूर्वक हमें सौंपते हुए प्रतिकार किया। फिर बड़ी तसल्ली से बोला, ''अपनी चाय लीजिए। मैं अभी शुरू करता हूँ।''

एकाएक एक युवती, लँगड़ाती हुई-सी, वहाँ आ पहुँची। वह बड़ी मुश्किल से, छड़ी के सहारे, चल पा रही थी। उसके बाल लम्बे, रेशमी थे। उसे देखते ही बूढ़ा और बुढ़िया उस पर चिल्लाये, ''क्यों आयी है अब यहाँ, कुतिया?''

हम फौरन ताड़ गये कि यह वही लड़की है जिसका भारतीय सेना के एक सैनिक के साथ चक्कर चला था। ये सैनिक इस इलाके में आतंकवादियों का सफाया करने आये थे।

चाय वाकई बढ़िया थी। बूढ़े व्यक्ति ने अपना दोतारा उतारा और उसकी तान साधते हुए बोला, ''काजीरंगा में आपको शेर देखने को मिले? लोगों का कहना है कि सन् 1966 में केवल दो ही शेर थे। अब साठ के करीब हैं। गैंडे पहले सिर्फ तीन सौ थे। अब एक हजार पाँच सौ हो गये हैं। पाँच सौ के करीब हाथी भी हैं।''

''हमें कुछ हाथी देखने को मिल गये थे,'' मैंने कहा, ''क्या वे कभी-कभार यहाँ भी आ जाते हैं?''

''अब नहीं आते, क्योंकि गाड़ियाँ काफी आती-जाती रहती हैं। बाढ़ आने

से पहले तो वे हमारे धान के खेतों में भी चले आते थे और हम सब किसान मिलकर उन्हें भगाने में जुट जाते थे। शेर अब भी आ जाते हैं। आपको पता है, कुछ ही रोज पहले क्या हुआ? दिमुईगुड़िया महन्त का हाथी सड़क किनारे के एक ताल के निकट एक पेड़ से बँधा हुआ था। वह बहुत ही शरीफ था। जब कभी उसे डिफलू में नहलाने के लिए जाया जाता, वह वहाँ लड़के-लड़कियों से खेलता रहता। वह उस दिन ताल के पास लेटा हुआ था कि शेर ने उस पर हमला बोल दिया और उसके पिछले हिस्से से गोश्त का बहुत बड़ा टुकड़ा खींच ले गया।''

''हे भगवान!'' हम मारे भय के चिल्ला उठे, ''फिर क्या हुआ?''

''हाथी तो सर्वज्ञ प्राणी है न। आपको हमारे यहाँ की मोआमारिया क्रान्ति के बारे में पता ही होगा जब वैष्णवों ने अहोम राजाओं के खिलाफ युद्ध किया था! वह एक हाथी के कारण ही हुआ था।''

''हाथी?''

''हाँ, एक दुबला-पतला, डगमगाता-सा हाथी। यह राजा लक्ष्मणसिंह के जमाने की बात है। राजा बूढ़ा था, लेकिन तभी सिंहासन पर बैठा था। अपने मन्त्री कीर्तिनाथ बड़बरुआ से उसकी काफी पटती थी। इत्तफाक से अहोम राजाओं में लक्ष्मीनाथ और गौरीनाथ बहुत ही बदसूरत थे। पूरे अफीमची भी थे। इसलिए अपनी आँखें मुश्किल से ही खुली रख पाते थे। गौरीनाथ की आँख एक मछुआरिन पर थी। मछुआरिन डिफलू के किनारे ही रहती थी। वह अपनी पालकी में वहाँ जाता और घण्टों वहाँ उसके घर के बाहर इन्तजार करता रहता, जबकि वह...।''

''वह हाथी वाली बात का क्या हुआ?'' मैंने पूछा।

''कीर्तिनाथ बड़बरुआ की मोआमारिया के महन्त से लगती थी। कानून यह कहता था कि महन्तों को हर साल राज दरबार में हाथी भेंट करने चाहिए। एक बार इन महन्तों ने बड़बरुआ को एक बीमार हाथी भेंट में दे दिया। हाथी लड़खड़ा रहा था। मन्त्री की जैसे ही उस छीजे हुए बीमार पशु पर नजर पड़ी, वह बौखला उठा। उसने हाथी के साथ आये महन्त के कान काट लिए...।''

बुढ़िया से यह सहन नहीं हुआ। वह बीच में ही बोल पड़ी, ''कान काट लिये? अरे बुड्ढ़े, भगवान के लिए अपनी लालटेन उठाओ और जाओ उसे देखो...कहीं वह बेचारा मिलिट्री की गोलियों से घायल न पड़ा हो!''

बूढ़े व्यक्ति ने अपनी बात जारी रखी, जैसे कि उसने बुढ़िया को सुना ही न हो, ''अगहन के इस महीने में नौ हजार मोआमारिया सैनिकों ने कीर्तिनाथ को बन्दी बना लिया। वह तब रंगपुर जा रहा था। यह सब उस हाथी के कारण ही

तो हुआ, उस बीमार हाथी के कारण।''

हम वहाँ बैठे चाय सुड़कते रहे और बूढ़े व्यक्ति की बातें सुनते रहे। रमाकान्त थोड़ी देर के लिए आया। वह अपनी चाय पीकर चला गया। जाते-जाते कहता गया, ''काम लम्बा है। डेढ़ घण्टा तो लगेगा ही। मिस्त्री रेडियेटर को अपने वर्कशाप पर ले गया है।''

बुढ़िया अब मेरे निकट आ गयी थी। बोली, ''आज बहुत कम ग्राहक आये हैं। बेटी, एक-एक कप चाय और ले लो। अभी मेरे पास चीनी और पत्ती है।''

हमने चाय के दो और प्यालों के लिए कह दिया। इस बीच वह बूढ़ा अपने दोतारे के तार कसता रहा। फिर बोला, ''मैं मुश्किल से ही दोतारे को बाढ़ से बचा पाया। अब इस इलाके में कोई ऐसा व्यक्ति नहीं है जो इस तरह का दोतारा बना सके।''

बुढ़िया ने फिर कहा, ''मैं ग्राहकों का खयाल रखूँगी। तुम लालटेन लो और रेलवे की पटरी पर उसे देखो। क्या पता...!''

बूढ़े व्यक्ति को अब उत्तर देना ही पड़ा, ''मेरी आँखें अब काम नहीं करतीं और यह औरत चाहती है कि मैं उसे अँधेरे में ढूँढूँ। पिछले दिन की बात है। मैं उसे देखने गया था और गिर पड़ा था। मेरे घुटनों पर अब भी चोट है और वहाँ दर्द होता है। मुझे दिल की भी तकलीफ है...सुनो बेटी, हमारी हालत सदा तो ऐसी न थी। बाढ़ के कारण ही सब कुछ हुआ...हमारी मजबूरी थी कि हमें इस सड़क के किनारे शरण लेनी पड़ी और अब हम दिन-रात ग्राहकों का इन्तजार करते हैं। हम भी कभी इज्जतदार लोग थे। हमारे दो खलिहान थे जो धान से भरे रहते थे। कोई भी मेहमान आता था तो उसकी सुगन्धि वाले चावल और काओई मछली से मेहमाननवाजी होती थी। हम बड़बरुआ परिवार से हैं। इस परिवार को यह अधिकार था कि वह दण्डस्वरूप अपराधियों के घुटने तोड़ दे। लेकिन मेरे पिता दयालु व्यक्ति थे। अगर दिन का समय होता तो मैं आपको अपने घर ले चलता और आपको वह सब चीजें दिखाता जिनसे हमारी प्रतिष्ठा झलकती थी। एक खास तरह की टोपी है जो किसी तरह बची रही। छाता है, चाँदी का एक बर्तन है, सज-धज वाला पलंग है और चाँदी का सरौता है। लेकिन हमारे धान के खेत, जो मुझे जान से भी ज्यादा प्यारे थे और जो सोना और मोती उगलते थे, अब नहीं रहे।''

बुढ़िया गुस्से से तमतमा उठी, ''पुरानी कब्रें क्यों खोद रहे हो? मैं स्वयं वहाँ जाती हूँ और उसे ढूँढ़ती हूँ।''

''चुप रह, बेवकूफ! कितनी बार हम सुन चुके हैं कि वह लौट आया है।

पर हुआ क्या? वह कहाँ लौटा? हम तो उसका चेहरा देखने को तरस गये हैं। अब ये दो भले लोग आये हैं। मुझे इनकी सेवा करने दो। इन्हें थोड़ा आराम भी मिलना चाहिए।''

बूढ़े व्यक्ति ने अब एक गीत गाना शुरू कर दिया था। वह पद्मप्रिया वैष्णवी द्वारा रचित था :

''यह संसार किसी काम का नहीं
पानी के बुलबुलों की तरह है
जो कमल के पत्तों पर गिरते हैं
प्रारब्ध किसी का पीछा नहीं छोड़ता
वह सबको राख का ढेर बना देता है...
यह जीवन, यह जवानी,
सब सपने के समान हैं जो बीत जाएँगे।''

मुझे उसकी आँखों के नीचे आड़ी-तिरछी रेखाएँ साफ दिख रही थीं। उसके कुछ दाँत गायब थे। गाल उसके धँसे हुए थे जिससे उसकी नाक और लम्बी दिख रही थी। वह अनवरत रूप से गाये जा रहा था। गीतों का कहीं अन्त ही न था। पद्मप्रिया की रचनाओं के बाद उसने कुछ दूसरे वैष्णव सन्तों के गीत गाये। मुझे लगा जैसे कि मैं डिफलू के किनारे बैठी हूँ और पानी से अठखेलियाँ करते चाँद को देख रही हूँ।

लगभग एक घण्टे तक गाने का यह कार्यक्रम चलता रहा। बीच-बीच में उसकी पत्नी बड़बड़ा उठती। उसकी एक ही रट थी, ''लोग खासकर यहाँ बताने आये कि वह रेल की पटरी के पास है...उसे चाहे सेना के लोग गोलियों से छलनी कर दें, इस पर कोई असर नहीं होगा...''

एकाएक बूढ़े व्यक्ति ने गाना बन्द कर दिया। मीराजकर ने जल्दी से अपने कोट की जेब से कुछ पैसे निकाले और उन्हें उसके सामने पड़ी सुपारी वाली थाली में रख दिया।

''अरे निर्मली की माँ!'' बूढ़े व्यक्ति ने थोड़े जोर से कहा, ''इसमें से चाय के पैसे काट लो और बाकी इन्हें वापस कर दो।'' फिर मीराजकर की तरफ मुड़कर बोला, ''आपने इतने पैसे क्यों रखे, हुजूर? मेरे गीत तो सन्तों के गीतों की गूँज भर हैं। अगर उनके कोई दाम चुकाये तो मुझे तकलीफ होती है। कोई मेरी भावना नहीं समझता, कोई नहीं।''

बुढ़िया पैसों को घूरे जा रही थी। उसने उन्हें छुआ तक नहीं, न ही वह

मुँह से कुछ बोली।

इतनी देर में हमें बाहर एक जबरदस्त धमाका सुनाई पड़ा। जैसे कि बम फटा हो। हमें लगा कि हम उठाकर जमीन पर पटक दिये गये हों। पास ही के एक पेड़ की आड़ में से कोई व्यक्ति प्रकट हुआ और फिर उस दुकान में हमारे सामने आ खड़ा हुआ। सब कुछ क्षणांश में हुआ था। उससे मेरा गला सूख गया।

वह एक जवान लड़का था। उसके गाल पर एक गहरा घाव था— आँख से लेकर होंठ तक। वहाँ शायद गोली लगी थी, या तेज चाकू ने अपना काम किया था। घाव से खून रिस रहा था। उसके होठों के नीचे का मांस अलग हुआ दिखता था, जिससे लालटेन की कँपकँपाती रोशनी में उसके दाँत साफ झलक रहे थे।

मैं उस बुढ़िया के निकट हो गयी। उसका हाथ मैंने अपने हाथ में ले लिया और उसे कसकर थाम लिया। हम दोनों काँप रही थीं। लड़का काली जीन्स और खाकी जैकट पहने था। पर उसके हाथ में कुछ था। रिवाल्वर? वहाँ रोशनी खास तो नहीं थी, फिर भी रिवाल्वर का मुँह दिख रहा था। बुढ़िया पागलों की तरह चिल्लाने लगी, "ओ मेरे बेटे! मैंने तो तुम्हारे बाप को सौ बार कहा कि जाओ उसे देखो, वह रेल की पटरी के पास होगा। आ बेटे, आ! क्या हुआ तुझे? इस तरह खून क्यों बह रहा है?" उसका शरीर अब बुरी तरह काँप रहा था और वह सिसक रही थी।

एकाएक लड़के की नजर उस लड़की पर पड़ी जो कोने में बैठी भय के मारे काँप रही थी। वह गोली की तरह उस पर टूटा। उसने उसे बालों से पकड़ लिया और उसके पेट पर मुक्के बरसाने लगा, "मैं तेरे इस पेट का मलीदा बना दूंगा। इस पेट में उस फौजी के जिस हरामी पिल्ले को पाल रही हो, उसे भी खत्म कर दूँगा।...अरे, गन्दी कुतिया, एक भारतीय सिपाही से प्रेम रचाती हो! थू...थू...!" और वह उसके पेट पर अब लातें बरसा रहा था।

परिणाम। उसका रक्त मिश्रिण भ्रूण तक पेट से बाहर निकल पड़ा था।

"अरे बाप रे! यह तो उसे मार ही डालेगा।" बूढ़े दम्पती ने गुस्से से अन्धे हुए युवक को परे ठेलने की कोशिश की।

युवक ने अपनी माँ-बाप की तरफ देखा तक नहीं। फिर उसकी नजर अपने बाप के सामने पड़े पैसों की ओर गयी और वह उन पर एकाएक लपका।

बूढ़ा चिल्लाया, "ये मेरे पैसे नहीं हैं, बेटे! ये इन ग्राहकों के हैं। इन्हें लौटा दो।"

युवक ने बाप की बात पर कोई ध्यान नहीं दिया। वह जैसे अपने से कह

रहा था, ''पोचर लोग एक अमरीकी कारबाइन बेच रहे हैं। पुरानी तो वह जरूर है, पर है मजबूत। इस पैसे से मैं...''

फिर हमें सम्बोधित करते हुए बोला, ''आप आसानी से कुछ और रकम दे सकते हैं तो लाइए, निकालिए। मेरे पास समय नहीं है।''

हम विमूढ़-से एक-दूसरे की ओर देखने लगे।

वह अन्धड़ की तरह आया था और अन्धड़ की तरह ही जाने को हुआ। जैसे काली, अँधियारी रात में बिजली चमकी हो।

बूढ़े के होठों पर अब एक प्रकार की मुस्कराहट-सी दौड़ गयी थी। अपने जीवन में मैंने पहले कभी ऐसी मुस्कराहट नहीं देखी थी।

मीराजकर और मैं अब गुवाहाटी की ओर बढ़ रहे थे। हममें से कोई कुछ न बोला। जैसे कि हम एक अन्तहीन, अँधियारी सुरंग में से गुजर रहे हों।

अनुवाद : श्रवण कुमार

खाली सन्दूक

इतनी सुबह यहाँ कोई नहीं उठता था, वे लोग भी नहीं जो श्मशान घाट के इर्द-गिर्द बस गये थे।

तरादोई की झुग्गी के सामने, हिजल के पेड़ में कुछ बुलबुलें बराबर चहचहाए जा रही थीं। पीली चोंच वाले बगुलों का एक झुण्ड अभी-अभी उड़ा था और ब्रह्मपुत्र के पूर्व में क्षितिज की ओर बढ़ रहा था। श्मशान घाट से उठती, जलते शरीर की गन्ध चारों ओर फैल रही थी, और दूर के नींबू के फूलों की मीठी सुगन्ध से एकाकार हो रही थीं।

तरादोई जैसे ही अपनी झुग्गी से बाहर आयी, उसने देखा कि श्मशान घाट का लकड़ी बेचनेवाला हैबर फिर हिजल के पेड़ के नीचे खड़ा है। उसकी पतली-पतली टाँगें उसकी काली हाफ-पैंट से झाँक रही थीं, और उसके सफेद दाँत चूसे हुए गन्ने के रेशों की तरह दिख रहे थे।

तरादोई एकाएक अपनी झुग्गी के भीतर चली गयी और आप-ही-आप बड़बड़ाने लगी, ''अब क्या बचा है इस बदन में जो तुम फिर चले आये हो? मुझे अमन-चैन से क्यों नहीं रहने देते?''

उसे हैबर के कुछ शब्द अब भी अच्छी तरह याद थे। वे हथौड़े की तरह उसके कानों पर पड़ रहे थे, ''तुम्हारे उस शराबी को जेल से छूटकर आने में बहुत वक्त लगेगा। वह भी अगर छूटा तो। आखिर उसने एक नहीं, दो-दो लोगों को कुचल डाला था। अब साबित हो गया है कि वह पीकर गाड़ी चला रहा था। लेकिन मैं यहाँ हूँ। तुम्हें चिन्ता करने की जरूरत नहीं। हर तरह से मदद करूँगा। बस, रात को अपनी झुग्गी का दरवाजा खुला रखना। तुम्हारे दोनों छोटे बच्चों को तो भूख से नहीं मरने दूँगा।''

तभी से इसी उम्मीद में कि तरादोई का दरवाजा उसे खुला मिलेगा, वह पौ फटने से पहले ही हिजल के पेड़ के नीचे आ खड़ा होता था, जहाँ पक्षी चहचहा रहे होते और उसके सिर के ऊपर खिले फूलों से रस ग्रहण रहे होते।

तरादोई अब एक बार फिर अपनी झुग्गी से बाहर आयी और चारों ओर देखने लगी। हैबर कहीं भी दिख नहीं रहा था। दूसरे, यह शख्स उन लोगों में से नहीं था जो आँख बचाकर उसके यहाँ पड़ा वह लकड़ी का बक्सा देखने की कोशिश में रहते थे। वह बक्सा उसे श्मशान घाट के कचरे में से मिला था।

तरादोई गौर से चारों ओर देखती रही। क्या अब भी कोई ताकझाँक करनेवाला वहाँ है? किस तरह के लोग हैं ये जो भुखमरे कुत्तों की तरह एक-दूसरे को सूँघते फिरते हैं! बेशर्म, हरामी! उनका बस चले तो वे किसी के तन के कपड़े भी घसीट ले जाएँ और उसे नंगा कर दें। अभी कल की ही तो बात है। चकरोद के जमींदार को मरे कितने दिन हुए हैं, और उधर हलधर चौकीदार की खूसट बीवी कैसे पसरकर जमींदार के उरियम लकड़ीवाले पलंग पर सोती है। और फिर वह लकड़ी चीरने वाले सुकूरा की बीवी? जिस हुक्के को वह गुड़गुड़ाती रहती है, वह भी तो उसे श्मशान घाट से ही मिला था। कई लोगों ने तो मुर्दों की राख में से सोने की अँगूठियाँ भी ढूँढ़ निकाली हैं। उनकी खोज-खबर लेने कोई आया? किसी को भी यह देखने की इच्छा नहीं थी कि हलधर की वह सींक हो रही बीवी जमींदार के पलंग पर कैसे सोती है! श्मशान घाट के चारों ओर बसी झुग्गी-झोंपड़ियों में दिवंगत हो गये लोगों की चीजें यों ही ठुँसी पड़ी थीं। कुछ चीजों से तो वाकई अमीरी टपकती थी और वहाँ पड़ी हुई वे बेहूदा लगती थीं। फिर भी हर किसी की आँख उसके इसी काले बक्से पर टिकी हुई थी।

तरादोई झुग्गी में वापस आ गयी। उसके दोनों बच्चे सो रहे थे। उनकी पसलियाँ कोई भी आसानी से गिन सकता था। उनके पाजामे उनके शरीर से ऐसे ढुलक रहे थे जैसे कसाई की दुकान में बकरे की खाल। लेकिन वहीं, उनके निकट, वही लकड़ी का बक्सा पड़ा था जिसे देख-देखकर तरादोई के भीतर शक्ति भरती रहती थी। वह काफी बड़ा था।

उसने बड़े प्यार से बक्से पर अपना हाथ फिराया। उस पर बड़ी कारीगरी से खुदे हुए बकुल के फूल असली लगते थे। उसने उन फूलों पर अपना गाल टिका दिया। फिर वह किसी तरह उस बक्से के भीतर घुस गयी और वहीं लेट गयी, पर उसने इस बात का खयाल रखा कि उसका ढक्कन खुला रहे।

अद्‌भुत! वाकई अद्‌भुत! उसमें लेटकर उसे अभूतपूर्व आनन्द मिला। वह कुछ देर तक उसमें ऐसे ही पड़ी रही। फेंकने वालों ने तो उसमें से मृत शरीर

अलग करके उसे यों ही फेंक दिया था। जब उसने श्मशान घाट से उसे उठाया था तो उसे उसमें से खून से सने कुछ बर्फ के टुकड़े भी निकालने पड़े थे। इस बात को तो वह अब तक भूल भी चुकी थी। फिर जाने क्यों, वह रोने लगी।

कुछ देर के बाद पुलिस की जीप वहाँ से घर्र-घर्र करती निकल गयी। आम तौर पर पुलिस की गाड़ी के अलावा वहाँ से और कोई गाड़ी नहीं निकलती थी। पुलिस यहाँ खास मकसद से आती थी। मसलन, यह जानने के लिए कि क्या गोली से मरे लोगों के बारे में मिले प्रमाण-पत्र ठीक-ठाक हैं? क्या चौकीदार की रिपोर्ट पर विश्वास किया जाये कि किसी ने सुपुर्दगी प्रमाण-पत्र प्राप्त किये बिना यहाँ आकर नाजायज बच्चे को जला दिया? कुछ ऐसे ही मामले उसे यहाँ खींच लाते थे। दूसरे, सतगाँव की वेश्याएं भी यहाँ आकर धन्धा करती थीं, जो अच्छा ही रहता था।

लगता है, जितनी ऊँची लपटें जलते मुर्दों के शरीर से आती हैं, उससे बढ़कर इन वेश्याओं के शरीर से गरमी पैदा होती है। हाँ, कई बातें थीं जिनका पुलिस को ध्यान रखना पड़ता था। इसी से कई बार पुलिस की गाड़ियों का ताँता लगा रहता था, और कई बार पुलिस तथा श्मशान घाट की समिति के सदस्यों के बीच कहा-सुनी भी हो जाती थी।

तरादोई पुलिस की एक भारी गाड़ी की आवाज सुनकर चौंक उठी। सिन्दूर और फूल, जिनसे बालों को सजाया जाता है, बक्से के भीतर बिखरे पड़े थे। कितना विचित्र है यह! कैसे इस बेजान बक्से से उसका अस्तित्व एकाकार हो गया था। उसे लगा, वह उसी पलंग पर उस भव्य व्यक्ति के साथ अपनी रात बिता रही है। इस बक्से पर उसके व्यक्तित्व के चिह्न थे— उसके बाल, तेल और सिन्दूर। पिछली रात उसने फिर चीथड़ों के ढेर में से अपनी शादी वाला ब्लाउज़ निकाला था और उसे पहना था। उसके परिधानों में से केवल यह ही ज्यों का त्यों बचा रहा। मिट्टी के तेल की ढिबरी की फड़फड़ाती रोशनी में उसने अपना अक्स आईने में देखते हुए अपने बालों को उसकी संलग्नता से काढ़ा था जिससे वह उन्हें दस साल पहले काढ़ती थी। बाल काढ़ते हुए उसे अपने कन्धों और गर्दन की हड्डियों के एहसास का सवाल ही नहीं उठता था, क्योंकि वे उसकी कोमल मांसलता के नीचे छिपी हुई थीं। अब लोगों की निगाह में वह मात्र हड्डियों का ढाँचा थी और उन्हीं अनेक जिन्दा कंकालों की तरह थी जो उस श्मशान घाट के सहारे पल रहे थे।

क्या किसी की गिद्ध दृष्टि उस पर लगी हुई थी?

लोग भी हद करते हैं। आजकल तो वे हर कहीं से झाँकते दिखते हैं, चाहे

मामूली-सा छिद्र ही क्यों न हो। उसके नन्हे बालक, चाहे अब वे आराम से सो रहे थे, बराबर यही शिकायत करते रहते थे कि लोग छिप-छिपकर उन्हें देखते हैं और उनकी जासूसी करते हैं। मानो वे कह रहे हों—'शर्म करो, शर्म करो, उसी बक्से में सो रही हो जिसमें मुर्दे को लाया गया था। फेंक दो इसे।'

तरादोई बक्से में आराम से सिमटी-सी पड़ी रही। यह अनुभव अद्‌भुत था।

अचानक किसी ने दरवाजे पर जमकर ठोकर मारी। तरादोई हड़बड़ाकर उठ बैठी। वह कान लगाकर सुनने लगी। उसके भाई सोमेश्वर की आवाज थी जो वहाँ गूँज रही थी। सोमेश्वर पुलिस में काम करता था।

"तरादोई! तरादोई!"

जैसे ही तरादोई ने दरवाजा खोला, पुलिस की वर्दी में एक व्यक्ति धमधमाता हुआ भीतर आ घुसा। वह काफी मजबूत दिखता था और उसकी मूँछें आबदार थीं। वह खूब बड़े-बड़े जूते पहने हुए था और उसके हाथ में एक तगड़ा डण्डा था।

"मुझे इन दिनों वक्त मिला ही नहीं कि देखूँ तुम्हारा क्या हाल है। आज मेरी ड्यूटी इधर लगी है। सतगाँव की उस औरत ने तो यहाँ बाकायदा अपनी दुकान ही लगा ली है। लगता है, अब नेक कमाई की कोई कीमत रही ही नहीं। अभी कल की ही तो बात है जब बरुआ की मौत हुई थी और उसके दोनों बेटे उसे यहाँ लाये थे। उनमें से एक तो बाप का क्रियाकर्म करवाने में व्यस्त रहा और दूसरा सबकी आँखों में धूल झोंककर देखते-ही-देखते उस कंजरी के यहाँ जा पहुँचा। सच, बहुत खराब वक्त आ गया है।"

एकाएक उसका मुँह खुला-का-खुला रह गया। वह झट से दो कदम पीछे हटा, जैसे कि उसने साँप देखा हो। उसकी आँख भी अब उसी विशाल, बढ़िया नक्काशी वाले लकड़ी के बक्से पर गड़ी थी। उसके निकट जाते हुए उसने उसे अपने डण्डे से ठकठकाया, फिर उसकी परिक्रमा की, और आखिर उसके एक तरफ अपने घुटनों के बल होकर रूमाल से अपनी आँखें मलने लगा। यानी, वह व्यक्ति जो कुछ ही क्षण पहले अन्धड़ की तरह उस झुग्गी में दाखिल हुआ था, अब एक हारे हुए, उदास सैनिक की तरह दिख रहा था। तरादोई की ओर देखते हुए वह टूटी आवाज में बोला, "तुम्हारे यहाँ थोड़ा पीने का पानी है? मुझे एक गिलास पानी दो। दोगी?"

वह गटगट पानी पी गया और फिर सिर झुकाये-झुकाये बोला, "सो, जो मैंने सुना था, वह सच ही था। छोटे कुँअर की लाश इसी बक्से में यहाँ तक आयी थी। हवाई अड्डे से परिवार वालों के साथ मैं भी था। ठीक, यही वह बक्सा है।

बिलकुल वही।''

फिर तरादोई की आँखों में आँखें डालकर बोला, ''ऐसा मत सोचो कि मुझे याद नहीं कि तुम इनके यहाँ काम करती थीं। हर कोई जानता है कि जब छोटे कुँअर के पिता, ठाकुर, बीमार थे तो तुमने उनकी कितनी सेवा की थी। खून और मवाद से सने हुए उन तमाम कपड़ों को धोना। और छोटे कुँअर!'' सोमेश्वर की आवाज अब भावातिरेक के कारण भारी हो गयी थी, ''वह तुम्हें कितना मानते थे! क्या उस वक्त वह तुमसे शादी करने पर तुले हुए नहीं थे? इस बात को लेकर ठाकुर के परिवार में कितना हंगामा हुआ था! फिर ऊपरी असम में उनका आनन-फानन तबादला, और फिर वह दुर्घटना!''

तरादोई के मुँह से एकाएक निकला, ''उनकी मौत कैसे हुई?''

''जीप से। क्या शरीर था उनका! खून से सने बर्फ के टुकड़ों को हटाकर मैंने ही तो उनके शरीर को चिता पर रखने में मदद की थी—अपने इन्हीं दोनों हाथों से। यों मेरे हाथ एक जवान के खून से लाल हो गये थे।''

तरादोई को बुत की तरह खड़ी देखकर वह अपना वाक्य पूरा न कर सका। वह विशाल, काला बक्सा, जिसका मुँह खुला था, एक रहस्यमयी कन्दरा की तरह दिख रहा था, दोनों को एक-दूसरे से अलग और दूर करता हुआ।

एकाएक सोमेश्वर तनकर खड़ा हो गया और जोर-जोर से बोलने लगा। उसके हाथ-पाँव अब नाटकीय ढंग से चलने लगे थे, ''तरादोई, वे दिन चले गये जब साहब लोग मजदूरों की बेटियों से शादी करते थे। जेनकिन साहब की लाश जहाँ दफनायी गयी थी, वहाँ अब बड़ी लम्बी-लम्बी घास उग आयी है। जेनकिन ही थे जिन्होंने एक कामगार की बेटी से शादी की। बड़े ठाकुर के बेटे, छोटे कुँअर ने कसम खायी थी कि वे तुमसे शादी करेंगे। लेकिन क्या वे कर पाये? क्या वे तुम्हें तुम्हारी इस मामूली झुग्गी से बाहर निकालने और तुम्हें अपने घर में जगह देने में कामयाब हो पाये?''

लगा जैसे कि तरादोई के भीतर एक गहरी आह निकली जो उसकी समूची काया को हिला गयी, ''देखा नहीं, वह मुझसे शादी नहीं कर पाया, तो कुँवारा ही रहा। पूरे बारह साल बीत चुके हैं। शायद वह कभी शादी करता भी नहीं।''

वह भारी-भरकम सिपाही तरादोई की ओर गौर से देखने लगा। अपने मोटे डण्डे से फर्श को टकटकाते हुए उसने अपनी बहन को अपनी खरखराती आवाज में कुछ खरी-खोटी सुनाई, ''तुम अभी भी उतनी ही मूर्ख हो जितनी तुम उस समय थी जब तुमने ठाकुर के बेटे को अपना सर्वस्व दे डाला था। मैं पुलिस में काम करता हूँ। मैंने सब कुछ सुन रखा है। इसलिए पूरी तरह तैयार होकर आया

हूँ।''

तरादोई अपने भाई की ओर लाचारगी से देखती रही। उसके पास कीमती याददाश्त की जो थाती थी, क्या उसका भाई उसे उससे भी वंचित कर देना चाहता था?

अब तक सोये हुए बच्चे जग गये थे। वे दोनों अब ऐसे गुड़ी-मुड़ी होकर बैठ गये जैसे कि वे श्मशान से उठे प्रेत हों।

सोमेश्वर ने अपनी जेब टटोलनी शुरू कर दी। बच्चों को लगा कि वह उनके लिए कुछ लाया है, जैसे कि उनकी माँ के इन्तजार में खड़ा रहनेवाला हैबर लाता था। आखिर, वह उनका मामा था, हालाँकि जबसे उनका बाप जेल गया था, वह एक बार भी उनका हालचाल पूछने नहीं आया था।

तीनों प्राणी सोमेश्वर की ओर एकटक देखते रहे। तरादोई को तो अपने दिल की धड़कन भी सुनाई दे रही थी।

सोमेश्वर ने अपनी जेब से चिट्ठियों का एक पुलिन्दा निकाला और तरादोई के मुँह पर दे मारा—''ये रहे। रखो इन्हें सँभाल के। उसकी शादी के कार्ड हैं।'' फिर बोला, ''जिस तरह यह सिलसिला चल रहा था, मुझे तैयार होकर ही आना पड़ा। तुम्हारी खातिर छोटे कुँअर तमाम उम्र कुँआरे रहनेवाले नहीं थे। उनकी शादी पक्की हो चुकी थी। शादी के कार्ड भी छप चुके थे। पढ़ो उन्हें। जरा गौर से पढ़ो। दरअसल, वे शादी कर घर लौट रहे थे, तभी वह दुर्घटना घटी। पढ़ो उन्हें, और उनकी आत्मा के लिए प्रार्थना करो।''

जैसे ही सोमेश्वर झुग्गी से बाहर जाने को हुआ, उसकी नजर अपनी माँ से चिपटे बच्चों पर पड़ी। वह कुछ सिक्के टटोलने लगा। पर उसका मन तो कहीं और था। वह कुछ बड़बड़ा भी रहा था। तरादोई ने सुना। वह कह रहा था, ''अगर मैं श्मशान में आये लोगों के बीच अपना शरीर बेचनेवाली उस औरत को पकड़ सकूँ, या हैबर को ही रंगे हाथों पकड़ लूँ, तो मेरा यहाँ आना सफल हो जाए। वह हरामी हैबर घुन-लगी लकड़ी को साल की लकड़ी कहकर बेचता है।''

अपनी मुट्ठी में कुछ सिक्के भरकर उसने उन्हें बच्चों की आतुर मुट्ठियों में रख दिया और जिधर से आया था, उधर लौट गया। उधर उन भुक्खड़ बच्चों को जैसे ही यह एहसास हुआ कि उनके हाथों में कुछ पैसे हैं, वे तुरन्त पास की दुकान की ओर लपके।

तरादोई शादी के कार्डों के ढेर के पास बुत बनी-सी खड़ी रही। फिर वह उन कार्डों को ऐसे टटोलने लगी जैसे कोई श्मशान की राख में से हड्डियाँ टटोलता

है।

बेशक, ये किसी शादी के निमन्त्रण कार्ड ही थे।

तरादोई कई दिनों तक अपनी झुग्गी से बाहर नहीं आयी। उसके बच्चे भूख से बेहाल थे। इसलिए वे उन लोगों से भीख माँगने पर मजबूर हो गये जो अपने मृतकों का दाह-संस्कार करने वहाँ आते थे। किसी ने छोटे लड़के के सिर के इर्द-गिर्द एक गमछा लपेट दिया। ऐसे गमछे क्रिया-कर्म करनेवाले लोग ही इस्तेमाल करते हैं। फिर इन लड़कों ने श्मशान घाट से शराब की दो खाली बोतलें भी प्राप्त कर लीं, जिन्हें धोकर उन्होंने भैंसे पर सवार यमराज की मूर्ति के निकट वाले कुएँ के पानी से भरा और फिर उस पानी को वे अपनी प्यास बुझाने के लिए गटागट पी गये। पड़ोसियों को पता था कि तरादोई का चूल्हा ठण्डा पड़ा है।

और वह विशाल, काला बक्सा! वह अपना मुँह खोले वहीं पड़ा था, नर्क-कुण्ड के समान।

उधर हैबर हिजल के पेड़ के नीचे अन्तहीन प्रतीक्षा में खड़ा था।

एक सुबह, जब रात की उदासी आसमान से चिपटी हुई थी, तरादोई तथा उसके दोनों बच्चे उस लकड़ी के बक्से को श्मशान घाट की ओर खींचते हुए देखे गये। तरादोई ने बक्से को उसी स्थल पर छोड़ दिया जहाँ, कहा जाता है कि किसी नाजायज बच्चे को जलाया गया था। फिर उसने उसमें आग लगा दी। आग को देखकर हिजल के पेड़ पर विश्राम कर रही बुलबुलें जोर-जोर से चिल्लाने लगीं।

सूरज ब्रह्मपुत्र पर उग रहा था। बैंगनी और भूरे रंग के बादलों के गुच्छे उससे चिपके हुए थे जिससे वह उस वेश्या के नुचे और पीले पड़े चेहरे की तरह दिख रहा था, जो यह सोच-सोचकर परेशान थी कि जाने उसे अब कैसे अनचाहे अजनबी के साथ लेटना पड़ेगा। वे बादल उस चेहरे पर छा गयी लाचारी और अदम्य शक्ति के मिले-जुले भाव को भी उजागर कर रहे थे।

जले हुए बक्से के कोयले और राख वहाँ पूरी तरह बिखरे हुए थे। सुबह, सूरज की रोशनी में वे ताजा कटी बकरी की उस खाल की तरह दिख रहे थे जिसे जमीन पर सूखने के लिए फैला दिया गया हो।

तरादोई अपनी झुग्गी से बाहर आयी। वह किसी भी प्रकार की कोई चादर ओढ़े हुए नहीं थी।

हैबर नाम का वह व्यक्ति जो हमेशा हिजल के पेड़ के नीचे खड़ा उसका इन्तजार करता था, वह भी अब वहाँ नहीं था।

अनुवाद : श्रवण कुमार

द्वारका और उसकी बन्दूक

अगर थोड़ा लिहाज भी करें तो कह सकते हैं कि द्वारका एक सीधा-सादा इन्सान था। गाँववाले तो उसे बुद्धू कहते थे। फिर भी उसे हर कोई जानता था।

एक दिन एक विनिर्माण कम्पनी ने पास ही कहीं अपना विनिर्माण कार्य शुरू किया और द्वारका को वहाँ मजदूरी पर रख लिया गया। कम्पनी के साहब का नाम गैरीफील्ड था। गैरीफील्ड को द्वारका पसन्द आ गया। उसने उसे गोली चलाना तो सिखाया, साथ ही यह भी चाहने लगा कि द्वारका उसके साथ शिकार पर रहा करे। आखिर उसने उसे एक बन्दूक भी दे दी, उसका लाइसेंस भी द्वारका के नाम से ही मिला हुआ था। बन्दूक मिलने से द्वारका के जीवन में खासा परिवर्तन आ गया। बन्दूक ने उसका महत्व तो बढ़ाया ही, उसका आकार भी बढ़ा दिया। वह अब हमेशा उसे अपने कन्धे पर झण्डे की तरह टिकाए इधर-उधर ऐंठता फिरता।

गैरीफील्ड एक अच्छा शिकारी था और शिकार का उसे शौक भी था। उसे उम्मीद थी कि अब चूँकि द्वारका के कब्जे में बन्दूक आ गयी है,वह जरूर एक-न-एक दिन खूँखार बाघ या जंगली सूअर, नहीं तो दो-एक छोटे-मोटे जानवर तो मारेगा ही। पर जब कभी गोली चलाने का मौका आता, द्वारका के हाथ-पाँव फूल जाते और वह भौंडे ढंग से व्यवहार करने लगता। ज्यों ही कोई जानवर उसके सामने पड़ता, उसकी सिट्टी-पिट्टी गुम हो जाती।

एक दिन गैरीफील्ड ने एक साही (जानवर) की ओर इशारा किया और उससे कहा कि वह गोली चलाये। द्वारका केवल हाथ-पाँव पटकता रहा, इतने में जानवर यह जा, वह जा, भाग गया। गैरीफील्ड को तब लगा था कि जिस तरह द्वारका बन्दूक पकड़ता है, वह कोई जानवर को तो क्या मारेगा, किसी-न-किसी आदमी को जरूर मार देगा। गैरीफील्ड ने कभी सपने में भी न सोचा होगा कि उसके अनुमान इतने सही निकलेंगे।

गाँव के बूढ़े-बुजुर्गों ने द्वारका को जब बन्दूक के साथ घूमते देखा और उन्हें उसकी आँख में चमक भी दिखायी दी। उन्होंने एक-दूसरे से बतियाते हुए कहा कि ऐसे सीधे-सादे आदमी के लिए यह अच्छा नहीं हुआ। द्वारका की हालत उन्हें दंडकारण्य के उस ऋषि की तरह लगी जिसे इन्द्र ने अपनी खड्ग सँभालने के लिए दी थी, पर वह खड्ग पाकर उद्दण्ड और दुष्ट हो गया। उन्हें लगा, द्वारका गैरीफील्ड की बन्दूक के जरिये हिंसा भड़का सकता है। बाकी लोग उसका तथा उसकी बन्दूक का मजाक उड़ाते थे, पर कुछ समय बाद जब उन्होंने देखा कि उस पर इसका कोई असर नहीं पड़ता, तो उन्होंने उस पर ध्यान देना छोड़ दिया।

गैरीफील्ड काफी बूढ़ा था और कुछ समय से बीमार भी था। एक दिन वह कार्य-स्थल के नजदीक ही कम्पनी के कैम्प में चल बसा। द्वारका इस हादसे से बहुत उदास हो गया। वह अन्तिम संस्कार की व्यवस्था में चेहरा लटकाये इधर-उधर आ-जा रहा था। पर गैरीफील्ड की मौत का दूसरे मातहतों पर उलटा असर पड़ा था। गैरीफील्ड अपने जीवन-काल में हमेशा चिड़चिड़ाया रहता था। वह कड़े अनुशासन में यकीन रखता था और जमकर काम लेता था। उसकी उपस्थिति में वे मातहत भीरु और भयभीत बिल्लियों की तरह व्यवहार करते, लेकिन उसकी मृत्यु के बाद वे गप्पें हाँकते, आपस में मजाक करते और द्वारका की हँसी उड़ाते। एक छोटे इंजीनियर ने तो यहाँ तक कह डाला कि कलकत्ते की सभी वेश्याओं के कोठों को गैरीफील्ड ने पवित्र किया था। इंजीनियर की इस फबती पर सब जोर से हँसे। उनकी कल्पना में इससे बढ़िया लतीफा और कोई नहीं हो सकता था। द्वारका वहीं पास ही काम कर रहा था। उसने उनकी हँसी भी सुनी और गैरीफील्ड के बारे में जो मिर्च-मसालेदार काल्पनिक कहानियाँ सुनाई गईं, उन्हें भी सुना। उसका मस्तिष्क एक ज्वालामुखी की तरह फट पड़ा। बेशक, उसका मालिक उसे लतियाने के साथ-साथ उसे उल्टी-सीधी भी सुनाता था, पर वह उससे प्रेम भी करता था और उसका सम्मान भी करता था।

द्वारका बुरी तरह झुँझला उठा। वह अपने आपसे ही बोला, 'आजकल जब अच्छे लोगों की मृत्यु होती है, तो उनकी अच्छाई भी उनके कफन के साथ दफना दी जाती है। पर पहले ऐसा नहीं था। भगवान राम जैसे महान व्यक्तियों ने भी शबरी और निषाद जैसे दलितों की अच्छाइयाँ पहचानी थीं।'

उसे अब पहले से भी ज्यादा बेरुखी हँसी सुनने को मिली। अतिथि गृह के भोजन कक्ष में बीयर की एक खाली बोतल के फर्श पर गिरकर टूटने की आवाज सुनाई पड़ी। वह एकाएक उस कक्ष में घुस पड़ा, वहाँ एकत्रित व्यक्तियों पर बरसते हुए बोला, ''अरे गधो, अभी कल की ही तो बात है, तुम भीगी बिल्लियों की

तरह उसके सामने व्यवहार करते थे, और अब जबकि वह इस दुनिया में नहीं है, तुम उसका नाम ले-लेकर उसकी खिल्ली उड़ा रहे हो! तुम्हें खुद पर शर्म नहीं आती? जब वह जिन्दा था, तब तो तुम्हारी हिम्मत नहीं हुई कि उसका सामना करते। कायर...! मूर्ख कहीं के!'' फिर उनकी प्रतिक्रिया की परवाह किये बिना उसने शीशे के टुकड़े इकट्ठे करने शुरू कर दिये थे और फर्श को भी साफ कर दिया। इस पर एक इंजीनियर ने उसकी कमीज पकड़ ली, फिर वह अपने को रोके रहा। ''धत्त, यह भी कोई आदमी है! इसके तो भावों का ही पता नहीं चलता।''

शाम.हो गयी थी। द्वारका अतिथि गृह के बाहर सीढ़ियों पर बैठा था। पास 'पोमा' वृक्ष पर एक पक्षी शाम की खामोशी को तोड़ता हुआ चहचहा उठा। द्वारका को अकेलापन महसूस हुआ। गैरीफील्ड से जुड़ी यादों ने उसे घेर लिया...

शाम का वक्त गैरीफील्ड के लिए पीने का वक्त होता था। द्वारका उसके पास ही बैठ जाता और उसे व्हिस्की पीते हुए देखता रहता। गैरीफील्ड उसे भी पीने के लिए कहता, ''अरे, तुम क्यों नहीं पीते? पीने से सही आदमी बन जाओगे।''

द्वारका विमूढ़-सा मुस्करा देता और फिर कहता, ''नहीं साहब, मेरे धर्म में इसकी मनाही है। मेरे पुरखे पीना पाप समझते थे, और मैं उनकी इज्जत करता हूँ।''

तब गैरीफील्ड अधीर होकर कह उठता, ''ठीक है, मत पीओ। बस, चुपचाप बैठे रहो और ऐसे ही मेरा साथ देते रहो।''

द्वारका वहीं उसके पास बैठा रहता और कागज पर पेंसिल से असम के महान नायक, लचित का चित्र बनाता रहता। वह लचित के कारनामों का भारी प्रशंसक था, पर वह यह नहीं जानता था कि वह कैसा दिखता होगा। दूसरे, वह जैसा चाहता था वैसा चित्र बना भी नहीं पाता था, पर कोशिश उसने अपार की थी।

उसे अपने दिवंगत मालिक की कई खूबियाँ याद थीं। एक बार एक ठेकेदार उसके मालिक के पास दया-दृष्टि की याचना के साथ आया। उसके संग उसकी रिश्ते की दो सुन्दर बहनें थीं। उनकी पोशाक काफी भड़कीली थी। वह शरीर ढाँपने की बजाय उसे और नंगा करती थी। पर गैरीफील्ड टस से मस नहीं हुआ। चाहता तो उनमें से एक को आसानी से अपने बुढ़ापे के लिए रख लेता।...द्वारका का ऐसा ही सोचना था।

भोलूकाडूबा में काम पूरा हो जाने के कारण कम्पनी का शिविर ऊपरी असम

चला गया था। द्वारका चाहता तो वह वहाँ भी जा सकता था, लेकिन बिना गैरीफील्ड के कम्पनी में काम करना उसे सुहा नहीं रहा था। वह अपने भाई के लिए अब बोझ बन गया और 'चवक' के पेड़ की छाया में बैठकर अपना समय काटने लगा। उस समय उसकी बन्दूक उसके पास ही रहती। जो लोग उसके पास से गुजरते, वे उसके निकम्मेपन पर छींटाकशी करते, पर उसे उसकी कोई परवाह न थी।

द्वारका एक बुजुर्ग दीवान को जानता था। उसके पुरखे अहोम राजाओं के यहाँ बड़े-बड़े ओहदों पर रहे थे। उसने दीवान के घर आना-जाना शुरू कर दिया। गाँव वाले इसे लेकर भद्दे मजाक करते। कारण यह था कि दीवान की एक सुन्दर बेटी थी और गाँव के युवक उस पर आँख रखते थे। बूढ़े दीवान को अपने परिवार की शोहरत का एहसास था। वह इस पर गर्व भी करता था। पर पिता के नाते वह अनुशासन का कठोरता से पालन करता था। उसकी बेटी सबसे अलग-थलग, रहस्यमय ढंग से, अपने कमरे में बन्द रहती। वह तभी दिखायी देती जब वह नदी से पानी लेने जाती। उसे देखकर द्वारका एक बार चौंकता जरूर था। उसे ऐसे लगता जैसे कि सूरज की रोशनी का सैलाब आ गया है और वह उसमें डूबने-उतराने लगा है।

धीरे-धीरे द्वारका चिड़चिड़ा और उद्दण्ड होता गया। उधर गाँववालों ने यह बात उड़ा दी कि द्वारका के दिमाग में हर वक्त बन्दूक घुसी रहती है। एक दिन अचानक दीवान उसके पास आया और बोला, ''मेरे साथ बहुत बुरा हुआ है, द्वारका, मेरे दोस्त! क्यों भगवान ने मुझे इस विपदा में डाल दिया? तुम्हें मेरी मदद करनी होगी, द्वारका! तुम मेरे नाम पर बट्टा लगने नहीं दोगे। ...तुम मेरी बेटी को तो जानते ही हो न?''

द्वारका एक क्षण के लिए तो चुप रहा, जैसे उसने उसकी सुन्दर बेटी को कभी देखा ही न हो। फिर वह एकाएक बोला, ''हाँ, हाँ, कहे जाइए। पर मुझे थोड़े-से शब्दों में ही बताइए कि मुझे करना क्या होगा।''

दीवान की आँखें फटी-फटी थीं। जैसे वह कहीं और देख रहा हो। अपनी बात जारी रखते हुए बोला, ''मुझे अभी-अभी पता चला है कि मेरी बेटी एक नीची जाति के बदमाश के चंगुल में फँस गयी है। उसने किसी तरह उसे फाँस लिया है। वे जंगल के एक घने हिस्से में छिपकर मिलते हैं। मैं तुम्हें वह जगह दिखा दूँगा। मैं चाहता हूँ कि तुम एक बार उस कमीने को अच्छा सबक सिखाओ।''

यह कहते हुए दीवान के चेहरे पर घृणा की काली और भयावनी छाया घिर आयी। फिर उसने अपनी कार्य-योजना का विस्तार किया, ''अगली बार जब

वे मिलें तो मैं चाहूँगा कि तुम वहाँ जाओ और अपनी बन्दूक उस भड़ुवे की दिशा में दाग दो। इससे भयभीत होकर वह सही रास्ते पर आ जाएगा। तुम जंगल के उस भाग को जानते ही हो। वह काजीरंगा और मनख शिकारगाह से भी ज्यादा खतरनाक है। किसी को तुम्हारे बारे में पता भी नहीं चलेगा। बाद में मैं सब देख लूँगा।''

द्वारका को जैसे भीतर-ही-भीतर कुछ सन्तोष मिला जो एक भयावह मुस्कान बनकर उसके चेहरे पर झलक आया। उसने अपने दोनों हाथ आपस में रगड़े। जब से यह बन्दूक उसके हाथ लगी थी, उसे कभी भी किसी को मारने का सुख नहीं मिला था। मगर यह मौका खुद ही उसके हाथ लग गया था, बिना किसी प्रयास के, अद्‌भुत ढंग से।

जब दीवान ने द्वारका के चेहरे का भाव देखा, तो उसे कुछ बेचैनी का एहसास हुआ। उसने झट से कहा, ''सुनो, मैं यह नहीं चाहता कि तुम उस आदमी की जान ले लो। उसे थोड़ा जख्मी कर दो। उससे काफी हद तक हमारा काम हो जाएगा।''

द्वारका ने कोई उत्तर नहीं दिया। वह केवल मुस्कराता रहा।

कुछ दिन बाद की घटना है। द्वारका अपने बिस्तर पर बैठा था। बाहर जमकर बारिश हो रही थी। असम में ऐसी बारिश होती ही रहती है। उसे बारिश की उस ध्वनि से बड़ा सुख मिल रहा था। उधर लबालब भरी नदी की दबी-दबी गर्जना भी उसे उतना ही सुख दे रही थी। वह इस मौसम से आनन्दित था—जैसे वह चारों ओर की गरमी से बचकर ठण्डे नखलिस्तान में बैठा हो। वह बड़ा मस्त था। ऐसी मस्ती उसे इन दिनों कम ही नसीब हुई थी। उसे लगा, यदि ऐसा ही समाँ बना रहे तो वह आत्मज्ञान की अवस्था में पहुँच सकता है। वे लोग जिन्होंने जीवन में कुछ मूल्यवान खो दिया है, वे कातर होकर रो सकते हैं और अपना हिसाब चुकता कर सकते हैं। वैसे रोना भी तो एक प्रकार का आशीर्वाद है!

जिस समय उसके मन में ये विचार आ रहे थे, वह अपने पास बिस्तर पर रखी बन्दूक को बराबर सहलाये जा रहा था। बाहर तूफान ने एकाएक रौद्र रूप धारण कर लिया था। ठीक उसी समय बाहर का दरवाजा भड़भड़ाकर खुला, और एक युवती हवा और बारिश के झोंके के साथ भीतर दाखिल हुई। उसकी गीली साड़ी उसके जवान बदन से चिपकी हुई थी। वह आयी तो उसके साथ-साथ उस अकेले कमरे में निचुड़े गन्ने की सोंधी गन्ध भी चली आयी। वह दीवान की बेटी ही थी।

द्वारका स्तम्भित-सा उसे चुपचाप देखता रहा।

उसने अपनी पूरी ताकत लगाकर बोलना शुरू किया, हालाँकि उसकी साँस उखड़ी हुई थी और वह काँप भी रही थी, "मेरे पिताजी आज बाहर गये हुए हैं। इसीलिए मैं इस भयंकर तूफान में यहाँ चली आयी हूँ। उस दिन मेरे पिताजी आप से जो बात कह रहे थे, मैंने उसका एक-एक शब्द सुन लिया था। यदि आप मेरे प्रेमी की जान ले भी लेंगे, तो उससे कुछ मिलनेवाला नहीं। यह मैं आपको अभी बताये देती हूँ। इसलिए खबरदार! मैं आपसे जबरदस्त बदला लेने पर मजबूर हो जाऊँगी!"

जिस आवेग और रोष से उसके मुँह से ये शब्द निकले थे, द्वारका उन्हें सुनकर जड़वत् हो गया। उत्तर में उसके मुँह से एक शब्द भी नहीं निकला।

एकाएक युवती की आँखें आँसुओं से भर आयीं और उसने मिन्नत भरे स्वर में उस पर अपनी उँगली तानते हुए कहा, "क्या आपको कभी प्रेम का अनुभव हुआ है?"

द्वारका को लगा जैसे कि वह अभिभूत हो गया हो। वह बोला, "बताइए, आप मुझसे क्या चाहती हैं? आप जो कहेंगी, मैं करूँगा। पर एक शर्त है। मुझे भी एक बार उस अनुभव का अवसर देकर कृतज्ञ करेंगी।"

युवती हक्का-बक्का रह गयी। फिर बोली, "क्या मतलब है आपका? मैं आपकी बात समझ नहीं पायी।"

लेकिन फिर उसने उसके चेहरे का भाव भाँप लिया और जान गयी कि वह एक जहरीले साँप के समक्ष खड़ी है। उसका दिल बुरी तरह धड़कने लगा। उसे अपने को इस दुष्ट से बचाना ही होगा। उसने झट से अपनी भीगी साड़ी को समेटा और उस तूफानी रात में बाहर भाग गयी।

अगली सुबह द्वारका हमेशा की तरह अपनी बन्दूक को अपने कन्धे पर ताने 'साल' के जंगल की ओर चल पड़ा। वह उससे परिचित था। बारिश हालाँकि थम चुकी थी, फिर भी 'साल' के चौड़े पत्तों से पानी बराबर टपके जा रहा था। जंगल के कुछ हिस्सों में गीली भूमि से भाप निकलने के कारण धुन्ध छायी हुई थी। वातावरण में भारीपन था। वह विश्रृंखलित भी हो रहा था। वह बिना खाना खाये वहाँ ऐसे ही निरुद्देश्य भटकता रहा और जंगल में शाम के सायों को फैलते देखता रहा।

अचानक उसे उस झुटपुटे में दो चमचमाती आँखें, अंगारों की तरह दहकती, दिखायी दीं। वह फौरन पहचान गया कि यह अशुभ 'हुडु' पक्षी है। उसने सहज ही अपनी बन्दूक उठायी और उन चमचमाती आँखों के बीच झट से गोली दाग दी, जिससे पक्षी फड़फड़ाता हुआ नीचे आ गिरा। उसके प्राण निकल चुके थे।

द्वारका के शरीर में सनसनाहट दौड़ गयी। आखिर, उसने कर ही डाला एक शिकार! उसमें जैसे नई चेतना समा गयी। वह और पक्षियों को ढूँढ़ता हुआ इधर-उधर दौड़ने लगा, पर उसके हाथ कुछ भी न लगा।

अगले दिन भी वह जंगल में तब तक निरुद्देश्य घूमता रहा जब तक कि सूरज डूब नहीं गया। शाम के झुटपुटे में एक अजब तरह की अचेतन प्रेरणा उसे जंगल के उस हिस्से में ले गयी जहाँ दीवान ने उसे जाने को कहा था। यहाँ घनी 'काचीडरिया' घास उगी थी जहाँ 'देओहन' (एक तरह का तीतर) आराम करना पसन्द करता है। द्वारका आहिस्ता-आहिस्ता उस घनी घास के एक खित्ते की ओर बढ़ा और फिर भूखे बाघ की तरह झुककर बैठ गया। तुरन्त ही वहाँ एक बीस-वर्षीय युवक आता दिखायी दिया। द्वारका ताड़ गया कि दीवान की बेटी का प्रेमी यही है। वह देर तक उस पर टकटकी लगाये रहा और सोचता रहा—यही तो है न वह, मेरे सामने खड़ा...मेरे जीवन के बीस वर्ष, जिन्हें मैंने यों ही बरबाद कर दिया और जिन्हें अब मैं लौटा नहीं सकता। मेरी खोयी हुई जवानी यही है, यहीं खड़ी हुई है।

उसे अपने कन्धे में, जहाँ उसने बन्दूक लटका रखी थी, हल्का-हल्का दर्द महसूस हुआ। उसे अपनी ठुड्डी का मांस लटकता हुआ लगा। वह एकाएक अपने को बुड्ढ़ा महसूस करने लगा। उसके समूचे शरीर में ठण्डी जकड़न व्याप्त हुई। उस सुन्दर युवती की आँखों का त्रास और घृणा उस पर फिर हावी हो गयी। द्वारका जैसे यन्त्र-चालित हो रहा, जैसे उसके भीतर कोई मजबूरी हो, उसे अपनी बन्दूक से निशाना साधा और युवक के शरीर में दो गोलियाँ उतार दीं। फिर उसने देखा कि युवक कटे पेड़ की तरह गिर पड़ा है। उसे लगा कि उसने उसे मार डाला है।

द्वारका पकड़ा गया और उसे पन्द्रह वर्ष की कड़ी मशक्कत वाली कैद हुई। वह कारागार में ही था कि उसके भाई की शादी हो गयी। उसके सगे भाई ने उसकी रत्तीभर चिन्ता नहीं की। पर उसकी पत्नी सहृदय थी और वह अपनी तरह की समझ भी रखती थी। वह अकसर द्वारका से कारागार में मिलने आती थी और उसके एवं उसके अकेलेपन के प्रति संवेदना दिखाती थी। वह उसके लिए स्वादिष्ट पकवान बनाकर लाती और उससे बड़े स्नेह से बात करती। उसके शब्दों और हावभाव ने द्वारका में फिर से जीवन की चेतना लौटा दी थी, वह महसूस करने लगा था कि कैदखाने की सलाखें उसे जीवन-भर बाँधे नहीं रखेंगी। उसे

दीवान की बेटी की भी याद आती। निचुड़े गन्ने की सूक्ष्म गन्ध उसे फिर लालायित करने लगी।

वह अकसर अपने भाई की पत्नी के बारे में सोचता। उसे उसके प्रति क्या आकर्षित करता है? उसके पास वह क्या है जो वह उसे दे? न उसके पास जमीन है, न घर है, न ही कोई ढोर (गाय) है। मरने के बाद वह उसके लिए क्या छोड़कर जाएगा! फिर वह बार-बार उससे मिलने क्यों आती है? शायद प्रगाढ़ प्रेम ही इस अद्‌भुत स्थिति के पीछे है!

उसके भीतर खुशी की लहर-सी दौड़ गयी। पर साथ-साथ इसमें पीड़ा भी थी। उसका हाथ अपनी बन्दूक को टटोलता आगे बढ़ा। वह उसकी नली को सहलाना चाहता था। पर वहाँ तो कुछ नहीं था। महज खालीपन था। वह समझ गया कि पिंजरे में बन्द पक्षी की तरह वह जेल की सींखचों के पीछे है। अपनी इस अवस्था पर उसे बहुत दुःख हुआ।

कुछ सालों के बाद गाँधीजी की जन्म शताब्दी के उपलक्ष्य में आम माफी घोषित कर दी गयी और उसके तहत द्वारका भी मुक्त हो गया। मुक्त होने के बाद वह सीधा अपने गाँव गया और अपने भाई की जमीन पर बनी एक पुरानी, खस्ताहाल झोंपड़ी में रहना शुरू कर दिया। उसकी वफादार बन्दूक फिर उसके कन्धे पर आ गयी और वह उसके साथ गाँव-गाँव घूमता हुआ फिर देखा जाने लगा। वैसे बन्दूक वापस लेना भी आसान नहीं था। उसके लिए उसे काफी प्रयत्न करना पड़ा। गाँव वाले अब उसकी बिलकुल परवाह नहीं करते थे। और तो और, अगर वह उन्हें इत्तफाक से सड़क पर चलता मिल जाता, तो वे उसे अपशकुन मानते।

बूढ़ा दीवान अपनी बेटी की एक अच्छे घराने में एक अमीर आदमी के साथ शादी कर देने के बाद चल बसा था। एक लम्बे समय के बाद वह युवती एक दिन गाँव में फिर दिख गयी। वह अपने पहले बच्चे के प्रसव के लिए अपनी माँ के घर आयी थी। द्वारका को उसकी झलक मिल गयी और उसे देखते ही पुरानी स्मृतियों ने उसे आ दबोचा। वह उससे एक बार फिर मिलना चाहता था, और अपनी यह इच्छा वह दबा नहीं पा रहा था। वह उससे केवल पूछना चाहता था कि उसकी पिछली हरकत के लिए उसने उसे क्षमा कर दिया या नहीं? पर मुश्किल यह थी कि अब उसने पानी लाने के लिए नदी पर जाना बन्द कर दिया था।

लेकिन एक बार उसे मौका मिल ही गया। वह अपनी सहेलियों के साथ अपने घर से बाहर आ रही थी। उसने उसे बड़े करीब से देखा। वे हँसती, गप्पें

हाँकती चली जा रही थीं। द्वारका उसे देखकर एकाएक उछल पड़ा और युवतियों के उस समूह का पीछा करने लगा। जब युवतियों की नजर उस पर पड़ी, तो वे ठिठक गयीं और ऐसे परे हटीं, जैसे कि वह कोढ़ी हो। इससे वह दीवान की बेटी के साथ अकेला रह गया और दीवान की बेटी भी वैसे-की-वैसी खड़ी रही।

द्वारका के मुँह से एकाएक कुछ शब्द निकले जो प्रश्न की शक्ल में थे, "कृपया मुझे बताइए—आपने मुझे क्षमा कर दिया?"

युवती की आँखों में द्वेषपूर्ण भाव था। वह हँसी और बोली, "जो तुमने किया, वह मेरे लिए आखिर अच्छा ही हुआ।" फिर अपने उभरे पेट की ओर देखते हुए बोली, "मेरे बच्चे के मजे रहेंगे। उसके पास पैसा-ही-पैसा होगा। खूब पैसा होगा।"

द्वारका ने अपनी बन्दूक उसकी ओर बढ़ाते हुए बेताबी से पूछा, "तो आप नहीं सोचतीं कि यह बन्दूक मेरे लिए बदकिस्मत रही?"

युवती ने भी अपना हाथ आगे बढ़ाया और अपनी कोमल उँगलियों से बन्दूक को छूते हुए उसकी नली को प्यार से सहलाया। फिर उसने एकाएक अपना हाथ पीछे खींच लिया जैसे कि बन्दूक से उसे बिजली का झटका लगा हो। वह देखते-ही-देखते दूसरी मन:स्थिति में आ गयी, और उस पर अपना गुस्सा उतारने लगी, "अरे कमीने हरामी! तू जेल में चूहे की तरह क्यों नहीं सड़ता रहा और क्यों नहीं वहीं गर्क हो गया?"

अब वह जोर-जोर से रोते हुए आँसू बहाने लगी थी। फिर वह एकाएक मुड़ी और अपनी सहेलियों से जा मिली।

...द्वारका पुराने पेड़ के नीचे अपने हमेशा की जगह पर बैठा था। वह वहाँ तमाम दिन बैठा रहा और शून्य में देखता रहा। जब वह खाना खाने भी नहीं आया, तो उसके भाई की पत्नी चिन्तातुर-सी उसकी तलाश में चली आयी। जैसे ही उसे उसका चेहरा दिखायी दिया, उसने अपनी छाती पर अपना हाथ रख लिया। उसका दिल बुरी तरह धड़क रहा था। वह भय और पीड़ा से भरा हुआ था। वह पंजों के बल चलती हुई उस तक पहुँची और बड़ी कोमलता से बोली, "तो तुम वहाँ गये थे और उससे मिले थे! है न?"

द्वारका ने अपना सिर हिलाया और बड़ी धीमी आवाज में बोला, "हाँ।"

वह कुछ देर चुप रही और फिर अपनी बात जारी रखते हुए बोली, "एक क्षण के लिए सोचो। क्या मैंने ही तुम्हें उससे एक बार फिर मिल लेने के लिए

प्रेरित नहीं किया था?''

शाम काफी हो चुकी थी और अँधेरा गहरा चुका था, उसे उसकी आँखों की चमक में उत्तर मिल गया था। उसने हल्के-से उसके कन्धे को छुआ और फिर धीमे से बोली, ''अगर मैं तुम्हें कुछ और भी बताऊँ तो क्या तुम सुनोगे?''

द्वारका ने अपनी बन्दूक कसकर पकड़ ली। उसे लगा कि वह लड़ाई के मैदान में जख्मी हुआ एक सिपाही है जिसका बराबर पीछा किया जा रहा है। कौन पीछा कर रहा है उसका? ...यम? ...क्या वह उससे बच सकता है?

उसके भाई की पत्नी ने फिर बोलना शुरू कर दिया था...।

अनुवाद : श्रवण कुमार

भिक्षापात्र

फूलेश्वरी ने कसम खाई थी कि अब वह कभी जगलिया नदी के किनारे पर खड़ी न होगी। बहुत समय बीता जब उसके पानी में दो विद्यार्थियों की लाशें तैरती हुई आयी थीं, जिनके शरीर में गोली लगी थी। यह सन्देह था कि शायद पुलिस ने उन्हें गोली मारी थी और लाशों को पानी में फेंक दिया था। दुःख व शोक से भरे अन्य विद्यार्थियों ने लाशों को बाहर निकाला था और उनका दाह-संस्कार उसी नदी के रेतीले किनारे पर कर दिया था। हाँ...ये वही दिन थे जब विदेशी घुसपैठियों का विरोध होता था। तब से लेकर आज तक जगलिया एक माँ की भाँति अपने हाथ चारों ओर फैलाये हर किसी को अपने सीने से लगाये रहती। कोई कितना भी चाहे, कभी न कभी उसके करीब जाता ही, मानो वह अपने चारों ओर रहते लोगों के जीवनचर्या को चलानेवाली एक अज्ञात शक्ति थी। वह माँ की भाँति थी। जीवन के किसी मोड़ पर हर किसी को उसकी गोद की आवश्यकता पड़ती थी।

आज भी वह उस नदी के किनारे पर खड़ी 'सरुआ' की टहनी के टुकड़े से अपने दाँत माँज रही थी। तभी उसने देखा कि मिलीटरी के बहुत से ट्रक सड़क पर धूल उड़ाते हुए जा रहे हैं। उनकी तेज़ आवाज़ से चौंककर सफेद क्रेन का झुण्ड अपने पंख फैलाकार चीखता हुआ हवा में उड़ गया।

हालाँकि फूलेश्वरी बहुत-सी घटनाएँ भूल गयी थी, फिर भी कुछ घटनाओं ने उसके दिल पर अनेक चिह्न बनाकर छोड़ दिये थे, जो पत्थर पर बने चिह्नों जैसे पक्के थे।

"हाँ! वही पेट्रोल के जलने की बू और वही दमघोंटू धूल। कितना वक्त बीता होगा?" उसने सोचा।

हाँ, हाँ, शायद अड़तालीस साल। उन्होंने 'लेन्टीना' और 'नागरबारी' की झाड़ को काटकर अपने काफिले को ले जाने की राह बनायी थी। ट्रकों की आवाज़ गुर्राहट-सी थी वे धूल के बादल उड़ाते जा रहे थे।

वह वटवृक्ष के नीचे बैठ गयी। सब कुछ बदल गया था। उसकी आदत थी कि भोर में ही नदी के किनारे आ जाती, अपना चेहरा धोती, कुछ जंगली फलियाँ और दूसरे हरे पत्ते इकट्ठा करती। पर अब...आजकल तो एक सीताफल या जरा-सी सब्जी भी उनके पिछवाड़े से कम मिलती तो वे उसे ही चोर समझते। उसकी ज़िन्दगी ऐसी ही हो गयी थी।

अभी उस दिन की ही तो बात है जब वह नदी किनारे हमेशा की भाँति आयी थी। वह मछली पकड़ने के लिए रखे 'सेप्पा' के पास खड़ी थी। पास से गुजरते दो लड़कों ने धमकाते हुए कहा था,

"अगर मछली को छुआ भी तो बालों से पकड़ सारे गाँव में घसीट देंगे।"

वह सब जानती-समझती थी, पर निरपेक्ष बैठी रही। अब तो स्थिति यह थी कि अगर कोई इसके शरीर पर दो भारी पत्थर भी रख देता तो शायद वह 'दर्द' महसूस न कर पाती।

फूलेश्वरी ने सड़क पार की और नदी के उस किनारे पर आ गयी जहाँ बैलगाड़ियाँ नदी को पार करने के लिए खड़ी थी। यहाँ पानी कम गहरा था। उसने अपने हाथ और चेहरा धोया। हवा की ठण्डक उसके शरीर को छू गयी, जिससे उसने हल्की-सी कम्पन महसूस की। हालाँकि अभी सर्दी का मौसम शुरू न हुआ था पर यहाँ नदी के किनारे पर मनभावन ठण्डक थी। सामने के पहाड़ों की चोटियाँ कोहरे से ढँकी थीं।

लम्बी-खड़ी घास के बीच से बत्तख इधर-उधर झाँक रहे थे। उनकी चीखों की आवाज़ हाक...हक...हक...बीच-बीच में भोर की चुप्पी को तोड़ रहा था। धीरे-धीरे रात का बचा-खुचा अँधेरा खत्म हो गया। सूरज क्षितिज से पूरा बाहर आ गया। आसमान पर छाये बादलों के टुकड़ों का रंग कुछ गेरुआ हो गया था और वे आसमान में लटके खरगोश जैसे लग रहे थे।

ओह! फिर वह सेना के ट्रक? ये कहाँ जा रहे हैं...स्मृति भी किसी स्वर्ण हिरण से कम नहीं है जो जब-तब नज़र से छिप जाती है पर फिर भी शरीर के किसी हिस्से में बची रहती है। कितने भी कोड़े मारों या तूफान काटों...वे बातें भुलाये नहीं भूलतीं।

अड़तालीस साल बीत गये। वह सोचने लगी।

उसने यौवन की दहलीज पर कदम रखा ही था। उसी वर्ष कीनाराम क्षत्रिय

उसे अपने गाँव में अपनी दुल्हन बनाकर लाया था।

उसी वर्ष काकाबारी के गोंसाई के साथ उसका पति 'शीशीपर' की सालाना यात्रा पर गया था जो कालदीया नदी के दूसरे किनारे पर बसा था। प्रतिवर्ष वह वहाँ धार्मिक संस्कार पूर्ति के लिए एक गाय, मछली, कपड़े, सजावटी वस्तुएँ तथा अन्य 'गिफ्ट' एकत्रित करने के लिए जाता था। यद्यपि इस यात्रा का मूल लक्ष्य पूजा-पाठ कहा जाता था किन्तु वास्तव में तो वह भेंट की गयी उन चीजों को लेने जाता था जो उसके यजमान पूजा के बाद गोसाई को भेंट करते थे।

वह बैठी सोचती रही थी।

उसका पति क्या सजीला जवान था। सुती बाँहें, गठीला बदन और बैल के समान परिश्रम करने की शारीरिक शक्ति, घुँघराले बाल और घनी मूँछें।

याद से आँखें भर आयीं जिसे उसने 'गताला' के कोने से पोंछा। सोचती रही, "कितने प्यार और आशाओं के साथ कदालिया नदी के किनारे जगलिया नदी के किनारे पर लाया था वह उसे!"

उस दिन जब कीनाराम क्षत्रिय ने उसे घर पर अकेला छोड़ा था और गोंसाई के साथ कदालिया गया था तभी वह भयंकर घटना घटी थी। उस दिन भोर से बारिश हो रही थी, तेज हवाएँ चल रही थी इतनी तेज़ की बरामदे में टूटे बिखरे सन्तरे और उसकी टहनियाँ दिख रही थीं। अपने घर में डरी-दुबकी बैठी वह सन्तरों के टूट कर गिरने के साथ हुई थड-थड-थड...की आवाज़ें सुन रही थी। सोने के कमरे के साथ लगे इमली के पेड़ की टहनियाँ हवा के तीखे झोंको के साथ इधर-उधर हिलकर आवाज़ कर रही थीं। उसे डर लग रहा था कि अगर ऐसा ही तूफान आता रहा तो छत गिर जाएगी और वो उसके नीचे दब जाएगी। डर से काँपती वह चारपाई के नीचे छिप गयी थी।

तभी उसे 'खट्-खट्' की आवाज़ आयी। पहले तो उसे लगा कि शायद बारिश की तेज़ पड़ती धार के कारण आवाज़ें आ रही हैं। उसने ध्यान से सुना।

"नहीं! यह बारिश की बूँदों की टपटप या ठक् ठक् नहीं है। कोई व्यक्ति लगातार दरवाज़ा खटखटा रहा है।"

अब उसका भय और भी बढ़ गया। डर के मारे माथे पर पसीना आ गया। अपनी भूल पर पछतावा हुआ। उसका पति प्रायः जाते हुए एक 'भगत' उसकी देखभाल के लिए छोड़ जाता था जो घर और खेत के छुटपुट काम भी कर देता था! पर उस दिन उसे किसी व्यक्ति का प्रबन्ध किये बिना 'भगत सेवा' के लिए जाने दिया था। 'भगत सेवा' तान्त्रिक पूजा पद्धति है जिसमें 'भगत' लोग एक धागा बाँधते, शराब पीते, मांस खाते थे। कुछ तो अपने कपड़े तक उतार देते तथा

तान्त्रिक पूजा करते थे।

अब वह घर में बिलकुल अकेली थी। पर कर भी क्या सकती थी। डरते हुए सोचने लगी कि आखिर उसने अपने पति को जाने ही क्यों दिया?

दरवाजे पर फिर से ठक्-ठक् की आवाज हुई।

अचानक कुछ गिरने की आवाज़ के साथ दरवाज़ा खुल गया। उसके सामने खड़ा पूरी तरह भीगा एक सैनिक हाथ में राईफल लिये खड़ा किसी जंगली जानवर-सा लग रहा था।

"हाँ...यह तो एक सैनिक है। हे भगवान! सैनिक!"

जहाँ वह खड़ा था वहाँ से चलती हुई पानी की धार उस तक फैल रही थी। कीचड़ से सने जूतों ने घर और बरामदे को गन्दा कर दिया था।

उसने सैनिक के कीचड़ सने गीले जूतों को देखा। वह डर से काँप गयी। वह चाहती थी कि वह खुद भागकर दरवाज़े से बाहर निकल जाये किन्तु दरवाजे पर ही वह सैनिक खड़ा था।

"हे भगवान्। ये सैनिक क्या करना चाहता है?" उसने सोचा।

सैनिक नीचे झुका, अपने जूते और जुराबें उतारी जिनमें से पानी और कीचड़ टपक रहे थे। फिर उसने अपनी कमीज और बनियान उतारकर जमीन पर डाल दी। अपनी राईफल की संगीन से नीचे गिरी चीज़ों को चारपाई के नीचे खिसका दिया। फिर घबराया और खोया-सा खड़ा रहा। शायद सोचता हुआ कि अब क्या करे!

जब तक वह आगे कुछ सोचती, वह अचानक बिजली की गति से दरवाज़े के बाहर हवा और पानी में बाहर निकल गया।

बारिश कुछ कम हुई और पूरी तरह रुक गयी। वह मानसिक और शारीरिक रूप से बेहद त्रस्त थी। वह चिन्तामग्न होकर दरवाज़े के बाहर आयी।

"आखिर वह ये सारी चीज़ें यहाँ छोड़कर कहाँ चला गया होगा...जूते, कपड़े!" सब सामान वहाँ इस तरह पड़ा था मानो किसी कत्ल का सबूत हो। उसे लगा कि ये सब उसे ही किसी गुनाह या साज़िश में शामिल बना सकते हैं। उसने सोचा, "हे ईश्वर! क्या करूँ? क्या करूँ मैं? क्या सबको बाहर मैदान में फेंक दूँ या घास में छिपा दूँ।

वह दुविधा में खोयी थी।

अचानक उसे दूर से आती चिल्लाने तक भागते हुए लोगों की जूतों की

आवाज़ सुनाई पड़ी। ऐसा लग रहा था कि मिर्जा के सैनिक कैम्प की सारी सेना किसी का पीछा कर रही है! घबराकर वह घर के भीतर भागी।

ध्यान से सुना तो वे लोग घर-घर में घुसकर, लोगों की चीख-पुकार की परवाह किये बिना, छानबीन कर रहे थे। उसने कुछ सैनिकों के भारी जूतों की आवाज़ें भी सुनी। साथ ही कुछ वस्तुओं को घसीटकर बाहर लाये जाने की आवाज़ भी आयी। और तो और बच्चों के रोने की और बच्चों के कूदने की आवाज़ें भी आ रही थीं।

इससे पहले कि वह कुछ करने का फैसला करती, चार सैनिक उसके पिछवाड़े से भीतर घुस आये। वे दरवाजे के पास आये। अपने जूतों से उन्हें खोल दिया।

वह डरी-सहमी उनके सामने खड़ी रही। चिल्लाने की हिम्मत भी नहीं बची थी। उसने गाँव की दूसरी औरतों की तरह गन्दी-गन्दी गालियाँ भी नहीं निकालीं।

एक सैनिक आगे आया, चारपाई को ठोकर मारकर पीछे खिसका दिया। दूसरे सैनिक ने उसके नीचे झाँका। चिल्लाते हुए गीली कमीज, बनियान और जूते बाहर खींचे।

अब तक बरामदे में काफी भीड़ इकट्ठा हो गयी थी। एक सैनिक ने संगीन से गीले कपड़े और जूते उठाकर भीड़ के सामने फेंक दिये। गीले पड़े कपड़े नदी से निकाली गयी लाश जैसे लग रहे थे।

जल्दी ही भीड़ के दिमाग ने उन गीले कपड़ों को जिन्दा कर दिया। उसी के माध्यम से उन्होंने उस भागे हुए सैनिक को देख लिया। यह भी सोच लिया कि एक अकेली औरत के घर में एक आदमी के शरीर से उतारे गये कपड़े...उनका क्या रिश्ता स्थापित करते हैं।

उन गीले कीचड़ सने पड़े कपड़ों को देखकर गाँव के बूढ़े लोगों ने फूलेश्वरी से सख्त आवाज़ में पूछा,

"बोल औरत! उस भागे हुए सैनिक से तेरा क्या रिश्ता है?"

फूलेश्वरी घर की दीवार का सहारा लेकर खड़ी थी। वह इस कदर डरी हुई थी कि न कुछ सोच पायी, न ही कुछ बोल पायी।

गाँव के दो पहलवान जैसे आदमी भीड़ को धकियाकर आगे आकर उसके सामने खड़े होकर चिल्लाने लगे, "बता! वह आदमी कितने दिन से यहाँ आ रहा था? बोल, इससे पहले कि हम उस सैनिक को पकड़कर मार दें।"

बूढ़ी औरत 'जमुकी' अपने काले दाँत दिखाते हुए चिल्लायी, "बाराभि

तेरी (बारह पुरुषों के साथ सोने वाली) तूने तो सारे गाँव की नाक कटा दी है। बता, कौन है वह आदमी? इन्हीं सैनिकों की वजह से भीखू कुमार की बेटी पेट से हो गयी थी...जानती है न उसका क्या हुआ?''

फूलेश्वरी निराश बौरायी-सी बरामदे के फर्श पर ही गिर पड़ी...लगातार सुबकती हुई।

तब तक सैनिकों ने घर का सब सामान छान मारा। वे उस सैनिक को खोज रहे थे जो अपने कपड़े और जूते छोड़ गया था। पर कुछ हाथ न लगा तो वे अपने जूते फटकारते तथा फूलेश्वरी को फिर से आने की धमकी देते हुए वहाँ से चले गये।

एक-एक करके सारी भीड़ छँट गयी। सिर्फ दो या तीन औरतें बच रहीं, जो खोजबीन जारी रखने के लिए पूछताछ करती रहीं। वह...सिर्फ सुबकती रही। कुछ पता न लगने पर गाँव की औरतों ने कन्धे उचकाए और असन्तुष्ट अपने घरों को चल दीं। एक औरत ने कहा, ''आखिर वह बाहरी औरत है, ब्रह्मपुत्र नदी के पार की जिसके चरित्र या पृष्ठभूमि के बारे में वे कुछ नहीं जानती।''

''ऐसी औरतें गाँव को बदनाम करती हैं। अब हमारी जवान लड़कियाँ भी सैनिकों की शिकार बनेंगी।''

फूलेश्वरी को सब याद था। कैसे उसके बाद वह कुएँ पर गयी, नहाया-धोया। जब वापिस आयी तो दरवाज़े के पास ही रुक गयी। उसके भीतर अजब-सी हलचल मची थी। उसके लिए उस कमरे में जाना कठिन हो गया था जिसमें उस सैनिक ने कपड़े और जूते उतारे थे।

उस सैनिक की धुँधली-सी परछाई उसकी आँखों के सामने थी। हल्के से अँधेरे में वह उसकी एक झलक देख पायी थी। उसे देखकर लगा था कि सैनिक को पहले भी कहीं देखा है—कहाँ? पता नहीं। या फिर ये सिर्फ उसकी कल्पना थी...या शायद उसका चेहरा मिरजा के बाज़ार में देखा हो। कहीं ये वहीं सैनिक तो नहीं है जो सैनिकों के समूह के साथ बत्तखें या अण्डे खरीदने आते हैं।

अचानक उसे कुछ याद आ गया। पिछले दिनों एक बूढ़ा साधु गाँव में आया था और यहीं वृक्ष के नीचे डेरा जमा लिया था। उसी ने सैनिक कैम्प की ओर इशारा करते हुए कहा था,

''ये सारे सैनिक...गोरों की सरकार जिन्हें इधर-उधर से इकट्ठा करके बन्दूक

थमा देती है ताकि वे जिसकी ओर इशारा करें, उन्हें अन्धा बनाकर मार सके...पर जैसे बिना आग के धुआँ नहीं होता वैसे ही किसी को अकारण नहीं मारा जाता पर ये सैनिक...सिर्फ हुक्म के गुलाम हैं। ये नहीं जानते कि किसी को क्यों मार रहे हैं...फिर भी कुछ अलग किस्म के होते हैं...ऐसा ही एक सैनिक मिर्जा के कैम्प से भाग गया था। उसे उकियम के जंगलों से पकड़कर लाया गया है।''

"...ये भी उसी सैनिक की तरह है जो आँख मूँदकर किसी को नहीं मार सकता। उसका दिल ऐसा करने की इजाजत नहीं देता...।''

मानसिक तनाव की उस स्थिति में भी उसके मन में उस भाग गये सैनिक के लिए कोमल भाव जाग उठा था। सैनिक ने तो उसकी ओर सिर उठाकर देखा भी नहीं था।...शायद उसका इरादा कुछ गलत न था...वह केवल जल्द-से-जल्द भाग जाना चाहता था बस।

सोचकर उसके गले से एक लम्बी साँस निकली। पर फिर...आखिर बिना किसी दोष के उस पर इलजाम क्यों लगाया गया, उसे इतने डर व दुविधा से क्यों गुजरना पड़ रहा है।

आज भी उसे सब कुछ साफ-साफ याद है जब उसका पति गोसाईं के साथ कालदीया नदी से वापिस आया था। ज्यों ही उसने तीन चौक में कदम रखा, सैनिक के भाग जाने की घटना उसके कानों में फुसफुसा दी गयी। उसकी फुसफुसाहट के अतिरिक्त उसका कन्धा गोसाईं की मूठ से जख्मी भी था।

उसका पति घर में घुसा और चारपाई पर लकड़ी के लट्ठे-सा गिर पड़ा। अचानक जागा तो उसके जख्म से खून और पीप निकलने लगा। झटके से वह उठा और उस पर चिल्लाया।

"वह हरामी यहाँ कब से आ रहा है?'' उसने पति की तरफ देखा...क्या जवाब दे वह?...''उस दिन की बारिश से पहले उसने उसे पहले कभी नहीं देखा।''

उसने उत्तर दिया।

पर कीनाराम जहरीले साँप की तरह फुफकारा, ''बाकी सब घरों को छोड़कर वह सिर्फ यहीं क्यों आया? बोल औरत! क्या यही भीखू कुमार की बेटी के साथ नहीं हुआ था?''

उसके दिमाग में गर्म खून बह रहा था। जोर-जोर से साँस लेता वह एक जंगली पागल भैंसा लग रहा था। उसे बालों से पकड़कर कमरे में चारों ओर घुमाने

व चिल्लाने लगा।

आवाज़ें इस कदर तेज़ थीं कि चौक में भीड़ इकट्ठी हो गयी थी। किस्मत से तभी फूलेश्वरी का पिता नरहरी मण्डल और उसकी नातिन अन्नाबाला वहाँ आ पहुँचे। अन्नाबाला अपने नाना के घर 'बीहू' उत्सव में भाग लेने गयी थी। वे दोनों वहीं से वापिस लौट रहे थे।

फूलेश्वरी की स्थिति देखकर उसका पिता भागा-भागा घर के भीतर गया और कीनाराम के हाथ को पूरी तांकत से पकड़कर गुस्से से चिल्लाया, "क्या मैंने अपनी बेटी की शादी एक कसाई के साथ की है? क्या तुम इसे मार डालना चाहते हो?"

दस वर्ष की अन्नाबाला माँ की हालत देखकर घबड़ाकर ज़ोर-ज़ोर से रो रही थी और कह रही थी, "ओह! उसने मेरी माँ को मार दिया है...मेरी माँ को मार...ओह माँ...ओह माँ।"

फूलेश्वरी अब तक जमीन पर पड़ी हुई थी, दर्द से कराहती हुई वह उठी। उसने भीड़ को अपनी ओर देखते हुए पाया। जल्दी से उसने अपने कपड़े ठीक किये, दर्द से कराहती, लँगड़ाती भीतर कमरे में गयी और दरवाज़ा बन्द कर दिया।

घर में रहते तीनों लोग फूलेश्वरी, कीनाराम और अन्नाबाला अलग-अलग तरीके का असन्तोष व दुःख अपने भीतर पाले उसी घर में रहते रहे। दिन बीतते गये। तभी उसका एक लड़का और एक लड़की भुवनेश्वरी पैदा हुए। सब कुछ होते हुए भी कीनाराम के दिल का जख्म और कन्धे के जख्म ने पीछा नहीं छोड़ा और एक दिन दोनों जख्मों ने उसकी जान ले ली।

फूलेश्वरी के कदम किसी न किसी प्रकार की मुसीबत में पड़े रहते! उसने किसी तरह अपनी पहली बेटी अन्नाबाला का विवाह कर दिया, पर दामाद बहुत पीनेवाला नामर्द था। पी-पीकर उसके लीवर ने काम करना बन्द कर दिया और एक दिन उसकी मौत हो गयी। फूलेश्वरी का एकमात्र बेटा हैबर सारा दिन फालतू बातों में बिताता, कुछ काम धाम न करता। वह भी एक दिन कहीं गायब हो गया। लोगों का खयाल था कि वह बर्मा की सीमा पर आतंकवादियों के समूह में चला गया है।

जिस वर्ष हैबर लापता हुआ था, उसी वर्ष एक और घटना घटी थी जिसने लोगों में उत्तेजना पैदा कर दी। यह घटना फूलेश्वरी के पूर्वी किनारे के घने जंगलों

से जुड़ी थी। ब्रह्मपुत्र में आनेवाली सालाना बाढ़ के समय कुछ किसान जंगल के कुछ हिस्से को फसल उगाने की दृष्टि से साफ कर रहे थे। वहीं उन्हें एक सूखा कुआँ दिखायी पड़ा जिसके भीतर एक इन्सान का कंकाल और उसी के पास राईफल पड़ी मिली। कंकाल की हड्डियाँ वक्त बीतने के कारण पीली पड़ गयी थीं। राईफल का लकड़ी वाला भाग टूट-फूट गया था और बाकी भाग पर जंग लग गया था, जो उसे 'ईगुआना' जानवर की खाल जैसा बना रहा था।

गाँव के एक बुजुर्ग ने वह कंकाल और राईफल देखी और बोला, ''यह शायद उस सिपाही के अवशेष हैं जो भाग गया था और कभी मिला नहीं, वही जिसके लिए उस दुर्भाग्यशालिनी फूलेश्वरी की पिटाई हुई थी और जिसने उसकी जिन्दगी को नरक बना दिया था।''

फूलेश्वरी अपने चरित्र पर लगे दाग को सहती रही, उसने अपनी पति की मौत के बाद के अकेलेपन को सहा, यहाँ तक कि अपने बेटे का विछोह भी सहा, पर जब चौधरी के बेटे ने जमीन के उस जरा से टुकड़े को भी छीन लेना चाहा जो अन्नाबाला के मृत पति की एकमात्र निशानी थी, तो उसका खून खौल उठा। पर...वह बेचारी करती भी क्या!

धम्...धम्...धम्। नदी के किनारे जलती लाश में से इन्सान के जलते मांस और लकड़ियों की बू आ रही थी। लकड़ियों के चटकने की आवाज़ें आ रही थी। सुबह-सुबह यह गन्ध फूलेश्वरी की नाक में गयी। उसने नाक सिकोड़ी। जब वह नदी के किनारे गयी थी तब आधी रात थी, सूरज अभी क्षितिज के पीछे ही था। वह घर जल्दी लौट जाना चाहती थी। तभी उसने दो मछुआरिन देखी जो मछली पकड़ने का जाल अपने कन्धे पर डाले थीं और नदी के किनारे पर आ रही थीं। उन्हीं में से एक चिल्लाकर बोली,

''ओ फूले। क्या हुआ है? तू तो मछली पकड़ने की डंडी-सी पतली हो गयी है। हमें तेरी बेटी के बारे में सुनकर बहुत दुःख हुआ। क्या यह सच है कि वह पागल हो गयी है? पर तुझे भुवनेश्वरी का ध्यान रखना चाहिए। वह बड़ी हो रही है।''

दूसरी वाली ने अपनी फटी गन्दी मेखला को ठीक किया और मोटी आवाज़ में बोली, ''वह चौधरी का बेटा...वही जो लड़कियों को सूँघता रहता है वापिस आ गया है। मैंने अभी उसे गोसाईं के चौक के दरवाजे के पास देखा है।''

फूलेश्वरी कुछ कहती कि हँसती हुई पहली वाली बोल उठी, ''उस हरामी ने तेरी बेटी को भी तो गन्ने की तरह निचोड़ दिया है। अब सब जानते हैं कि उस रण्डी के बेटे ने तेरी बेटी का पूरा इस्तेमाल कर लिया है।...''

दूसरी मछुआरिन चिल्लाई, ''तू क्यों न उसकी दूसरी पत्नी बनकर चली गयी। तू कौन-सी बूढ़ी हो गयी है। तेरे तो अभी सारे दाँत सलामत हैं। सब जानते हैं कि आजकल तो सभी दो-दो पत्नियाँ रखते हैं। कोई एतराज़ नहीं करता।''

बातें करती, झगड़ती वे दोनों वहाँ से चली गयीं। फूलेश्वरी पहले तो सुन्न खड़ी रही फिर पानी से बाहर आ गयी।

अपने घर के चौक में कदम रखते हुए फूलेश्वरी की नज़र बेटी अन्नाबाला पर पड़ी जो बाहर दरवाजे पर बैठी सड़क की ओर देख रही थी। वह 'धान' रखने की कोठरी से बाहर आ गयी थी...उसी तरह अपने गन्दे-फटे कपड़ों के साथ। फूलेश्वरी समझ गयी कि उसे मीलों दूर खेतों में चलते आदमी की आवाज सुनायी पड़ गयी होगी तभी वह बाहर आ गयी है।

वह गुस्से से फट पड़ी, ''फूहड़...यहाँ किसका इन्तज़ार कर रही है? उस हरामी का, जो तुझे इस हालत में छोड़ गया है और अब दूसरी औरतों को सूँघता फिर रहा है?''

गुस्से से भन्नाती फूलेश्वरी ने अपनी बेटी को बालों से खींचा और धान को कोठरी में ले गयी। उसने दरवाज़े को बन्द करके कुण्डी चढ़ा दी।

शाम को खासी बारिश हुई थी। हवा भी धुलकर साफ हो गयी थी। चाँद साफ और चमकीला होकर भूरे और सफेद बादलों से, जो किसी भिखमंगे के गन्दे फटे कपड़ों से लग रहे थे, बाहर निकल आया था। ठण्डी बयार चल रही थी। गीले पत्ते हवा के झोंकों से हिलते-डुलते ऐसे लग रहे थे जैसे पानी के भीतर सुनहरी मछलियाँ क्रीड़ा कर रही हों। जगह-जगह पानी भरा था। चाँदनी रात में वह पानी नारियल के टूटे टुकड़ों-सा सफेद चमक रहा था। काकाबारी की गलियाँ चाँदनी रात में चमकती सर्प-सी लहराती दीख रही थीं। सारी जमीन एक गुफा-सी लग रही थी जिसमें चाँद का एकमात्र दीया जल रहा था।

तभी रात की चुप्पी तोड़ती कर्र-कर्र आवाज करती एक बैलगाड़ी घर के सामने रुकी। उसमें से एक अच्छी कद-काठी वाला आदमी उतरकर उसकी ओर आने लगा। घर में केवल एक दीया था जिसे वह बाहर ले जाकर देखने की सोच ही रही थी कि वह आदमी बरामदे में आ गया। उस आदमी को देखकर वह

चौंक पड़ी। उसने काला कोट और धोती पहन रखी थी। यह गाँव का दलाल था जो वैतरणी नदी पर पुल बनाने के लिए जवान लड़कों को जमीन खोदने के काम पर रखता था।

हैरानी से फूलेश्वरी ने पूछा, ''यहाँ क्या करने आये हो?...वह भी इस समय?''

''मैंने तुम्हारी बेटी की बीमारी के बारे में सुना है।-मुझे उसे देखने दो...।''

''क्यों? क्या तुम दवा लाये हो?''

आदमी ने अपना सिर हिलाकर मना किया पर बोला, ''मैंने सुना है कि तुम कठिन वक्त से गुजर रही हो। इसलिए मैं तुम्हारे लिए एक बोरा चावल साथ ले आया हूँ।''

''चावल...!'' वह हैरानी में चीखी, फिर दो कदम पीछे हटकर बोली, ''क्या यह कोई जाल है...फिर से? कोई यहाँ चावल नहीं लाता।''

''जाल...कैसा जाल?''

उस आदमी की भोली निगाह में प्रश्न का उत्तर आया। वह फिर बोला, ''इसमें कैसा जाल या चालाकी हो सकती है? तुम्हारा बेटा लापता है। तुम्हारी बेटी बहुत बीमार है। मैं इन्सानियत के नाते तुम्हारी मदद करने आया हूँ।''

दीये की हल्की रोशनी में फूलेश्वरी ने उसकी आँखों में झाँका। उसे कोई धोखा नजर नहीं आया। फिर भी उसने पूछा, ''आओ। अगर तुम उसे देखना चाहते हो।''

वह आदमी फूलेश्वरी के पीछे-पीछे चावल की कोठरी की ओर चला गया। दीये की टिमटिमाती रोशनी में उसे देखा जिसके पीले-पतले चेहरे पर सिर्फ दो आँखें चमक रही थीं। पलभर देखकर उसने आँखें फिरा ली और कुछ कहे बगैर बैलगाड़ी की ओर चला गया। फिर एक आदमी अपनी पीठ पर चावल का बोरा लादकर बरामदे तक ले आया और वहाँ रखकर वापिस गाड़ी में चला गया।

'कर्र...कर्र' करती गाड़ी रात के अँधेरे में खो गयी।

फूलेश्वरी चावल के बोरे को देखकर स्तम्भित खड़ी रही और मन ही मन भुनभुनाई, ''वह जरूर लड़की के साथ रात बिताने आया था...नहीं तो चावल लाने का क्या मतलब है?...हरामी...उसने जब लड़की की इतनी बुरी हालत देखी तो चला गया...यही सही है।''

फूलेश्वरी ने बोरी को छुआ। इतना भरा बोरा तो बहुत वक्त से देखा तक न था। किसी गर्भवती गाय के पेट की तरह फूला था चावल का बोरा। उसके भीतर एक बवण्डर गुजर गया। दीये को कोने में रखकर वह जमीन पर घुटनों

के बल बैठ गयी। बोरे की ओर देखते हुए खुद से बोली, "ये चावल अन्नाबाला को ठीक कर देंगे?"

उसके झुर्रियों-भरे चेहरे पर आँसुओं की धार बहने लगी जिसे उसने अपनी गताला के कोने से पोंछ दिया।

चौधरी का एक बेटा जयराम जो एक यात्रा के साथ अनेक दिनों से दक्षिणी किनारे पर घूम रहा था, अब काकाबरी वापिस आ गया था। इस ओर उसकी एक नयी चीज में दिलचस्पी थी। वह राजेश्वरी, जो काकाबरी की ही रहनेवाली थी और दक्षिणी किनारे के एक व्यक्ति से ब्याही गयी थी और जिसकी मृत्यु कालाजार' जैसे मारक बुखार से हो गयी थी, के आगे-पीछे घूमता था। पति की मौत के बाद राजेश्वरी घर वापिस आ गयी थी। उसके पास कुछ ज़मीन थी जो झगड़े में पड़ी थी। ब्रह्मपुत्र की पिछली बाढ़ में ढेर-सी उपजाऊ जमीन डूब गयी थी, तो बहुत से लोगों ने जबरन जमीन पर कब्जा कर लिया था। अब लोगों को गुवाहाटी की कोर्ट में उन्हें वापिस पाने के लिए भाग-दौड़ करनी पड़ रही थी। जयराम भी उस विधवा राजेश्वरी की ज़मीन के कागज महीने के कुछ दिन गुवाहाटी लेकर जाता था। तभी चौधरी के लड़के के वापस आने की खबर अन्नाबाला के कानों में पड़ी। आज भी वह उसकी एक नज़र पाने के लिए चौक के दरवाजे पर खड़ी रहती।

काण्ट्रेक्टर का दिया बोरा-भर चावल तीन लोगों में एक सप्ताह में खत्म हो गया। वर्षों बाद उन लोगों ने नर्म और सुनहरे 'जहाँ' चावल खाये थे। जब फ़ूलेश्वरी का पति जिन्दा था तब उन्हें गोंसाईं के भक्तों से चावल मिल जाते थे। चावल खत्म हो जाने के बाद भी फूलेश्वरी के मन में यह सवाल कौंधता था, "आखिर वह चावल क्यों लाया था?

इतने दिनों तक तो कोई नहीं आया था।

"हाँ! जयराम, चौधरी का बेटा जब उसकी बेटी की तरफ आकर्षित हुआ था, तब जरूर कुछ भेंट लेकर आता था, कभी चिड़ियों का जोड़ा, कभी बतख...पर यह कान्ट्रेक्टर! उसके दिल में ऐसी इन्सानियत क्यों जागी? क्यों वह बेटी के कंकाल को देखकर तेजी से चला गया...पर फिर वह चावल क्यों लाया...अचानक ...क्यों?"

आज तक उसने इन्सान का नंगा व गन्दा रूप ही देखा था। वह भूल गयी थी कि कहीं पर सच्चाई और इन्सानियत बची भी है। घृणा और निराशा ने उसके

अन्तर को छेद रखा था।

लॉरी की आवाज़ सुनकर फूलेश्वरी चौक के दरवाजे तक गयी जो ढेर सारे जवान आदमियों और लड़कों को मजदूरी के लिए ले जा रहा था। वह वापिस घर में आ गयी, बड़बड़ाती हुई। घर में उसने चावल का खाली बोरा देखा। उसके मन में डर समा गया। उसने जोर से भुवनेश्वरी को आवाज़ देकर गौरीकान्ता और पुजारी के घर से कूटने के लिए धान मँगाने भेज दिया।

गौरीकान्ता घर के भीतर लेटा था। वह देखला में श्रद्धा-संस्कार करने यजमान के यहाँ गया था। वहीं पर 'दक्षिणा' बाँटते समय झगड़ा हो गया कि बड़ी दक्षिणा किसको मिले? क्या पुजारी को जो घर के भीतर पूजा कर रहा है या उस पुजारी को जो दाह संस्कार करवा रहा था? बातों की लड़ाई शारीरिक शक्ति प्रदर्शन बन गयी और गौरीकान्ता का घुटना जख्मी हो गया। अब वह दर्द से कराहता बिस्तर पर लेटा था। वैसे भी उसके जीवन की अमावस थी। अब लोग श्रद्धा और बहुत से संस्कारों में उसे नहीं बुलाते थे। यहाँ तक शादी-ब्याह तक के लिए लोग 'कामाख्या मन्दिर' चले जाते जहाँ सभी संस्कार केवल कुछ रुपयों में हो जाते।

फूलेश्वरी और उसकी बेटी भीतरी चौक में बैठी थी तभी उन्हें पुजारी की पत्नी की आवाज सुनायी पड़ी, "अब तुम अकसर पहले की तरह घर नहीं आती। अन्नाबाला अब कुछ ठीक हुई है या पहले जैसी ही है?"

अबकी बार उसने हैबर के बारे में नहीं पूछा। अधिकतर लोगों ने उसके बारे में तब से पूछना छोड़ दिया था जब से उन्हें उसके आतंकवादियों के साथ होने की खबर मिली थी।

फूलेश्वरी ने कहा, "उसके ठीक होने के कोई चिह्न नहीं है। वह तो अब 'धेखल' से बाहर भी नहीं आती।"

पुजारी की पत्नी सुपारी काट रही थी। एक टुकड़ा उसने फूलेश्वरी को भी दिया। फूलेश्वरी के फटे कपड़ों की ओर देखते हुए बोली, "देखती हूँ। तुम आजकल बहुत बुरी हाल में हो। तुम्हारे कपड़े मछली के जाल से हो रहे हैं।"

फूलेश्वरी सिटपिटा गयी। कपड़े के फटे भाग छिपाने लगी। पुजारी की पत्नी ने सुपारी मुँह में रखते हुए कहा, "तुम चौधरी के यहाँ जाकर उसके बेटे जयराम के बारे में बता क्यों नहीं देती? डरती क्यों हो?...पर फिर...काकाबारी में यह अफवाह है कि तुम दोनों को साथ जाने के लिए उत्साहित करती थी।"

"क्या करती! वह जल्द विधवा हो गयी थी। उसका मन अमावस्या की रात-सा हो गया था। मैं अफीम भी देने लगी। कुछ असर न हुआ। मैं क्या करती...मुझे लगने लगा था मानो वह गाय के खूँटे की रस्सी से लटककर मर

जाएगी।''

पुजारी की पत्नी की आवाज़ में अचम्भा था, ''क्या? सचमुच तुमने उसे अफीम दी थी?''

''हाँ। और कोई चारा न था। मेरी किस्मत ही खराब है। मुझे जयराम के पास अफ़ीम लेने जाना पड़ता था। ज़िन्दगी नरक बन गयी थी।...पहले तो उसने कहा, चलो, मैं समझाता हूँ। फिर उसका खेल शुरू हुआ जो बढ़ता गया। वह हर शाम आने लगा...सचमुच...मेरी ही ग़लती थी।''

फूलेश्वरी अपना माथा पीटती रही और कहती रही, ''सब मेरा दोष...मेरा दोष...पहले ही दिन जब शाम के समय बरामदे में आकर खड़ा हुआ तब मैं ही उसे दीये की रोशनी में 'धेखल' तक लायी थी। वह उसकी ओर देखता रहा। मुझे कुछ समझ में नहीं आ रहा था। तभी मैंने देखा कि अन्नाबाला नंगी सोयी थी और उसकी देह दीये की रोशनी में साँप-सी चमक रही थी।''

पुजारी की पत्नी चिल्ला उठी, ''हे भगवान। तुमने उस हरामी बन्दर को ऐसे में भीतर कैसे जाने दिया?''

फूलेश्वरी ने गताला से अपने आँसू पोंछे और कहा, ''पति की मृत्यु के बाद से उसका दिमाग फिर गया था। फिर मुझे क्या पता था कि वह कपड़े उतारकर सो रही होगी।''

चुप कराने की बजाय पुजारी की पत्नी ने फूलेश्वरी को ही कोसा, ''पर फिर तुमने अन्ना को उसके साथ गुवाहाटी क्यों भेजा?''

फूलेश्वरी उसके करीब आकर फुसफुसाते हुए बोली, ''सुनो। उस दक्षिणी किनारे पर, ब्राह्मण लोग भी दो-दो, कभी-कभी तीन पत्नियाँ रखते हैं। इस चौधरी के तीन-तीन खेत हैं। उसका लड़का दूसरी औरत को रख सकने में समर्थ है, ऐसा ही मैंने सोचा था। अन्नाबाला के लिए तो यह ज़िन्दगी और मौत का सवाल था...मैंने आज अपना दिल खोलकर तुम्हारे सामने रख दिया...शायद यह मेरा ही पापी मन या जिसने इस तरह सोचा...गुवाहाटी वे लोग अनेक बार गये...पता नहीं कहाँ-कहाँ?''

पुजारी की पत्नी बीच में बोल पड़ी, ''लेकिन ज़मीन के कागज...तुम्हें नहीं पता था जब तुम्हारी बेटी उन्हें लेकर गुवाहाटी गयी थी।''

फूलेश्वरी ज़ोर से सिर हिलाते हुए बोली, ''नहीं...नहीं...। मैं कसम खाती हूँ...मुझे इसके बारे में बहुत बाद में पता चला...पर...तब तक बहुत देर हो चुकी थी।''

फूलेश्वरी अब चुप हो गयी थी। सारी बीती घटनाएँ उसके जेहन में घूम

रही थी। एक बार पुजारी ने जमीन के कागज को उसके सामने ही पढ़ा था कि वह जमीन स्वर्गीय पति ने उसे दी थी...हाँ! उसके शब्द थे, अन्नाबाला दासी, कीनाराम क्षत्रिय की पुत्री, जाति हिन्दू, पेशा-खेती-बाड़ी, गाँव-काकाबारी, थाना-पालासवरी, मौजा-सयानी, जिला-कामतप...हाँ! हाँ! लोगों ने बताया कि हरामी ने उस कागज पर दस्तखत करा लिये थे... अपनी माँ की दवा-दारू के लिए मैंने उस व्यक्ति से 400 रुपये लिये तथा बदले में अपनी जमीन गिरवी रख दी।

अचानक पुजारी की पत्नी क्रोध से भर उठी, बोली, "तुम्हें उस हरामी को अपनी मेखला से पीटना चाहिए था। अगर अन्नाबाला पेट से हो जाती तो...तो उस मवाली को पंचायत तक खींच ले जाती और शादी करने के लिए विवश कर देती, पर काश! ऐसा न हुआ।"

पुजारी के धान कूटने के कमरे में फूलेश्वरी और उसकी बेटी सारा दिन काम करती रहीं। बदले में उन्हें कुछ चावल तथा बचा-खुचा खाना मिल जाता था। अब वे घर वापिस जा रही थीं। भुवनेश्वरी चावल का बोरा अपने सिर पर रखे थोड़ा आगे चली जा रही थी। फूलेश्वरी पीछे थी, धीमी चाल से चलती,...सोचती हुई।

आखिर वो हरामी ऐसे कैसे ज़मीन छीन सकता है? बेवकूफ लड़की अन्ना ने उसके दिये पैसों से एक मेखला चादर-भर खरीदी...फैन्सी बाजार में सालकुची स्टोर से। आधा रुपया यूँ ही बेकार हो गया।...जब पहली बार ज़मीन के बारे में पता था तो कितना खून खौला था। लड़की को बालों से पकड़कर घसीटा था, जो मिला उसी से पीट दिया था।...उस समय अन्नाबाला ने गुस्से से अपने कपड़े उतार दिये थे और गुस्से से थूकते हुए उसे अपने पियक्कड़ पति के द्वारा दी गयी मार के निशान शरीर पर दिखाये थे और चिल्लायी थी...

"देख! उसने मुझे ये सब दिया है।"

फूलेश्वरी के पास कोई जवाब न था। अन्ना ने कभी भी रेशमी कपड़े नहीं पहने थे...न ही वह उसे ज़िन्दगी का कोई सुख दे पायी थी।

तमाम रास्ते फूलेश्वरी यह सोचकर रोती रही थी और गताला से अपने आँसू पोंछती रही थी।

वैतरणी गया हुआ काण्ट्रेक्टर कई महीनों के बाद ट्रक में 'काकाबारी' लौटा था। गाँव के पीपल के पास आकर ट्रक रुका। काण्ट्रेक्टर ड्राइविंग सीट से नीचे उतरा। वह नीली कमीज और धोती पहने था...बंगाली बाबू की तरह। उसके बाल

लम्बे थे। उनसे तेल चू रहा था।

वह खाली पड़े 'नामघर' (प्रार्थना घर) में गया। वहाँ पंचायत का मुखिया हरकान्ता तालुकेदार एक चटाई पर कुछ और लोगों के साथ बैठा था। कुछ लोग और भी सामने खड़े थे। ये वही लोग थे जिनकी जमीनें पलाशबारी की बाढ़ में खो गयी थीं। काण्ट्रेक्टर और हरकान्ता के बीच कुछ बातचीत पहले हो चुकी थी, ऐसा लग रहा था। अधिकतर लोग अनपढ़ थे। जमीन खो जाने के बाद तो भूखों मर रहे थे।

वे लोग वहीं घेरा बनाकर ज़मीन पर बैठ गये। कुछ सुपारी चबा रहे थे। काण्ट्रेक्टर ने एक लम्बा-सा रजिस्टर अपने थैले से निकाला। सभी जवान लड़कों के नाम लिखे तथा उन नामों के सामने अँगूठे का निशान लगवाया।

एक बूढ़ा व्यक्ति जो उम्र के कारण झुक गया था, घुटनों तक धोती पहने, हाथ में छड़ी लिये आकर शिकायत-भरी आवाज़ में बोला, "हम लोगों पर वक्त की मार पड़ी है। ये अच्छे ताकतवर युवा लड़कों को सिर्फ मजदूर बनाकर ले जा रहे हैं।...यही लोग जब अपना खून-पसीना खेतों में बहाएँगे तो सुनहरी चावल पैदा होगा...पर...अब ये सिर्फ मजदूर की तरह जा रहे हैं।"

बुजुर्ग हरकान्ता तालुकेदार ने सिर खुजाया फिर अपने गमछे से पसीना पोंछते हुए बोला, "काण्ट्रेक्टर बाबू ने गारण्टी ली है फिर हर लड़के के परिवारवालों को पाँच सौ रुपये 'सिक्यूरिटी मनी' दी है। फिर आप लोग देख ही रहे हैं कि ये पिछले दो साल से लगातार आ रहे हैं और ये भी कि सभी युवा लड़के काम खत्म हो जाने पर अपने घर लौट आते हैं। तुम लोग फिक्र क्यों करते हो? उन्हें 'कालापानी' नहीं भेजा रहा है।"

बूढ़ा आदमी हरकान्ता के पास आया, पूछा, "ये लोग किस तरह का काम करेंगे?"

हरकान्ता ने उत्तर दिया, "सरकार वैतरणी नदी पर एक पुल बना रही है। काण्ट्रेक्टर बाबू के अतिरिक्त और भी बहुत से काण्ट्रेक्टर आदमियों को काम करने के लिए ला रहे हैं...हमारे लड़के ज़मीन और पहाड़ काटने से लेकर गड्ढे खोदने आदि का काम करेंगे। फिकर न करो। उन्हें अच्छा पैसा मिलेगा। जितनी ज्यादा मेहनत, उतना ज्यादा पैसा मिलेगा।"

अब तक वहाँ और भी बहुत से लोग ये देखने आ गये थे कि क्या हो रहा है! जिन लड़कों ने दस्तखत कर दिये थे वे जरूरी सामान लेने अपने-अपने घर चले गये थे। अधिकतर लड़के उन परिवारों के थे जो ब्रह्मपुत्र की बाढ़ में बेघर हो गये थे और इस्तेमाल में न आनेवाली खाली जमीन पर जिसे आसाम

की सरकार ने 'लैण्ड सीलिंग एक्ट' के तहत छीन लिया था, वहाँ रह रहे थे। उन लोगों के मन में हमेशा निकाले जाने का डर सिर पर तलवार की तरह लटका रहता। अत: काण्ट्रेक्टर ने जब दो सौ रुपये पेशगी दिये तो उनकी आँखों में लालच टपक पड़ा। अपनी तमाम ज़िन्दगी वे केवल उस ज़रा-सी जमीन से गुजारा करते रहे जिसमें दस-दस के बीस नोट मिल सकने की सम्भावना ही न थी।

फूलेश्वरी आयी और नामघर में चटाई पर बैठे हरकान्ता और कान्ट्रेक्टर के सामने खड़ी हो गयी। कान्ट्रेक्टर की ओर इशारा करते हुए उसने हरकान्ता से कहा, "क्या तुमने मेरे बेटे हैबर को कहीं देखा है? चार साल पहले जब वह गया था तब से अब तक वह नजर नहीं आया।"

हरकान्ता ने चिढ़ते हुए कहा, "वो कभी वापिस नहीं आएगा। तुम जानती हो वो कहाँ गया है? अच्छा चलो! मैं बताता हूँ। वह जंगल में गया है, बन्दूकें रखनेवाले लड़कों के साथ रहने। वहाँ से वह कभी वापिस नहीं आएगा।"

हरकान्ता से ऐसे कठोर शब्दों को सुनकर फूलेश्वरी को चोट पहुँची। उसकी आँखों में आँसू भर आये। चिरौरी करते हुए बोली, "पर मैं क्या करूँ? आप जानते हैं कि चौधरी के बेटे ने मेरी लाचार बेटी को धोखा दिया और उसकी जमीन भी छीन ली...और अब...मेरा बेटा जंगल में खो गया है...आप ही बताइए मैं क्या करूँ?"

हरकान्ता का चेहरा गुस्से से लाल हो गया। वह भन्नाया, "पर तुमने उसे घर में क्यों घुसने दिया?"

फूलेश्वरी ने डरती-सहमी आवाज़ में कहा, "वह भरी जवानी में विधवा हो गयी थी। अगर वह आदमी उसके पास आता-जाता था, तो मैं करती भी क्या, कैसे रोकती?"

अचानक वह पागल-सी चिल्लाने लगी, "वो अब मर रही है। हे भगवान्! मेरी बेटी मर रही है...मैं किसके पास नहीं गयी...सभी के पैर पकड़े...चिरौरी की...कि उसकी ज़मीन वापिस दिलवाने में मदद करें ताकि उसे बेचकर पाये रुपयों से मैं गोहाटी जाकर उसका इलाज करवा सकूँ...भगवान जानता है मैंने कोई कसर नहीं छोड़ी...आज तो हम तीनों मर रहे हैं।"

फूलेश्वरी ने हाथ में पकड़ा चावल का डिब्बा ज़मीन पर रख दिया। माथा पीटती हुई फूट-फूटकर रोने लगी।

लेकिन हरकान्ता का मन नहीं पिघला। वह गुस्से से चिल्लाया और हाथ झटकते हुए बोला, "चली जाओ। यहाँ से निकलो। यहाँ तमाशा मत खड़ा करो। हमें अभी बहुत काम करना है। अभी अँगूठा लगाने के लिए लड़के आनेवाले

होंगे...अब निकलो यहाँ से...जल्दी।''

अब तक उन लड़कों के पिता, जिन्होंने अँगूठे लगाये थे, उन दोनों के पास आकर खड़े हो गये। फूलेश्वरी निराश और थकी-सी उठी, चावल का डिब्बा उठाकर सिर पर रखा और लँगड़ाती हुई भरे मन से चल दी। बेहद दुख से उसके लिए एक-एक कदम बढ़ाना मुश्किल हो रहा था, फिर भी धीमी गति से वह चलती रही।

उस रात फूलेश्वरी और उसकी दोनों बेटियाँ दरवाजे पर हुई जोरदार आवाज़ सुनकर जाग गयीं। तीनों लड़के उनके पिछवाड़े में लगे सागौन के पेड़ों के पास की झाड़ियों के पीछे से भागते हुए आये।

भुवनेश्वरी दरवाजे की ओर बढ़ी, पर उसकी माँ ने उसे सख्ती से पकड़ लिया। उससे धमकाते हुए कहा, ''बेवकूफ। दरवाज़े के पास न जा। तू भी अब बड़ी हो गयी है। एक तो खराब हो ही चुकी है, उसपर...।''

फूलेश्वरी ने बेटी को भीतर खींचा और खुद दरवाजे की ओर बढ़ गयी। उसने दरवाजे पर लगी बल्ली को हटाया, जरा-सी झिरी से बाहर झाँका। बाहर घना अँधेरा था। अँधेरे में सिर्फ कुछ काले साये दिखे। तभी एक लड़के ने टार्च जला दी। टार्च की रोशनी में एक छोटी तथा दो लम्बी परछाईं दीख पड़ीं। उनके हाथों में बन्दूकें थीं। फूलेश्वरी डरकर काँपती खड़ी रही। कुछ बोल ही न पायी।

तभी उनमें से एक ने कहा, ''तुम्हारा बेटा हैबर ठीक-ठाक है। हम लोग चौधरी के बेटे द्वारा छीनी गयी जमीन के कागज लेने आये हैं। कागज ला दो और बताओ कि क्या तुम्हें कुछ पैसे चाहिए?''

फूलेश्वरी बेहद डर गयी थी। उसके मुँह से एक शब्द भी नहीं निकला पर अचानक वह जोर से चिल्ला उठी, ''हैबर! मेरा बेटा हैबर! मेरा हाड़-मांस। हैबर वापिस आ जाए, बस मुझे कुछ और नहीं चाहिए। सिर्फ मेरा हैबर वापिस ला दो।''

लड़के दुविधा में खड़े रहे, पर उन्हें जल्दी थी। बोले, ''ठीक है। हम फिर आएँगे। जमीन के कागज तैयार रखना।''

वे मुड़े और बिजली की तेजी से अँधेरे में खो गये।

वक्त बीतता गया। तीनों औरतें भुवनेश्वरी की ज़रा-सी कमाई पर जिन्दा रहीं। भुवन एण्डी का धागा (असमिया रेशम) कई घण्टों तक कातती रहती यहाँ

तक कि उसकी अँगुलियाँ सख्त हो गयी थीं, उसी से थोड़ा-सा पैसा मिलता था।

यही नहीं, उन्हें अपने गाँव भर के ही नहीं, आसपास के गाँववालों तक के विधि-विधान के दिन याद रहते। सभी अवसरों पर वे तीनों वहाँ उपस्थित रहतीं जिससे उन्हें खाना और भेंट मिलती रहे। चाहे ब्राह्मण लड़कों का जनेऊ का उत्सव हो, या लड़कियों के युवा होने का, बच्चे के प्रथम आचमन का उत्सव हो या फिर घलेश्वरी नदी के दूसरे किनारे पर ब्राह्मणों को जिमाने का हो, वे तीनों उपस्थित रहतीं। उनके दायरे से कोई घटना बाहर न रहती। सभी जगह फूलेश्वरी अपनी दुःखभरी कहानी को आँसू बहा-बहाकर सुना आती। कभी तो बिलकुल पागल-सी हैबर के बारे में पूछताछ करने लगती, कभी अन्नाबाला की बदकिस्मत या चौधरी के बेटे के धोखे की बात करती। जब वह अपनी दुःखभरी बातें सुना रही होती, औरतें उसके चारों ओर खड़ी होतीं, सहानुभूति भरे शब्द बोलतीं और उसे तसल्ली देतीं। कोई-कोई तो उसे मेखला से चौधरी के बेटे को पीटने की सलाह भी देती।

फूलेश्वरी घर के आँगन में खड़ी थी तभी वह जुलूस घर के सामने से गुजरा। यह जुलूस लड़की के पहली बार महीने से होने के विशेष समय पर किये गये उत्सव के कारण निकाला गया था। एक छोटी लड़की अपने सिर पर पूजा की टोकरी रखे हुए जुलूस के आगे चल रही थी, जिसे उसे उस ऋतुमती हुई लड़की के घर लेकर जाना था। उसके पीछे औरतें, बच्चे और बूढ़ी औरतें चल रही थीं। सभी ने कीमती कपड़े पहन रखे थे।

फूलेश्वरी बड़े चाव से जुलूस को देख रही थी। औरतों और लड़कियों के शरीर से उड़ती खास किस्म की आनेवाले गन्ध उसके नथुनों में आ रही थी। उस गन्ध ने उसे धलेश्वरी नदी में बहकर आनेवाले फूलों वाले जंगली घास की याद दिलायी, जो प्रायः मानसून की बाढ़ में बहकर आती थी। कुछ लड़कियों के बाल लम्बे, तेल से चुपड़े तथा कन्धों पर फैले हुए थे, पर कुछ के बाल छोटे और घुँघराले थे। एक लड़की ने तो जूड़ा बाँधा हुआ था।

सबसे आगे चलनेवाली छोटी लड़की के सिर पर रखी टोकरी काफी भारी लग रही थी। उसमें पीले फूल, सुपारी, पान, चावल, गमछे रखे थे। भार के कारण छोटी लड़की का पैर कभी-कभी टेढ़ा पड़ जाता था। लोकगीत की मधुर धुन में फूलेश्वरी अपने बचपन में खो गयी, जब वह भी कितनी खुश रहा करती थी। वे गा रही थीं—

फूलों से भरी ये टोकरी गाये बार-बार
गाँव को सुनाये बार-बार
टोकरी पर बैठी रामचरी
आसमान में उड़े बार-बार
दीख न पड़े राह, घर है बहुत दूर
भारी पाँव थके हैं, कैसे जाऊँ उस पार

आह! वे दिन...फूलेश्वरी को अपना वक्त याद आ गया। तब वह कितनी बेचैन रहा करती थी कि कब वह इतनी बड़ी हो जाए कि दन्दासे से अपने दाँत लाल कर सके। उसे आज तक याद है—पहली बार जब वह महीने से हुई तो ज्योतिषी ने ग्रहों की स्थिति को देखकर कहा था, ''लड़की तू बच गयी। अगर चाँद तीसरे घर में होता तो विनाश निश्चित था, अगर सातवें घर में होता, तू बाँझ होती और दसवें घर में चाँद होता तो तुझे डायन बना देता, अगर अमावस की रात होती तो श्मशान तेरे चारों ओर रहता...पर तेरे समय तो चाँद तेरहवें घर में है, वो भी नवम्बर है। तू अपने पति की आँख का तारा बनकर रहेगी। तेरा पति एक अमीर व्यापारी होगा, जो सात समुद्र पार जहाज से यात्रा करेगा। तेरी किस्मत में जहाज पर यात्रा करना लिखा है।''

फूलेश्वरी को सब कुछ साफ-साफ याद था।

अब उसकी दूसरी बेटी भुवनेश्वरी भी जिन्दगी के महत्वपूर्ण मोड़ पर खड़ी है...पर क्या वो पूजा के सामान वाली इस टोकरी को भरने का खर्चा उठा सकती थी? फिर उसकी कोई करीबी सहेली भी है क्या? शायद कोई नहीं। ऐसा सोच ही उसके भीतर कम्पन पैदा कर देता है। भुवनेश्वरी की सचमुच कोई सहेली नहीं थी। वह अलग-थलग रहना पसन्द करती थी।

फूलेश्वरी फिर मन ही मन खुद को तसल्ली देती है, कि शायद पुजारी की पत्नी कोई हल सुझाए। भुवनेश्वरी की आँखों का भाव उसका पीछा नहीं छोड़ता। शायद उसकी आँखें आग बरसा रही थीं, जिससे वह घबरा उठी थी।

और एक दिन भुवनेश्वरी भी महीने से हो गयी। इसी बीच दो-तीन बार फूलेश्वरी को अन्नाबाला को गुवाहाटी की अस्पताल में ले जाना पड़ा था। उसके पास के थोड़े-बहुत रुपये भी खर्च हो चुके थे।

भुवनेश्वरी अपने पलंग पर घुटनों पर सिर टिकाये बैठी थी। पूजा की टोकरी

में रखने के लिए फूलेश्वरी ने एक जोड़ा रेशमी मेखला-चादर रख दिया था। घर में बस वही रेशमी कपड़ा बच रहा था। असल में तो ये मेखला चादर अन्नाबाला के थे जो उसने जमीन की एवज में पाये धन से फैन्सी बाजार से खरीदे थे पर उसके बीमार होने के पश्चात् फूलेश्वरी ने उन्हें सँभालकर रख दिया था, शायद भुवनेश्वरी की उसी रस्म के लिए।

जब फूलेश्वरी ने मेखला-चादर निकालने के लिए पलंग के नीचे से सन्दूक खींचा तो भुवनेश्वरी चौंक उठी। वह चिल्लायी, ''रुको माँ! मैं कहे देती हूँ, अन्नाबाला के उन कपड़ों को मत छुओ। और न ही पुजारी की पत्नी से कोई रुपया उधार में लेना...अगर ऐसा करोगी तो मैं हैबर की तरह घर छोड़कर चली जाऊँगी...और अपने हाथ में बन्दूक थाम लूँगी।''

विमूढ़-सी फूलेश्वरी वही बैठी रह गयी। उसका तन-मन काँप रहा था। यह लड़की क्या कह रही है...ये ऐसे क्यों बोल रही है? जब अन्ना महीने से हुई थी तब उसने तो ऐसा कुछ नहीं किया था। घर में उत्सव का माहौल था, हँसी-खुशी थी पर अब? यह लड़की? ये क्या करना चाहती है?

फूलेश्वरी भीतर तक काँप उठी। कुछ क्षण बाद काँपती आवाज में बोली, ''बिटिया! यह तुम क्या कह रही हो। माना कि हम बेहद गरीब हैं, पर अपनी जाति-बिरादरी से तो अलग नहीं हैं। अभी भी हम इनके रीति-रिवाजों से बँधे हैं। यही लोग हमारे माई-बाप हैं...सब कुछ हैं। ...हम इन लोगों के बिना नहीं रह सकते।...तुमने पुराने वक्त में राजाओं द्वारा हिन्दुओं को बिरादरी से बहिष्कृत किये जाने की बात नहीं सुनी है क्या?''

भुवनेश्वरी एकटक माँ की ओर देखती रही। उसकी ओर देखते रहना कठिन हो रहा था। फूलेश्वरी ने एक बार फिर पलंग के नीचे से सन्दूक बाहर निकालने की कोशिश की। लड़की महीने से होने के कारण पहले तनाव और गुस्से से भरी थी, अतः दबी लेकिन तीखी आवाज़ में बोली, ''अगर तुमने ये कपड़े छुए तो मैं घर छोड़ दूँगी। अभी...इसी वक्त।''

बहुत देर तक फूलेश्वरी बरामदे में बैठी रोती बड़बड़ाती रही, ''हे भगवान्! उसे महीना शुरू हुए पूरा दिन हो गया है...जाने उसकी किस्मत में क्या लिखा है...भरणी, रोहिणी और आर्द्रा...इस समय कौन से ग्रह चल रहे हैं? पता नहीं अगर कुछ न किया गया तो वह बाँझ रहेगी...हे भगवान्...मैं क्या करूँ? वह तो लड़ने-मरने को तैयार है।''

अचानक उसे 'हरामदों' के ज्योतिषी का ध्यान आया। अन्नाबाला के वक्त उसने कहा था, "लड़की को पहले दिन न छेड़ो। पहले दिन लड़की अछूत चण्डालिनी होती है। दूसरे दिन वह महापापी बन जाती है, तीसरे दिन अपवित्र...केवल चौथे दिन वह इन सबसे छुटकारा पाती है...।"

फूलेश्वरी सोच रही थी...आज अवश्य ही मेरी बेटी बुरी आत्मा के चंगुल में है...पर मैं क्या करूँ! क्या उसे ऊपर वाली कोठरी में वैसे ही बन्द कर दूँ जैसी दूसरी गोसाईं खानदान की लड़कियों को किया जाता है। लेकिन मुझे याद है, कुछ लड़कियाँ बीमार पड़ गयीं और कुछ हवा न मिलने के कारण मर गयी थीं...कोठरी होती ही है सीलन-भरी, अँधेरी और हवा पानी से रहित।"

फूलेश्वरी यह सब सोच-सोचकर काँपती रही। कोई राह सुझाई न दे रही थी। आखिरकार थककर वह रोने लगी। काफी देर तक वह हिचकी ले लेकर रोती रही...अपना सिर पीटती रही और उन लोगों को कोसती रही जिन्होंने उसे गली में नंगा होने को मजबूर किया था।

कारावारी का छोटा-सा गाँव...भुवनेश्वरी के मासिक धर्म आने और रीति-रिवाज के अनुसार कुछ भी न करने को तैयार होने की बात गाँव भर में फैल गयी।

पुजारी की पत्नी की मध्यस्थता से गाँव की पंचायत तथा अन्य गाँववासी गोसाईं के 'भातघर' में इकट्ठा हुए। फूलेश्वरी सिर झुकाये बैठी थी। सुपारी और चावल से भरा एक थाल उसके सामने रखा था।

उस दिन पुजारी की पत्नी ने जो कहा सुनने लायक था। उसने कहा था, "उत्तरी और दक्षिणी किनारों पर बसे बहुत लोगों ने परम्परागत रीति-रिवाजों को पानी में बहा दिया है। यहाँ तक कि कुछ गोसाईं और ब्राह्मण भी अपने पितरों को श्रद्धा अर्पित नहीं करते हैं। आप सबके सामने अनेक उदाहरण हैं, आप जानते हैं और आपने अपनी आँखें बन्द रखी हैं।...उस भेड़िये ने अन्नाबाला की जमीन छीन ली, उसे धोखा देकर पागल कर दिया। अब तक वह कैनवस के जूते पहने सड़कों पर खुला घूमता है, किसी ने कुछ नहीं किया...हैबर लापता हो गया। पर किसी ने उसे खोजकर कान से पकड़ लाने का काम नहीं किया...तो अब अगर फूलेश्वरी परम्परा नहीं निभा पा रही, तो कौन-सा पहाड़ टूट पड़ेगा?"

गोसाईं की नजरें झुक गयीं। जो कुछ उसकी पत्नी ने भरी सभा में कहा, उसके बाद वह क्या कहता!

बड़ी देर तक बहस चलती रही। लोग एक-दूसरे को आरोप लगाते रहे लेकिन सभी गोसाईं की पत्नी के शब्दों की सच्चाई को स्वीकार कर रहे थे। गोसाईं की पत्नी पहली बार ऐसे किसी आम सभा में बोली थी। वह एक पतली-दुबली बेहद गोरे रंग की महिला थी। हालांकि गोसाईं की स्थिति कोई बहुत अच्छी न थी, उसे यजमानों से मिले सभी उपहार बेच देने पड़ते थे, फिर भी उसकी पत्नी दूसरी औरतों की भांति 'गताला' मात्र नहीं पहनती थी। वह खुद को चादर से ढाँपकर रखती— किसी इज्जतदार बड़े घर की औरतों की भाँति।

पंचायत की इस बैठक के बाद जब भुवनेश्वरी घर से बाहर निकली तो गाँव के शैतान युवा लड़कों ने उसे बहुत छेड़ा, कुछेक ने तो उस पर पत्थर भी बरसाये, पर वह सबको नकारती चुपचाप 'मारवाड़ी' के यहाँ रेशम कातने जाती रही ताकि परिवार के लोग जिन्दा रह सकें। उसने गाँव के दूसरी ओर की सुनसान सड़क से होकर जाना शुरू कर दिया।

एक दिन अचानक एक पुरानी एम्बेसडर कार फूलेश्वरी के घर के आगे रुकी। सभी नंग-धड़ंग बच्चे, बूढ़े-जवान कार के पास आकर खड़े हो गये। ऐसी गाड़ी गाँव में कभी-कभार ही दीख पड़ती थी।

चार औरतें कार से उतरीं। दो बुजुर्ग थीं। उन्होंने रेशमी रीहा और मेखला पहनी थी तथा बार्डर लगी चादर ओढ़ रखी थी। बाकी दोनों युवा थीं। वे मूँगा-मेखला पहने थीं और बार्डरवाली चादर उसपर डाल रखी थी। वे दोनों कद में लम्बी थी पर उनके बाल छोटे थे। एक ने तो चश्मा पहन रखा था।

भुवनेश्वरी बरामदे में खड़ी धागा कात रही थी। चारों औरतों को देखा...एकटक देखती रही। फिर अपने गन्दे कपड़ों का एहसास होते ही झटके से उठ खड़ी हुई।

एक बुजुर्ग औरत, जिसने अपना सिर चादर से ढाँप रखा था, उससे पूछा, ''क्या यह सच है कि किसी एक आदमी ने यहाँ की किसी लड़की की ज़िन्दगी नरक बना दी है?''

भुवनेश्वरी ने कोई उत्तर नहीं दिया लेकिन कार के पास खड़ी भीड़ में से भीतर की ओर इशारा करते हुए कहा, ''हाँ। हाँ, यहीं भीतर है।''

अब वे चारों औरतें और खुसफुसाती भीड़ टूटे-फूटे 'धेखल' की ओर चल दीं। औरतें इज्जतदार और भले घर की लगती थीं। उन्होंने 'धेखल' के भीतर झाँका फिर झटके से बाहर निकल पड़ीं। उन्होंने चादर से अपनी नाक ढक ली।

उनके चेहरे का रंग उतर गया। अन्नाबाला सर्पिणी की भांति कुण्डली मारे जमीन पर पड़ी थी। उसके पास ही चावल और गहरे लाल रंग की चाय की पत्ती बिखरी पड़ी थी जो शायद उसने पलट दी थी। हवा में चारों ओर उसी की बदबू फैली थी।

तभी फूलेश्वरी घर से बाहर आ गयी। उसने धेखल के सामने भीड़ खड़ी देखी। वह भीड़ के पास आ गयी। तेज कदमों से उधर चल दी। शहर से आयी एक औरत बोली, ''हम 'जन कल्याण कमेटी' से हैं और गाँवों में रहनेवाले मानसिक रोगियों को लेने आये हैं। हमारे पास इलाज की सभी सुविधाएँ हैं। इसके लिए कोई फीस नहीं ली जाएगी। हमने सुना है ऐसा एक मरीज़ काकाबारी में है। एक लड़की...हम केन्द्र तक ले जाने के लिए कार लेकर आये हैं।''

फूलेश्वरी और भुवनेश्वरी, दोनों को लगा मानो वे अँधेरी गुफा से निकलकर रोशन स्वर्ग में आ गयी हैं। फूलेश्वरी औरतों के सामने झुककर बैठ गयी, अपने हाथ ऊपर उठाकर बोली, ''यह पिछले दो वर्ष से ऐसी ही है। हमारे पास इसके गुवाहाटी के अस्पताल में ले जाकर इलाज का पैसा नहीं है। इसकी जमीन उधार चुकाने में चली गयी और हम, भुवनेश्वरी मेरी दूसरी बेटी, द्वारा कमाये कुछ पैसों से अपना गुजारा-भर करते हैं। वो धागे बनाकर 'मारवाड़ी' को बेचती है। काकाबारी में मेरी जमीन है जिससे कुछ खास नहीं मिलता...मेरी एकमात्र आशा, मेरा बेटा हैबर, इधर-उधर काम के लिए भटकता रहा और फिर गायब हो गया...।''

उसका मन भारी हो गया। वह सिसकने लगी।

बूढ़ी औरत, जिसका सिर चादर से ढँका था, ने पूछा, ''यह पागलपन कब शुरू हुआ?''

''जबसे उसकी जमीन छीन ली गयी।'' फूलेश्वरी ने कहा।

'जन-कल्याण' वाली सभी औरतों के मुँह से एक साथ निकला, ''ज़मीन किराने छीन ली, कब हुआ ये सब?''

फूलेश्वरी चुप रही। औरतों ने फिर पूछा।

भीड़ में फुसफुसाहट की आवाजें आने लगीं। फूलेश्वरी अभी भी चुप थी। अचानक जोर-जोर से रोने की आवाज ने सबको चौंका दिया। यह भुवनेश्वरी थी, जिसने कुछ कहने का यही ढंग निकाला था। वही चिल्लायी, ''वह चौधरी का बेटा, खून चूसनेवाला, उसी ने मेरी बहन को धोखा दिया। उसकी ज़मीन निगल गया...हाँ, वही था हरामी...।''

भीड़ में चौधरी के दो चचेरे भाई भी खड़े थे। वे कुत्तों की तरह ज़ोर-ज़ोर से भौंकने लगे, ''तू...कुतिया की जनी! उबलते चावलों से निकलती भाप-

सी तुम्हारी आँखें अन्धी हो गयी...तुमने और तुम्हारी माँ ने मिलकर उसे भाई पर थोप दिया था...और फिर उन कागजों पर अँगूठा तो तुम्हारी बहन ने अपनी मर्जी से लगाया था...।''

भुवनेश्वरी गुस्से से पागल हो उठी। चिल्लायी, ''गन्दी नाली के कीड़ों। कीचड़ के सूअर! सभी सच्चाई जानते हैं। तुम्हारे भाई ने कैसे मजिस्ट्रेट के कलर्क और मुंशी के साथ मिलकर यह गन्दी चाल चली है। सब जानते हैं तुम्हारे भाई की गुण्डागर्दी।''

फिर भुवनेश्वरी गालियाँ बकने लगी।

चौधरी के दोनों भाई चिल्लाने लगे, ''हरामजनी। तू भी तो बारह आदमियों के साथ सो चुकी है, मेरे भाई पर इल्जाम धरती है। फिर तेरी बहन कौन-सी दूध की धुली है। तेरे तो कपड़े तक खून से सने हैं जिसके लिए तूने पूजा भी नहीं की। हम जानते हैं तेरी असलियत...।''

कहते-कहते वे दोनों भुवनेश्वरी को मारने के लिए आगे बढ़े। भीड़ में भगदड़ मच गयी। शहर से आयी औरतों ने बीच-बचाव किया और भुवनेश्वरी को बचाया।

फूलेश्वरी अभी तक चुपचाप, स्तम्भित खड़ी थी, अब जमीन पर धम्म से बैठ गयी और धाड़ें मारकर रोने लगी। तभी भीड़ में खड़ा एक युवा उन औरतों से कहने लगा, ''इनकी बेटी अन्नाबाला की स्थिति तो खूँटे से बँधी गाय की-सी है जो सूरज निकलने पर 'धेखल' से बाहर निकाली जाती है और बारिश होते ही भीतर धकेल दी जाती है।...यही धकियाना चलता रहता है।'' नंगे-भिखमंगे बच्चे बेमतलब खड़े-खड़े हँस रहे थे।

अब भुवनेश्वरी ने सख्त आवाज़ में कहा, ''जब अन्नाबाला की ज़मीन हमारे पास थी, हमारे घर में खाने की कमी नहीं थी। फिर उस हरामी चौधरी के बेटे ने उसे धोखे से छीन लिया। अब हम उसे गुवाहाटी के अस्पताल तक में नहीं ले जा सकते।''

शहर से आयी उन औरतों में से एक फूलेश्वरी के पास आकर झुककर मीठी-कोमल आवाज में बोली, ''हमने तुम्हारी खस्ता हालत को अपनी आँखों से देखा है। गुवाहाटी बस बीस मील की दूरी पर है। हम तो सोच भी नहीं सकते कि राजधानी के इतने पास भी लोग इस खस्ताहाल में हो सकते हैं।''

दूसरी दोनों औरतें बोल उठीं, ''देर हो रही है। हमें ब्रह्मपुत्र के दूसरे किनारे पर भी जाना है। जल्दी इस लड़की को कार में डालें और यहाँ से चल दें।''

बूढ़ी औरत फूलेश्वरी के कान में बोली, ''हम लड़की को इलाज के लिए

ले जा रहे हैं। अब तुम कोई फिक्र न करो। अब 'जन कल्याण कमेटी' की सारी जिम्मेदारी है। इसके लिए तुम्हें कोई पैसा नहीं देना है। अब तुम शान्त हो जाओ और चिन्ता छोड़ दो। ठीक है।''

भुवनेश्वरी घर के भीतर चली गयी और अन्नाबाला के कुछ साफ कपड़े ले आयी। जब उसने और औरतों ने अन्नाबाला को कपड़े पहनाने की कोशिश की तो वह गुस्से से पागल हो उठी। और कपड़े न पहनने के लिए झगड़ने लगी। यह देखकर वे औरतें हैरान हो गयीं। वह सोच भी नहीं सकती थी कि वह बीमार, पतली हड्डियों का ढाँचा-सी लड़की इतनी ताकत भी रखती है। पर दोनों कम उम्र की औरतों ने अपना प्रयास जारी रखा। वे इस तरह के बीमारों से उत्तरी किनारे पर जूझ चुकी थीं। उन्होंने अन्नाबाला को जबरन पकड़ा, साफ कपड़े पहनाये और उसे कार तक खींचती हुई ले गयीं।

तब तक भीड़ में भगदड़ मच गयी। बड़ी मुश्किल से उन दो बुजुर्ग औरतों ने खुद को बचाया। भीड़ में खड़े लड़कों ने शोर मचाया, ''रास्ता दो। रास्ता दो। पागल लड़की अपनी ससुराल जा रही है।''

अन्नाबाला अभी भी आजाद होने के लिए जद्दोजहद कर रही थी, चिल्ला रही थी, ''मुझे कहाँ ले जा रहे हो...मुझे अकेला छोड़ दो। जयराम कहाँ है? उसने कहा था वह मुझे ले जाएगा।''

संवेदनहीन भीड़ व्यंग्य से हँस रही थी, चिल्ला रही थी, ''हाँ। हाँ। जयराम तुम्हें ले जाएगा। अपनी ससुराल जाओ।''

बुजुर्ग औरतें अब सशंक लग रही थी। भीड़ में खड़े उन बिगड़े लड़कों के हँसने और व्यंग्य को अनसुना करने की कोशिश कर रही थीं।

आखिर एम्बेसडर कार फूलेश्वरी के घर से चल पड़ी। नंगे बच्चे उसके पीछे तीन चौक तक भागते रहे— चिल्लाते और खिलखिलाते।

फूलेश्वरी और भुवनेश्वरी भी तीन चौक तक उनके पीछे-पीछे गयीं तथा कार को दूर तक जाते देखतीं रहीं। फिर धीमी गति से अपने घर के चौक में आकर बैठ गयीं और अन्नाबाला को याद करके रोती रहीं।

भुवनेश्वरी सहज ही न रोनेवाली लड़की थी। इस अवसर पर वह भी अपने आँसू नहीं रोक सकी। दोपहर को जब वे दोनों खाना खाने बैठीं तो एक ग्रास भी मुँह में न दे पायीं। जब बिस्तर पर लेटकर सोने की कोशिश की तो सो भी न सकीं। मन न जाने कितने विचारों से भरा रहा। उन्होंने कल्पना करनी शुरू कर

दी कि अन्नाबाला पूरी तरह ठीक होकर स्वस्थ होकर घर वापिस आ गयी है। उसके बाल पहले जैसे लम्बे-चमकीले हो गये है, शरीर मांसल हो गया है और वह ईल मछली-सी चिकनी होकर हवा में इधर-उधर तिर रही है। उसकी मज़ेदार बातें और खिलखिलाहट ने घर में खुशियाँ भर दी हैं...हाँ, हाँ, गुवाहाटी के डॉक्टरों ने उसे पूरी तरह ठीक कर दिया है उसे अपनी जमीन भी वापिस मिल गयी है। सच जीत गया है, अन्याय व झूठ का सिक्का मिट्टी में मिल गया है।

अब माँ और बेटी दोनों को लगता मानों उसके सिर पर भारी बोझ उतर गया हो। बहुत वक्त के बाद शाम को वे सब कुएँ के किनारे खड़ी होकर आसमान में चमकते आधे चन्द्रमा को देखती। आधा चाँद उन्हें नीले सागर में तैरती नाव-सा दिखता, पर यह सब तो कल्पना थी।

रात को माँ और बेटी इकट्ठा सोयीं तो तब भी नींद मानों उड़ गयी। एक नया डर उन्हें सताने लगा। उन्होंने कल्पना की कि अन्नाबाला को गुवाहाटी ले जाये जाने की खबर चारों ओर फैल गयी है। अब वे बन्दूक वाले लड़के फिर आएँगे और ज़मीन के कागज माँगेंगे। कौन जाने, कागज मिल जाने पर वे चौधरी के हरामी बेटे को मार ही दें। मार दें...मार दें तो यह तो बड़ा पाप होगा...पाप...ओह! पर उन्होंने तो बहुतों को मारा है।

दोनों औरतें हिंसा के विचार भर से डर से काँप जाती हैं। काकाबारी की गलियों में यूँ भी पुलिस की जीप धूल उड़ाती घूमती रहती। प्रतिदिन वे उनकी सीटियों की तीखी आवाज़ सुनती रहतीं।

एक महीना और बीत गया। वह पुरानी एम्बेडसर कार फिर से उनके घर के आगे रुकी। नंगे बच्चों ने उस धूल से सनी कार को दुबारा घेर लिया। इस बार वे औरतें नहीं आयी थीं। बल्कि अबकी चौकीदार किस्म के आदमी खाकी वर्दी पहने आये थे। वे कार से उतरे और बच्चों को हटाया। उन्होंने कार की पिछली सीट से अन्नाबाला को बाँह पकड़कर उतारा और चौक तक ले आये। अन्नाबाला ने वही गन्दे कपड़े पहन रखे थे। उसके बाल गन्दे थे और ढीले बँधे थे। दोनों चौकीदारों ने उसे बरामदे में छोड़ दिया जहाँ वह लकड़ी के खम्भे से सटकर बैठ गयी, पर जल्दी ही 'धेखल' में घुस गयी जैसे कोई साँप अपने बिल में घुस जाता है। फूलेश्वरी और भुवनेश्वरी हैरान-स्तब्ध वहीं खड़ी रह गयीं।

उन दोनों चौकीदारों ने बताया, ''वहाँ 'जन कल्याण कमेटी' के प्रमुखों में कुछ विचारों के अन्तर के कारण झगड़ा हो गया और कमेटी बन्द कर दी गयी।

अब सभी बीमार लड़कियों को उनके घर छोड़ रहे हैं।''

एक साल बीत गया। अन्नाबाला की स्थिति और बिगड़ गयी। उसके लिए आशा की कोई राह न बची थी। उस खण्डहर बने 'धेखल' में उसकी जिन्दगी भी धीरे-धीरे खण्डहर बनती जा रही थी।

कभी-कभी आधी रात में फूलेश्वरी और भुवनेश्वरी अचानक जाग उठतीं— उन्हें लगता कि चौक में किसी के कदमों के आवाज़ आ रही है...शायद हैबर के कदमों की...पर नहीं। वह कभी नहीं आया। बन्दूकधारी लड़के भी गुम हो गये, कभी उनकी परछाई भी नहीं दिखायी दी।

अब गाँव के बीचों-बीच लगे पेड़ की छाया में एक पुलिस चैकपोस्ट बन गया था। अफवाह थी कि गारो की घाटियों और काकाबारी के बीच कुछ आतंकवादी समूह रहते हैं। पुलिस की जीप दिन-भर घूमती रहती। वे काकाबारी से चार-पाँच लड़कों को भी पकड़ कर ले गयी।

अचानक एक दिन वैतरणी के पास काण्ट्रेक्टर का एक ट्रक फूलेश्वरी के दरवाजे पर रुका। उसमें से खुद काण्ट्रेक्टर उतरा। उसकी घनी मूँछें थीं। वह साफ सुथरी धोती, काली बास्केट और मोटे तले वाले कपड़े के जूते पहने था। उसके कोट की जेब से बाहर की ओर निकला एक पेन था जो चमक रहा था। वह एक टोपी भी पहने था। उसका रंग काला था। धोती जो घुटनों तक बँधी थी, उसमें से उसके पैरों पर के बाल झाँक रहे थे। यही वैतरणी का काण्ट्रेक्टर, काकाबारी के लोगों के लिए रहस्यमय व्यक्ति था। हालाँकि वह काफी समय से काकाबारी में आ रहा था, उसकी असलियत कोई नहीं जानता था। उसकी आँखें छोटी, गहरी और अजीब थीं जिनको देखकर यह जानना मुश्किल था कि उसके दिमाग में क्या है?

वह जल्दी-जल्दी कदम दबाकर 'धेखल' में आया और साँप की तरह कुण्डली मारकर लेटी लड़की की ओर देखता रहा, जिसके बाल बिखरे और उलझे थे। अब उसका रंग भी बदल गया था। उसके शरीर की खाल भी अब सड़ी लकड़ी पर उगे मशरूम की तरह पीली और मुरझायी थी। काण्ट्रेक्टर थोड़ी देर तक अन्नाबाला की ओर देखता रहा। उसे देखकर वह स्तब्ध था। तब वह फूलेश्वरी और उसकी बेटी की ओर मुड़ा जो उसे देखकर वहाँ आ गयी थीं और उसके पीछे खड़ी थीं। वह सख्त आवाज में बोला, ''इसे गुवाहाटी के अस्पताल में ले जाओ, वरना यह मर जाएगी।''

दोनों ने एक दूसरे की ओर देखा तथा चुप रहीं। काण्ट्रेक्टर फिर बोला, ''सब तुम्हारी स्थिति जानते हैं। तुम पैसा उधार भी नहीं ले सकतीं, फिर वे लड़के भी, जिन पर तुम्हें भरोसा था, लौट कर नहीं आये।''

फूलेश्वरी ने बेचारगी से कहा, ''हमारा एकमात्र सहारा वह ज़मीन का टुकड़ा था जो हरामी चौधरी के बेटे ने छीन लिया। वही इसकी ज़िन्दगी को बचा सकता है...।''

यह कहते हुए वह रो पड़ी, फिर चौधरी के बेटे को गालियाँ देने लगी, ''भगवान करे वह मर जाए, भयानक मौत। उसने मेरी बेटी का खून चूसा है...भगवान करे उसे कीड़े पड़ें......मर जाए।''

वह नीचे झुकी, जमीन को अपनी हथेलियों से पीटते हुए चिल्लाने लगी, ''हरामी! तुझे मौत आ जाए।''

अचानक फूलेश्वरी के शरीर को किसी ने छुआ। उसने मुड़कर देखा। वह अन्नाबाला थी। वे दोनों स्तब्ध रह गये। सोचने लगे कि अन्नाबाला को ताकत कहाँ से आ गयी?

अपनी आँखों के इशारे से काण्ट्रेक्टर ने भुवनेश्वरी को पीछे के चौक में बुलाया। पिछवाड़ा ढेर से पेड़-पौधे-झाड़ और लम्बी घास से भरा था। उसमें से होकर भुवनेश्वरी बड़े पेड़ के पास आकर उसके तने से लगकर खड़ी हो गयी। थोड़ी देर बार काण्ट्रेक्टर सूखे पत्तों पर से चलता हुआ आ गया। झीने पत्तों के बीच से झाँकती परछाइयों में वह चीते जैसा लग रहा था जो दबे पाँव अपने शिकार की ओर जा रहा हो। उसने एक पल के लिए लड़की को देखा। उसकी फटी 'मेखला' और 'गताला' ऐसे लग रहे थे जैसे उसने मछली पकड़ने का जाल पहन रखा हो। काण्ट्रेक्टर ने उस पर से निगाह हटायी और कोमल आवाज़ में बोला, ''तुम्हें मेरे साथ आना पड़ेगा...जहाँ मदद लगी है वहीं...मैं वायदा करता हूँ कि सालभर में अन्नाबाला की ज़मीन वापिस दिलवा दूँगा। विश्वास करो, यही एक तरीका है...वरना कोई आशा नहीं...।''

भुवनेश्वरी ने पूछा, ''मुझे क्या काम दिलवाओगे?''

''मैं तुम्हें खुदाई के काम में तो नहीं लगाऊँगा। तुम मजदूरों का खाना बनाये जानेवाली जगह पर मदद करोगी। पिछले साल हम कुछ लड़कियों को उत्तरी किनारे से लाये थे। वे पत्थरों की सिंचाई करती थीं, पर तुम्हें ऐसा काम न दूँगा...।''

भुवनेश्वरी ने विवश आवाज़ में कहा, ''अगर मैं चली गयी तो माँ और बहन की देखभाल कौन करेगा।''

काण्ट्रेक्टर इस प्रदेश की भाषा जानता था। कोमल आवाज़ में बोला, ''यह

कोई समस्या नहीं है। इस समय तो जिन्दगी और मौत का सवाल है। तुम तीनों की स्थिति इतनी बदतर है जैसे खेतों में चील-कौवों को खाने के लिए मांस रख दिया जाए। अगर तुम मेरे साथ चलोगी तो छः-सात महीने में इतना कमा लोगी कि माँ और बहन की मदद कर सको। इसके अलावा जो जमीन छिन गयी है, उसे भी बचा लोगी।''

भुवनेश्वरी ने दुबारा नहीं सोचा, बोली, ''ठीक है, मैं चलूँगी।''

भुवनेश्वरी वैतरणी नदी पर लगे मजदूरों के बीच काम करने चली गयी थी। उसे जाने के बाद फूलेश्वरी घर के कामों में जुट गयी। फूलेश्वरी के कन्धों पर काम का बोझ इतना अधिक हो गया कि शाम होने तक वह थककर टूटने लगती।

नदी की ओर जाती मछुआरिनें उसे अकेला काम करते, चावल कूटते देखतीं तो कह उठतीं, ''ऐसा दुर्भाग्य कोई किसी को न दे...कभी न दें ईश्वर!''

भुवनेश्वरी के न रहने पर गाँव के बच्चे ज्यादा मुखर हो गये। वे स्कूल से वापिस आते तो फूलेश्वरी के पिछवाड़े लगे फलों-सब्जियों पर टूट पड़ते। एक दिन में ही उन्होंने सारे कच्चे-पक्के अमरूद तोड़ लिये। वे टूटी-फूटी दीवारों पर तरह-तरह के निशान बना देते। फूलेश्वरी का घर अब डरावना खण्डहर लगने लगा था।

कभी-कभी लोगों को उसके घर से अजीब चीखों-पुकार की आवाजें सुनायीं पड़तीं जैसे सहदेव पक्षी रो रहा हो। लोग समझ न पाते कि अन्नाबाला रोती या फूलेश्वरी। कभी-कभी वे अन्नाबाला को 'धेखल' से बाहर आकर चौक में तेज धूप में लेटी हुए देखते। उस लड़की की स्थिति देखकर वे उदास हो जाते और उसे वापिस 'धेखल' में घसीटकर पहुँचा देते। कुछ तो घृणा से भरकर यह भी कहते, ''ये तीनों औरतें! अपने खेत के बिना ये लोग दुःख से मर जाएँगी...कैसे बचेंगी?''

बूढ़ी फूलेश्वरी घर के काम में लगी रहती। धान कूटती, पानी भरती। यह हृदयविदारक दृश्य होता। गाँव वालों को और चौधरी के बेटे को गालियाँ निकालती और शाप देती।

सारा गाँव गरीबी का मारा था। कोई भी उन्हें मदद करने की स्थिति में न था। यह दक्षिणी कामरूप का एक गाँव था जहाँ ज्यादातर जमीन ब्रह्मपुत्र और उसकी नदियों के पानी के कारण खराब हो गयी थी।

दो महीने बीत गये। हैबर की कोई खबर न थी। एक मजदूर जो काण्ट्रेक्टर के साथ वैतरणी गया था, एक दिन वापिस आ गया। चौक में खड़े होकर उसने कहा था, "अपनी लड़की की चिन्ता न करना। वह जी तोड़ मेहनत कर रही है...सबकी रसोई बनाती है और पैसा जोड़ रही है।"

कहते-कहते वह फूलेश्वरी के पास आया और कान में फुसफुसाया, "काण्ट्रेक्टर उसकी देखभाल करता है। डरना नहीं। कोई उसे छू भी नहीं सकता।"

जब वह वहाँ से चला गया तो फूलेश्वरी के झुर्रियों भरी चेहरे पर चमक दिखायी दी।

धूल-मिट्टी से भरी झुर्रियाँ भी थोड़ी देर के लिए साफ हो गयी। उसने खेतों में गीली जमीन पर पौध लगाने की कल्पना की...वहाँ...हैबर के वापिस आने के बारे में सोचा...एक गबरू जवान खेतों को जोत रहा था।...इसी बीच गाँव के अनेक जवान लड़के काण्ट्रेक्टर के साथ मजदूरी करने गये पर थोड़े दिन बाद वापिस आ गए। उन्होंने भी भुवनेश्वरी के काम करने और पैसे बचाने की खबर दी। यह भी कहा कि डरने की कोई बात नहीं। काण्ट्रेक्टर उसकी देखभाल कर रहा था। उन्होंने फूलेश्वरी को तसल्ली दी कि अब जल्दी ही उनकी जमीन छुड़ा ली जाएगी।

दो महीने और बीत गये। उस वर्ष मई की शुरुआत से ही मानसून की बारिशें होती रही थीं। फुलेश्वरी के पिछवाड़े की झाड़ पर ढेरों लतरें चढ़ गयी थीं। सारा पिछवाड़ा एक भयानक काला हाथी लगता। फूलेश्वरी ने भुवनेश्वरी के वापिस आने से पहले पिछवाड़ा साफ करने की सोची। वह उसे यह पता नहीं चलने देना चाहती थी कि उसकी अनुपस्थिति में सब कुछ गड़बड़ था। यह सोचते हुए उसकी आँखें भर आतीं।

तेज़ बारिश के बाद सूरज साफ-धुला चमक रहा था। इस मौसम में सूरज की तेज़ चमकती किरणें कीड़े-मकोड़ों को गीली ज़मीन पर अपने बिलों से बाहर ले आती थीं।

फूलेश्वरी पास के ही गाँव मॉदुवी में चावल कूटने गयी थी। वापिस आ रही थी, जब घर के पास ही एक साँप उसके पैर के ऊपर से होता हुआ निकल गया। वह इस कदर चौंक गयी कि गिरते-गिरते बची। मछली पकड़कर लौटती

मछुआरिन ने उसे देखकर कहा, ''मैंने तुम्हें बताया था कि तुम्हारे बुरे दिन चल रहे हैं। वह बड़ा 'भेलुआ' पेड़ यहाँ से थोड़ी दूर पर काट दिया गया है। तुम जल्दी जाओ और बाकी लोगों द्वारा लकड़ियाँ उठाने से पहले ही कुछ लकड़ियाँ अपने लिए उठा लाओ। बारिश के दिनों में लकड़ी पाना कठिन होता है।''

अगले दिन अन्नाबाला को खाना देने के बाद फूलेश्वरी वहाँ गयी जहाँ पेड़ काटा गया था। वह जानती थी कि टहनियाँ कैसे काटी जाएँ। उसने पहले भी यह काम किया था। हालाँकि वह कमजोर और मरियल-सी थी, पर पेड़ की लकड़ी पाने के लिए उसके भीतर नई ताकत भर आयी। कुल्हाड़ी चलने की आवाज़ें आने लगी...'थप...थप...थप।' दोपहर के चढ़ते सूरज ने उसकी पीठ जला दी, पर मानो उसे जलन महसूस नहीं हो रही थी। उसके कुल्हाड़ी चलने की आवाज़ भर आ रही थी...'थप...थप...।'

कटी लकड़ियों को गट्ठर बनाकर फूलेश्वरी ने अपने सिर पर रखा और हाँफती-हाँफती अपने घर की ओर चली। गट्ठर उसने 'धेखल' के पास रख दिया। कुछ देर तक लम्बी-लम्बी साँसें लेती रही। फिर वह 'धेखल' के भीतर गयी। वहाँ का दृश्य देखकर वह काँप गयी।

अन्नाबाला ने उल्टी की हुई थी। और उसी के बीच पड़ी थी...बिना हिले-डुले।

'हे भगवान्! क्या यह मर गयी है?'

फूलेश्वरी ने उसका शरीर छुआ। वह गर्म था।

शाम को फिर बारिश हुई...इतनी ज्यादा कि उनके घर की पुरानी छत टपकने लगी। उन दोनों को लकड़ी की खाट के नीचे पनाह लेनी पड़ी। खाट के नीचे पड़ी वे भीगी गिद्ध-सी लग रही थीं।

अचानक उन्होंने कुछ आवाजें सुनी। फूलेश्वरी चिल्लाई, ''वहाँ कौन है? कौन है वहाँ?''

फिर शोर तथा दरवाज़ा खटखटाने की आवाजें आयी...।

अब गाँव का हर आदमी अन्नाबाला की जमीन की बात जानता था। दूसरे गाँव तक भी यह खबर फैल गयी थी।

फिर से आवाज़ आयी। वह चिल्लायी, ''वहाँ कौन है? कौन है वहाँ?''

अब वह भय से काँपने लगी...''क्या पता? चौधरी के बेटे ने किसी आदमी को उन्हें मारने भेजा हो। जमीन का लालच व्यक्ति को कुछ भी करने को मजबूर

कर देता है। उसने सुना तो होगा ही कि भुवनेश्वरी जमीन छुड़ाने के लिए रुपया जमा कर रही है।...क्या उसी ने किसी को हमें खत्म करने भेजा है...या फिर क्या हैबर है?''

धम्...धम्...धम्

जैसे कोई व्यक्ति दरवाज़ा तोड़ देगा। फूलेश्वरी चारपाई के नीचे से निकल आयी। वह भय से बुरी तरह काँप रही थी...मुश्किल से सीधी खड़ी हो पा रही थी। घिसटती हुई वह दरवाजे तक पहुँची और उसे खोला।

वहाँ एक औरत दिखायी पड़ी। वह पूरी तरह गीली थी। क्या यह भुवनेश्वरी थी? फूलेश्वरी स्तब्ध थी। वह दीया लेकर पास आयी और औरत को पास से देखा।

हाँ...हाँ। यह तो भुवनेश्वरी ही है। वहाँ दो आदमी भी थे। फूलेश्वरी चिल्लायी, ''आओ। भीतर आओ। तुम बुरी तरह भीग गयी हो।''

उन आदमियों ने कहा, ''हम काण्ट्रेक्टर के आदमी है। यह लड़की बिना बताये वापिस आ रही थी। हमें सड़क पर मिली। हम लोग तो इसलिए वापिस आ गये हैं क्योंकि हमें 'कालाजार' बुखार है।''

यह कहकर दोनों आदमी चले गए। फूलेश्वरी के भीतर रुलाई फूटी पड़ रही थी, ''ओह! तुम ऐसे क्यों वापिस आ गयी? क्यों...क्यों?''

भुवनेश्वरी मुश्किल से भीतर आयी, सन्दूक नीचे रखा और दरवाज़ा बन्द कर दिया। अब दोनों औरतें गीली चारपाई पर बैठ गयीं। ऊपर-नीचे सब ओर पानी था। वहीं बैठी वे दोनों धाड़ें मारकर रो रही थीं।

सुबह हो गयी थी। बारिश रुक गयी थी। रोशनी बहुत कम थी। पक्षियों के चहचहाने की आवाज़ें भी नहीं आ रही थीं केवल कौवों की काँव-काँव सुनी जा सकती थी। ऐसा लग रहा था कि सारा संसार एक पीतल का कलसा बन गया, जिसे एक अजब उदासी ने घेर लिया हो।

भुवनेश्वरी ने दरवाजा खोला। बाहर आयी, कुएँ तक गयी। पिछले चार महीने में कुएँ के पास जाने कितनी जंगली झाड़ियाँ उग आयी थीं। जब सुबह की रोशनी में दोनों माँ-बेटी ने एक दूसरे को देखा तो हैरान रह गयीं। माँ के बाल सफेद हो गये थे, खाल लटक गयी थी। वह हड्डियों का ढाँचा भर रह गयी। फूलेश्वरी ने देखा कि बेटी दुबली हो गयी है, रंग काला हो गया है। उसकी हथेली और अँगुलियाँ जली हुई थीं। मानो वह आग में झुलसी हो। वह ढेर-

से लोगों का खाना जो बनाती थी।

नहा-धो लेने के बाद दोनों औरतें 'धेखल' में गयीं जहाँ अन्नाबाला ज़मीन पर पड़ी दिखी। दोनों ने थोड़ी-सी चीनी डली लाल चाय पी।

फूलेश्वरी ने अपनी बेटी से पूछा, "तुम अचानक क्यों वापिस आ गयीं, शायद काण्ट्रेक्टर बाबू को बताये बिना ही?"

भुवनेश्वरी मौन रही। वह चाय पीती रही। फिर अचानक उठी और घर के भीतर चली गयी। वह टीन का बक्सा बाहर लेकर आयी, उसे खोला और उसमें से एक पैकेट निकाला। तीनों ने उस पैकेट को ध्यान से देखा। वह नोटों से भरा था। इतने सारे रुपये उन्होंने पहले कभी नहीं देखे थे। वे तीनों उन नोटों के जादू में खोयी रहीं।

भुवनेश्वरी ने नोटों का पैकेट उठाया और वापिस रख दिया। फिर बोली, "मैंने बहुत मेहनत करके ये पैसे बचाये हैं। इससे अन्नाबाला की आधी जमीन वापिस ले लूंगी...तुम दोनों की चिन्ता मुझे खाए जा रही थी। इसलिए मैं वापिस चली आयी हूँ...।"

सुबह, बहुत आशा से भरी, माँ-बेटी चौधरी के घर की ओर चल दी। वे कभी उस हवेली में गयी नहीं थीं, केवल बाहर से उसे देखा-भर था। तभी तीन चौक के पास उन्हें पुजारी मिल गया। वह लँगड़ा रहा था। उसे देखकर दोनों औरतें खीज गयीं। उन्हें लगा कि वह बातों में उनका वक्त खराब कर देगा और इतनी देर में चौधरी का बेटा पकड़ से निकल जाएगा।

पुजारी जल्दी से इन दोनों की ओर आ गया और बोला, "ओ लड़की कब वापिस आयी...हे भगवान्। यह तो हड्डियों का ढाँचा रह गयी है। कब आयी ये? और हाँ! कुछ लोगों ने मुझे बताया था कि गुवाहाटी में किसी महाजन को गोलियों से मार दिया गया था, जिसकी लाश पुलिस स्टेशन के सामने पटक दी गयी थी। क्या पता ये तुम्हारे हैबर के साथियों का किया धरा हो...हे भगवान्।"

फूलेश्वरी का दिल ज़ोर-ज़ोर से धड़कने लगा। मुँह सूख गया। उसे बहुत प्यास महसूस होने लगी। पर वक्त ही कहाँ था! उसे तो जल्दी थी। क्या पता, वह आदमी कब यह जगह छोड़ दे। उन्होंने जल्दी-जल्दी काकाबारी का वह भीड़-भाड़वाला इलाका पार किया और चौधरी के घर के दरवाजे के पास आ खड़ी हुईं। जयराम लकड़ी के स्टूल पर बैठा था। वहीं सिर ढाँपे हुए उसकी पत्नी चटाई पर बैठी थी। वह झाझ से कुछ पिछोड़ रही थी।

उन दोनों ने दरवाजा खोला और अन्दर दाखिल हो गयीं। जयराम और उसकी पत्नी ने उनकी ओर देखा, तेजी से बोला, "तुम लोग सुबह-सुबह क्या करने आयी हो? हमने सुना था कि तुम्हारी लड़की उस काण्ट्रेक्टर के साथ जमीन खोदने के काम पर गयी है। अब वह यहाँ क्यों है?"

भुवनेश्वरी और फूलेश्वरी ने एक दूसरे की ओर देखा। ठिठकते हुए चौक में दाखिल हो गयीं। फूलेश्वरी चौधरी के पास जाकर जमीन पर उकड़ूँ बैठ गयी। भुवनेश्वरी उसके पीछे चुपचाप खड़ी रही। उसने जयराम को बहुत पहले देखा था। तब उसके सिर पर बाल थे, अब तो वह करीब-करीब गंजा हो गया था। वह खासा मोटा हो गया था। उसकी छोटी-छोटी आँखें लाल तथा सूजी हुई थीं। शायद नींद की कमी के कारण हो। हो सकता है पिछली रात वह नदी पार की वेश्याओं के पास बिताकर आया हो। चौधरी बोला, "तुम्हें अपनी लड़की को काण्ट्रेक्टर के साथ नहीं भेजना चाहिए था। गाँव को बदनाम कर दिया। कोई अपनी जवान लड़की को ऐसे कैसे भेज देता है? मैंने सुना है कि अगले महीने दो और लड़कियाँ जा रही हैं। कुम्हार की दोनों बेटियाँ। वह हरामी काण्ट्रेक्टर सबको रुपये का लालच देता रहता है। वह तो ये भी कहता है कि प्राइवेट कम्पनियों में भी मजदूरी करनेवालों को पैसे मिलते हैं। झूठ...सब झूठ है...वह झूठी...आशाएँ बँधाता है, लालच देता है। मैं उसकी रिपोर्ट करूँगा...।"

फूलेश्वरी ने बीच में टोक दिया, "आप जानते हैं मैंने इसे क्यों भेजा? आप सब जानते हैं। इसने जादू कर दिखाया है...।"

जयराम ने हैरानी से पूछा, "कैसा जादू?"

अचानक भुवनेश्वरी चिल्लायी, "मैंने कोई जादू नहीं किया। साकाबोरी की लड़की को वहाँ क्यों नहीं जाना चाहिए? वे गरीब और भूखी हैं। उनकी जमीन आप लोगों के पंजे में है...।"

जयराम और उसकी पत्नी उसके इस प्रकार बोलने पर किंकर्तव्यविमूढ़ हो गये। एक क्षण को तो वे चुपचाप उसकी ओर देखते रहे।

एक नाटकीय झटके से भुवनेश्वरी ने वह पतला सूती थैला अपनी कमर से निकाला, खोला और उसमें से नोट निकालते हुए बोली, "तुमने मेरी बहन की जमीन धोखे से छीन ली। अब मैं रुपये लायी हूँ। इनमें कुल पाँच सौ रुपये कम हैं। हम आज हमेशा के लिए फैसला करने आये हैं।"

जयराम के सामने रुपयों का ढेर लगा था। उसे विश्वास नहीं हो रहा था। एक क्षण को वह चुप रहा, सोचा और चिल्लाया, "ओ लड़की। तुम कैसी बात कर रही है? मैंने कब तुम्हारी बहन को धोखा दिया...वो पागल...!"

"मेरे बहन के लिए कुछ न बोलना। अगर कुछ कहा, तो मैं...तो मैं...।"

फूलेश्वरी ने उसका हाथ थामकर, उस विद्रोही लड़की को शान्त करने की कोशिश करते हुए उसे बिठाना चाहा।

घर के नौकर चाकर भी उत्सुकता से चौक में आ खड़े हुए।

जयराम की पत्नी तो अभी तक भौंचक खड़ी थी। जयराम की लोमड़ बुद्धि ने समझ लिया था कि यह लड़की इतने लोगों के सामने उसे नंगा कर देगी। अत: उसने दोनों को शान्त करने की कोशिश की। भुवनेश्वरी की ओर देखते हुए बोला, "मैंने तुम्हें तब से देखा है जब तुम नंगी बच्ची-सी घूमती थी। लगता है काण्ट्रेक्टर ने तुम्हें चालाक बना दिया है। अब बताओ, तुम यहाँ क्यों आयी हो?"

भुवनेश्वरी ने जवाब दिया, "हमें हमारी ज़मीन चाहिए। मैं पैसे ले आयी हूँ। केवल पाँच सौ रुपये कम हैं, जो मैं एक महीने में दे दूँगी।"

जयराम बोला, "सब कुछ जान-समझकर तुम अन्धों की तरह बात कर रही हो। पिछले तीन साल से मैंने उस ज़मीन से कुछ नहीं कमाया। पिछले से पिछले साल बारिश ही नहीं हुई थी। इस साल बाढ़ आ गयी। इस जमीन से एक रुपया भी कमाई नहीं हुई। क्या तुम सोचती हो, तुम्हारे कहने से यह जमीन मैं तुम्हें दे दूँगा...?"

जयराम की बात सुनकर दोनों औरतें भौंचक रह गयीं, बेहद मजबूर। उन्होंने समझ लिया कि गलती हो गयी है। उन्हें किसी कानून जाननेवाले को साथ लाना चाहिए था। लेकिन किसे लाया जा सकता था...उन्होंने सोचा। उनका तो गाँव भर में कोई जाननेवाला भी नहीं है। फिर भी भुवनेश्वरी ने कहा, "अच्छा! ये रुपये ले लो और इसके बदले में जितने जमीन मिल सके, दे दो। हम लोग भूखों मर रहे हैं।"

जयराम हँसा। हँसते उसके पान की पीक से लाल दाँत चमकते हुए दीख रहे थे। वह बोला, "ऐ भुवनेश्वरी! शायद तुम नहीं जानती कि यह जमीन है। कोई बकरी या बैल नहीं।"

वह चिल्लाई, "बकरी...बैल! हाँ बकरी या बैल। उनकी तरह जमीन काटी या बाँटी नहीं जा सकती। तुम लोग बकरी या बैल काटकर बोटी-बोटी अलग कर देते हो...पर जमीन को नहीं काट सकते...ज़मीन तो आखिर ज़मीन है।"

चौक में खड़े लोग जयराम की चालाकी पर हैरान थे। कुछ समय चुप्पी छायी रही। अब फूलेश्वरी जयराम के पास आकर उसके पैर पकड़कर बैठ गयी, बोली, "इस लड़की ने हड्डियाँ तक घिस दी ताकि पैसे कमा सके। तुम कल्पना

भी नहीं कर सकते कि मैंने और अन्नाबाला ने पिछले चार महीने कैसे बिताये हैं। उसका हाल तो तुम जानते ही हो। कभी तुमने उसे प्यार भी किया था, सारा गाँव जानता है...।''

वह इससे अधिक नहीं बोल पायी। सुबकियों में डूब गयी। कुछ समय रो लेने के बाद वह फिर बोली, ''भगवान् के लिए आधी जमीन दे दो।...याद रखो अन्नाबाला के आज की हालात के लिए तुम ही जिम्मेवार हो। तुम्हीं उसकी स्थिति के लिए दोषी हो...इसे याद रखना...।''

जयराम को फिर ध्यान आया कि अब तो सच में नंगा हो ही जाएगा। पर सँभलकर बोला, ''अब जमीन के लिए क्या रोना? तू मेरा पैसा तो खा ही चुकी है...काफी रुपया...अब ये ज़रा-सा पैसा लेकर जमीन लेने आयी हो। मैंने बताया था न कि जमीन ने मुझे कुछ लाभ नहीं दिया। तिस पर, मेरी अपनी जमीन, वो नदी के पारवाली, भी छिन गयी है...तुम ये बेकार की बात करने आ गयी हो।''

उन दोनों गरीब औरतों के लिए जयराम की पत्नी के मन में दया थी, पर वह कुछ कह सके, ऐसी हिम्मत न थी। वह अपने पति को भलीभाँति जानती थी। वह उसका बोलना पसन्द नहीं करेगा। पहले भी वह एक-दो बार उसे पीट चुका था।

जयराम ने ऊँची और सख्त आवाज़ में कहा, ''अब जमीन की बात अलग तरीके से होगी। इसमें समय लगेगा। मुझे कागज फिर से जाँचने होंगे। इसमें सालों लग जाएँगे। उससे पहले मैं कुछ नहीं कर सकूँगा।''

भुवनेश्वरी जयराम के शब्दों के अर्थ पकड़ने की कोशिश कर रही थी। अब वह सह पाना कठिन था। वह गुस्से से भर उठी। माँ को उठाते हुए चिल्लायी, ''हम गुवाहाटी जाएँगे। वहीं कानून और कानूनवाले हैं। तुम कब तक हमारा खून चूसोगे? तुमने अन्नाबाला के साथ बहुत कुछ किया है...अब नहीं...आओ माँ, हम गुवाहाटी चलते हैं।''

कहते-कहते वह माँ का पल्ला पकड़कर खींचने लगी।

वहाँ खड़ी भीड़ में से कोई बोला, ''हे ईश्वर! क्या राक्षसी लड़की है। उसने तो मानो आग पी ली है।''

जयराम का चेहरा गुस्से से लाल हो रहा था। वह चिल्लाया, ''हाँ, हाँ। जाओ, गुवाहाटी जाओ, कोर्ट जाओ। तुम केस लड़ते-लड़ते भिखारी बन जाओगी...उन यजमानी ब्राह्मणों की तरह। जाओ...जाओ...वहाँ के क्लर्क और एजेण्ट तुम्हें कच्चा चबा जाएँगे। तुम जो चाहे करो।''

फूलेश्वरी के सिर में चक्कर आ रहा था। वह मुश्किल से चल पा रही

थी। उसने भुवनेश्वरी को थाम रखा था, जो चुपचाप चली जा रही थी। वह सोच रही थी...ऐसे लोग तो ज़िन्दा इन्सानों को लाश बना सकते हैं। उसकी बदकिस्मती है कि वह ऐसे राक्षसों के बीच रहती है।

आधी रात का वक्त था। फूलेश्वरी को नींद नहीं आ रही थी लेकिन भुवनेश्वरी के गुस्से के कारण नींद का बहाना किये पड़ी थी। जब उसे लगा कि बेटी सो गयी है वह सिसकने लगी।

अचानक उसे कदमों की आहट सुन पड़ी। कोई बाहर था, दबे पाँव धीरे-धीरे चल रहा था, जैसे कोई साँप शिकार की ओर बढ़ रहा हो। पहले भी उसने ऐसे ही कदमों की आहट सुनी थी जो उन दो छोटे लड़कों की थी जिनके हाथों में बन्दूकें थी।...

अब भुवनेश्वरी भी जाग गयी थी। दोनों के कान खड़े हो गये थे। वे बाहर से आती आवाज़ ध्यान से सुनने लगीं। चाँद, संगमरमर के टुकड़े सा छत में से झाँकता दिखायी पड़ रहा था।

ठक्...ठक्...ठक्...।

कोई दरवाज़ा खटखटा रहा था। वे खिड़की के पास आ गयीं। उन्हें साफ सुन पड़ा, "हम जानते हैं कि वह राक्षस तुम्हें जमीन नहीं देगा। अब सच-सच बताओ। इन सबका जिम्मेदार कौन है? हमारी लिस्ट में तो काण्ट्रेक्टर का नाम भी है...हमें कागज दे दो...जल्दी करो।"

कुछ वक्त के लिए जानलेवा शान्ति छायी रही। अचानक एक तेज़ आवाज़ उनके दिल को चीरती चली गयी, "तुम, भुवनेश्वरी! तुम बताओ। क्या काण्ट्रेक्टर तुम्हारी इज्जत के साथ नहीं खेला?...सच बताओ। अपनी जबान से बताओ।"

फिर चुप्पी छा गयी। तभी सबने लड़की की सिसकियों की आवाज़ सुनी।

दीवार के दोनों ओर श्मशान की चुप्पी छायी थी। वे लोग फिर फुसफुसाये, "उन हरामियों ने कोई गवाह भी नहीं छोड़ा। तुम्हीं एक गवाह हो। हमें अपने शब्दों में सारा किस्सा बताओ...हमारे पास वक्त नहीं है...जल्दी करो।"

भुवनेश्वरी माँ के पास आकर उसके गले से लिपट गयी। माँ और बेटी के दिल से एक ही आवाज़ आ रही थी।

"हत्या। हत्या। पाप। पाप। सच बता दो तो वे उस आदमी को मार देंगे। अच्छा है खुद ही मर जाए, भेद अपने दिल में लिये-लिये...।" देर तक उनके दोनों के बीच भीतरी चीर-फाड़ चलती रही। बिना एक भी शब्द बोले।

चाँद छत पर वैसे ही चमक रहा था, पर अब धीरे-धीरे चलता हुआ आगे बढ़ गया और वे दोनों अँधेरे में रह गयीं।

तभी अचानक पुलिस चौकी से सीटियों की आवाज़ें हवा को चीरती हुई चली गयीं। उन लड़कों के भागने से पहले दीवार के पीछे से जरा जोर से आवाज़ आयी, "हम जानते हैं यह लड़की वेश्या बन गयी है। इसकी चुप्पी ही बता रही है।"

सीटियों की आवाज़ तेज़ हो गयी। लड़के रात के अँधेरे में खो गये।

फूलेश्वरी ने अपनी बेटी को अलग किया और गुस्से से भरकर रोने लगी, "हे भगवान...इन लड़कों ने क्या कहा है...हे भगवान!"

भुवनेश्वरी चुप रही। उसकी माँ उसके करीब आयी, फिर बोली, "उन लड़कों ने जो कहा है, क्या वह सच है? बता...क्या वह सच है?"

भुवनेश्वरी ने कुछ नहीं कहा तो उसने गुस्से से भरकर उसे लात मारते हुए कहा, "वेश्या...वेश्या।"

फुलेश्वरी बोली, "उन आदमियों ने मेरे मांस को गिद्ध की नज़रों से देखा...पर मैं कभी उनके सामने नहीं झुकी...मैंने अपने को सख्ती से बचाये रखा...बाँधकर रखा...पर तुम...तुमने ऐसा क्यों किया?...क्यों...क्यों? क्यों मेरा खून पिया?"

भुवनेश्वरी अभी भी चुप रही, पर उसके नथुनों में से साँस नहीं, आग निकल रही थी।

फूलेश्वरी अब भन्ना उठी। एक झटके से उस पर कूदी, बालों को पकड़ा और घसीटकर बाहर ले गयी। गुस्से में उसका सिर खम्भे से दे मारा...खून बह निकला...फिर भी भुवनेश्वरी का मुँह न खुला।

आखिरकार फूलेश्वरी हाँफने लगी। तभी अन्नाबाला कमरे से बाहर निकल आयी और उस भयंकर दृश्य को देखने लगी।

चुपचाप भुवनेश्वरी कुएँ के पास चली गयी। दोनों औरतें उसे हैरानी से देखने लगीं कि अब क्या करेगी? क्या कुएँ में कूद जाएगी?

वे चुपचाप उसकी ओर ध्यान से देखती हुई उसके अगले कदम पर ध्यान रखने लगीं। कुछ पल तनाव भरे रहे। भुवनेश्वरी कुएँ के पास से हटी और भागती सर्पिणी-सी बरामदे में आ गयी। अपनी माँ के पास खड़ी होकर बिना किसी शर्म-हया के बोली, "आजकल सरकार ने सुविधा दे दी है कि बच्चे के पैदा होने से पहले ही छुटकारा पाया जा सकता है। उसके लिए अब गुवाहाटी जाना भी जरूरी नहीं। वह यहीं पास में करवाया जा सकता है। क्या तुम सोचती हो...मैं

कुछ नहीं जानती?''

कुछ रुककर वह फिर बोली, ''सुनो। वह वैतरणी का काण्ट्रेक्टर मुझसे शादी नहीं करेगा। उसके अपने बीवी और बच्चे हैं। और मैं बच्चा गिरवाऊँगी नहीं। लड़का या लड़की। मैं अकेली ही बच्चे को पालूँगी।''

फुलेश्वरी बिफर उठी, ''राक्षसी! क्या कहेगी जब लोग उसके बाप के बारे में पूछेंगे?''

भुवनेश्वरी ने घृणा से ज़मीन पर थूका और फुफकारी, ''मुझे किसी की परवाह नहीं, न बाप के नाम की। उसकी जरूरत भी नहीं। मैंने जो सोचा है, वही करूँगी, चाहे वे मेरी खाल भी खींच ले।''

फूलेश्वरी के शरीर व दिमाग की सारी ताकत चुक गयी। वह जमीन पर बेहोश गिर गयी।

अगले दिन गाँव में बहुत चहल-पहल थी। पुलिस की सीटियाँ बज रही थीं। उनकी जीप इधर-उधर दौड़ रही थी। पुलिस वाले सब जगह फैले थे। लोगों ने सोचा जरूर कोई आतंकवादी को पकड़ने की योजना है...लेकिन कौन? गाँव के सभी लड़कों को तो वे ले जा चुके थे...अब कौन बचा था?

तभी गोली चलने की आवाज़ गूँजी।

सुबह फूलेश्वरी के चौक में गाँव भरा पड़ा था। पुजारी दरवाज़े के पास खड़ा होकर चिल्ला रहा था, ''फूलेश्वरी, बाहर आ। बाहर आ फूलेश्वरी!''

माँ और बेटी बाहर बरामदे में आ गयी। उन्होंने पुजारी के साथ बन्दूकधारी पुलिसवाला और उनके पीछे खड़ी भीड़ को देखा। पुजारी उनके पास आया और बोला, ''पुल के पास इन्हें गोलियों से छलनी एक आदमी की लाश मिली है...शायद हैबर...तभी पुलिस यहाँ आयी है। तुम्हें शिनाख्त करनी है। गोलियों से उसका चेहरा बिगड़ गया है...तब भी शायद तुम उसे पहचान लोगी।''

भीड़ को चीरते हुए वे दोनों भागती हुईं लाश के पास पहुँचीं। भीड़ में से कोई चिल्लाया, ''क्या कल रात हैबर आया था?''

फूलेश्वरी और भुवनेश्वरी ने एक-दूसरे के हाथ सख्ती से पकड़ रखे थे। उनकी धड़कन तेज हो गयी थी। वे लाश के पास जाने लगीं, तो कोई चिल्लाया, ''इतना पास न जाओ। पुलिस ने जो लाइन लगा रखी है, उससे आगे न जाना।''

“वही रंग, वही हाथ और पाँव भी वैसे ही। पर उसके बाल ऐसे नहीं थे। उसके शरीर पर तो छोटे-छोटे बाल थे, जबकि इस लाश के शरीर के बाल तो लम्बे थे। ओह! नाक, मुँह और आँखें...ये सब गोलियों से बिगड़ गये हैं।”

“पर...पर! हाथ, पैर वही हैं, यहाँ तक कि रंग भी।”

फूलेश्वरी कीचड़ भरी जमीन पर घुटनों के बल गिर पड़ी और जोर-जोर से रोने लगी। भीड़ में से कोई चिल्लाया, “ओ बेवकूफ औरत, रो क्यों रही है? ये तेरा बेटा नहीं है...न ही इसे तूने अपने पेट में रखा था...इस बार तू बच गयी है। इसके लिए मत रो।”

फूलेश्वरी धीरे-धीरे उठी। लाश को फिर से देखा। फिर भुवनेश्वरी का हाथ पकड़कर घर की ओर चल पड़ी। उसके आँसू थम ही नहीं रहे थे। वह अपने आप से बोलती जा रही थी, “सब कुछ उस जैसा ही है...हाथ, पाँव, रंग...फिर वह खून और मांस किसका था?...किसकी आँखों का तारा था वह? इश...इश...इस तरह की मौत!...आजकल मुझे भी कोई पहचान में नहीं आता...यहाँ तक कि तुम भी भुवनेश्वरी...!”

रोते-रोते भुवनेश्वरी चिल्लायी, “वह तुम्हारा बेटा था, हैबर...!”

“हैबर...!”

“हाँ...मैंने उसे पहचान लिया था। सारे गाँव ने पहचान लिया था...वह हैबर ही था।”

अनुवाद : डॉ. सन्तोष गोयल

पशु

सुनहरे अमलतास के पेड़ के नीचे शहाबुद्दीन बैठा महावतों, उनके सहायकों तथा फन्देबाजों का तमाशा देख रहा था। वे सब गोल घेरे में उकड़ूँ बैठे अफीम का कश लगाने में मसरूफ़ थे। भुने हुए पान के पत्तों और अफीम की मिली-जुली गन्ध अपनी ही तरह का समाँ बाँध रही थी। वह शहाबुद्दीन की नासिका में घुसी जा रही थी। बहरहाल, शहाबुद्दीन अपना ध्यान बँटाने के लिए अध-बुने मछली के जाल को पूरा करने में लीन हो गया।

शहाबुद्दीन वैसे तो मजबूत काठी का, ताकत से भरपूर युवक था, पर वह बोल नहीं सकता था। उसका रंग उजला था और बाल घने थे, पर उसकी नाक तोते की नाक के समान मुड़ी हुई थी और उसकी आँखों का रंग बुरादे के रंग जैसा था। अपने गूँगेपन के कारण वह हमेशा अपने को अकेला महसूस करता। पर इस वक्त तो अकेलापन उसे और भी अखर रहा था। उसे महावतों, उनके सहायकों और फन्देबाजों का व्यवहार बिल्कुल पसन्द नहीं था। वह यहाँ एक तरह से नया भी था। उसे लगता जैसे हर कोई षड्यन्त्र रच रहा है। जब से मुख्य फन्देबाज चला गया था, वहाँ बाकी हर कोई नई-नई चालें चलने में ही लगा रहता। ये चालें चलनेवालों का अगुआ एक दूसरा फन्देबाज, लखनचन्द्र था। वह भी वहीं बैठा था, शहाबुद्दीन से मुश्किल से दस फुट की दूरी पर, अफीम से भरी पाइप पर कश लगाता हुआ।

महावतों के सहायक मटियूर तथा बोलेन, महावत डण्डी तथा अनवर, फन्देबाज सुलेमान तथा रामनाथ—सभी गोल घेरे में बैठे अपनी-अपनी पाइप से अफीम का धुआँ उड़ा रहे थे और बाकी तमाम दुनिया को भूले हुए थे। रामनाथ के सामने बाँस की सुराही पड़ी थी। कुलसी नदी के दूसरी तरफ, राभा गाँव से,

उसने एक खास तरह की शराब खरीदी थी। अब 'दुनिया जाये भाड़ में' वाली अदा से वह उसे पीकर उसे इज्जत बख्श रहा था।

रामनाथ की त्वचा कोयले की तरह काली थी। उसके सर के बाल भी उतने ही काले थे। उसके चपटे चेहरे के गालों की हड्डियाँ पूरी तरह उभरी हुई थीं। था तो वह पतला-दुबला, पर हड्डियाँ उसकी बड़ी-बड़ी थीं। अपने कच्छे में वह किसी गोरे साहब का हब्शी सेवादार लगता था।

सुलेमान के शरीर पर भी मांस कम था। लोमड़ी जैसे तीखे चेहरे में जड़ी उसकी आँखों से मक्कारी टपकती थी। उसके हाथ-पाँव इतने पतले थे कि उसके शरीर पर उसकी खाकी निक्कर तथा कमीज झूलती रहती थी।

अनवर, सुलेमान के बरअक्स काफी तगड़ा था। उसकी खाकी पोशाक उसके शरीर से चिपकी रहती थी। उसका रंग धान की नयी-नयी, कोमल डण्ठलों के समान था। पर उसकी आँखों से मक्कारी टपकती थी। उसके बालों का रंग ताँबे जैसा था और उसके जबड़े मजबूत थे। कद में भी वह हर किसी से लम्बा था। शहाबुद्दीन ने उसे कभी हँसते हुए नहीं देखा था। उसके माथे पर चोट का निशान था। वह चोट पककर भूरे रंग की हो गयी थी। हर कोई जानता था कि यह चोट उसे तब लगी थी जब रानी के पट्टे पर उसने एक लड़ाई लड़ी थी। फिर, हर किसी को यह भी पता था कि उस लड़ाई में उसने एक फन्देबाज का हाथ धड़ से ही उड़ा दिया था। दरअसल, उसके खूँखार मिजाज से हर कोई वाकिफ था, इसलिए हर कोई उससे थोड़ी दूरी ही बनाए रखता था। लेकिन अब वह एक फन्देबाज का ही पैरोकार था और वह फन्देबाज कुंकी (शिकार में सबसे आगे रहनेवाला हाथी) की सवारी करता था। उस फन्देबाज का नाम था लखनपाल।

शहाबुद्दीन यह सब समझता था। वह चुपचाप उस मण्डली की गतिविधियों पर आँख रखे हुए था। वह सब-कुछ समझता था, इसीलिए तो उसे शंकाएँ भी सताती रहती थीं, और यही सब तो मुसीबत की जड़ भी बना। उनकी शंकाएँ निराधार नहीं थीं।

महावत डण्डी और बोलेन, दोनों जुड़वाँ भाई थे। दोनों काफी ठिगने थे। दोनों की गर्दनें छोटी थीं और रंग गेहुँआ था, दोनों के शरीर गठे हुए, मजबूत थे। दोनों देखने में भी एक जैसे लगते थे। उन्हें केवल उनके बालों से ही पहचाना जा सकता था— एक के बाल लम्बे थे और दूसरे के कटे हुए। इसके अलावा बोलेन की आँखों में चपलता थी, लेकिन जहाँ पैसे की बात आ जाती, दोनों का लालच सामने आ जाता। एक बार शहाबुद्दीन को पता भी चल गया था कि डण्डी ने उसकी जेब से बीड़ी का बण्डल उचका लिया है, फिर भी वह चुप ही रहा।

पर एक बार तो उसे रानी के पट्टेदार से शिकायत करनी ही पड़ी, क्योंकि उसकी कमर पर बँधे पटसन से बने बटवे को उसने उससे छीन लिया था। अब दोनों भाई कभी उसे मुँह चिढ़ाते और कभी उसकी नकल करते हुए कुछ भी ऊल-जलूल बकते रहते। वे उसे जताना चाहते थे कि वह गूँगा है। वे खी-खी करते हुए हँसे जाते।

और वह लम्बू तथा सींक-सा पतला महावत का सहायक, मटियूर! उसने अपने सर के बाल सफाचट कर डाले थे। और उसका शरीर! वह भी कोढ़ से दागी हो रहा था। गले में वह हमेशा काला धागा पहने रहता जिससे एक तावीज लटकता रहता। किसी समय इस तावीज का रंग जरूर चाँदी जैसा रहा होगा, पर अब तो वह पुरातन काल के मगरमच्छ की खाल की तरह दिखता था। शहाबुद्दीन को मटियूर की नृशंसता पर अकसर हैरानी होती। एक बार तो उसने एक जंगली मुर्गाबी की गर्दन ही तोड़ डाली थी, और फिर उसे भूनकर मजे ले-लेकर खाता रहा। इसी अमलतास के पेड़ के नीचे बैठकर शहाबुद्दीन ने चुपचाप समूचा दृश्य देखा था। और आज वही मटियूर, लखनचन्द्र का हुक्म बजा रहा था। उसके देखने के तरीके से भी घिन उसे होती थी। उसकी खाकी पोशाक उसके अंगों पर झूलती थी। उसके घुटने के निचले हिस्से में फोड़े जैसा उभार था जो नसों के गाँठ का रूप ले लेने के कारण बना होगा। वह गाँठ दिखती ऐसे थी जैसे किसी ने आँतों को यों ही कहीं ठूँस दिया हो।

मटियूर उससे खुलकर बात नहीं करता था। इसके बावजूद उनका रिश्ता कई पीढ़ियों का पुराना था। हटूबा डूबी गाँव में उनके दादा उन्हें कई किस्से सुनाया करते थे जिनमें वे डूब जाते थे। वे उन्हें बताते कि जब बड़ा भूकम्प आया था, तभी उनके पुरखे सुलेमान पर्वत-श्रेणी से आये थे। उस भूकम्प के दौरान, वे बताते, जिस भूमि पर वे खड़े हैं, वह ऐसे ऊपर-नीचे होती जैसे वे समुद्र की लहरें हों। उधर लोग भी कहाँ-कहाँ से नहीं पहुँचे थे। उनके दादा प्रथम व्यक्ति थे जिन्होंने नष्ट हुई भूमि पर धान बोया था। क्या उन्हें याद था कि ठीक-ठीक किस भूकम्प के दौरान उनके पुरखे पहाड़ों की वादियाँ छोड़कर इस जगह आये थे? भूकम्प तो आते ही रहते थे। एक भूकम्प राजा सुकफा के काल में आया था, एक बड़ा भूकम्प योगीराज सुरिंफा के समय में आया था, एक और बड़ा भूकम्प महाराजाधिराज रूद्रसिंह के जमाने में आया था, और एक बड़ा भूकम्प सेनाध्यक्ष मीर जुमला के समय आया था। अनवर का कहना था कि उसके पुरखे सेनाध्यक्ष मीर जुमला की सेना के साथ आये थे।

पहले अनवर उसके साथ खुले मन से बात करता था। अब वह बदल गया

था। वह भी लखनचन्द्र के इशारों पर चलता था। पिछली बार जब वह रानी में पट्टे के पेड़ की चोटी पर बाँस का मंच बनाए बैठा था, उसने कहा था, "इस बार कनरा-डींगा, चचरा तथा भोलागाँव के कई मुसलमान छोकरों को रानी के पट्टे पर महावत के सहायक तथा फन्देबाज के प्रशिक्षण के लिए भेजेंगे। लगता है, वे वहाँ चाकरी करते-करते तथा पशुओं की देखभाल करते-करते तंग आ चुके हैं। जब ये तमाम छोकरे हाथियों की देखभाल के लिए आ जाएँगे, तब तुम्हारे जैसे गूँगे की क्या जरूरत रहेगी?...तुम तो न अफीम का धुआँ उड़ाते हो, न राभा लोगों से प्राप्त की गयी सुरा को मुँह लगाते हो और न ही तुम्हें औरतों में रुचि है। किस किस्म के आदमी हो तुम!"

...और आज वे गोल घेरे में बैठे आपस में कुछ खिचड़ी पकाते दिख रहे थे। वे लखनचन्द्र के कान में कुछ फुसफुसा भी रहे थे। शहाबुद्दीन अमलतास के पेड़ के नीचे बैठा मछली पकड़ने वाला जाल बुनने में ही लगा रहा, पर उसकी आँखें उनके व्यवहार का जायजा भी ले रही थीं। अब वे एक युवती के बारे में बात कर रहे थे। वह युवती और कोई नहीं, निमाई राभा थी। ताज्जुब, सभी पुरुष एक ही स्त्री के बारे में बात कर रहे थे। क्या ऐसा भी होता है? क्यों नहीं, बड़े-बड़े काण्ड ऐसे ही होते हैं...।

शहाबुद्दीन को मच्छर काट रहे थे। वह वहाँ से उठा और लँगड़ाता हुआ खेमे के निकट इमली के भारी-भरकम पेड़ तक पहुँचा। उसके पाँव का तलवा सूजा हुआ था। कैक्टस के काँटे ने उसे चीर डाला था। यहाँ से वह हाथियों के कानों की फड़फड़ाहट के अलावा और कुछ भी सुन नहीं पा रहा था। चाँदनी रात थी। चाँद शाम को ही पके पपीते की बड़ी-सी फाँक की तरह प्रकट हो गया था। जंगली मुर्गाबियों का एक झुण्ड उसके सर के ऊपर से उड़कर निकल गया था। बाद में उनकी कैं-कैं काफी देर तक सुनाई देती रही। उसके हाथ में उस समय दो सुइयाँ थीं—एक बाँस की और दूसरी इस्पात की। उन्हें उसने जाल की तहों में खुभोया और जाल को एक तरफ पटक दिया। अचानक चमगादड़ों का एक झुण्ड पास की झाड़ी से चीं-चीं करता हुआ बाहर आया। शहाबुद्दीन लम्बी घास को रौंदता हुआ आगे बढ़ा। कहीं पास में ही एक हाथी बाँस के खोखले डण्ठलों को तोड़ रहा था। उसकी घर्घर उसे साफ सुनाई पड़ रही थी। वहाँ के परिवेश में एक रहस्यमयी चमक-सी व्याप्त थी। वह और आगे बढ़ा। लम्बी-लम्बी घास की पत्तियाँ उसके घुटनों से टकरा रही थीं।

कुछ ही देर बाद शहाबुद्दीन को पहाड़ी का रास्ता दिख गया। सन्ध्या की आभा में यह ऊबड़-खाबड़ लालिमायुक्त पथ उस डोरी जैसा दिख रहा था जिसे

खून से रंगा गया हो। पिछले एक हफ्ते से क्या वह इसी समय इसी रक्तरंजित पथ से नहीं आती रही है? हाँ, ठीक इसी समय वह इस स्थल पर छिप-छिपकर आती थी और हर रोज एक ही सवाल पूछती थी : ''कृष्णकान्त कहाँ है?...अरे, हाथी के चाकर शहाबुद्दीन...नहीं, नहीं, महावत के सहायक शहाबुद्दीन,वह कहाँ चला गया है?...तुम तो हमेशा उसका साया बने रहते थे। बताओ, वह कहाँ है?''

वह जानती थी कि वह बोल नहीं सकता, फिर भी वह उससे वही सवाल पूछे जाती। पिछले बीस दिनों से, उसके निकट घुटनों के बल होकर, वह उससे यही पूछ रही थी, ''वह कहाँ है?''...क्या वह बिना कुछ कहे चला गया है? ...वह कब लौटेगा?...पिछली बार तो उसने धमकी भी दी थी कि वह चोरी-छिपे माल ले जानेवालों को पकड़वा देगा।''

उसने अपनी आँखों को अपनी चादर से दबा लिया। वह शहाबुद्दीन के सामने रोना नहीं चाहती थी। उसमें आत्म-सम्मान की भावना घर किये हुए थी। वह बहुत ही गरीब राभा परिवार से थी, फिर भी उसमें आत्म-सम्मान की भावना कूट-कूटकर भरी हुई थी।

क्या नाम था उसका? उसी राभा बाला का जो कुलसी की मण्डी में घुइयाँ और मकई बेचती थी और उससे जो पैसा मिलता था, उससे वह सूत खरीद लेती थी? हाँ, क्या था नाम उसका? निमाई राभा। है न? लगता था, कुलसी के किनारों पर उसके बाप के धान के खेत गिरवी पड़े हुए थे। फिर उसे बार-बार गुवाहाटी भी तो जाना पड़ता था, क्योंकि उसके पेट की बीमारी का पता ही नहीं चल रहा था। उसने अपने खेत एक काबुलीवाला के पास गिरवी रखे हुए थे। वह काबुलीवाला अपनी साइकिल पर हर वक्त कुलसी नदी के किनारे ही मँडराता रहता।

निमाई राभा के पिता की चिन्ताएँ तभी से शुरू हुई थीं। निमाई ने यह तमाम गाथा मुख्य फन्देबाज कृष्णकान्त को कह सुनाई थी। कृष्णकान्त उसे अपना ही लगा था। वैसे भी कृष्णकान्त का, कुलसी नदी के किनारे आबाद राभा गाँव के लोगों से गहरा रिश्ता था। वह गाँव की हर युवती का नाम लेकर पुकारता था—जैसे निमाई राभा, पुथी राभा, लक्ष्मी राभा। सच, कृष्णकान्त को हर कोई पसन्द करता था।

वे तीनों वहाँ पर एक बड़ी-सी चट्टान पर बैठे थे। कृष्णकान्त उससे सटा बैठा था, और उससे ठिठोली करता हुआ बोला था, ''तुम मेरे लिए बहुत चिन्ता करती रही हो। है न! इसीलिए तुम इतनी दुबला गयी हो और पीली भी पड़ गयी हो!''

निमाई धीमे-से मुस्कराई और फिर बोली, ''न, न! मैं तो बराबर एक कटोरा बकरी का दूध पीती हूँ। मेरी माँ को मरे अभी एक साल भी नहीं हुआ। हमारे यहाँ अगर माँ की मृत्यु हो जाये तो हम एक साल तक दूध को मुँह नहीं लगाते।''

''अगर तुम्हारी माँ चल बसे तो तुम एक साल तक दूध नहीं पीती। लेकिन अगर तुम्हारे पिता की मृत्यु हो जाए, तब?''

''तब हम केला नहीं खाते। पूरे एक साल तक।''

क्या वे प्रेमी-प्रेमिका थे?

न, न! शहाबुद्दीन तो एक मुद्दत तक कृष्णकान्त के पीछे साये की तरह लगा रहा था। कई बार उसने उन्हें कुलसी के किनारे-किनारे चलते देखा था। वहाँ लम्बी-लम्बी घास रहती, सागौन तथा शिलिखा के पेड़ों के झुण्ड होते, बाँसों की घनी झाड़ियाँ होतीं। तब वह ऊँचे-ऊँचे पेड़ों से शहद के छत्ते उतारने की तैयारी में होता। अनेक बार उसने उन्हें एक साथ देखा था।

नहीं, कृष्णकान्त ने तो कभी उसका हाथ तक नहीं छुआ था। नदी के किनारों की रेत पर, गोमर के पेड़ों के साये तले, या कई बार कँटीली झाड़ियों के निकट, या नदी की गहराई में से तुरी मछली की तलाश करते हुए, या हाथियों को नहलाने के बाद उनके बदन से जोंकों को हटाते हुए, वे केवल हँसते रहते या एक-दूसरे पर छींटाकशी करते रहते। जैसे कि वे अभी बच्चे ही हों।

उनके रिश्ते में कहीं भी पाप की झलक नहीं मिलती थी। यकीनन, पाप का तो सवाल तक नहीं उठता था। वे दोनों, जैसे कि भगवान के बालक थे।

वह कितनी सुन्दर थी! जिस दिन वह अपने बालों में गेंदे का फूल लगाकर आयी थी, केवल उसके गूँगेपन ने ही उसके सौन्दर्य का बखान करने से उसे रोका था। वैसे भी वह खूब गोरी-चिट्टी थी और उसके बालों का रंग सुनहरा-भूरा था। उसका शरीर नन्हे आम के ताजा पौधे की तरह दमकता था।

मटियूर तथा डण्डी कहते, ''निमाई राभा का बदन तो बिलकुल हिरनी जैसी है।''

बाबू और सुलेमान भी अपनी तरह से जोड़ देते, ''उसके होंठ देखे हैं? वे तो यूरियम फल के फाँक की तरह हैं।''

रामनाथ भी कहाँ पीछे रहता! ''आह! अगर एक बार हमें उसके हाथों को अपने हाथों में लेने का मौका मिल जाए! उसका रंग बिलकुल ताजा-ताजा निकाले हुए दूध जैसा है।''

ताजा-ताजा निकाला हुआ दूध!

जिस समय शहाबुद्दीन अमलतास के पेड़ के नीचे बैठा मछली पकड़ने वाला

जाल बुन रहा था, उस समय उन्होंने उसकी आँख का इशारा पा लिया था और वे घबराकर चुप हो गये थे।

चौकोर चेहरे वाले रामनाथ ने अपनी ठुड्डी को मलते हुए एक कहावत का सहारा लिया, ''पेटू आदमी अपनी थाली को भरने के लिए ढेरों पत्तियाँ काटता है, लेकिन जिसे कोई लालच नहीं होगा, उसे काटने की जरूरत नहीं होती। वह जमीन से उठाकर भी अपना काम चला लेता है।''

शहाबुद्दीन उस पर हाथ उठा देता, पर वह जानता था कि बोलेन, रामनाथ तथा सुलेमान का वह मुकाबला नहीं कर पाएगा। इसलिए वह चुप ही रहा। उन लोगों के बीच उसे ऐसे लगा जैसे कि खाली खेत में वह मात्र एक ठूँठ हो। उसका कोई मित्र भी नहीं था। वह, दरअसल, किसी के प्रति निकटता महसूस भी नहीं करता था। केवल कृष्णकान्त ही था जिससे उसका लगाव था। निठल्ले बैठे महावतों के ये सहायक तथा फन्देबाज! उनकी फब्तियों से वह परेशान था। जब वह कृष्णकान्त तथा निमाई राभा के साथ कुलसी के उत्तरी तट पर जंगली मुर्गाबियों के झुण्डों को देखने गया था, तब सुलेमान, मटियूर तथा रामनाथ की निगाहें उसे रात के वक्त चीते की लपलपाती आँखों के समान लगी थीं। डण्डी और बोलेन नाम के जुड़वाँ भाइयों ने तो उस पर एक पुरानी सूक्ति ही चिपका दी :

''अरे, वाह रे शहाबुद्दीन!
कहने को तो धोती पहने है
पर किनारों से वह फट रही है।
और जूते भी पहने ही हुए है,
भले ही वे फ्लप-फ्लप करें।
पर तुम्हारे कर्जे तो अदा नहीं हुए न!''

सुलेमान ने ऊँची आवाज में एक और सूक्ति सुनायी :

''सीझा राख से, पकाया तेल से,''

अर्थात् मेरा खाना उतना ही बढ़िया बना है जितना बरुआ लोगों का होता है।

ऊबड़-खाबड़ पीड़ादायक राह पर चलते हुए मेरा शरीर छिल गया है। फिर भी मैं कहता हूँ कि मैं डोली में ही जाता हूँ।

इसके बावजूद शहाबुद्दीन ने उनका हर जगह पीछा किया, जैसे वह रोबोट (यन्त्र-मानव) हो। निमाई राभा ने जैसे उस पर जादू कर दिया हो। दरअसल, हर कोई निमाई राभा का दीवाना था। निमाई उन वीरान बियाबान जगहों पर बेख़ौफ घूमती रहती थी। उसने कृष्णकान्त को बताया कि वह हमेशा ऐसे ही घूमती रही है। उसे विश्वास था कि उसका कोई कुछ नहीं बिगाड़ सकता, और जिसका हृदय पवित्र हो, उसका कभी कुछ नहीं बिगड़ता।

एक बार वह अपने पिता के साथ कुलसी के उत्तरी तट पर जंगली हाथियों को लेकर जंगल में गयी थी। हाथियों के उस झुण्ड में जो हाथी सबसे पीछे था, वह एकाएक रुका। वह अपने कान फड़फड़ा रहा था। फिर वह बार-बार होलंग के पेड़ से अपना माथा भी टकराने लगा। वह, दरअसल, उन्हें आगाह कर रहा था कि आगे न बढ़ें, बल्कि लौट चलें। निमाई सब-कुछ समझ रही थी। वह उस क्षेत्र के हर प्रकार के पेड़ से परिचित थी। वह मुंजक हिरन और दलदली हिरन को भी पहचानती थी। उस इलाके के जंगल में उनके झुण्ड-के-झुण्ड दिख जाते थे।

"कृष्णकान्त कहाँ गया होगा?"

वह कई बार यहाँ आयी थी और उसने खेमों में टिके हर व्यक्ति से यही प्रश्न किया था। वह पूछते-पूछते थक भी जाती थी। कृष्णकान्त वह पहला फन्देबाज था जिसे कुंकी को चलाने की इजाजत मिली थी। वह बचपन से ही हाथियों के बीच रचा-बसा रहा था। कहा यह भी जाता था कि हाथी को आज्ञाकारी बनाने के लिए उसने कभी अंकुश या शूल का सहारा नहीं लिया। उन्हें चलाने के लिए वह हमेशा अपने पैरों के पंजों को ही काम में लाता था, और इससे उसके पैरों के अँगूठे अलग दिखने लगे थे। बाकी सभी कुंकियों के घावों से एक प्रकार की गन्ध आती थी, लेकिन कृष्णकान्त के कुंकी से ऐसी कोई गन्ध या दुर्गन्ध नहीं आती थी। वह एक-मात्र व्यक्ति था जो हाथियों को गीत गाकर उन्हें साध सकता था या काबू में ला सकता था। हाथी के पाँव के 'क़री' नाम के रोग को जंगली जड़ी-बूटियों से ठीक करने के लिए उसे सभी नुस्खे याद थे। और यही कारण था कि सेवा से निवृत्त होने के बाद भी वन अधिकारी, हंफरी साहब, उससे मिलने रानी के दवाखाने पर आये थे। साहब की पुरानी गाड़ी फोर्ड को खींचने के लिए उसी के हाथी को काम में लाया गया था।

वाकई, हंफरी साहब उससे रानी के दवाखाने पर मिलने आये थे, और इसका असर यह हुआ था कि पट्टेदार कृष्णकान्त को इज्जत की निगाह से देखने लगा था। साहब ने पहले कृष्णकान्त की पीठ थपथपायी थी और फिर उसे अपनी छाती

से चिपका लिया था।

इतना ही नहीं, कृष्णकान्त ने और भी कई आश्चर्यजनक काम कर दिखाये थे। उसके बारे में यह मशहूर था कि उसने 'मस्त' (यौन उत्तेजना से पूर्ण) हो गये सात हाथियों को एक साथ पकड़ा था और उन्हें काबू में किया था। ऐसे हाथियों को काबू में लाना कोई आसान काम नहीं होता। हाथी जाने कैसा रुख अख्तियार कर ले। और यही कारण था कि वह पट्टेदार ब्रिकोदर सिंह के यहाँ हाथियों की देखभाल करता था, उसे कलसी के दक्षिणी किनारे पर रह रहे हाथियों के दूसरे मालिकों के यहाँ से भी अकसर सन्देशे आ जाते थे जिनका उसे पालन करना होता था। ब्रिकोदर सिंह की हथिनी, नयनमाला, तो इस तरह सध गयी थी कि वह दूसरों के लिए उदाहरण बन गयी थी। दूसरे, जमातुल्ला कम्पनी द्वारा आयोजित हाथी-दौड़ में भी कृष्णकान्त का हाथी विजयी रहा था।

हाथियों के बीच बराबर रहने के कारण कृष्णकान्त देवता-तुल्य समझा जाने लगा था। उसका नाम उन तस्करों में नहीं था जो जंगल में कई कारगुजारियाँ करते थे। वह कहता था कि वह उन्हें पकड़वा देगा।

कृष्णकान्त, हाथी-देव! उसे प्रभामण्डल से युक्त कर दिया गया था। महावतों और फन्देबाजों को उससे ईर्ष्या क्यों न होती! शायद यही कारण था कि लखनचन्द्र का खून हर वक्त उबलता रहता। कृष्णकान्त उसूलों पर चलनेवाला व्यक्ति था। लखनचन्द्र को पूरा विश्वास था कि जब तक कृष्णकान्त जिन्दा रहेगा, उसकी विजय-पताका कृष्णकान्त के पाँवों तले रौंदी जाती रहेगी।

लखनचन्द्र की नृशंसता भी जगत-प्रसिद्ध थी। हर कोई जानता था कि एक बार हाथी के शिकार के दौरान उसने हथिनी के दूध-पीते बच्चे को जान-बूझकर पकड़ लिया था और हथिनी भालों से बींधे जाने के कारण खत्म हो गयी थी। और यह भी सब जानते थे कि सरकार द्वारा पकड़े जाने के डर से महावतों, उनके सहायकों तथा फन्देबाजों ने उस दुधमुँहे बच्चे को कुलसी के किनारे तस्करी में लिप्त तस्करों के हाथों बेच दिया था। पर खुल्लम-खुल्ला कोई भी कुछ बोलने की हिम्मत नहीं कर पाता था। अगर लखनचन्द्र का लाइसेंस रद्द हो जाता तो वह क्या कर बैठता, इसका किसी को अन्दाजा नहीं था।

हाथी सर्वज्ञ प्राणी है। क्या नृशंसतापूर्वक उसे पकड़ा जा सकता है?

एक अर्से से हाथियों के पट्टे पर रहने के कारण वे सभी लोग पशु बन गये थे। उनकी चमड़ी गैंडे की चमड़ी के समान मोटी दिखती थी। उनके हृदय ध्रुव प्रदेश के भालुओं के बालों के समान हो गये थे जो तैरकर समुद्र पार कर लेने पर भी सूखे ही रहते हैं। उनकी पिपासा रक्त चूसनेवाले प्राणियों की पिपासा

बन गयी थी। यदि केंकड़े की तरह वे दूसरे से मिलता-जुलता कोई भी रूप धारण कर सकते थे। आवश्यकता पड़ने पर वे क्या-कुछ नहीं कर सकते थे। वे आदमखोर शेर बन सकते थे जो अपने दाँतों से शिकारियों के कपड़े तक चबा जाते हैं। वे बौने-से जुड़वाँ भाई, डण्डी और बोलेन, गंजी खोपड़ी-वाला महावतों का सहायक मटियूर, चौकोर चेहरे और कोयले जैसा काला रामनाथ! और वह दहशत पैदा करनेवाला लखनचन्द्र जिसकी दाईं आँख के ऊपर एक मोटा-सा मस्सा हर वक्त फुदकता रहता था। और वह कौन था, नुकीले, लोमड़ी के चेहरेवाला? सुलेमान?

...उस क्षण शहाबुद्दीन ने कल्पना की कि उनके नाखून लम्बे हो गये हैं और उनके दाँत तेज हैं। उत्सुकतावश उसने सड़क की दिशा में अपनी आँखें उठायीं। सड़क खून की नदी के समान दिख रही थी। नहीं, निमाई अभी तक नहीं पहुँची थी। इससे पहले वह कृष्णकान्त के बारे में पूछताछ करने अनेक बार आ चुकी थी। ऐसा लगता था कि किन्हीं राभा लकड़हारों ने उसे बता दिया था कि उन्होंने कृष्णकान्त को लखनचन्द्र के साथ घने जंगल की ओर जाते देखा था। उन्होंने लखनचन्द्र के हाथों में विशाल हाथीदाँत भी देखा था।

क्या उसे वहाँ पर दलदल की जानकारी थी? कृष्णकान्त भली-भाँति जानता था कि किस होलक पेड़ पर, कुलसी के किनारे किस बोनसम के पेड़ पर, मधुमक्खियों के बड़े जायकेदार छत्ते हैं। यह सब जानकारी उसकी उँगलियों पर रहती थी। उसे यह भी पता था कि दरभंगा और दीनाजपुर से आनेवाले तस्कर, जिनके पटसन से बने बटुए पैसों से भरे रहते थे, ठीक-ठीक कहाँ इन्तजार करते हैं। वह यही कहता रहता कि वह एक-दो दिनों में ही इन तस्करों को पकड़कर अधिकारियों के हवाले कर देगा।...लेकिन राभा लोग तो यही कहते रहते कि कृष्णकान्त लखनचन्द्र के साथ देखा गया था, और लखनचन्द्र के हाथों में हाथीदाँत था। अजीब गड़बड़-घोटाला था यह सब।...या यह भी हो सकता है कि कृष्णकान्त उसे वह स्थल दिखाने ले गया हो जहाँ भविष्य में हाथियों को फाँसा जा सकता था। कृष्णकान्त से बढ़कर किसकी दृष्टि तेज थी? उससे बढ़कर और कौन ठीक-ठीक बता सकता था कि कौन-सी हथिनी अभी तक कैशोर्य में है और कौन-सी माँ बन चुकी है। वह तो आठ सौ गज की दूरी से भी यह सब बात कह सकता था।

सच, केवल कृष्णकान्त ही सब बातों में दक्ष था। हाथियों का चुनाव करते समय उनके नाखूनों की लम्बाई-चौड़ाई, उनका गठन, उनका घेरा, उनकी पूँछ की पैमाइश— मगर सब-कुछ बताना उसके लिए सम्भव था। वह सब-कुछ जानता था। कृष्णकान्त है कहाँ? वह कहाँ हो सकता है?

एकाएक पास की कँटीली झाड़ी में से किसी के गला साफ करने की आवाज सुनाई पड़ी। शहाबुद्दीन ने चारों ओर देखा। अरे, यह तो लखनचन्द्र है। उसकी आँख के ऊपर का मस्सा बुरी तरह फड़फड़ा रहा था, जैसे उसे जबरदस्त कुढ़न और परेशानी हो। चेचक के दाग से भरा उसका चेहरा बड़ा ही वीभत्स लग रहा था।

"अरे, बेवकूफ शहाबुद्दीन! तू यहाँ? इसलिए कि तुझे काम न करना पड़े? मैंने तुझे गद्दियाँ बाँधने को नहीं कहा था? गले के पट्टे तूने कहाँ छिपाये हैं? तुझे आज ही मेन डिपो लौटना पड़ेगा। वहाँ से आज दो लोग आये हैं। वहाँ दो हाथियों को 'करी' रोग लग गया दिखता है। उनके परमिट रद्द कर दिये गये हैं। सुन, अक्ल के कच्चे! तूने कृष्णकान्त से जड़ी-बूटियों वाला इलाज सीखा था न! तुझे उनके साथ डिपो लौटना होगा।"

शहाबुद्दीन ने अपना सर उठाकर उसकी ओर देखा। साफ ही था कि लखनचन्द्र उसकी उपस्थिति वहाँ नहीं चाहता था और वह यह भी नहीं चाहता था कि उसका काम अधूरा ही रह जाए।

उन सबके दाँत तीखे थे। उनके नाखून भी पंजों के समान थे।

"तुम डिपो के लिए कल सवेरे रवाना हो जाओगे। बुधवार को हम हाथियों को फन्दे डालेंगे। जमातुल्ला का कुंकीवाला लाइसेंस खत्म हो चुका है। उसने अपना कुंकी हमें दे दिया था। तुम्हें डिपो हाथी के साथ लौटना होगा।"

शहाबुद्दीन ने एक बार फिर अपना सर उठाया और उसकी ओर देखा। उसके सीने से जैसे अबूझ-सी ध्वनि उठ रही थी। उसके चेहरे पर अव्यक्त-सा विषाद घिरने लगा था। उसके भीतर फिर वही प्रश्न उठा : क्या यह सबके साथ होता रहा है? हाँ, सभी के साथ— लखनचन्द्र, सुलेमान, रामनाथ, मटियूर, डण्डी, सभी के साथ। उन सबके अब कितने लम्बे-लम्बे बाल थे...

उनके दाँत भी तो तेज हो गये थे।

क्या उनके हाथों और पाँवों के नाखूनों पर खून के कतरे थे?...क्या करे वह?

वे तो किसी बड़े मंसूबे को बुंनते दिख रहे थे।

अँधेरा उतरने लगा था। कहीं दूर से हाथियों द्वारा बाँस के डण्ठलों को तोड़ने की आवाज आ रही थी। वह आगे बढ़ नहीं पा रहा था। सामने लखनचन्द्र था जो भयभीत दृष्टि से उधर देखे जा रहा था।

शहाबुद्दीन ने खेमों की दिशा में चलना शुरू कर दिया। लखनचन्द्र उसके ऐन पीछे-पीछे चलने लगा।

मिट्टी के तेल की ढिबरी की रोशनी में शहाबुद्दीन ने फिर अपने जाल पर काम करना शुरू कर दिया। चिथड़े हो रहे खेमे के सुराखों में से उसे आग की लपट दिख पड़ी। आग के सामने बैठे वे सब आपस में बतिया रहे थे। अब तो वे भी, जिनके पास अफीम का परमिट था, नशे में नहीं दिख रहे थे। और तो और, भुने पान के पत्तों और अफीम की मिली-जुली तीखी गन्ध भी नहीं उठ रही थी।

उन सबने पटसन की डोरी से बुने अपने-अपने बटुए निकाले हुए थे। वे बटुए आग की तेज रोशनी में पुथी मछली के छिलकों की तरह चमक रहे थे। इन्हीं बटुओं में वे अपने पैसे रखते थे। लग रहा था जैसे कि वे मछलियाँ उसी क्षण गँदले पानी में से कूदकर बाहर आ पड़ी हों। लपटों के जाल में लखनचन्द्र का चेचक के दाग से भरा चेहरा सूखे भिड़ के छत्ते की तरह दिखायी दे रहा था, मटियूर की त्वचा के सफेद दाग चीते की खाल के समान दिख रहे थे और डण्डी के माथे का काला धब्बा बहते जख्म जैसा लग रहा था। उधर बोलेन की हल्के रंग की आँखें अँधेरे में दहकते अँगारों-सी दिख रही थीं।

उसे उनमें से हर कोई षड्यन्त्रकारी लगा। उनके बाल लम्बे थे, नाखून तेज थे और दाँत नुकीले थे। कृष्णकान्त ने अपनी ईमानदारी के बल पर हर किसी के चेहरे के नकाब को उतार फेंकने की धमकी दी थी।

पुराने तम्बू की झिर्रियों में से बाहर की दुनिया ज्यादा स्पष्ट दिख रही थी। अक्तूबर महीने की धुन्ध जंगल में पूरी तरह व्याप्त थी। तम्बू के पास कुछ सागौन के पेड़ थे। कुछ ही दिन पहले इन पेड़ों पर फूल खिले थे। उनका रंग नयी ब्याई गाय के पहले दूध के समान था। दूर से इन फूलों के गुच्छे पेड़ों से लटकते मकड़ी के जाले के समान दिख रहे थे। अब चन्द्रमा की रोशनी में ये जाले उन घोंसलों की तरह लग रहे थे जिन्हें पक्षी छोड़ चुके हों। बाँस भी कई तरह के थे और उनके बीच कुछ विचित्र-सा प्रकाश था, जैसा इधर-उधर फुदक रहे घोंघुओं के शरीर से निकलता है। कहीं एक मुंजक हिरन दयार्द्र स्वर में सुबक-सा रहा था।

शहाबुद्दीन के दिल में एक कसक-सी होने लगी थी। उसके साथ हमेशा ऐसा ही होता था। अपनी माँ की याद आने पर भी ऐसा ही होता था। माँ को वह गाँव में छोड़ आया था। अपने भाई, कुतुबुद्दीन, की याद करके भी उसके साथ ऐसा ही होता था। और अब जबकि वह निमाई राभा के बारे में सोच रहा था, तब भी वैसा ही हो रहा था।

शहाबुद्दीन का तम्बू हिजल के एक पेड़ से लगा पहाड़ी के निकट था। हाथी

के शिकार पर जाने से पहले, उसने कृष्णकान्त के साथ अपना समय पुराने गद्दों पर लेटकर और बैठकर बिताया था। कभी ये गद्दे हाथियों पर बैठने के काम आते थे।

एकाएक उसे फटे-पुराने तम्बू की दिशा में आती मधुमक्खियों की घूँ-घूँ की आवाज-सी सुनाई पड़ी। उसने झाँककर बाहर देखा। कुछ राभा लोग मण्डी से लौट रहे थे। निमाई राभा भी उनके साथ थी। उस समय ऐसा प्रकाश फूटा जैसे दिन का उजाला फैल गया हो।

''शहाबुद्दीन! कृष्णकान्त?''

शहाबुद्दीन ने अपना सर हिला दिया।

निमाई राभा बोली, ''फन्देबाज लखनचन्द्र ने कहा है कि वह पूर्णमासी के दूसरे दिन कृष्णकान्त के बारे में खबर देगा। उसने मुझे बुला भेजा है।''

फिर वह शहाबुद्दीन के और निकट आ गयी और उससे घुल-मिलकर बतियाने लगी। शहाबुद्दीन ने आर्त्तनाद करते हुए अपने हाथों से जमीन को पीटा और कुछ बताने की कोशिश करता-सा दिखा। जिस समय वह कुछ समझाने की कोशिश कर रहा था, उस समय उसके मुँह से झाग निकलने लगा था। उसकी आँखें उसके माथे में से ऐसे बाहर आ रही थीं जैसे आकड़े अपने गड्ढ़ों से बाहर आते हैं।

निमाई उलटे पाँव लौट गयी। उसके साथी, जो मधुमक्खियों की तरह भिनभिना रहे थे, उसे वहीं छोड़कर चलने को तैयार थे। फिर देखते-ही-देखते वे अँधेरे में गायब भी हो गये।

शहाबुद्दीन अपने घुटनों में सर रखे कुछ समय सुन्न हुआ बैठा रहा। सब कुछ इतना अचानक जो हुआ था! निमाई राभा शहाबुद्दीन को समझ नहीं पायी थी...शहाबुद्दीन की आँखों से टप-टप आँसू गिर रहे थे। उसे कोई नहीं समझ पा रहा था। वह हमेशा अकेला था। उसे अगर कोई समझता था तो वह थी उसकी माँ तथा उसका भाई। वह चाहे गूँगा था, पर उसकी माँ उसके मन में आनेवाले हर विचार को समझती थी। शायद सभी गूँगे बालकों की माँएँ अपने बेटों के मनोभावों को पकड़ने की क्षमता रखती हैं। कृष्णकान्त ने भी उसे समझा था। उसकी माँ तथा भाई के बाद उसे समझनेवाला केवल वही था।

कृष्णकान्त! कहाँ होगा वह? निमाई राभा ने कहा था कि उनकी पंचायत को दावत देकर वह राभा सम्प्रदाय में स्वीकार्य हो सकता था। फिर तो आनन्द-

ही-आनन्द होगा।

आनन्द...! क्या महत्व रखता है यह शब्द?

यह ऐसा शब्द है जिसके उच्चारण-मात्र से दुःख-ही-दुःख मिलता है। कौन जनक है इस शब्द का? शहाबुद्दीन अपनी माँ के वक्ष पर अपना सर रखकर रोना चाहता था। वह पच्चीस बरस का हो रहा था, फिर भी वह अपनी माँ के सीने से लगकर रोना चाहता था।

एकाएक उसे कहीं बहुत निकट से हाथी द्वारा बाँस के डण्ठलों को तोड़ने की आवाज सुनाई पड़ी। हाथी! यह तो एक सर्वज्ञ जीव है। हाथी—यह तो आदमी के दिल की भाषा तक पढ़ लेता है।

हाथियों को इन लोगों की साजिशों की भनक मिल गयी थी। उसने ऐसी कई घटनाओं के बारे में सुन भी रखा था। एक बार एक लम्बे दाँत वाला हाथी तथा एक बिन ब्याई हथिनी एक तम्बू के चक्कर लगाते रहे थे। वे कुंकियों पर हमला करने को तैयार थे।

हाँ, बेशक वे पास ही कहीं बाँसों के झुरमुटों को चीरे दे रहे थे। उसे उनके चीरने की आवाज स्पष्ट सुनायी दे रही थी।

क्या कोई विपत्ति तो नहीं खड़ी होनेवाली? तामर बील के गोसाईं ने शिकार के लिए एक हाथी उधार दिया था। वह हाथी पहली बार जंगल में दाखिल हो रहा था। जरा-सा भी कहीं खटका होता, वह भयभीत होकर भागने लगता।

शहाबुद्दीन उन हाथियों की झलक पाने के लिए तरस रहा था। उसकी माँ ने एक बार पट्टेदार से कहा था, ''हाथियों की पट्टा-भूमि पर काम करने की उसे कोई जरूरत नहीं। अगर वह सहायक का काम भी करता रहता है, तो हमारे लिए काफी है। बोल तो सकता नहीं वह।''

इस पर पट्टेदार भारी आवाज़ में बोला था, ''एक मूक व्यक्ति सहायक के नाते ज्यादा नहीं कमा सकता। पर मुझे एक ऐसा व्यक्ति ही चाहिए जो बोल न सके।'' फिर उसने सिक्कों से भरा एक बटुआ निकाला था और उसे उसकी माँ की मुट्ठी में ठूँस दिया था। इसके बाद वे सभी मूक हो गये थे। उनके पास कोई शब्द न था। वह ठीक उसी की तरह शब्दहीन थे।

पट्टेदार एक काला-कलूटा, भोंडा, गँवारू व्यक्ति था। सर पर वह ऐंडी रेशम की पगड़ी बाँधता था। उसके कपड़े भी रंग-बिरंगे होते थे, अजीब तरह के। क्या पहने हुए था वह? मिराजी (लम्बी आस्तीनों वाली कमीज) या फोटुवा (छोटी आस्तीनों वाली कमीज)? उसकी धोती हमेशा उसके घुटनों के ऊपर रहती। उसके पाँवों पर नागरा जूते होते जिनका अगला भाग काफी बलखाये

होता। उसकी निगाहें इतनी अजीब थीं कि शहाबुद्दीन उनकी ताब नहीं ला पाता था। वह उसकी तरफ न सीधा देख पाता, न ही अपना सर उठाकर उससे बात कर पाता।

सुनने में यह आ रहा था कि यह पट्टेदार तस्करों से मिला हुआ था और ये तस्कर बेंत के जंगलों में तथा नदी के तटों पर उस स्थल पर रहते हैं जहाँ नदी दो हिस्सों में बँटती है। कृष्णकान्त ने उन्हें धमकाया था कि वह उन्हें नंगा कर देगा और सबको उनका असली रूप दिखा देगा।

क्या निमाई फिर चली आयी है? क्या वह कृष्णकान्त की तलाश में आयी है?

लखनचन्द्र ने उसे अपने तम्बू में बुलाया था। वह यह फैसला पहले ही कर चुका था कि अगले तीन-चार दिनों में वह सागौन के एक खास पेड़ के नीचे बाँस का मंच बनाएगा ताकि उसी दिन हाथी भी पकड़ सके। जिस दिन उसने निमाई राभा को बुलाया था और हाथियों को फाँसने का भी निश्चय किया था, वे दोनों दिन एक ही थे...

कृष्णकान्त कहाँ है?

राभा लोगों का कहना था कि वह लखनचन्द्र के साथ कुलसी के उजाड़ जंगलों में दाखिल हुआ था। लखनचन्द्र के कन्धों पर एक विशाल हाथीदाँत था।

उन दोनों के हाथों में छोटे थैले थे।

शायद वे सब एकजुट हो गये थे और उस पर टूट पड़े थे और शायद उन्होंने उसका वध भी कर दिया था। क्या उन्होंने साफ-साफ उसका वध कर दिया था, या उसे भालों तथा गुप्तियों (खंजर) से बींध डाला था और उसकी लाश को कुलसी के जल में प्रवाहित कर दिया था? हाँ, यही हुआ होगा। लम्बे दाँतवाले, सजे हुए हाथी की जो सवारी करने की जुर्रत करते हैं, उनका यही परिणाम होता है और उसके साथ हुआ भी यही।

कृष्णकान्त को गायब हुए बीस दिन से ज्यादा नहीं हुए थे। फिर भी उन चन्द दिनों में वह सूखकर तीली जैसी हो गयी थी।

शहाबुद्दीन क्या करे? गजेली (बरसात में हाथियों का शिकार) के दौरान भी लखनचन्द्र ने कहा था, ''यह नामाकूल हमारे किसी काम का नहीं। बस, इससे तो गद्दियों को कसवाओ, अफीम पीनेवालों के लिए पान के पत्तों और अफीम को भुनवाओ तथा खाना पकवाओ। इसका काम, बस यह देखना होना चाहिए कि क्या हाथियों के गले के फीते और पट्टे ठीक से तो बँधे हैं...''

क्या वाकई वह किसी काम का नहीं?

तब वह पहली बार गजेली पर गया था। उससे कहा था कि वह कुंकी को उसकी पूँछ के पास भाले से कोंचता रहे। उस समय उसके हाथ-पाँव फूल गये थे और उसकी पकड़ इस कदर ढीली हो गयी थी कि भाला उसके हाथों से छूटकर जमीन पर जा गिरा था। अब वह हाथी को भाले से कैसे कोंचे? यह असम्भव था। वह इस घटना को कभी भूल नहीं सकता था, कभी नहीं। सागौन के पेड़ उन दिनों फूलों से लदे हुए थे। इन पर बरसात के दिनों में ही फूल आते हैं। फूलों के गुच्छे मकड़ी के जाले से बाँधी गयी छोटी-छोटी गठरियों के समान दिख रहे थे। यह सागौन के फूलों के खिलने का समय था।

उसके कन्धे को थपथपाते हुए कृष्णकान्त ने कहा था, "हिम्मत रखो!" फिर उसने उससे मजाक करते हुए उत्फुल्ल भाव से पूछा था कि वह हाथी के पिछवाड़े को कोंचकर उसे ठीक राह पर क्यों नहीं रख पाया था। उसने हँसते हुए एक गीत भी रच डाला था :

'मैंने एक ही तीर छोड़ा और सात सिंहों को ठिकाने लगा दिया,
मुझे कुछ लज्जा भी आयी, इसलिए मैंने यह भेद नहीं खोला,
छह महीने तक घेरा डाले रखने के बाद मैंने एक चुहिया का वध किया,
अब ढोल जोर-जोर से ऐलान कर रहे हैं कि मैं महान हूँ।'

कृष्णकान्त के पास चुहलबाजी की कमी न थी। वह अपने चुटकुलों और मजाक से शहाबुद्दीन के दिल को गुदगुदा देता। वह लम्बे दाँतवाले हाथी की सवारी आसानी से कर सकता था। पर वह गया कहाँ? क्या वह लौटेगा? अगर वह नहीं लौटा तो निमाई राभा का क्या होगा?

तम्बू के छेदों में से शहाबुद्दीन ने फिर बाहर झाँका। वहाँ तो दुनिया ही दूसरी थी। चाँदनी रात के स्वच्छ आकाश में उसे सफेद बादल की एक लम्बी फाँक दिखायी दी। ऐंडी वस्त्र की तरह यह पूर्वी आकाश में छाया हुआ था। उस क्षण शहाबुद्दीन की कल्पना भी काम करने लगी थी। उसे लगा, यह ऐंडी वस्त्र नहीं है, यह पट्टेदार की पगड़ी का हिस्सा है जो हवा में उड़ रहा है।

पट्टेदार की पगड़ी? पट्टेदार को तो दक्षिणी तटों पर हर कोई जानता था। उसे हमेशा उन आदमियों की तलाश रहती थी जो महावत के सहायक या फन्देबाज के रूप में काम कर सकें। उसके बारे में यह अफवाह थी कि वह कभी-कभी बिना कर चुकाए हाथी को गायब कर देता है। और तो और, वह चराई कर की रसीदों में भी हेर-फेर कर डालता था। उसे पता था कि इस इलाके में किस राभा

बाला के बाल सुनहरे हैं और किसके मछली के छिलके की तरह चमकते हैं। वह हर घर की हर युवती की उम्र फौरन बता सकता था। लोगों का कहना था कि वह केवल कृष्णकान्त से डरता था। कृष्णकान्त के क्या कहने! वह तो जंगलों में बड़े-बड़े पशुओं से जुड़े मधुर गीत गाता घूमता था और साथ में यह धमकी भी देता रहता था, ''मैं तब तक चैन नहीं लूँगा जब तक हाथीदाँत और हाथियों की तस्करी करनेवालों को नंगा न कर दूँ। मैं दरभंगा से आये तस्करों को सरकार को पकड़वा कर ही रहूँगा।''

कृष्णकान्त कहाँ चला गया है?

निमाई राभा का क्या होगा?

बाप रे, उनके लम्बे-लम्बे बाल और नुकीले दाँत! उनके तीखे नाखून!...ओ मेरे...!

अगली सुबह शहाबुद्दीन कुंकी को लेकर बड़े डिपो को लौट गया। कुंकी का परमिट खत्म हो चुका था।

बीस दिन ऐसे ही बीत गये। उसके सुनने में आया कि पट्टे में हाथी पकड़ा गया है। वह हाथी कुलसी के दूसरे तट पर बच निकला था।...एक नहीं, तीन-तीन हाथी बच निकले थे। ऐसा ही उसने सुना था।

शहाबुद्दीन को विश्वास नहीं हो रहा था कि तीन-तीन हाथी बच निकल सकते हैं। पर वह किसी को बताये भी क्या? वह केवल अपने ख्यालों को अन्दर-ही-अन्दर मथ सकता था।...अन्त में उसे एक राभा से पता चला था कि उसने कुलसी के तटों पर कुछ ऐसे चिह्न देखे थे जो व्यथा के सूचक थे। वह राभा हाथियों के लिए फल और चारा लाता था।

एक बात यह भी फैली थी कि शहाबुद्दीन कुलसी के तट पर दो बन्दूकधारी वनरक्षकों के साथ देखा गया है। यह बात बहुत निराली थी...शहाबुद्दीन प्रतिरोध में पट्टेदार के द्वार पर बिना हिले-ड़ले तब तक बैठा रहा जब तक कि बन्दूक वाले वनरक्षक उसके साथ नहीं किये गये। उसने कुछ भी खाने रो इनकार कर दिया था, यहाँ तक कि पानी भी नहीं पिया। एक दिन या दो दिन तक नहीं, पूरे तीन दिन तक। फिर वह बराबर घुटनों में सर छिपाये बैठा रहा था। वह जो इशारे करता, वे भी वही होते— बन्दूक, रक्षक...कुलसी का तट— खतरा! महावत की तरह वह एक कुंकी पर सवार भी हुआ। उसके पीछे दो वनरक्षक भी सवार हुए। उनके हाथों में बन्दूकें भी थीं।

दूर, वहाँ, सागौन के फूल थे जो गुच्छों में मकड़ी के जाले की तरह लटक रहे थे। वे कुम्हलाए हुए, सूखे फूल थे। पिछली बार जब वह गजेली के लिए

आया था, ये फूल ताजा दूध के रंग के दिखते थे। वे गंडकरोई, होलक, चाम, टिटासपो तथा खैरत के पेड़ों के बीच गये थे।

खुरपी से बार-बार कोंचने से हाथी के सर में जो घाव हो गये थे, उनसे उठनेवाली बदबू उसके नथुनों में घुसी जा रही थी। शहाबुद्दीन के पाँव हाथी के गले के पट्टे के नीचे खुद-ब-खुद ऐंठते जा रहे थे। वह पिछली बार महावत के नाते अपने जाने-पहचाने जंगल में आया था। उसके मन में कोई डर भी नहीं था। बल्कि उसका डर बिल्कुल गायब था।

किसे श्रेय दे वह इसके लिए? कृष्णकान्त को? निमाई राभा को? किसके कारण यह सब हुआ—निमाई राभा के कारण या कृष्णकान्त के कारण?

होलक के पेड़ से कुछ मोटी-मोटी बेलें नीचे लटक आयी थीं और बार-बार उसके बदन को छू रही थीं। चारों दिशाओं में, समूचे क्षेत्र पर, बड़ी विचित्र आभा फैली हुई थी। यह काफी घना जंगल था, जहाँ दिन में भी अँधेरा था। ऐसे अँधेरे में निमाई राभा की मृदु हँसी लहरियाँ बनकर बाहर आ रही थीं। कहीं-कहीं ऐसा भी लगता जैसे उसके सुनहरे-भूरे बाल, गिरगिट की त्वचा के रंग के, चारों ओर फैले हैं।

अगर कृष्णकान्त नहीं लौटा, तब?

'मैं गूँगा हूँ। मैं मुसलमान हूँ। अगर तुम मुझे स्वीकार नहीं भी करोगी तब भी कोई फर्क नहीं पड़ता। निमाई राभा, मैं भाई की तरह तुम्हारी देखभाल करूँगा।'

क्या वह इन विचारों को सामने ला सकता है? वह तो बेजुबान है। उसके पास तो वाणी है ही नहीं।...लेकिन उनका कहना था कि प्यार की कोई भाषा नहीं होती। उसकी माँ भी यही कहा करती थी—"खुदा प्यार है, प्यार खुदा है...। यहाँ भाषा की जरूरत ही कहाँ है?"

दूर से उसे सागौन के पेड़ पर बाँस के एक मंच की झलक दिखायी दी। बड़े फन्देबाज कृष्णकान्त ने इस मंच की ऊँचाई से हाथियों का एक झुण्ड देखा था। वहाँ बैठे-बैठे वह हर हाथी की ठीक-ठीक उम्र बता सकता था। वह ब्याई हुई हथिनी और कच्ची हथिनी के बीच भी पहचान कर सकता था। उसे बदमाश हाथियों की भी पहचान थी। उसे यह भी पता था कि किस हाथी की पीठ पर सोने के सिक्कों से भरी बोरी लादी जा सकती है और किस हाथी की पीठ पर सकजामा (सजावटी वस्त्र) जँचेगा। वह यह सब-कुछ जानता था। दरअसल, मंच की ऊँचाई पर बैठे-बैठे वह मजाक करता हुआ यह भी बता देता था कि कौन-सा हाथी सर्कस के लिए ठीक रहेगा, किस पर सरदार को बैठाया जाए, कौन मन्दिर के बाँसुरी बजाते देवता की मूर्ति का वजन सह पाएगा, कौन मस्त बहार

में पगला जाएगा...कृष्णकान्त इसी मंच पर बैठता था...या खुदा, उनके लम्बे-लम्बे बाल, नुकीले दाँत और तीखे पंजे...!

उस तम्बू का अब कुछ नहीं बचा था। उसके डण्डे, हाथियों की गले की रस्सियाँ, गुदड़ी हुई गद्दियाँ जिनके अन्दर उनकी आँतें तक दिखती थीं, अफीम के डिब्बे, गाय की खाल की तरह मुड़ी-तुड़ी पड़ी छोलदारी की तिरपाल—इन सबसे यही आभास होता था कि तूफान आया और निकल गया और जो कुछ उसके रास्ते में आया, उसे उसने रौंद डाला। उसे यह देखकर धक्का लगा कि सब-कुछ बरबाद हो चुका था।

बन्दूकधारी रक्षकों ने कहा, ''लगता है, जंगली हाथी पकड़ा गया है और उसे इधर से ले जाया गया है। इसीलिए दूसरे हाथी गुस्से से अन्धे हो गये और बदले की भावना से भर गये।''

राभा गाँव का एक खुजलाया हुआ कुत्ता लकड़ी का एक टुकड़ा चाटे जा रहा था। एक रक्षक उसे गौर से देखने लगा। वह मारे घबराहट के पीछे हट गया। लकड़ी का टुकड़ा सूखे खून के चकत्तों से भरा पड़ा था। किसका खून हो सकता है यह? हाथियों का खून है या किसी इन्सान का?

रक्षकों ने अपनी बन्दूकें अपने कन्धों से उतारकर अपने हाथों में ले ली थीं।

शहाबुद्दीन अब तक चुपचाप खड़ा था। वह अब जोर से चिल्लाया। रक्षक उसके निकट आ गये और यहाँ-वहाँ देखने लगे। बाँस की बाड़ के पास किसी ने सुपारी का पौधा बो रखा था। पौधे से कपड़े का एक टुकड़ा बँधा था।

इस बीच राभा लोग अपने गाँव से नीचे उतर आये थे। वे एक-एक, दो-दो करके आये थे। उनमें से एक शहाबुद्दीन के पास आ खड़ा हुआ और बोला, ''वह अब नहीं रही। वह इस जगह से हटती ही नहीं थी। आज उसके बाप ने उसके बर्तन एक ग्वाले को बेच डाले।''

उनमें से एक रक्षक ने पूछा, ''कैसे मरी वह?''

राभा के निवासियों ने कोई उत्तर नहीं दिया। उनकी नजरें जमीन में धँसती जा रही थीं। वे जैसे जमीन के भीतर दूर तक पहुँच जाना चाहती थीं।

एकाएक शहाबुद्दीन की नजर आंतें निकली गद्दियों तथा हाथी के गले की रस्सियों और पट्टों से हटकर निमाई राभा द्वारा पहने जाने वाले ब्लाऊज के एक टुकड़े पर पड़ी। देखते ही जैसे उसका सर घूम गया। उसने झपटकर ब्लाउज के उस टुकड़े को उठा लिया। उसका गला भर्राया हुआ था और उसके मुंह से कुछ अस्फुट शब्द निकल रहे थे। अब उसके होठों से लार बहने लगी थी और उसकी आँखें उसके सर से बाहर आने को थीं।

शहाबुद्दीन को उस भीड़ में एकाएक कृष्णकान्त की आवाज सुनाई दी। उसने मुड़कर देखा। कृष्णकान्त ही था। वह थोड़ा आगे आया और शहाबुद्दीन के सामने खड़ा हो गया।

...लेकिन कृष्णकान्त को पहचान पाना अब असम्भव हो रहा था। उसकी कलाई पर घड़ी थी, उसकी धोती बगुले के परों की तरह सफेद थी, और उसके कुर्ते के सोने के बटन चमचमा रहे थे। वह दरभंगा और दीनाजपुर के व्यापारियों की वेशभूषा में था।

शहाबुद्दीन के कन्धे पर हाथ रखते हुए वह बोला, ''मैं पट्टेदार की पगड़ी ढूँढ़ता-ढूँढ़ता यहाँ आया था। उसे वह पिछले दिनों मौज-मस्ती करते समय यहीं छोड़ गया था।''

अनुवाद : श्रवण कुमार

दूर से दीखती यमुना

आज मेरा मन हुआ कि बहुत दिनों से पहनती आ रही सफेद कपड़ों को बदल डालूँ। आज मेरा मन हुआ कि हरे रंग का जोड़ा पहनूँ। चौड़े माथे पर लगी तिल जैसी सिन्दूर की छोटी लाल बिन्दी को फैलाकर बड़ा कर दूँ। आज मेरा मन हुआ कि कटे खीरे के गुद्दे में जैसी माँग होती है—वैसी ही अपनी माँग में सिन्दूर इतना पोत लूँ कि गजों दूर खड़ा आदमी भी मुझे देखते ही पहचान जाये कि मैं एक ब्याहता औरत हूँ—अपने प्रिय पति की पतिव्रता स्त्री।

बरामदे में पड़े सोफे पर मैं बैठ गयी। ब्याहता जीवन की कई यादें इस सोफे के साथ जुड़ी हुई हैं। समय के प्रहार से सोफे की गद्दियों के वे कवर कुछ लटक-फटक गये हैं, जिन्हें अपने हाथों से सीया था। सोफे की पीठ पर आराम से सिर टिकाकर मैंने महसूस करने की कोशिश की— मानो मेरे पति अपनी हथेली से मेरी केशराशि को सहला रहे हैं। उस एहसास का स्मरण हो आया जैसे कि पति के सीने की मादक और परिचित गन्ध मुझे पूरी दुनिया को भुला देने की शक्ति रखती थी। यूँ इस तरह की बातें मैं याद नहीं करती हूँ। सोचने की इच्छा भी नहीं होती। इच्छा न हो आने का भी कारण तो है।

आज मेरे मन की हर अवस्था खुश-खुश है। आखिर, मैं माँ जो बनने जा रही हूँ। पतिदेव को यह खबर सुनाने के लिए मैं बेचैन हूँ। ऐसा लगता है कि इस खबर के बाद मैं असीम आनन्द के साथ दिन काट सकूँगी। सदा से मन में बने रहे, असन्तुष्टि के भाव को अब मैं प्रभावहीन कर सकूँगी।

मेरे पिता शिलाँग में नौकरी करते थे। माँ, पिताजी और एक पुराने नौकर मनो काका की देख-रेख में मैंने रंगहीन बचपन गुजारा है। मनो काका मानो मेरा रखवाला था। वही मनो काका मुझे स्कूल तक छोड़ने और घर लाने जाता। मेरे

खाने-पीने का ध्यान भी मनो काका ही रखता। वह साये की तरह मेरे साथ रहता।

मुझे कुछ-कुछ याद है—सर्दियों के मौसम में पाइन के सूखे पत्तों से मेरे घर के सामने वाली सड़क भर जाया करती थी। वे पत्ते वैसे ही नर्म और मुलायम होते, जैसे शैंपू से धोने पर युवतियों के बाल मुलायम हो जाते हैं। गन्धहीन फूलों से भरपूर उस गाँव का रूप थोड़ा-थोड़ा मुझे याद है। मनो काका का हाथ थामे मैं कई बार उससे पूछा करती थी, ''काका! वह गंजा पहाड़ क्या एकदम ऊँट जैसा नहीं लगता! है न?''

बचपन में मेरा पूरा समय मनो काका के साथ ही बीतता। हमउम्र बच्चों का साथ मुझे भाता नहीं था। मेरे इस स्वभाव के बारे में माँ-पिताजी मेरे मुँह पर ही बातें किया करते। इस बात से कभी-कभी पिताजी चिन्तित दीखते, लेकिन माँ के होंठों पर सन्तुष्टि-भरी मुस्कान तैर उठती।

मुझे याद है कि हमारे घर-बगीचे के नीचे वाले स्थान पर कुछ मकान थे। छोटे-छोटे मकान, बाँस से बने हुए। पंक्तिबद्ध बने। इन मकानों के आखिरी दो कमरों में कब से बड़े-बड़े ताले लटके हुए थे। सहसा एक दिन मैंने देखा कि वे बन्द कमरे अब खुल गये हैं। बरामदे के खम्भे और कुछ दूरी पर लगे नाशपाती के पेड़ के मध्य एक नारियल की जूट से बनी रस्सी भी बँधी हुई नज़र आयी। रस्सी पर दो छोटे फ्रॉक, एक पायजामा और चादर भी सूखते दिखायी पड़े।

मेरी नजरों ने पूरे बरामदे का मुआयना किया। बरामदे में मेरी हमउम्र एक लड़की बैठी थी। वह लड़की छोटे-छोटे कपड़ों और टूटे-फूटे डिब्बों की मदद से गुड्डा-गुड़िया के खेल में मस्त थी। अपने से हो बातें करते हुए, खेल में निमग्न वह लडकी।

उसे देखकर मेरा शायद पहली बार मन हुआ कि मैं भी उसके साथ खेलूँ। मुझे अभी भी याद है कि उसके साथ खेलने के लिए मेरा शिशु मन ललचा उठा था। पहली बार मेरी इच्छा हुई थी कि मैं किसी संगी-साथी के साथ मिलकर खेलूँ। उस दिन मनो काका ने माँ से कहा, ''आई! ड्राइवर का परिवार आ गया है। आई मानो की उम्र की उनकी बिटिया भी है, जिसने आते ही झरने के किनारे वाले आलूबुखारे की कच्ची कलियाँ नोंच डाली हैं। हमारी आई मानो उस लड़की की संगत में न पड़े, तो ही अच्छा!''

माँ के ललाट पर चिन्ता की लकीरें उगीं। वह चारों तरफ नजरें घुमाकर मुझे तलाशने लगी। उस वक्त मैं मास्टरजी से ट्यूशन पढ़ रही थी। कॉपी के

खाली पन्नों के साथ मेरा आत्म-संवाद जारी था। कोरे पन्नों में उस लड़की की शक्ल बार-बार उभर आती। कॉपी में मैं जो कुछ लिखती, वह उस लड़की की आँखों और चेहरे में बदल जाता।

उस दिन के बाद से मैं जैसे ही माँ और मनो काका की नज़रों से बचती, तभी छत पर चढ़कर मैं मुग्ध-भाव से बाँस के बने घरों की ओर ताका करती। मेरे बचपन का तमाम कौतूहल, उस मगन होकर खेलती लड़की को देखा करता।

मुझे याद है, एक दिन स्कूल से लौटकर मैंने दूध पिया और घर के बरामदे में निकल आयी। अचानक मैंने मानो अद्‌भुत दृश्य देखा, अपने कमरे से निकलकर वह छोटी लड़की मेरी तरफ आ रही थी। मैं चौंक उठी। साँप की चमड़ी की तरह चमकदार अपनी गोल-गोल आँखों से उसने मुझे देखा और कहा, ''आओ, हम घर से बाहर निकलकर, पुल के पास जाकर खेलें...झरने के ऊपर वह टूटा हुआ पुल है न...वहाँ!''

मानो मन्त्रबिद्ध होकर मैं उसके पीछे चल दी। ऊँचाई पर लगी गेट की कुण्डी को मैं उचककर खोलने का प्रयास कर ही रही थी कि किसी ने मेरे हाथ को पीछे की ओर खींच लिया। मैंने पलटकर देखा तो मनो काका को अपने सामने खड़ा पाया। बरामदे की सीढ़ियों में खड़ी माँ हम दोनों को घूर रही थी। वह छोटी लड़की भाग गयी, मानो किसी ने उसे चोरी करते पकड़ लिया हो। मैंने खुद को मनो काका की आड़ में छिपा लिया था।

उसी दिन से मनो काका मुझे पास के पार्क में दूसरे बच्चों के मध्य खिलाने के लिए ले जाने लगे थे। बाँस से बने मकानों के सामने से जब मैं मनो काका का हाथ थामे निकलती तो आखिरी कमरे में रहनेवाली वह लड़की मुझे देखकर मुँह टेढ़ा करके कहती, ''मेरी माँ कहती है कि तुम तो पिंजरे में कैद रहनेवाली मैना हो!'' तुम सिर्फ दूसरों की सिखायी गयी बातें ही दोहरा सकती हो!''

इस बात को मैं सुनती, लेकिन इसका अर्थ मैं न समझ पाती। मैंने मनो काका से इस बात का अर्थ जानना चाहा तो उसने कहा था कि यह सब बकवास है।

धीरे-धीरे उस लड़की का प्रभाव मन्द पड़ने लगा। उससे सामना होने पर अब मेरा बालमन पहले की तरह रोमांचित न होता। एकदम साथ-साथ रहने के बावजूद उसकी उपस्थिति का एहसास अब मुझे नहीं होता। ऐसा होना शायद मेरी

ही मजबूरी थी।

अब मैं स्कूली शिक्षा पाकर कॉलेज में आ गयी थी। मेरे बचपन के सारे कपड़ों को बाँस के बक्से में बन्द करके रख छोड़ा गया था। उन छोटे फ्राकों की बटन निकालकर, मेरे ब्लाउजों में टाँक दिये गये थे।

मैंने महसूस किया कि पहले की तरह मनो काका अब मेरे साये की तरह मेरे साथ नहीं घूमा करते हैं। फिर एक ऐसा वक्त भी आया कि मेरे सामने बोलते हुए मनो काका एकदम चौकस रहने लगे। मेरी दिनचर्या भी व्यस्तता से भर गयी।

सन्ध्या समय मुझे पूजागृह में दीपक जलाना पड़ता था और प्राय: आधा घण्टा मुझे 'लक्ष्मी चरित' या कोई अन्य धार्मिक पुस्तक का पाठ करना होता था। माँ के लिए न सही, मगर पिताजी को यह पाठ सुनना पसन्द था। कभी-कभी मनो काका भी कह उठते, ''आई मानो, थोड़ा जोर से पढ़ो। इनमें स्त्री-धर्म का वर्णन है। तुम्हें सब-कुछ पढ़ना चाहिए—गीता-रामायण-महाभारत और भागवत भी।''

इन ग्रन्थों को मैं मात्र पढ़ती थी। चन्दन की लकड़ी से बनी भगवान की मूर्ति के सामने बैठकर बातें करना मुझे अधिक अच्छा लगता था। इस निर्जीव मूर्ति के सामने बैठकर मनचाही बातें करने से मन को तृप्ति और शान्ति प्राप्त होती थी। इस बात को सोचकर मैं बहुत सन्तोष पाती। उस समय यह विश्वास दृढ़ हो चला था कि परम्परागत मान्यताओं और आस्थाओं में कोई शक्ति अवश्य वास करती है। यूँ कभी-कभार मैं ऐसे तर्कहीन विश्वासों पर हँस भी पड़ती थी। मगर फिर यह लगता था कि मैं ऐसी दोषपूर्ण बातें सोचकर कोई पाप ही कर रही हूँ। मैं फिर से धार्मिक ग्रन्थों में खो जाती।

माँ के सामने किसी उपन्यास को पढ़ने में मुझे संकोच होता और मैं उस किताब को लेकर छत पर चली जाती। माँ और मनो काका अब मुझे तलाश-तलाश कर परेशान नहीं हुआ करते। वे मेरे व्यवहार से अब सन्तुष्ट थे कि मैं एक निरीह, भोली-भाली ही लड़की हूँ।

फिर एक दिन मैंने अपनी छत से देखा कि बाँस के बने पंक्तिबद्ध मकानों के आख़िरी कमरे से निकलकर, लाल किनारेवाली साड़ी पहने एक नाटी, गोल-मटोल लड़की हमारे घर की ओर आ रही है। बरामदे में पड़े एक मूढ़े पर वह किसी पूर्व परिचित की तरह अनौपचारिक होकर बैठ गयी। मेरी आँखों में झाँकते हुए वह बोली थी, ''तुम पहले से कुछ मुटा गयी हो। गम्भीर भी रहने लगी

हो। तुम्हारी आँखों में अब चमक नहीं कौंधती।''

मैंने उत्तर दिया, ''तुम भी तो अब गम्भीर दीखती हो। पहले वाली शैतानियाँ भी अब तुममें नहीं रहीं।''

उसकी पलकें किसी पँखुड़ी की तरह हिलीं और शरारत से बोली, ''अब दूसरी तरह की शैतानियाँ करती हूँ...जिन्हें करने से मजा आता है...बहुत आनन्द मिलता है। आई मानो! तुम वह सब नहीं समझ पाओगी। मैं बचपन में तुम्हें पिंजरे में कैद रहनेवाली मैना कहा करती थी। याद है न!''

मेरे माथे पर पसीना चुहचुहा आया था। शायद इसलिए भी कि माँ और मनो काका एक बार दरवाज़े पर आकर हमें देख गये थे। जब थोड़ी देर बाद माँ ने नौकर के हाथों दो कप चाय भेजी, तब कहीं जाकर मैं सहज हुई थी।

चाय खत्म करने के बाद उसने लजाई निगाहों से मेरी ओर देखा और पीठ पर झूलती चोटी को दाएँ तरफ झुलाते और उसमें बँधे रेशमी रिबन को सहलाते हुए बोली, ''तुमसे एक काम था। अगर बुरा न मानो तो..''

मेरे मन में कौतूहल था। फिर भी सिर झटककर कहा, ''बुरा क्यों मानूँगी?''

''तुमसे इस चिट्ठी का जवाब लिखवाना है।'' चोली से चिट्ठी निकालकर उसने मुझे सुनाई।

कुछ समय के लिए मुझे तो जैसे साँप सूँध गया। ऐसे प्रणय-भरे पत्रों को मैंने किताबों में तो अवश्य पढ़ा था, लेकिन सचमुच का यह प्रेम-पत्र पढ़ा जाना तो मेरे जीवन में पहली बार घटित हो रहा था। मेरी स्तब्धता से उसे कोई मतलब नहीं था। वह कह रही थी, ''तुम तो पढ़ने-लिखनेवाली लड़की हो। इस चिट्ठी का एक बढ़िया-सा उत्तर लिख दो... आज ही।''

मेरे मना करने का कोई लाभ नहीं हुआ। वह कुछ इस तरह से मेरे पीछे पड़ी कि मुझे उत्तर लिखना ही पड़ा। जाने से पहले उसने मेरे कानों के पास होंठ लाकर फुसफुसाया, ''बुरा मत मानना, मैं कुछ दिन और तुम्हें कष्ट दूँगी।''

और फिर एक-दो दिन नहीं, कई दिनों तक मैंने सुनन्दा को प्यार की भाषा में पगी, मेरी निजी प्रेम भावनाओं से भरपूर चिट्ठियाँ लिखकर दीं। ये चिट्ठियाँ मैंने अलग तरह की खुशियों को मनाते हुए तैयार की थीं। बाद में मैं इस पत्र-लेखन में इतना रम गयी कि कभी-कभी मुझे भय लगता कि सुनन्दा शादी तय होने की खबर सुनाकर कहीं मेरे इस आनन्द-भरे स्वप्न को खण्डित तो न कर देगी!

एक दिन सुनन्दा की टिप्पणी सुनकर मैं चौंक ही गयी। उसका कहना था कि जो प्रेम-पत्र मैं सुनन्दा के प्रेमी के लिए लिख रही हूँ, वह दरअसल मुझे अपने प्रेमी को लिखने चाहिए थे। अपने प्रेम की भावनाएँ मैंने क्या सुनन्दा को भेंट कर दी थीं? मुस्कराते हुए बहुत मासूमियत से सुनन्दा ने मुझसे कहा था, "तुम्हारी चिट्ठी लिखने की कला से ऐसा लगता है कि तुम्हें इस काम का पहले से अभ्यास रहा है। सच बताना, क्या तुम्हें किसी ने कभी कोई ऐसी चिट्ठी नहीं लिखी?"

मैंने जवाब दिया था, "नहीं! मुझे कभी किसी ने कोई चिट्ठी नहीं लिखी।" लेकिन अगले ही पल जैसे मैंने पलट वार भी किया, 'कोई हिम्मत कर सकता है, मुझे चिट्ठी लिखने की?...और लिख भी दिया तो क्या मैं उसे यूँ ही छोड़ दूँगी!'

सुनन्दा का स्वर बड़ा ही सहज था , "इसमें हिम्मत करनेवाली कौन-सी बात हुई? जहाँ गहरा प्रेम होता है वहाँ शक्ति और साहस...सब अपने आप आ जाते हैं। और प्रेम तो पवित्र होता है...गन्दगी का उसमें भला क्या काम?"

मैं सुनन्दा की बात का जवाब ढूँढ़ ही रही थी कि दरवाजे के पास खड़ी माँ पर नज़र पड़ गयी। हम प्रेमियों को जैसे रंगे हाथों पकड़ लिया गया था। हम दोनों एकदम खामोश!

माँ ने शायद हम लोगों का वार्तालाप सुना नहीं था। सुनन्दा के जाने के बाद ऐसा लगा कि बहुत देर तक हम लोगों के मध्य होती बातचीत से ही वह असन्तुष्ट थी। माँ ने मुझे कुछ नहीं कहा था।

उसके बाद सुनन्दा कुछ ही और दिन मेरे पास आयी थी। क्योंकि कुछ ही दिनों बाद वे दोनों एक-दूसरे का जीवन इतनी खूबसूरती से जान रहे थे कि मेरी किसी भूमिका की उन दोनों के मध्य आवश्यकता ही नहीं रह गयी थी।

मैं क्रमशः एक असहज-सी स्थिति में घिरने लगी। मुझे बार-बार सुनन्दा की चतुरतापूर्ण बातें याद आतीं। वह कहा करती, "तुम इतनी सुन्दर हो...श्रीफल के पके गुद्दे-सा तुम्हारा जिस्म...लेकिन किसी के प्रणय-निवेदन से तुम वंचित हो!-प्यार से सराबोर दो बातें तुमने अपने लिए किसी से भी नहीं सुनीं!"

मुझे ऐसा महसूस होता जैसे मेरा यह युवा रूप किसी सुन्दर मूर्ति के समान निष्प्राण है। मानो मेरे भीतर का प्रणय निस्पन्दित है। इसी के होते शायद मैं किसी को अपनी ओर आकर्षित नहीं कर पाई। जीवन के बीसियों वसन्त ने मिलकर

जो बात मुझे नहीं सिखाई, वह बात एक साधारण-सी लड़की मुझे सिखाकर चली गयी।

ऐसे में वह दिन भी दूर नहीं रहा जब मैं बिलावजह लोगों से बहस करने लगी। बिना किसी ठोस कारण के मैं घरेलू नौकर के साथ झरने के आसपास सैर के लिए जाने लगी। झरने के किनारे पेड़-पौधोंवाला कृत्रिम रूप से निर्मित पार्क मुझे कभी आकर्षित नहीं करता था। मुझे तो झरने के ऊपरवाले इलाके में फर के पेड़ों की कतारोंवाला जंगल अच्छा लगा करता था। चुपचाप और अकेले में खिला हुआ बोगनबेलिया तो जैसे मुझे जान से भी प्यारा लगता।

जल्दी ही मैं अपनी आदतों से सकुचाने लगी। मेरी पलायनवादी मानसिकता की बनावट की पृष्ठभूमि में माँ, मनो काका और मेरे घर का परम्परावादी ढर्रा ही दोषी थे। मुझे ऐसा लगता कि बचपन से ही मैं चौकन्ने पहरेदारों के इशारों पर ही जीवन गुजारती चली आ रही हूँ। स्वतन्त्र निर्णय लेनेवाली बातों में मैं हमेशा पीछे ही रही। कहीं ऐसा न हो कि मेरी राय या रुचि से माँ-पिता का कुछ तिरस्कार हो जाए! मुझे याद आता है कि ड्रेसिंग-टेबल पर एक बार गुलदस्ता सजाते हुए माँ ने टोका था, ''देखो आई मानो, इन पीले फूलों के साथ, नीले से अच्छे तो सफेद फूल ही दिखेंगे।'' ऐसा कहते ही माँ ने गुलदस्ते से नीले फूलों को निकालकर, सफेद फूल सजा दिए ये थे। मेज के लिए कुछ नैपकिन सिले थे मैंने, जिनके कोनों पर फूलों की कढ़ाई की थी। माँ को धागे का रंग पसन्द नहीं आया था और मुझे वह कढ़ाई उधेड़नी ही पड़ी थी। इतना ही नहीं, बाहर जाते वक्त मैं जो कपड़े पहनती, माँ की पैनी नज़र उन पर भी रहती।

उनकी नज़र किसी आलोचक की नज़र होती और अन्ततः वह मुझे टोक ही देती, 'आई मानो, दुपट्टे को इस तरह तहाकर मत ओढ़ो, अच्छा नहीं लगता। इसके किनारे के साथ ब्लाउज का रंग मैच नहीं कर रहा है...और अगर एक ही चोटी बनानी थी तो माथे के बाल इतने ढीले नहीं रहने चाहिए थे।'

बग़ैर किसी हील-हुज्जत के मैं माँ की बातें मान लेती। मुझे लगता था कि मैं मेकअप करना नहीं जानती थी और जानती भी थी तो भौंडा करके। किसी और से तथा खासतौर से माँ से पूछे बग़ैर मैं कुछ भी तो नहीं कर सकती थी। कॉलेज या बाहर कहीं भी दिल खोलकर मैं किसी के साथ गपशप नहीं कर सकती थी। मेरी क्लास की अन्य छात्राओं को भी मेरा साथ पसन्द नहीं था।

तब मुझे लगने लगा कि मेरे चेहरे पर कोई गूँगा-सा भाव हमेशा टँका रहता है, जिसके चलते कोई भी मेरी ओर आकर्षित नहीं होता।

एक दिन ड्रेसिंग टेबल के सामने खड़ी होकर मैंने अपने चेहरे के एक-एक अंग को देर तक निहारा। बहुत दिनों से सँभालकर रखे गये काजल को अँगुली के पोर से आँखों में लगाया। बहुत उत्साह से बालों को व्यवस्थित किया। सँवारा! सूटकेस के उपेक्षित कोने में रखी मैरून कलर की साड़ी (जो कि मुझे पसन्द थी और माँ को नापसन्द) निकालकर बड़े चाव से पहनी।

दर्पण के सम्मुख स्वयं को देखा—यह कलर मुझ पर खूब फ़ब रहा था। दर्पण के सामने मैं बहुत देर तक खड़ी रही। इस तरह से सजकर मैं माँ, मनो काका या पिताजी के सामने थोड़े ही जा सकती हूँ? मुझे देखकर वे शायद हँसेंगे! सिर्फ हँसेंगे ही नहीं...

फिर से मेखला-चादर को लिया। जमे-जमाये बालों को फिर से खोलकर, कंघी करने लगी।

रात को सोने से पहले सोचती रह गयी कि अपना ऐसा बेरंग जीवन बना लेने के लिए किसे दोष दूँ? किसी अन्य पर दोषारोपण करना निरी मूर्खता ही होगी। अपने बेरंग और एक ही चाल में चलते जीवन के बारे में मैं स्वयं भी अनभिज्ञ थी। लेकिन सुनन्दा जैसी एक साधारण लड़की ने मुझे जता दिया था कि इस दुनिया से शिकायत करने की कोई गुंजाइश मेरे पास नहीं थी। मुझे किस रास्ते जाना है, यह बताने का काम किसी अन्य का है, मेरा नहीं।

ठीक ही तो है, मैं पिंजरे में कैद रहनेवाली मैना हूँ। बचपन में मुझे रास्ता दिखानेवाले थे, माँ-पिताजी, युवावस्था में पति और बुढ़ापे में सन्तान से पता चलेगा मुझे अपना रास्ता। इसी तरह बहुत-से कुलीन परिवारों की लड़कियाँ अपना जीवन व्यतीत कर रही हैं। माँ यह बात कहने का कोई अवसर नहीं चूकती हैं कि ऐसी ही लड़कियाँ सुखी रह सकती हैं। यह सुख शायद मेरे नसीब में भी लिखा है। उधर सुनन्दा है जो कहती है, ‘‘शादी के बन्धन से कसा हुआ प्रेम सत्य नहीं है। प्रेम तो अपने आप हो जाता है। प्रेम में कोई नियम या विवशता नहीं होनी चाहिए!’’

नहीं! मुझे इन बातों पर ध्यान नहीं देना चाहिए। सब लोग क्या इसी से सुखी नहीं हैं? लेकिन सबकी मानसिक बुनावट एक जैसी तो नहीं होती...।

लेकिन उस साधारण-सी लड़की की बातें...।

समय और बीता। मैं कुछ और परिपक्व हुई। मुझे अच्छा लगने लगा घण्टों

अकेले बैठना और स्वयं से बातें करना। फिर एक दिन ऐसा भी आया, जब मैंने एक नवीन बात का एहसास पाया।

हाँ, उस रोज कॉलेज से लौटने पर मैंने देखा कि माँ और मनो काका मुँह फुलाये बैठे हैं। इस समय माँ को कभी इस तरह से बैठे हुए नहीं देखा था। वह मुँह में पान ठूँसकर, रसोई में व्यस्त रहा करती। अपने पढ़नेवाले कमरे में गयी तो पाया कि उसमें एक पलंग बिछाया गया है। बुक रैक और टेबुल-लैम्प को भी मेज से हटा दिया गया है।

मैं समझ गयी कि घर में कोई मेहमान आनेवाला है। जब भी कोई मेहमान आता है, तो इस कमरे में एक पलंग बिछाया जाता है। मैंने माँ और मनो काका को धीमे स्वर में बातें करते हुए सुना। माँ की आवाज़ में रूखापन था, "मैं पहले ही से टाल रही थी, मगर आई मानो के पापा, स्वयं ही जाकर बुला लाये। एक जवान लड़का...कोई पता-ठिकाना नहीं! मुझे यह सब बिल्कुल पसन्द नहीं।"

"आई साहब ने बताया था कि वह लड़का शादीशुदा है। लेकिन कुछ ही दिनों पहले एक दुर्घटना में..."

वे दोनों बातें करते हुए रसोई की तरफ बढ़ गये। उनकी पूरी बातें मैं न सुन सकी। मैंने एक बार फिर से कमरे को देखा, तभी मनो काका की चिल्लाहट सुनाई पड़ी, "आई मानो, तुम्हारे पढ़ने के लिए दूसरा कमरा खाली किया है। अपनी किताबें-कापियाँ वहीं ले जाओ।"

ऐसे हर मौके पर यह कमरा मुझे छोड़ना पड़ता है, सोचकर मुझे गुस्सा आया। लकड़ी के बने सेल्फ के ऊपर अलग-अलग किस्म के कैक्टस वाले कुछ गमले मैंने रखे हुए थे। पढ़ने की तैयारी के दौरान उन्हें एकटक निहारना और उन पौधों की देखभाल, निराई-गुड़ाई करने की मेरी आदत बन चुकी थी। अब शायद बहुत दिनों तक यह सब छोड़ना होगा। मनो काका ने जिस जगह पलंग बिछाया है, वहाँ से बचकर सीधे गमलों तक पहुँचना भी आसान न होगा। इतना ही नहीं...

इतने श्रम से रोपा गया चन्दन का पेड़ और उस पर झूलती हुई जंगली गुलाब की बेल को भी मैं हमेशा देखा करती। गुलाब के पौधे में कितने पत्ते रोज निकले, पत्तों को कहीं कोई कीट-वंश कुतर तो नहीं रहा है...यही सब देखना मेरा नित्य नियम बन चला था। अब शायद उस बेल को देखने में संकोच होगा, क्योंकि वह मेहमान जैसे ही खिड़की खोलेगा—मैं उसे मात्र चार हाथ की दूरी पर ही खड़ी दिखूँगी। खिड़की खुली होने पर वह पलंग पर लेटे या बैठे हुए मुझे साफ दिखायी देगा।

अपने लिये तैयार किये गये कमरे में मैं कॉपी-किताबें, कैक्टस के गमले

और अपना पसन्दीदा कैलेण्डर ले आयी। यकायक मेरी आगन्तुक के बारे में जानने की इच्छा हुई। कुछ ही दिनों पहले किसी दुर्घटना में...कौन है वह व्यक्ति? मैंने कमरे को एक बार और अच्छी तरह से देखा। कहीं किसी कोने में मकड़ी का जाला तो नहीं? मेरी बुरी आदत...कहीं दीवार पर पेन्सिल से मैंने विष्णु दे की ये काव्य-पंक्तियाँ तो नहीं लिखी हैं—

> जिसने मुझे किया है प्यार हमेशा
> और चेहरा जिसका मैंने कभी नहीं देखा
> वह वामा की तरह, फाल्गुन...!

नहीं! यह सब मैंने दीवार पर नहीं लिखा है। शायद किसी कॉपी के अन्तिम पन्ने पर नोट किया हुआ होगा। अच्छा ही हुआ। यदि उस आदमी को पता चलता कि मैं इस प्रकार की कविता-पंक्तियाँ यहाँ-वहाँ लिखती हूँ तो वह शायद मुझे एक प्रेमातुर, चंचल लड़की ही समझता। या फिर सोचता कि मैं किसी के प्रेमपाश में फँसी हुई हूँ और इसीलिए दुनिया की सभी जगहों पर सिर्फ कविता ही देख पाती हूँ। हाँ, वह आदमी कैसे जान पाएगा कि एक साधारण-सी लड़की सुनन्दा ने मुझे कैसी बेशकीमती बातों से परिचित कराया है, या वह कैसे समझेगा कि मैं एक स्वत:स्फूर्त प्रेम से अब तक वंचिता हूँ— वह प्रेम जो आदमी को शक्तिशाली बनाता है— दुनिया में अमर रहने का प्रेरणा-स्रोत बनता है। वह आदमी कैसे समझ पाएगा कि अपने पति का प्रेम मुझे बलात् रूप से स्वीकार करना पड़ेगा किसी मशीन की तरह। ऐसा नहीं करूँगी तो जीवन विष बन जाएगा।

पिताजी दफ्तर से लौट आये थे। मैंने फिर से सुना कि पिताजी के मित्र का बेटा शादीशुदा है, लेकिन कुछ ही दिन पहले एक दुर्घटना में उसकी पत्नी की मृत्यु हो गयी है। यहाँ दफ्तर की किसी ट्रेनिंग के सिलसिले में आ रहा है। ट्रेनिंग खत्म होने तक यहीं रहेगा।

उस अपरिचित व्यक्ति के प्रति मन में सहानुभूति हो उठी। अपने हाथों से कमरे को साफ-सुथरा करने की उत्कट इच्छा भले ही नहीं जगी, लेकिन मन में सहानुभूति और दया भाव जाग ही उठा उसके प्रति।

और पिताजी के मित्र का वह बेटा आ ही गया! गोधूलि के वक्त वह घर पहुँचा था। पलंग पर गद्दे डालकर बिस्तर तैयार करने के बाद, घर की आवश्यक चीजों से परिचित कराते मनो काका, मेहमान को पूरे घर में घुमाते रहे।

यह अन्दाज लगाकर कि मेहमान शाम की सैर के लिए निकले हैं, मैं कमरे में घुस गयी। मनो काका ने बड़े सुरुचिपूर्ण ढंग से पलंग बिछाया हुआ था। कपड़ेवाली जगह में कुछ सफेद जोड़े रखे थे। ऊपरवाले सेल्फ में, जहाँ पहले कैक्टस के गमले रखे हुए थे, वहाँ अब अण्डाकार शीशा, कन्घा, क्रीम और टूथ ब्रश आदि रखे थे। उस सामान से बिखरती भीनी-भीनी खुशबू को मैंने महसूस किया।

अचानक मेरी निगाह मेज के नीचे पड़े एक रूमाल पर गयी। रूमाल का किनारा सुन्दर कढ़ाई से सजाया गया था। मैंने रूमाल को उठाकर उसे ध्यान से देखा। शायद उसकी मृत पत्नी ने इसे काढ़ा होगा! कढ़ाई बहुत महीन थी। शायद वह औरत इस कला में बहुत निपुण थी। वह खूबसूरत भी रही होगी, क्योंकि मैं जानती हूँ और दूसरे लोग भी कहते हैं कि केले के जैसे पैने और पतले-मुलायम हाथों से ही धागे का सुन्दर काम करना सम्भव होता है। खूँटी पर लटका हुआ सफेद खादी का कुरता। कुरते के गले के बटन टूटे हुए थे। देखकर मुझे अफसोस हुआ। यकायक उस आदमी के प्रति मन में प्रेम भी उमड़ा। शायद इस व्यक्ति को हर वक्त देखभाल करनेवाले एक साथी की सच्ची जरूरत थी। अपने छोटे-मोटे काम भी यह करना नहीं जानता है।

रात में कमरे की बत्ती जली। बत्ती जलने से पहले तक मैं सोने के कमरे, डाइनिंग स्पेस, बाहरवाले बरामदे...उन्हीं सब जगहों में टहलती रही जहाँ से मेहमान के कमरे के भीतर देखा जा सकता था। अन्त में मैं बरामदे के खम्भे से टिककर खड़ी हो गयी। कुर्सी पर बैठा वह आदमी कुछ पढ़ रहा था। उसके चेहरे का एक हिस्सा दिखायी दे रहा था, जिसे मैं एकटक देखती ही रही। मैं उस पर से नज़र नहीं हटा पा रही थी। मुझे लगता था कि जैसे मैंने इस आदमी को कहीं देखा है। उसकी आँखों को, होंठों को...जैसे मैं बहुत दिनों से जानती-पहचानती हूँ।

उसके बाद धीरे-धीरे सब-कुछ सहज होने लगा।...एक हाथ की दूरी पर उसने मेरे साथ बैठकर चाय पी। फिर ऐसी स्थिति भी आयी कि मैं उससे आँखें मिलाकर बातें करने लगी। उसने पढ़ाने में सिर्फ आधा घण्टा खर्च किया और एक कठिन अध्याय मुझे समझ में आ गया। फिर कुछ दिनों के बाद कैक्टस के गमलों को मैंने उनके पूर्व स्थान पर ही रख दिया।

कैक्टस के गमलों में पानी डालने के लिए अब मैं कृष्णेन्दु के सामने ही

नि:संकोच जाने लगी। परिवार के बाहर के किसी अन्य पुरुष से इस तरह से बातचीत करना पहली बार सहज सम्भव हुआ था।

मेरे मन और व्यवहार के इस खुले प्रदर्शन पर किसी का ध्यान गया था या नहीं, मैं कह नहीं सकती। लेकिन माँ और मनो काका के मध्य होते वार्तालाप के कारण मुझे सोचना पड़ जाता। मेरे सामने पड़ते ही माँ, पिताजी से यह पूछना कभी नहीं भूलती कि कृष्णेन्दु अभी और कितने दिन रहेगा?

मेरी व्यस्तताएँ बढ़ गयी हैं—कृष्णेन्दु को ठीक से भोजन परोसा गया है या नहीं? कृष्णेन्दु के कमरे में रखा पीनेवाला पानी रोज़ बदला जाता है या नहीं? कमरे के फर्श की सफाई ठीक तरह से हो रही है या नहीं! पहले मैं इन बातों पर ध्यान नहीं देती थी। मेरे इस बदलाव से मेरे बचपन के चौकीदार मनो काका भी आश्चर्यचकित हैं।

एक जिज्ञासा उभरी थी मन के भीतर। मैं मन-ही-मन स्वयं को इस बात के लिए तैयार करने लगी कि मौका मिलने पर कृष्णेन्दु से यह पूछा जाये कि शादी से पूर्व उसका पत्नी से परिचय था या नहीं? या यह शादी माँ-बाप द्वारा आयोजित की गयी थी? या प्रथम परिचय तभी हुआ था, जब वह दुल्हन बनकर तुम्हारे घर आयी थी? सवाल पूछने के लिए मेरा मन लगातार कुलबुलाता रहा।

कृष्णेन्दु घर में रहता तो मेरा दिल अजीब-सी खुशी और रोमांच से भरा रहता। मेरा ध्यान कृष्णेन्दु के चारों और परिक्रमा करता। उस मृत, ममतामयी स्त्री का स्मरण तब मुझे व्याकुल नहीं करता।

एक दिन मेरी तीव्र इच्छा हुई कि मैं सुनन्दा को बुलाकर लाऊँ और उसे बताऊँ कि यही है मेरा पुरुष। उसके प्रति जो प्रेम मेरे मन में है, उसका मुकाबला धरती का कोई अन्य सुख नहीं कर सकता। लेकिन...नहीं। मेरे भीतर जो एक गूँगा-सा संस्कार विकसित है—वही इस भावना की अभिव्यक्ति में आड़े आ गया। मेरे मन में सवाल फिर से हरा हो गया—मैं तुम्हारे प्रेम की अधिकारी तभी हो सकती हूँ जबकि तुमने शादी पूर्व पत्नी को प्रेम न किया हो। अर्थात् उसके प्रति तुम्हारा प्रेम, स्वत:स्फूर्त न होकर, मशीनी भाव से उत्पन्न हुआ हो। तुमने विवशतावश पत्नी का प्रेम स्वीकार किया हो।

बड़े दिन की छुट्टियाँ हो गयी थीं। दिसम्बर महीने की बर्फीली ठण्ड मुझे हमेशा अच्छी लगती है। अँगीठी के पास बैठकर खुली खिड़की से झाँकती जंगल की शोभा को निहारना मुझे बचपन से ही पसन्द रहा है। इसी स्थान पर बैठे हुए

निकट के चर्च से हवा के साथ बहकर आती क्रिसमस ईव के गीत की मीठी धुन सुना करती और यही धुनें मुझे बर्फ से घिरे दुर्गम क्षेत्रों, पहाड़ों और गुफाओं में ले जाया करतीं।

साथ वाले कमरे में मैंने कृष्णेन्दु के खाँसने की और उसकी पदचाप सुनी। लम्बे-चौड़े ड्राइंगरूम के एक कोने में बनी अँगीठी के पास मैं अकेली बैठी थी। कीमती लक्कड़वाला सोफा, मेज के नीचे बिछा हुआ मिर्जापुरी कालीन, शंखाकार संगमरमर के फ्लावर पॉट में ताजे डालिया, चम्पा के फूल...सबकुछ बहुत शान्त था। उबले हुए आलू जैसी मुलायम फूलों की कोमल पँखुड़ियों ने मुझे फिर से याद दिलाया—हाँ, किसी ने मेरी आँखों में आँखें डालकर नहीं कहा कि तुम ही मेरा प्रेम हो...कृष्णेन्दु ने भी नहीं!

'क्योंकि सूर्य, आकाश, नक्षत्रों से
प्रेम की ऊर्जा अधिक है
अधिक है शक्ति भी...
इसीलिए
जैसे चिड़िया पंखों में छिपा लेती है प्रेम
हमारे हृदय को आच्छादित करता है प्रेम
हमारे रक्त की अनियमित गति प्रेम के स्पर्श
से हो जाती है संयमित!'

मैंने बीस वसन्त भला कैसे तंग नज़रिये से गुजर जाने दिये! मेरी कल्पनाओं में जीवन्त लेकिन व्यवहार में मृतप्राय—प्रेम का स्वीकार्य। ये बातें एक साधारण-सी लड़की सुनन्दा ने मुझे याद दिलायीं। सचमुच उसने मुझे याद दिलाया कि माँ-पिताजी के तथाकथित अहं और आत्म-सम्मान के पिंजरे में एक भोली-सी लड़की, प्यार के पलों की चाहत में घायल मासूम-सी लड़की क़ैद है। इसीलिए मैं भीड़ के बीच या यकायक किसी का सामना करने का साहस भी नहीं जुटा सकी। अँधेरी रात में पहाड़ी साँप की तरह चमकती किसी की आँखों की मैं कभी कामना ही न कर पायी। मेरे इस मुखौटे को सुनन्दा ने नोंचकर फेंक दिया। तब मैंने जाना कि प्रेम की इस आदिम चाहत को, आकर्षण को आधुनिक शिक्षा और सभ्यता कभी नहीं बदल सकते। दुनिया के और तमाम व्यवहारों को संस्कार से सजाया-सँवारा जा सकता है, लेकिन प्रेम के मामले में यह सब व्यावहारिक नहीं हो सकता।

साथ वाले कमरे में कृष्णेन्दु के खाँसने की आवाज आयी। मैं कृष्णेन्दु की

पत्नी की कल्पना करने लगी। अगर इस समय वह यहाँ होती तो क्या करती? कृष्णेन्दु की कुर्सी के पास बैठकर वह शायद पति के लिए स्वेटर बुन रही होती। बाहर से आती ठण्डी हवा जितनी तेजी से उसके बालों को बिखेरती—उतने ही गतिशील होते जाते उसके हाथ स्वेटर बुनने में। या फिर शायद वह...

नहीं-नहीं! जाने दो! मुझे लगा कि वह बहुत अभागी औरत थी। लेकिन उसके दुर्भाग्य पर मेरे अन्दर जितनी दूर तक और जिस गहराई से दुःख उपजना चाहिए था, वैसा न हो पाने का एहसास मुझे था।

मैं उठी और बरामदा पार करते हुए कृष्णेन्दु के कमरे की चौखट पर जाकर खड़ी हो गयी। परदा हटाकर एक तरफ कर देने की इच्छा को मैंने रोका। फिर धीरे-धीरे चलकर वापस लौट आयी। उस दिन की घटना सहसा फिर से याद हो आयी।

यह घटना मुझे अक्सर याद आती है और याद करते हुए एक संकोच और सिहरन से मैं काँप जाती हूँ। कृष्णेन्दु बीमार था। कोई गम्भीर बीमारी नहीं, बल्कि सर्दी-खाँसी...बुखार! हर रोज कॉलेज के लिए निकलने से पहले मैं बरामदे में आयी धूप के चकत्ते में खड़ी होती। वहाँ से सीधे-सीधे दिखायी देनेवाले कृष्णेन्दु के पलंग पर देखा तो पाया कि वह लेटा हुआ है। कृष्णेन्दु के अशक्त चेहरे को देखते ही मैंने फैसला कर लिया था कि आज मैं कॉलेज नहीं जाऊँगी। आज मैं कृष्णेन्दु के पलंग के किनारे बैठी रहूँगी और कोई मुझे वहाँ से उठा भी नहीं सकेगा!

और मैं सचमुच कृष्णेन्दु के पलंग के बराबर में बैठ गयी थी। माँ आश्वस्त होकर दोपहर में थोड़ी देर झपकी लेने चली गयी थी। बुखार के कारण कृष्णेन्दु लेटा था। कुछ देर बाद कृष्णेन्दु ने आँखें खोलकर देखा था। मेरी उँगलियाँ कृष्णेन्दु के बाल सहला रही थीं। कृष्णेन्दु की तपती हथेली ने मेरे हाथों को छुआ और वह क्रमशः मेरे कन्धों तक पहुँच गयीं। उस गर्म हथेली का ताप आनन-फानन में मेरे पूरे शरीर को थरथरा गया। लेकिन जब कृष्णेन्दु ने मेरी आँखों में झाँका तो उसका हाथ मेरे कन्धों से विलग हो गया। मेरी नजरों में कोई भाव कभी होता ही नहीं था—मानो ठण्डे पानी की एक ठहरी हुई बूँद!

इसके बाद कृष्णेन्दु के व्यवहार में थोड़ा संकोच घुल आया था। लेकिन मैं हमेशा सावधान बनी रहती। कृष्णेन्दु को कुछ कहने का कभी मौका नहीं दिया। मैं धीरे-धीरे जान रही थी कि कृष्णेन्दु को मैंने मन से चाहा है, इस शरीर से

कभी नहीं।

अँगीठी में दहकते हुए कोयले को लोहे की छड़ से तोड़ते हुए मैंने एक बार पुनः सोचा कि मैं मानो कोई गलती कर रही हूँ। अर्थात् मैं कृष्णेन्दु को समझा नहीं पायी हूँ कि मैं क्या हूँ!

कृष्णेन्दु ने दूसरी बार खाँसा था। मैं उठी। हर एक कमरे में चोर निगाहों से झाँका मैंने। ऐसा लगता है कि माँ आजकल मुझ पर शक करने लगी है। यह तो होना ही था। नहीं...! कृष्णेन्दु को बुला लायी। दिसम्बर महीने की ठण्ड को मानो पलंग पर बिठाकर, वह उसके बीच में बैठे हुए था। मेरे कहने पर वे ड्राइंगरूम में आ गये।

हमारे बीच घर-परिवार की छिटपुट बातें होती रहीं। लेकिन मेरा बार-बार कृष्णेन्दु से यही बात पूछने का मन होता रहा कि क्या उसका विवाह पूर्व अपनी पत्नी से परिचय था? था तो वह कितने दिनों का?

नहीं-नहीं! यह बात कैसे पूछी जा सकती है? और यदि उत्तर मिलेगा तो मेरा मन किस दिशा की ओर दौड़ लगाएगा—यह भी मैं कह नहीं सकती थी।

'एक कप कॉफी हो जाए! गर्म कॉफी?'

कृष्णेन्दु ने स्वीकृति में सिर हिलाया। कुछ ही देर में मैंने कॉफी का कप कृष्णेन्दु के हाथ में पकड़ाया और कुर्सी पर बैठ गयी। कृष्णेन्दु ने कहा, ''तुम नहीं लायी अपने लिए?''

''नहीं, मेरा मन नहीं है।''

लेकिन मैं मन में सोच रही थी, ''क्यों!'' आधा कप कॉफी प्लेट में ढालकर क्या तुम मुझे साग्रह नहीं दे सकते थे? अगर तुम ऐसा प्रस्ताव करते तो मैं कहती कि तुम पी लो। बाद में आधा कप मेरे लिए छोड़ देना...!

मैंने सोचा कि कुछ कच्चे कोयले अँगीठी में झोंक दूँ ताकि उसके धुएँ से मेरे चेहरे पर छाई बेचारगी ढँक जाए। अच्छा होगा कि इससे मेरे भीतर का आवेग भी अस्पष्ट हो जाएगा।

काफी देर हम दोनों खामोश बैठे रहे। सिर्फ एक हाथ-भर दूरी थी हमारे मध्य, लेकिन हम दोनों जैसे दो अलग-अलग दुनियाओं में विचरण कर रहे थे। मैं जानती हूँ कि हम दोनों के सोचने का ढंग एकदम अलग है। घुटनों पर टिके मेरे जड़ हुए से हाथों को कृष्णेन्दु ध्यान से देख रहा था। उसकी नजर में कविता की भाषा का प्रवाह है—

'दो—अपनी हथेली को
मेरी मुट्ठियों में समा जाने दो

आज यों ही बता दो मुझसे
कि मन तुम्हारा
क्या चाहता है।'

मैंने अपनी कुर्सी को खींचकर कृष्णेन्दु से कुछ दूर कर लिया है। गर्म चादर से मैंने शरीर को इस तरह ढाँप लिया है कि मेरी उँगलियों के अलावा उसे और कोई अंग न दिखे।

कुछ दिनों के बाद मेरी शादी हो गयी। दफ्तर की ट्रेनिंग खत्म होने के बाद कृष्णेन्दु भी चला गया था।

शादी के बाद अपने नये जीवन में सहज भाव से प्यार पाने की लालसा में मैं कोई कमी नहीं आने देती। लेकिन समय के प्रहार मुझ पर बरसने लगे थे। मेरे पति ने मुझसे शादी इसलिए की थी कि मैं उसके बच्चे पैदा करके, उसका वंश आगे बढ़ा सकूँ। ऐसा नहीं था कि उनके प्रति आकर्षण के कारण मैं उनके पास आयी होऊँ। जैसे ही मुझे इस बात का आभास होता, मैं आत्मघृणा से भर उठती। लेकिन यदि कल्पना में मैं पति के स्थान पर कृष्णेन्दु को लाकर खड़ा करती, तब भी मुझे कुछ अजीब-सा महसूस होता। मैं माँ-पिताजी को विवश कर सकती थी कि वे कृष्णेन्दु के साथ मेरी शादी कर देते। लेकिन कृष्णेन्दु के साथ एक ही बिस्तर पर सोने की मैं कल्पना भी नहीं कर सकती। मैं शारीरिक रूप से कृष्णेन्दु की होना नहीं चाहती...कृष्णेन्दु तो मेरे पूरे अस्तित्व में समाहित है...एक अन्य रूप में...उस रूप का किसी भी भाषा में वर्णन करना सम्भव ही नहीं है।

धीरे-धीरे मेरे मन से प्रश्न सूखने लगे।

अपनी शादी से पहले...कुछ ही दिन पहले, मैं अपनी उस हमउम्र मृत लड़की को और उसके मन की दुनिया को समझ गयी थी। इलायची के पेड़ की छाया जब कृष्णेन्दु के कमरे की पूरबमुखी खिड़की पर आती थी, तब मैं कॉलेज से लौटती थी। घड़ी देखे बग़ैर उस छाया को देखते हुए मैं अपने कमरे में घुसती थी। कभी-कभी कृष्णेन्दु के ठहरनेवाले कमरे में ही मेज पर कॉपी-किताबें टिकाकर, आराम करती हूँ। मन में कृष्णेन्दु की आवा-जाही का अनवरत क्रम चलता रहता है।

एक दिन ऐसी ही ध्यानमग्न अवस्था में मैंने महसूस किया कि मैं दूसरी लड़की में तब्दील हो गयी हूँ। उस लड़की में जिसका रूप वर्णन मैंने सैकड़ों

वर्ष पूर्व लिखी किसी कविता में पढ़ा था—वह लड़की भी ऐसे ही अपने पति का इन्तजार किया करती थी। उसके घुँघराले बालों में फँसा हिरण की आँखों की तरह—ऐसा ही उसका पति था। उस लड़की के माथे पर यह दृश्य प्रतिबिम्बित होता था—मानो प्रलय के दिन की दोपहर का आकाश। उसके ललाट पर खिंची चिन्ता की लकीरें रणक्षेत्र के सैनिक की तलवार की तरह चमकतीं। पलकें मानो दो काली मछली हों या फिर चाँद एकादशी का। पलकों की थिरकन से उठा बवण्डर, दिन-रात के शान्त वातावरण को आलोड़ित कर डाले।

ऐसी ही एक स्त्री का रूप मेरे मन में उभरा—कृष्णेन्दु की स्त्री। हाँ, शायद उसकी पत्नी ऐसे ही रूप की स्वामिनी थी। एक बार माँ-पिताजी की बातों से सुना था मैंने कि वाकई सुन्दर थी। सिर्फ इतना ही नहीं, जीवन को उसने एक गीत समझ लिया था। घर के किसी सदस्य को वह दुःखी नहीं देख सकती थी। तो कृष्णेन्दु को! यह कैसे सम्भव था?

ऐसी ही सब बातें जेहन में आतीं तो मेरे मन से प्रश्न सूखने लगे थे। मैंने सुना कि विवाह से पूर्व ही कृष्णेन्दु को अपनी पत्नी से बहुत प्रेम था। उससे विवाह करने के लिए वह घरवालों से झगड़ भी पड़ा था। उस स्त्री की अपूर्ण आशा की पूर्ति भला मैं कैसे कर सकती हूँ? मैंने कल्पना की थी कि पके फल की तरह एक गौरवर्ण देह मुलायम बिस्तर पर निस्पन्द हो रही थी...उसके शरीर को कृष्णेन्दु ने ध्यान से नहीं देखा था—उसने देखा था समग्र विश्व की ज्योति को अपने में समाये उन आँखों को जो जीवितावस्था में सदा हँसी में डूबी रहती थीं और जो अब अन्तिम समय में भी हँसते-हँसते ही बन्द होती जा रही थीं—अपने पति की गोद में सिर टिकाए...किसी असीम आनन्द में डूबे-डूबे।

आखिर मैंने एक फैसला किया। मैंने अपने आपको सान्त्वना दी—तुम्हारे दिल में मेरा प्रेम हमेशा खिलता रहेगा। तुमसे दूर रहकर भी मेरा प्रेम उस तरह जीवित रहेगा—जैसे कि किसी घने जंगल में एक पेड़ की छाया में चुपचाप खिला हुआ एक वनफूल!

बाल सँवारते हुए मैंने माँग को ठीक से बिठाया। बालों के बीच मेरी माँग ऐसे दृश्यमान थी, जैसे पेड़ों की पंक्तियों के बीच फैली कोई सड़क चमकती है। मैंने माँग में सिन्दूर लगाया। ऐसे कि गजों दूर खड़ा आदमी भी देखते ही पहचान जाये कि मैं शादीशुदा स्त्री हूँ। अपने हाथों से कढ़ाई का काम की हुई एक साड़ी सूटकेस से निकाल लाई। मेरे पति की पसन्द है यह साड़ी। कुछ दिनों पहले

तक मैं यह नहीं सोचती थी कि मुझे क्या पहनना अच्छा लगेगा या कि घर को किस तरह से सजाना चाहिए। लेकिन माँ बनने के एहसास ने मेरे मन की खिड़कियाँ खोल दी हैं। शुरू-शुरू में मेरे पति मेरे भावुक होने की बात का काफी मजाक बनाते थे। इस बात पर कभी-कभी मैंने उन्हें खीजते भी देखा है। मगर वे शान्त रहते थे। अचानक मुझे उन पर प्यार आया। मैंने चाहा कि वे सुखी और सन्तुष्ट रहें। इच्छा हुई कि इस बात के लिए मैं कोशिश करूँ। इसलिए उनकी पसन्द का ख्याल रखने लगी। अपने वैवाहिक जीवन में उनकी सुख-शान्ति के लिए मैंने कोई प्रयास नहीं किया था। मैं तो अपने तक ही सीमित रही। सब्जी की टोकरी से फूलगोभी निकाल लायी। स्टोव पर कढ़ाई चढ़ाकर मैं अच्छी तरह सब्जी बनाने लगी। आज ऐसा करने का बहुत मन हुआ।

सब्जी बनाकर निपटी तो सारे कमरों को जाँचा-परखा कि सफाई में कोई कमी तो नहीं रह गयी है। दरवाजे के पास धूल तो इकट्ठा नहीं हो गयी है या मेजपोश गन्दा तो नहीं है। सोफे की गद्दियों को ठीक से जमा दिया। गर्म गद्दों को छूकर मन बड़ा प्रसन्न हुआ। नर्म गद्दे...जैसा कि आनेवाला शिशु का कोमल बदन हो। कमरे की पश्चिम दिशा की ओर की, कभी भी न खुलनेवाली खिड़की को आज खोल दिया। आसमान में पंचमी का चाँद है। चाँद के ठीक ऊपर कुकुरमुत्तों की शक्ल में बादल ढँके हुए हैं। चाँद ने घूँघट निकाल रखा है जैसे।

इस शाश्वत और शान्त सौन्दर्य की तरफ देखकर मैंने सोचा कि कृष्णेन्दु से मुझे शुभकामनाएँ प्राप्त हों। नहीं, मुझे नहीं—वह मेरे बच्चे को आशीर्वाद दे। मेरी सन्तान एक लड़की हो...एक सहज लड़की। वह बहुत-सी बातों से दूर रहे। वह अपने पति के प्रेम को दुनिया का सर्वोच्च प्रेम समझे। जैसे सुनन्दा और कृष्णेन्दु की मृत पत्नी समझती थीं। उसका प्यार स्वत:स्फूर्त हो।

सुनन्दा के चिढ़ाने के लिए वह पिंजरे की मैना न हो। वह साफ मौसम की हवा की तरह सहज और पारदर्शी हो। वह एक लड़की हो! ऐसी लड़की जो यौवन की पहली बारिश में भीगकर समझ सके दुनिया के कष्ट और यथार्थ। वह जो कह सके अपने प्रेमी को कि मान-अपमान की दुनिया से मैं भाग आयी हूँ, तुम्हारे प्यार के साये में छुपना चाहती हूँ...तुम छिपा लो मुझको।

मुझसे ऐसी कन्या को जन्म मिले, जिसे अपनी माँ का छिपाया हुआ दु:ख छू भी न सके।

मेरा भावी शिशु लड़का न हो, एक लड़की हो—सहज, शान्त, गम्भीर और एक सुखी लड़की!

अनुवाद : श्रवण कुमार

परसू का कुआँ

जब सभी दोस्त चलते बने, तो परसू अपने को लाचार महसूस करने लगा। उसकी समझ में यह नहीं आ रहा था कि वह करे क्या! चौराहे के निकट, बड़े अंजीर के पेड़ के नीचे, लखीमपुर के सभी बेरोजगार युवक हर रोज इकट्ठे होते थे और घण्टों बतियाते रहते थे। परसू भी उन्हीं में से एक था। कोई नहीं जानता था कि वे कहाँ चले गये हैं। पर परसू जानता था। वे चाहते थे कि परसू भी उनके साथ चले। लेकिन अगर वह चला जाता तो उसके बीमार भाई की देखभाल करनेवाली उसकी माँ की कौन मदद करता? परसू उनके साथ नहीं गया, इसका एक कारण यह भी था। वे चाहते थे कि वह भी उनके साथ गोला-बारूद का इस्तेमाल सीखे। उसे उस सड़क के बारे में भी जानकारी दे दी गयी थी जिस पर से उन्हें जंगल में से गुजरना था। उन्होंने उसे बताया था कि यदि वह उनका साथ देता है तो उसे पैसे की बिल्कुल कमी नहीं रहेगी। उसके बीमार भाई के इलाज में भी कोई रुकावट न आती, क्योंकि उसके परिवार की देखरेख के लिए उन्हें काफी पैसा मिल जाता। इसके बावजूद परसू ने उनका साथ नहीं दिया और इसका नतीजा यह हुआ कि मित्र-मण्डली में उसे कायर कहा जाने लगा।

वैसे पढ़ाई में भी परसू कोई खास अच्छा नहीं था। पर दोस्तों का साथ न देने का यह कोई कारण नहीं था। मेहनत तो उसने बहुत की थी, फिर भी वह दसवीं पास नहीं कर पाया था। दसवीं की परीक्षा देने के बाद उसने नौकरी पाने की जी-तोड़ कोशिश की थी, पर वह असफल ही रहा था। किसी ने उससे कहा था कि वह छोटे-छोटे ठेके ले। इससे उसका गुजारा तो ठीक से चलेगा ही, हो सकता है कि थोड़ा-बहुत पैसा भी वह जुटा ले।

परसू ने अब विभिन्न सरकारी महकमों के नोटिस-बोर्डों पर नजर दौड़ानी शुरू कर दी थी। ये महकमे थे— लोक निर्माण, रेशम उत्पादन, इत्यादि। उन लोगों के टेण्डरों के सम्बन्ध में जिज्ञासु रहने लगा। वह सेना को तरह-तरह का माल

उपलब्ध कराने के लिए भी छोटे-छोटे ठेकों पर नजर रखता। केवल लखीमपुर में ही नहीं, गुवाहाटी जैसे दूर के बड़े शहर में भी।

परसू की शक्ल-सूरत ऐसी नहीं थी कि किसी का ध्यान उसकी ओर जाए। वह लम्बा, पतला और काले रंग का था। बाल उसके घुँघराले थे और आँखें बड़ी-बड़ी थीं। उन आँखों में एक प्रकार की कोमलता थी जो किसी को भी निरस्त्र कर सकती थी। जिस समय वह गुवाहाटी में था, उसे अपने एक मित्र से बिना कैरियर वाली एक पुरानी साइकिल मिल गयी थी। उसकी कमीज की आस्तीनें फटी हुई थीं। लगातार पहनने के कारण उसकी रबड़ की चप्पलों की एड़ियाँ घिस चुकी थीं और उसके पास इतने पैसे भी न थे कि वह नया जोड़ा खरीद पाता। संक्षेप में, वह जीर्ण-शीर्ण अवस्था में था।

जिन दिनों वह गुवाहाटी में था, उसके सुनने में आया कि रेशम के कीड़े पालनेवाला विभाग छोटे-छोटे ठेके देता रहता है और उनके लिए वह कोशिश कर सकता है। जैसे ही उसने यह सुना, वह कार्यपालक अभियन्ता के कार्यालय में जा पहुँचा और वहाँ पूछ-ताछ करने के लिए घण्टों इन्तजार करता रहा। गर्मी भी बला की थी और बारिश भी हो जाती थी। पर उसने किसी की परवाह नहीं की, वहाँ डटा रहा। अब पान वाले भी उसे पहचानने लगे थे। उस कार्यालय के अधिकारियों और कर्मचारियों के लिए भी वह अपरिचित नहीं रहा था। वे उस पर हँसते और उसका मजाक उड़ाते।

उस कार्यालय में तीन व्यक्तियों ने टेंडर भरे थे। उन्हें रेशम के कीड़ों के लिए जाली के घर बनाने थे। इस काम के लिए ग्यारह हजार रुपये की राशि स्वीकृत हुई थी, पर काम सात हजार रुपए में ही पूरा हो गया था और इस तरह चार हजार रुपये बच गये थे। इस तथ्य की खबर जैसे ही कुछ बेरोजगार युवकों को लगी, वे रेशम के कीड़े पालनेवाले दफ्तर में चले आये। वे यह जानना चाहते थे कि क्या उनका विभाग बचे पैसे से कोई छोटा-मोटा काम करवाना चाहेगा। ये सब लोग जरूरतमन्द थे। सभी गरीब थे। उनके चिथड़े हुए कपड़े तथा फटे जूते इसकी गवाही दे रहे थे। आक्रामकता का तो उनमें नामोनिशान तक न था। वे तो एक-दूसरे की तरफ ठीक से देख भी नहीं पाते थे। हाँ, इत्तफाक से यदि उनका आमना-सामना हो जाता तो वे बड़े-बड़े ठेकों की बात करते और कहते कि इस छोटे ठेके में उनकी कोई रुचि नहीं है— क्या मिलेगा उन्हें इससे? ज्यादा-से-ज्यादा दस हजार? और इससे कम भी तो हो सकता है।

जून का महीना था और गर्मी पूरे जोरों पर थी। परसू कार्यपालक अभियन्ता के कार्यालय के सामने बैठा था। वह चाहता था कि उसे ठीक-ठीक उत्तर मिल

जाए। वह पीपल के पेड़ के साये में बैठा था और उसकी खस्ताहाल साइकिल उसके पास पड़ी थी। उसे पता चल गया था कि एक खास वक्त पर अभियन्ता महोदय अपने हाथ-पाँव फैलाने अपने कक्ष से बाहर आते हैं।

वह पसीने-पसीने हो रहा था। उसका गला सूखा हुआ था। सुबह से उसे खाने को कुछ नहीं मिला था। अब तक कार्यपालक अभियन्ता का कार्यालय लोगों से खचाखच भर गया था। उनमें से कुछ मायूस होकर लौट गये थे और कुछ की उम्मीद बँधी रही। कुछ ऐसे भी थे जिन्हें केवल इन्तजार था, निश्चित रूप से कुछ भी नहीं कह सकते थे कि उन्हें ठेका मिलेगा या नहीं।

दोपहर के दो बज रहे थे। परसू अब भी वैसे ही झुलसा देनेवाली गर्मी में खड़ा था। उसे लगा जैसे शरीर की समूची शक्ति उलीच ली गयी है। साहब की अपने कक्ष से बाहर आने की कोई उम्मीद नहीं दिखती थी।

पास से गुजरते हुए एक व्यक्ति ने उससे पूछा, ''वक्त क्या होगा?''

''दो बज चुके हैं। आज साहब अपने कमरे से बाहर नहीं आएँगे क्या?''

परसू ने अपनी कमीज की आस्तीनों से अपने माथे का पसीना पोंछा। साहब अपनी कुर्सी पर उसी तरह विराजमान थे और दफ्तर का काम निपटा रहे थे। परसू की आँखों में वह इतना रच-बस गये थे कि वह उनके जूतों से ही उन्हें पहचान सकता था। उनके सर के बाल नदारद थे, लेकिन उनकी काठी मजबूत थी। जहाँ वह खड़ा था, वहाँ से वह उनकी मोटी नाक का बड़ा-सा मस्सा भी देख सकता था।

अब वह एकाएक चीख-सा पड़ा, ''साहब बाहर आ रहे हैं। वे अपने कमरे से बाहर आ रहे हैं।'' उसने उन्हें अपनी कुर्सी से उठते देख लिया था।

वह उनकी ओर दौड़ता-सा बढ़ा। वह इस कद्र पस्त हो रहा था कि उसे यह भी नहीं पता था कि उसे साहब से क्या कहना है, हालाँकि उसे काम की जरूरत भी थी और काम उसे केवल इन्हीं से मिल सकता था। आखिर पैसा तो काम करने से ही मिलेगा।

दुहरी ठुड्डी-वाले मोटे साहब की समझ में नहीं आ रहा था कि मामला क्या हो सकता है। वह जोर से बोले, ''माजरा क्या है? मैं क्या कर सकता हूँ तुम्हारे लिए?''

''हुजूर, मेरे सुनने में आया है कि आपके पास जो पैसा बचा है, उसमें कुछ और मिलाकर आप कोई और काम करवाना चाहते हैं।''

''कौन-सा पैसा बचा है?'' साहब ने रूखेपन से पूछा। बात उनकी समझ में नहीं आ रही थी।

"हुजूर, कीटों के लिए जाली के घर बनवाने के बाद जो पैसा बचा था।"

"वाह! तो तुम्हें पता चल गया है कि हम लखीमपुर में कुआँ खुदवाना चाहते हैं? पर अभी तो हमने उसके बारे में कोई फैसला नहीं किया है। सुबह से ही लोग उसके बारे में पूछताछ कर रहे हैं।"

परसू मामला हाथ से जाने देना नहीं चाहता था। उसने मिन्नत-समाजत करनी शुरू कर दी, यहाँ तक कि वह भिखमंगों की तरह गिड़गिड़ाने लगा। "हुजूर, हम बहुत गरीब हैं। हम लखीमपुर के निकट एक गाँव में रहते हैं। मैं अपने भाई की कैमोथेरापी (रसोचिकित्सा) करवाना चाहता हूँ। वह बीमार है। मैं बड़ी मुश्किल से उसे गुवाहाटी के मेडिकल कॉलेज के अस्पताल तक ला पाया हूँ।" वह अपने भाई की बीमारी को लेकर इतना दु:खी था कि वह बड़ी मुश्किल से अपने आँसू रोक पाया।

भारी डील-डौल वाला वह अधिकारी कुछ कदम पीछे हट गया। वह परसू जैसे लोगों से कोई सम्पर्क नहीं रखना था, वापस अपने कमरे में जाना चाहता था। इसलिए उसकी भवें चढ़ गयीं और उसने रूखेपन से कहा, "अपना नाम बताओ। एक महीने से ज्यादा हो गया, मैं तुम्हें निरन्तर अपने कमरे के बाहर मँडराता देख रहा हूँ। क्या नाम है तुम्हारा?"

"परसू पटोर।"

"बहुत ही गरीब हो न तुम? अपनी साइकिल की मरम्मत तक नहीं करवा पाये और उस पर लखीमपुर में कुआँ खोदने का ठेका लेना चाहते हो?"

"हुजूर, कुछ मत पूछिए। बुरी हालत है मेरी। मेरा भाई सख्त बीमार है। उसके इलाज पर ढेरों पैसा खर्च आयेगा। कृपानिधान, किसी भी तरह मेरी मदद कीजिए।"

"मैं तुम्हारी परेशानी समझ रहा हूँ। पर तुम तो, लगता है, ऐसी हालत में भी नहीं हो कि जमानती रकम दे सको। आओ, मैं तुम्हें साफ-साफ बता दूँ कि तुम्हें क्या-क्या करना है। इमारतें खड़ी करने की दर 1991 में बढ़ा दी गयी थी। पर सैनिटरी से जुड़े या जल आपूर्ति सम्बन्धी कामों की दर वही पुरानी है, 1984 वाली। अगर तुम्हें यह काम मिला भी, तो वही पुरानी दर पर मिलेगा। हाँ, लेकिन इस समय मैं निश्चित रूप से कुछ नहीं बता सकता। मैं तुम्हें यह भी नहीं बता सकता कि हम टेण्डर कब माँगेंगे..."

जब परसू अधिकारी की बात पूरे मनोयोग से सुन रहा था, उस समय वहाँ कुछ और लोग भी थे जो ऐसे ही किसी ठेके के इच्छुक थे। परसू ने केवल यहीं अपना दम नहीं लगाया था, वह और भी कई कार्यालयों पें गया था ताकि उसे

इमारत की मरम्मत या उससे मिलता-जुलता कोई भी काम मिल जाए। इसके लिए उसने सभी औपचारिकताएँ भी निभायी थीं और छपे हुए फार्मों पर रसीदी टिकट लगाकर आवेदन कर रखा था। पर वह तो दूसरी कहानी है, यहाँ बताने की जरूरत महसूस नहीं हो रही।

परसू को अपने कानों पर विश्वास नहीं हुआ जब उसने सुना कि लखीमपुर में कुआँ खोदने का ठेका उसी को मिला है। अपने सहपाठियों की निगाह में वह कुछ भी नहीं था। उनका तो यही कहना था कि वह जिन्दगी में कुछ भी नहीं कर पाएगा। और भी कई लोगों की यही राय थी। वे कहते, वह बिल्कुल बेकार है। उसके दो मित्र, ज्योति और पवन, असम के एक गैर-कानूनी राजनीतिक संगठन, संयुक्त मुक्ति मोर्चा में, जो सशस्त्र और भारत के खिलाफ है, शामिल हो गये थे। जबकि परसू अपनी जगह ही बना रहा। मोर्चे में शामिल होने के उनके अपने कारण रहे होंगे, सम्भवतया वे मौजूदा हालात से परेशान हों। उन्हें इस बात से निराशा हुई कि परसू मोर्चे में शामिल नहीं हुआ। उन्हें लगा कि उसमें साहस की कमी है। वे सरायपुंग के भूमिगत शस्त्र प्रशिक्षण शिविर में चले गये थे। सुनने में यह भी आया कि वे सघन प्रशिक्षण के लिए म्यांमार के काचीन नाम के स्थल पर भी गये थे। जिस रास्ते से वे गये थे, वह घने जंगलों में से होकर जाता था। एक बार, केवल क्षण-भर के लिए, उसकी नजर पीपल के एक पेड़ के नीचे, अपने बचपन के दोस्त, भोला पर पड़ी थी। वह भी असम की मुक्ति के लिए किन्ही भूमिगत संगठनों में जा मिला था। अनाज के खेतों की मेड़ों पर भरपूर उगनेवाली लम्बी-लम्बी घास में छिपते-छिपते वह अपनी प्रेमिका, बकुल, के साथ मिलता था। हर किसी को बकुल और भोला के प्रेम का पता था। लखीमपुर जैसे छोटे-से कस्बे में यह बात किसी से छिपी न रह सकी।

हवा के चलने पर, लम्बी-लम्बी घास के बीचों-बीच, परसू ने दूर से ही बकुल के भरे-भरे बाजू और जंघाएँ देखी थीं। उसकी पीठ पर छितराये लम्बे काले बाल सर्प की तरह फन काढ़े दिखायी दे रहे थे। हवा में झूमती लम्बी घास उसके कुमुदिनी समान धवल शरीर से आ रहे प्रकाश की धारा में नृत्य करती लग रही थी। ये प्रेमी-प्रेमिका वहाँ क्या कर रहे हैं? क्या वे एक-दूसरे को चूम रहे हैं? क्या वे एक-दूसरे को अपने आलिंगन में ले रहे हैं। और यह भी तो हो सकता है कि वह उससे कह रहा हो कि वह भी उसकी तरह हथियार उठा ले? पर यह कोई असाधारण बात तो न होगी। आखिर, उनके गाँव की ही लड़की, पार्वती,

ने काचीन में शस्त्र चलाने का प्रशिक्षण लिया ही था।

बकुल से परसू भी प्रेम करता था, पर उसकी इतनी हिम्मत नहीं हुई कि वह उस तक अपनी बात पहुँचा दे। उसका यह प्रेम मन में ही रहा, प्रतिदान न मिलने पर उसे टीसता रहा।

भोला की नजर जैसे ही परसू पर पड़ी, उसने अपने को बकुल की भुजाओं से मुक्त किया और चिल्लाया, "ओ परसू, चल तू मेरे साथ सरायपुंग के हमारे शिविर में। मेरी बात ध्यान से सुन, जब तक तू हममें शामिल नहीं होगा, तब तक तुम्हारी हालत नहीं सुधरेगी। हमेशा तू काम की तलाश में नंगे पाँव मारा-मारा फिरेगा। गरीबों की हालत तब तक नहीं सुधरेगी जब तक कि उनके लिए जमकर कदम नहीं उठाया जाए। चल आ, आ, हमारे साथ चल। हमारे संघर्ष में हमारा साथ दे। गरीबों का उद्धार तभी हो पाएगा।"

परसू तेज कदमों से ऊँची, खुली भूमि की ओर बढ़ गया। वह भूमि नदी की रेत इत्यादि के जमा होने से बनी थी। वह अपने मित्र, भोला, से बचने की कोशिश में था। वह भोला अपनी प्रेमिका को वहीं छोड़ उसकी ओर दौड़ा चला आया।

"तुम्हारे जैसा कोई युवक छोटे-से ठेके के लिए भीख माँगता हुआ दर-दर भटके, इसकी क्या जरूरत है? मेरी तरह बन्दूक क्यों नहीं उठाते?" और फिर उसने अपनी बन्दूक की चमकती नली परसू के हाथ में थमा दी।

"पकड़ो इसे, मेरे दोस्त!" भोला ने पूरा जोर लगाकर कहा था।

परसू को भोला की आकृति अब ठीक से दिख पायी थी। अब वह साफ देख रहा था कि उसकी टाँगों पर बड़ी-बड़ी जोंकों के काटे के कई निशान हैं। जंगल के गंदले पानी और दलदल में से जब वह निकल रहा होगा उस समय इसे जोंक ने काटा होगा। उसकी ठुड्डी पर भी गहरा घाव था। वह उससे पूछ नहीं सका कि यह घाव कैसे हुआ? यह उस समय हुआ होगा जब सेना की टुकड़ी से उसकी अचानक मुठभेड़ हो गयी या उस समय जब वह बन्दूक चलाना सीख रहा होगा?

बहरहाल, परसू किसी कीमत पर भी भोला के साथ जाने को राजी नहीं हुआ, हालाँकि उसके मित्रों ने उसे हर तरह से समझाया और उसे आश्वस्त करने की कोशिश की। उसकी माँ अकेली उसके बीमार भाई की देख-भाल कैसे कर सकती थी? वह तो इधर हर वक्त ठेके की खोज में ही लगा रहता था, इसलिए उसकी माँ ही उसके भाई को इलाज के लिए गुवाहाटी लेकर गयी थीं। दामोदर, यानी उसका भाई, अब पहले से कुछ बेहतर था, पर उसके सर के बाल पूरी

तरह झड़ चुके थे। इस वजह से वह काफी निराश हो गया था! घर के एक कोने में बैठा-बैठा वह इसी के बारे में सोचता रहता। जीवन के प्रति उसकी रुचि खत्म हो चुकी थी। किसी से बात करना तो दूर, वह किसी की तरफ देखता तक नहीं था। अपने चन्द-एक खेतों के धान को बेचकर उसकी माँ को जो पैसा मिला था, उसे वह बेटे के इलाज पर खर्च कर चुकी थी। परसू का मामा इस कोशिश में था कि उन्हें लड़के के इलाज के लिए कुछ सरकारी सहायता मिल जाए। लेकिन अभी तक कुछ भी नतीजा सामने नहीं आया था। परसू के कन्धों पर जो जिम्मेदारी आ पड़ी थी, उसे वह अच्छी तरह समझता था। इसलिए वह भोला की तरह अपने गाँव को छोड़ नहीं सकता था।

उधर भोला अपनी तरह से परेशान था। उसकी समझ में नहीं आ रहा था कि परसू उसके साथ चलने को तैयार क्यों नहीं है? आखिर, उसने अपनी नफरत उड़ेलते हुए कहा, "तो पटकते रहो हाथ-पाँव ऐसे ही गुलामों की तरह।" उसने उसे और भी बुरा-भला कहा और वापस लम्बी घास की ओर बढ़ गया। बकुल वहाँ उसका इन्तजार कर रही थी।

2

कार्यपालक अभियन्ता के कार्यालय में परसू की मुलाकात चक्रधर मण्डल से हो गयी। मण्डल लम्बा-चौड़ा, सुडौल व्यक्ति था। वह हमेशा अपनी शक्लोसूरत का खास ख्याल रखता, कपड़े पहनने में तो और भी एहतियात बरतता था। वह ढीले-ढाले कुर्ते पहनता और उस समय के फैशन के मुताबिक अपनी धोती की लांग अपने कुर्ते की जेब में खोंसे रहता। पाँवों में वह कपड़े के जूते पहनता था। रंग उसका साँवला था, मूँछें घनी थीं और नाक तीखी थी।

परसू को जैसे ही उसने देखा, वह बड़े उत्साह से उससे मिलने के लिए आगे बढ़ा—"अरे परसू, तुम भाग्यवान हो कि तुम्हें यह ठेका मिला। लेकिन एक बात का ख्याल रखना, यह लोक निर्माण विभाग का ठेका नहीं है, रेशम उत्पादन विभाग का ठेका है। इसमें तुम्हें ज्यादा पैसा नहीं मिलेगा। अगर यह लोक निर्माण विभाग का ठेका होता, तो तुम्हें अच्छी प्राप्ति होती—पैसों की भी और सामान की भी। लेकिन रेशम उत्पादन विभाग के पास ज्यादा पैसा नहीं है, न ही पैसा अदायगी का तरीका ढंग का है। कोई सामान तो तुम्हें ये उपलब्ध कराएँगे नहीं। और जिस तरह का तुम्हें काम मिला है, उसकी दर भी 1984 से वही-की-

वही है। इसलिए पुरानी दर पर ही भुगतान होगा। क्या कुआँ खोदने का तुम्हारा यह काम गोगामुख में फार्म हाउस की मरम्मत के काम के अन्तर्गत नहीं माना जाएगा?''

मण्डल जैसे सब-कुछ जानता था, आगे बोला, ''परसू, तुम असम्भव को सम्भव करने की कोशिश में लगे हो। इस तरह के काम के लिए तुम्हारे हाथ में फौरन छह-सात हजार रुपया होना चाहिए। तुम्हें रिंग के अलावा और भी हर तरह के सामान की जरूरत पड़ेगी। इस काम में तुम्हें मजदूरों की मदद भी चाहिए। इसके लिए तुम्हें वहाँ मिशिंग जनजाति पर निर्भर रहना होगा और उनकी उजरत का हर रोज भुगतान करना होगा। वे बेहद गरीब हैं। इसलिए तुम एक दिन के लिए भी उनकी उजरत नहीं रोक सकते। साथ ही तुम्हें उनके खाने की व्यवस्था भी करनी होगी।''

परसू अपने हाथ जोड़ते हुए तथा चेहरे पर लाचारी का भाव लाते हुए गिड़गिड़ाया, ''आप जानते ही हैं कि हम बहुत परेशानी में हैं। मेरा भाई सख्त बीमार है और पिताजी का अचानक देहान्त हो जाने से हमें हर प्रकार की दिक्कतों का सामना करना पड़ा है। इस वक्त हम अपनी जमीन खुद नहीं जोत सकते, इसलिए मजबूर होकर हमें उसे बटाईगीरों को देनी पड़ी। उपज का आधा हिस्सा वे ही ले जाते हैं...।''

मण्डल में इतना धैर्य नहीं दिखता था कि वह परसू के परिवार के सामने आयी परेशानियों के बारे में विस्तार से सुने। इसलिए उसने उसकी बात काटते हुए कहा, ''मैं जानता हूँ कि तुम्हारा परिवार इस समय संकट से गुजर रहा है। लेकिन तुमलोग हमेशा इतने गरीब नहीं रहे और अब भी तुम्हारी माँ के पास कुछ जेवर तो बचे ही होंगे।''

इस पर परसू फट पड़ा, ''नहीं, नहीं, मेरी माँ के पास अब कोई जेवर नहीं बचा है। हमें अपने भाई के इलाज पर इतना खर्च करना पड़ा कि हम कंगाल हो गये हैं। अब आपकी सहायता पर निर्भर हैं। आपने कइयों की सहायता की है।''

मण्डल ने अपने घुंघराले बालों के बीच आहिस्ता से अपनी अँगुलियाँ फिराईं। बालों के ये घूँघर उसने बड़े यत्न से एक सैलून में बनवाये थे। बोला, ''मैं डिबोरू के रहमत पठान से तुम्हें कुछ रकम उधार देने के लिए कह सकता हूँ। लेकिन जब तक हम उसके पास कोई जेवर गिरवी नहीं रखेंगे, वह मानेगा नहीं।''

''ठीक है,'' परसू ने कहा, ''मैं अपनी माँ से पूछँगा।''

''हाँ, जेवर की अगर व्यवस्था हो जाए, तो मैं तुम्हें विश्वास दिलाता हूँ,

तुम्हें कर्ज मिल जाएगा।''

परसू मण्डल के साथ रहमत पठान से मिला। रहमत का रसूख दूर-दूर तक था—यानी, जुनाई, लखीमपुर, गोगामुख और डिबारू नदी के किनारों पर बसी बस्तियों में। अपना हुक्म मनवाने और पैसों की वसूली के लिए उसने कई हट्टे-कट्टे मुस्टण्डे पाल रखे थे। यह पैसा बहुत कम समय के लिए सूद पर उधार देता था।

देखारी नाम के छोटे-से कस्बे के एक तालाब के किनारे कुछ तम्बू गड़े हुए थे। एक तम्बू के बाहर रहमत पठान लकड़ी की एक कुर्सी डाले बैठा था। उसके पास ही, जमीन पर, उसका एक वफादार सेवक बैठा था। वह देखने में काफी तगड़ा था और अपनी टाँगें मोड़कर पुट्ठों के बल बैठा हुआ था। अफगानिस्तान से आये उस पठान ने, जिसे इधर के लोग अधिकतर काबुलीवाला कहते थे, असमिया भाषा पर अच्छा अधिकार प्राप्त कर लिया था। 'काबुलीवाला' का शाब्दिक अर्थ वह व्यक्ति है जो काबुल, यानी अफगानिस्तान से आया हो। पर उसे पठान भी कहा जाता था, क्योंकि वह उसी नस्ल का था। नाम तो उसका रहमत खाँ था, पर देहात के लोगों ने उसे कई नाम दे रखे थे।

पठान का रंग गोरा था, पर उसमें कुछ लाली मिली हुई थी, इसलिए वह पके गैंबोज फल की तरह दिखायी देता था। कद था उसका छह फुट, शरीर पेशीदार और उसकी बिना बनाई दाढ़ी लाल-भूरे रंग की थी। परसू समझ नहीं पाया कि काबुलीवाला की दाढ़ी रंगी हुई थी या यह उसका स्वाभाविक रंग था। आँखें उसकी नीली थीं, बरौनियाँ लगभग लाल थीं, साथ ही गाल पर काला मस्सा था और चेहरा सिकुड़ा हुआ था। परसू ने ऐसा गोरा रंग पहले कभी नहीं देखा था। वह अपने ध्यान से तभी बाहर आया जब मण्डल ने पुकारकर कहा, ''परसू, पठान को बालियाँ दिखाओ।''

लेकिन काबुलीवाला परसू की शक्लोसूरत से प्रभावित नहीं हुआ और न ही उसने बालियों के प्रति कोई उत्सुकता दिखायी—''अरे, यह इतना दुबला-पतला छोकरा क्या करेगा? इसके हाथ-पाँव में तो बिल्कुल जान नहीं है। कैसे दूँ पैसा इसे उधार?''

मण्डल ने परसू की वकालत की, ''रहमत भाई, आपको ऐसा नहीं बोलना चाहिए। पहले बालियाँ ठीक से देख लो, फिर कर्जा देने के बारे में फैसला करना।''

रहमत पठान का सहायक परसू पर हिकारत से हँसा। परसू की हिम्मत जाती रही। क्या वह वाकई इतना कमजोर दिखता था?

पठान तो वाकई उस जेवर को बिलकुल नहीं देखना चाहता था। बोला,

''डिबारू और देखारी के किनारे-किनारे घूमते हुए मैंने कई तरह के असमिया जेवरात देखे हैं। मुझे अब तुम कुछ भी नया नहीं दिखा सकते।''

लेकिन चक्रधर मण्डल उन लोगों में से नहीं था जो आसानी से हार मान लेते हैं। वह अपनी बात पर अड़ा रहा, ''पठान भाई, आपने गौर किया होगा कि असम के पुराने जेवर असली सोने के होते हैं। आज बाजार में जैसे जेवर मिलते हैं, वे वैसे चौदह कैरट या अठारह कैरट के नहीं होते। राजा रुद्र सिंह के जमाने में एक खास जाति के अनेक असमिया परिवार अच्छा जौहरी बनने के लिए वाराणसी गये। कुछ समय पहले कुछ तथाकथित निचली जाति के लोगों ने भी जौहरी का हुनर सीख लिया ताकि उन्हें ऊँची जाति के जौहरी कहलाने का हक मिले।''

रहमत पठान हँसने लगा। उसके अधिकांश दाँत काले पड़ चुके थे, लेकिन उनमें एक दाँत ऐसा था जिस पर उसने सोने का पतरा चढ़वा रखा था। वह चमक रहा था। परसू ने जब वह दाँत देखा तो वह दंग रह गया। उसकी जेब में अपनी माँ की बालियाँ पड़ी थीं जिन्हें उसने एक रूमाल में बड़े सलीके से बाँध रखा था। उसकी माँ ने उन्हें उसे सौंपने में एक क्षण भी नहीं लगाया था, हालाँकि उसे उन्हें सौंपते समय बहुत बुरा लगा होगा।

गिरवी के लिए अपनी बालियाँ देते समय उसकी माँ ने कहा था, ''परसू, मुझे तुम पर पूरा भरोसा है। मुझे विश्वास है कि तुम समय पर पूरी रकम चुकता करके इन बालियों को छुड़वा लोगे।''

परसू उस समय पसोपेश में पड़ा हुआ था। वह अपनी माँ के जेवर गिरवी नहीं रखना चाहता था। इसलिए वह बोला, ''माँ, दामोदर को कैमोथेरापी के लिए गुवाहाटी मेडिकल कॉलेज में जाना ही होगा। अगर मैं उस समय तक अपना काम पूरा न कर पाया तो उसके इलाज के लिए पैसे कहाँ से आएँगे?''

माँ ने तब उसे झिड़का और कहा कि वह उस हालत में वह सब करेगी जो पेट भरने के लिए उसने पहले किया था, ''मैं फिर जड़ी-बूटियाँ खोजूँगी और उन्हें बाजार में बेचकर थोड़ा-बहुत कमाने की कोशिश करूँगी।''

पर परसू ने माँ की बात पर ध्यान नहीं दिया था, ''न, न, माँ! मैं अब तुम्हें जंगल में जड़ी-बूटियों की तलाश में जाने नहीं दूँगा। पेचिश के लिए अब सरकारी डिस्पेंसरी में आसानी से दवाइयाँ मिल जाती हैं। लोगों को वहीं जाने दो। तुममें अब इतनी ताकत नहीं है कि तुम जड़ी-बूटियों को पहले पीसो और फिर उनमें से सत्त निकालो। अब तो कुएँ से पानी की बाल्टी खींचते वक्त तुम्हारे हाथ-पाँव काँपते हैं। अब इस उम्र में इतना खटने की जरूरत नहीं है।''

परसू की माँ की आँखों में आँसू आ गये थे। उसे उसने छिपाने की कोशिश की। वह समझती थी कि अब उससे ज्यादा मेहनत नहीं होगी, बल्कि उसे आराम की जरूरत है। लेकिन जब बेटा इतना बीमार हो, तब माँ को कैसे चैन पड़ सकता था! दूसरे, उसे उसके इलाज के लिए ढेर-सारे पैसे की भी तो जरूरत थी।

पठान के कपड़ों से तम्बाकू की बासी गन्ध आ रही थी जो परसू को परेशान कर रही थी। परसू को लगा कि यह व्यक्ति बड़ा शातिर होगा, शातिर और हृदयहीन, शार्क मछली की तरह।

पर न-नुकर करते हुए भी पठान मण्डल की बात मान ही गया। वह बोला, ''कौन जाने इन बालियों से एक हजार रुपया भी वसूल होगा कि नहीं और तुम पेशगी सात हजार रुपये चाहते हो! मैं तुम्हें केवल पाँच हजार रुपये दूँगा और उसी दर पर सूद वसूल करूँगा जिस पर दूसरों से करता हूँ। तुम्हें डेढ़ महीने में मेरा पैसा वापस करना होगा। बाद में बहाने न बनाना। मैं एक नहीं सुनूँगा। मुझसे यह नहीं कहना कि तुम्हारे बिलों का अभी भुगतान नहीं हुआ।''

मण्डल ने पठान को भरोसा दिलाया और कहा, ''चिन्ता मत करो। जैसे ही काम पूरा होगा, हम बिल पास करवा लेंगे। अधिकारियों से मेरी अच्छी पटती है और कार्यपालक अभियन्ता को तो मैं खूब अच्छी तरह जानता हूँ। इसलिए बिल पास करवाना बिल्कुल मुश्किल नहीं होगा।''

वापसी में वे जंगल में से लम्बे-लम्बे साल के पेड़ों के नीचे से होते हुए आये। वैसे तो परसू पर भलाऊ के लम्बे पेड़ की चोटी पर बैठी फाख्ताओं का जादू काम कर रहा था, पर उसके मन में वही सब-कुछ चल रहा था जो उसने पठान के शामियाने में देखा और सुना था। उसकी माँ का तो उसके बारे में यही विचार था कि शायद वह दूसरों से काम निकालने में उतना चतुर नहीं है, या शायद वह दूसरों से अपनी भावनाएँ छिपा नहीं सकता। इसीलिए वह बचपन में उससे बराबर कहती रहती कि वह और होशियार बने और यह भी कि जो तुम कहते हो वह उतना महत्वपूर्ण नहीं, यह कैसे कहते हो— वह महत्वपूर्ण है। परसू उस समय अपनी माँ के कथन का मर्म समझ नहीं पाया था, लेकिन अब जबकि वह मण्डल को पठान से बात करते देख रहा था, वह मर्म उसकी समझ में आ गया था। लेकिन क्या वह कभी भी वैसी शैली अख्तियार कर पाएगा? असम्भव! लखीमपुर में मण्डल ने परसू के लिए स्थानीय कामगार ढूँढ़ने में भरपूर सहायता की। दूसरे कामों में भी उसने उसकी उतनी ही सहायता की। उन्हें दो तो मिशिंग

जनजाति के कामगार मिले और चार बिहार के। प्रत्येक कामगार की दिहाड़ी चालीस रुपये तय हुई।

परसू ने यह भी निर्णय लिया कि वह हर कामगार के लिए खुद ही खाना तैयार करेगा। इससे कुछ रकम तो बचेगी ही। उसके भाई की हालत तो ऐसी थी कि वह मुश्किल से ही बिस्तर से हिल पाता था—हर वक्त उसकी माँ को उसकी तीमारदारी करनी पड़ती थी। घर में परसू अपनी माँ का पूरी तरह हाथ बँटाता रहता, ज्यादातर खाना वही बनाता। इसी के चलते वह खाना बनाना भी सीख गया।

कुआँ खोदने के लिए रेशम उत्पादन विभाग के ओवरसियर द्वारा एक भूखण्ड चिह्नित कर दिया गया। वह भूखण्ड लाइमेकोरी के उत्तर में, जंगल के एक कोने में स्थित था और चोम के पेड़ भरे पड़े थे। काम शुरू करने से पहले परसू जल देवता की पूजा करने के लिए विनत भाव से उस भूखण्ड की ओर बढ़ा। कामगार लोग उसके पीछे-पीछे हो लिये। वैसे तो वह साफ-सुथरी कमीज-पाजामा पहने हुए था, पर उसकी रबड़ की चप्पल फटी हुई थी।

कामगारों को खोज निकालना कोई आसान काम नहीं था। इसलिए वह उन्हें खोजते-खोजते हलकान हो गया था। दुबला होने के कारण पाजामा और कमीज जैसे उस पर झूल रहे थे। दरअसल, वह इस कदर दुबला चुका था कि उसके गालों की हड्डियाँ उभर आयी थीं। उसके बाल बिखरे हुए थे। वैसे भी उसने एक अर्से से बाल नहीं कटवाये थे जिसकी वजह से वे उसकी गर्दन को ढकने लगे थे। जल देवता को भेंट चढ़ाने के लिए वह अपने सर पर चनों से भरी टोकरी उठाकर लाया था। साथ में वह अगरबत्ती का एक पैकेट भी लेता आया था।

उसने दूर से ही देख लिया था कि जिस स्थल पर कुएँ की खुदाई शुरू होनी थी, वहाँ पहले से ही कुछ लोग जुटे हुए थे।

स्थानीय जनजाति के कामगारों ने कहा, "जो चने तुम जल देवता को चढ़ाओगे, उन्हें खाने के लिए गाँव के बच्चे यहाँ चले आये हैं। उन्हें पता है कि काम शुरू होने से पहले इस तरह की पूजा की जाती है।"

लेकिन जब वे उस स्थल के निकट पहुँचे तो परसू यह देखकर हैरान रह गया कि वहाँ बच्चे ही नहीं थे, बड़े लोग भी थे और उनके हाथों में लाठियाँ थीं। उस भीड़ में सभी तरह के लोग थे। कुछ लम्बे-तड़ंगे थे, कुछ मझोले कद के थे और कुछ नाटे थे। फिर कुछ मोटे थे, कुछ दुबले थे, कुछ केवल बनियान पहने हुए थे और कुछ नंगे बदन थे। हाथों में लाठियाँ लेकर ये लोग क्यों आये थे? क्या बात हो सकती है? परसू को लगा कि कुछ खतरा है। उसके साथ जो

लोग गैंती-फावड़े लेकर आये थे, वे वहीं-के-वहीं रुक गए।

जब परसू और उसके कामगार उस स्थल से कोई तीस गज की दूरी पर थे, तो वे भीड़ के शोर को आसानी से सुन सकते थे। वे यह भी समझ पा रहे थे कि वे क्या कह रहे हैं।

''इस भूमि के पास भी आने की जुर्रत न करना। यह बृकोदर तथा सहोदर नाम के दो भाइयों की है।''

दरअसल, रेशम उत्पादन विभाग वालों ने वहाँ अपने फार्म की ठीक से हदबन्दी नहीं की थी। इसलिए गाँव के लोगों ने मामला निपटाने के लिए अदालत का दरवाजा खटखटाया था। वे कह रहे थे, ''रेशम के महकमे वालों के फार्म की हदबन्दी अभी होनी है। मामला कचहरी में है। इसलिए हम तुम्हें कुआँ खोदने नहीं देंगे।''

उनकी आवाज उस दूरी से भी साफ सुनाई दे रही थी। परसू के पाँव वहीं जम गए। वह वहाँ बुत बना खड़ा रहा। उसकी बुद्धि जाती रही। वैसे भी उसके स्वभाव में कुछ-कुछ भीरुपन था और हैरानी की कोई गुंजाइश न थी।

उसके साथ आये उसी जनजाति के कामगारों ने कहा, ''आगे बढ़ो। हम पीछे नहीं हटेंगे। हम तुम्हारे साथ हैं।''

परसू अब भी साहस नहीं जुटा पा रहा था। भीड़ की आवाज बहुत साफ थी, ''आओ। चले आओ। हम कुआँ खोदकर तुम्हें उसी में दफना देंगे।''

जब वे लोग परसू की ओर थोड़ा आगे बढ़े तो वह घबरा गया और पत्थर खाई लोमड़ी की तरह पीछे की ओर भागने लगा। उसके साथ उसके कामगार भी भाग खड़े हुए। वे फिजूल में झगड़ा मोल लेना नहीं चाहते थे।

लेकिन परसू की यातना यहीं खत्म नहीं हुई। जैसे मधुमक्खियों के छत्ते को छेड़नेवाले व्यक्ति को मधुमक्खियाँ छोड़ती नहीं, उसी प्रकार गाँव के बच्चे भी उसके पीछे लग गये। वे जोर-जोर से चिल्ला रहे थे, ''चने की टोकरी यहीं छोड़कर जाओ, चने की टोकरी यहीं छोड़कर जाओ।''

जब परसू ने चने वाली टोकरी वहीं जमीन रख रख दी, तो वे उस पर ऐसे टूटे जैसे मक्खियाँ पके आम पर टूटती हैं। और वे देखते-देखते पूरे-के-पूरे चने हड़प गये।

3

ओवरसियर दो दिनों के बाद फिर आया और चोम के पेड़ों के जंगल की पश्चिमी दिशा में जमीन पर निशान लगाकर चला गया।

इस बार परसू ने शुभ दिन का पता लगवाया, गले में गेंदे के पीले फूलों की माला पहनी और खुदाई शुरू करने से पहले जल देवता की पूरे मनोयोग से पूजा की। गाँव के बच्चे फिर जुटे और देवता को चढ़ाये गये चनों को देखते-ही-देखते खा गये। कामगारों ने भी इस पूजा-अर्जना में भाग लिया और फिर अपने काम में लग गये। उनके पास रिंग (कूप खनन संयन्त्र) तैयार थे। उन्हें कुएँ के भीतर एक-दूसरे के ऊपर रखकर अन्दर की ओर कर देना था। वहाँ पूरी शान्ति थी। कहीं से किसी प्रकार की रुकावट नहीं थी।

कामगारों ने बड़े जोशोखरोश से खुदाई का काम शुरू किया और प्रारम्भिक अवस्था में यह काम चला भी सुगमता से। लेकिन जब दो फुट तक की खुदाई हो गयी तो स्पष्ट हो गया कि वहाँ रेत और पत्थर के अलावा और कुछ नहीं है। रिंगों को नीचे की ओर धकेलना असम्भव हो रहा था।

अगले दिन कामगारों के साथ परसू गड्ढे के भीतर उतरा। उसने लँगोट पहन रखा था। लेकिन उसने देखा कि चाहे कितनी भी कोशिश करो, रिंग अन्दर नहीं जाएँगे। वे कई घण्टों तक खुदाई करते रहे, लेकिन कामयाबी कतई हाथ नहीं लगी। उसने ऊपर की ओर देखा। रहमत पठान वहीं खड़ा था और उसकी ओर आँखें तरेरकर देख रहा था। परसू रेत और मिट्टी से सना हुआ था। उसकी समझ में नहीं आया कि वह क्या करे!

रहमत पठान बुरी तरह झल्ला रहा था, "इस तरह लगे रहोगे तो कुछ हाथ नहीं लगनेवाला। नीचे चट्टानें-ही-चट्टानें होंगी। भूलो मत कि तुम्हें दी गयी मियाद के भीतर मेरी रकम लौटानी है। इसलिए बाहर चले आओ, फौरन। उस गड्ढे में अपना वक्त बरबाद मत करो।"

अब तक लखीमपुर के कुछ लोग भी वहाँ इकट्ठे हो गये थे। वे भी पठान की बात की ही तसदीक कर रहे थे, "कई लोग यहाँ कुआँ खोदने आये, पर उन्हें मुँह की खानी पड़ी। अब इस छोकरे को देखो। यह कमाल कर दिखाना चाहता है।"

वे हँसते हुए उस पर पूरी हिकारत उड़ेल देना चाहते थे। उनके डंक-भरे शब्द और हँसी उसके कानों में गूँज रही थी। इसके बावजूद उसने खुदाई नहीं रोकी! बीच-बीच में जब उसकी कुदाल किसी पत्थर से टकराती उसे ऐसे लगता

जैसे वहाँ से आग निकल आएगी।''

दो दिनों तक खुदाई चलती रही, लेकिन परसू तथा उसके कामगारों को गीली मिट्टी की परत का कोई चिह्न तक नहीं दिखा। गीली मिट्टी से यह आभास हो सकता था कि वहाँ नीचे पानी है।

गड्ढे में घुसे-घुसे परसू को पठान की कड़ी नजर का साफ पता चल रहा था। पर वह बराबर खोदे जा रहा था और यही जाहिर कर रहा था कि वह उसकी उस निगाह से बेखबर है।

उसने किसी को कहते सुना, ''यह लड़का जरूर पागल है। छह रिंग बरबाद कर चुका है और फिर भी खोदे जा रहा है।''

किसी और ने भी फब्ती कसी, ''जरूर किसी प्रेतात्मा की छाया इस पर है।''

ऊपर से हर कोई चिल्ला रहा था, ''लड़के, बाहर क्यों नहीं चले आते? कुछ अकल की बात करो।''

लगातार खुदाई करते रहने से मिशिंग जनजाति के कामगार तथा बिहार से आये कामगार थकावट महसूस करने लगे थे। उनका धैर्य खत्म हो रहा था, क्योंकि रेत और पत्थर के सिवा कुछ हाथ नहीं लग रहा था।

अब तो तमाशा देखनेवालों का भी धैर्य चुक रहा था। वे भी परसू पर चिल्ला रहे थे, ''गधे, बाहर आ जाओ!''

परसू से पहले वहाँ और तीन लोगों ने भी कुआँ खोदने की कोशिश की थी, लेकिन सभी निराश होकर लौट गये थे। गाँववालों का कहना था कि इस जगह पर जल देवता का श्राप है, इसलिए यहाँ कोई कुआँ खोदने का प्रयास सफल नहीं हो सकता। हर कोई इसके बारे में जानता था। तब परसू ही क्यों अनभिज्ञ बना हुआ था?

''आधी रात के समय तुम जल देवता को देखारी नदी में नाव चलाते और इस सूखे कुएँ से पानी खींचते सुन सकते हो। केवल वही इस इलाके के सूखे कुओं से बालटियाँ भर-भरकर पानी निकाल सकता है और कोई नहीं। यहाँ के किसी व्यक्ति में इतनी शक्ति नहीं। पागल लड़के, किसी ने तुम्हें इसके बारे में बताया नहीं? क्या तुम यहाँ बिल्कुल अजनबी हो? केवल बेवकूफ ही यहाँ कुआँ खोदने की सोचेंगे।''

परसू सर से पाँव तक रेत और मिट्टी से सना हुआ था। वह पलटकर चिल्लाते हुए बोला, ''मैं खोदे जाऊँगा। मैं यहीं, लाइमेकूरी के इस इलाके में, कुआँ खोदकर रहूँगा।''

अन्दर घुसेड़ने की कोशिश में सात रिंग बरबाद हो चुके थे। इसलिए बिहारी कामगार थके-माँदे बाहर आ गये। वे हाँफ रहे थे। बाहर जमीन पर उस रेत और पत्थर के ढेर लगे थे जिन्हें खोदकर बाहर फेंका गया था।

गाँव के बच्चों ने रेत से बड़े-बड़े गुम्बद बनाने शुरू कर दिये। वे बन्दरों की तरह वहाँ उछल रहे थे और एक-दूसरे पर रेत फेंक-फेंक कर खूब मजे ले रहे थे।

परसू भी अब गहरे गड्ढे से बाहर आ गया और बिना एक शब्द बोले कुछ विचार करता रहा। दोपहर बीतने को थी, फिर काम करनेवालों के मुँह में अभी तक कुछ नहीं गया था। परसू ने कामचलाऊ बाँस के ढाँचे में खाना पकाने के सब बर्तन रख छोड़े थे। वहाँ चावल, दाल, आलू और कुछ सब्जियाँ भी पड़ी थीं। उसकी माँ ने उसे थोड़ा अचार भी भेजा था। वह काफी स्वादिष्ट अचार था। वह पिसे हुए सरसों की चटनी के रूप में था जिसमें खट्टे आम मिलाये गये थे। लेकिन परसू का मन नहीं हो रहा था कि वह खाना पकाए।

पहले फैसला यही हुआ कि कामगार कुआँ खोदेंगे और परसू खाना पकाएगा। पर जैसा सोचा गया था, वैसा न हो सका।

उधर दोपहर का सूरज अपना पूरा जोर दिखा रहा था। और रेत तथा पत्थरों का ढेर उनके प्रयास का मजाक उड़ा रहा था। परसू को पता था कि उसे मजदूरों को खाना खिलाना है, क्योंकि उसके साथ-साथ वे भी तो भूखे थे।

उसी समय गाँव का सबसे बूढ़ा व्यक्ति अपनी गुमशुदा गाय को ढूँढ़ता-ढूँढ़ता वहाँ आ पहुँचा—गाय अपना खूँटा तुड़ाकर भागी थी। बूढ़ा व्यक्ति अपनी लाठी पर झुकता हुआ बोला, "ओवरसियर के पास क्यों नहीं जाते और उससे जगह बदलने के लिए क्यों नहीं कहते? फिजूल में मेहनत क्यों किये जा रहे हो? जो असम्भव है, उसे सम्भव कैसे बनाना चाहते हो?"

परसू ने जवाब नहीं दिया। फिर कुछ सोचकर अपना दृढ़ निश्चय दिखाता हुआ बोला, "मैं लाइमेकूरी में ही कुआँ खोदकर दिखाऊँगा। कामयाबी मुझे मिलकर रहेगी। मुझे बीच में ही छोड़ देने को मत कहो, दद्दू!"

4

दोपहर के बाद ओवरसियर निक्कर और रंगदार कमीज पहने अधखुदे कुएँ को देखने आया। रेत और पत्थरों के इतने बड़े ढेर को देखकर वह गुस्से से बोला,

"जब पाँच फुट तक तुम्हें पानी नहीं दिखा, तब खुदाई जारी क्यों रखी? उसी वक़्त तुम्हें हमें खबर देनी चाहिए थी। तुम तो दस फुट तक खोद चुके हो और सरकारी कायदे से यह गलत भी है। इसलिए यह उम्मीद मत रखो कि हम तुम्हारे नुकसान को भी पूरा करेंगे।"

परसू हाथ जोड़कर खड़ा हो गया, "हुजूर, कायदे-कानून इतनी कड़ाई से लागू मत कीजिए। मेरे छह रिंग पहले ही बरबाद हो चुके हैं। अगर आप मेरे नुकसान की पूर्ति नहीं करेंगे तो मेरा खर्चा भी नहीं निकल पाएगा। हुजूर, मैं तबाह हो जाऊँगा, पूरी तरह तबाह हो जाऊँगा।"

वहाँ एक और बूढ़ा भी था। अजीब-सा मुँह बनाते हुए बोला, "मूर्ख, दो फुट की खुदाई करने के बाद ही तुम्हें ओवरसियर बाबू को बता देना चाहिए था। अब मिन्नत करने से क्या फायदा! कुछ अच्छे-अच्छे तोहफे ओवरसियर बाबू को पेश करो। शायद वे कोई रास्ता निकाल लें।"

अपनी बात कहकर बूढ़ा ऐसे मुस्कराया जैसे कि वह काम निकालने के सभी दाँव-पेंच जानता हो। लेकिन ओवरसियर की भृकुटि तन गयी। उन्हें अपनी लोक-लाज भी तो रखनी थी। वे बाँस की सीढ़ी से कुएँ के भीतर उतरे, उन्हें वहाँ टूटे हुए रिंग भी दिखे।

खैर, वह जब जाने को हुए तो लगा कि परसू और उनके बीच कोई समझौता हो गया है।

जंगल के रास्ते परसू घर लौट रहा था। उसे साइकिल पर सवार पठान दिख गया। वह किन्हीं दूर-दराज के गाँवों से लौट रहा था। परसू को देखते ही वह जोर से बोला, "परसू, तुम्हारा काम कैसा चल रहा है! अब भी वही रेत और चट्टानों का चक्कर है? क्या पानी तक तुम पहुँच गये हो?"

परसू ने 'हाँ' में अपना सिर हिला दिया। वह अपने मन के भाव उस पर प्रकट नहीं करना चाहता था, न ही वह उसके सामने अपनी कोई कमजोरी जाहिर होने देना चाहता था, क्योंकि उससे तो उसने पैसा उधार ले रखा था। लेकिन कोई गौर करता तो उसके थके-माँदे, सूखे चेहरे को देखकर सब-कुछ समझ जाता। वहाँ तो यह हालत थी जैसे कि हवा के तेज झोंके ने सूखे पत्तों को चारों ओर बिखेर दिया हो।

5

अपने बेटे की परेशानियाँ सुनकर परसू की माँ ने उसके पास आशीर्वाद देने

के लिए एक साधू को भेजा। साधू की जटाएँ भगवान शिव की जटाओं के समान थीं। वह जहाँ कहीं भी जाता, अपने साथ अपनी टेक लेकर जाता। लोगों का खयाल था कि साधू बाबा अपनी इस टेक के नोक वाले सिरे से बड़ी आसानी से उस बंजर भूमि में पानी वाले स्थल का पता लगा सकते हैं। वह सच भी था, क्योंकि कई गाँवों में साधू बाबा ने लोगों को बताया था कि कुआँ कहाँ खोदा जाए। लखीमपुर और आस-पास के इलाकों में बाबा में लोगों का इतना विश्वास था कि वे उन्हें 'जल बाबा' कहने लगे थे। ये बाबा लाल रंग के वस्त्र धारण करते थे और अपने चारों ओर रामनामी चादर ओढ़े रहते थे। अपनी जवानी में उनकी मांसपेशियाँ जरूर पुष्ट रही होंगी, लेकिन अब, यानी बुढ़ापे में, उनमें वह शक्ति नहीं दिखती थी।

चोम के पेड़ों से घिरे खुले मैदान में बाबा ने अपनी टेक की नोक जमीन में गड़ा दी, जैसे कि वह उन्हें बता देगी कि पानी कहाँ है। फिर वे रुक-रुककर अपने घुटनों के बल हो जाते और जमीन पर अपना कान लगाकर ऐसे सुनने लगते जैसे कि जमीन उनसे बात करेगी, या जैसे कि वे प्रकृति की भाषा समझते हों। वहाँ बच्चों का भी जमघट लग गया था, वे साधू बाबा की हर गतिविधि बड़ी उत्सुकता और कौतूहल से देख रहे थे।

लोगों का कहना था कि लखीमपुर और देखारी गाँव की उस कठोर भूमि में भी, जहाँ पानी मिल पाना आसान न था, साधू बाबा के कहे स्थल पर पानी मिला और वहाँ कुआँ भी खोदा गया। लेकिन क्या ऐसी भूमि में भी पानी मिल सकता है जहाँ जल देवता का श्राप हो? परसू की क्या दशा होगी?

साधू बाबा एकाएक एक जगह रुके और वहाँ उन्होंने तीन कलाबाजियाँ लगायीं। उन्हें देखकर बच्चे खुशी से नाच उठे और उन्होंने भी बाबा की नकल करते हुए कलाबाजी लगाने की कोशिश की और इस कोशिश में एक-दूसरे पर गिरे भी। साधू बाबा अब हँस रहे थे और हँसते-हँसते सबको सुनाते हुए जोर-से कह रहे थे, ''अगर यहाँ खोदोगे तो तुम्हें जरूर पानी मिलेगा। मुझे पूरा विश्वास है। इसलिए बिना हिचकिचाए खोदते जाओ। पर एक बात याद रखना— खोदना शुरू करने से पहले जल देवता और देवी की पूजा जरूर करना।''

साधू बाबा के पीछे-पीछे चल रहे बच्चों ने वह सब दुहरा दिया जो उन्होंने सुना था।

''जल देवता की पूजा करो। जल देवी के सामने प्रार्थना करो और तब इस जगह पर खोदना शुरू करो।''

दुर्भाग्यवश साधू बाबा ने जिस भूखण्ड की ओर इशारा किया था, वह कुआँ

खोदने के लिए रेशम उत्पादन विभाग द्वारा स्वीकृत नहीं था। विभाग वालों का कहना था कि वह रेशम उत्पादन फार्म से काफी दूर पड़ेगा। परसू ने उन्हें हर तरह की दलील दी, पर वे नहीं माने।

निक्कर और रंगदार कमीज पहननेवाले ओवरसियर ने इस बार दो गाँवों के बीच, चोम के पेड़ों की बगल में, एक दूसरे स्थल की ओर इशारा किया। उस स्थल पर उसने एक लम्बी रस्सी से छह फुट का व्यास का एक दायरा भी बनाया।

पर इस बार खुदाई शुरू करने से पहले परसू जल देवता की पूजा करना भूल गया। उसके दिमाग में बस अपने भाई का खयाल था। कैमोथेरापी होने से उसके सर के सारे बाल झड़ गये थे। पहले उसके बाल काफी सुन्दर और काले थे। अब जो थोड़े-बहुत बचे थे, वे सफेद हो गये थे। सफेद भी क्या, वे भूरे हो गये थे और उसका सर बांबी के समान दिखने लगा था।

परसू ने अपनी कमीज की आस्तीन से अपनी आँखों से आँसू पोंछे और सोचने लगा कि क्या भाई के इतना बीमार होते हुए भी उसे इतना मुश्किल काम हाथ में लेना चाहिए था? अब देखो, कितने बड़े कर्ज के नीचे वह दब गया है! क्या उसके लिए वह सब करना उचित था? क्या उसे भी किसी भूमिगत संगठन से मिल जाना चाहिए था और अपने मित्रों— नैना, हैबुर और जोगेश की तरह सशस्त्र संघर्ष का रास्ता अपना लेना चाहिए था? वे सभी प्रतिबंधित क्रान्तिकारी सशस्त्र युवक संगठन में शामिल होने के लिए सरायपुंग चले जाना चाहिए था? क्या वह उसके लिए बेहतर रास्ता होता?

इस बार, अलबत्ता, कुआँ खोदने का काम सुगमता से शुरू हुआ। मिशिंग जनजाति के श्रमिक गड्ढे में नीचे उतर गये और बिहार के श्रमिक बाहर रहे। परसू ने अपनी कमीज और पाजामा उतारा और कमर पर गमछा लपेटकर खाना पकाने और चाय बनाने में जुट गया।

जब पाँच फुट की खुदाई हो गयी तो पूरे मनोयोग से रिंग जमाने का काम शुरू हुआ। तीन रिंग तो बिना तरद्दुद के अन्दर चले गये। इस पर बिहार के श्रमिक जोश से भर गये। उन्हें लगा कि इस बार वे कामयाब होंगे।

एक हफ्ते तक काम बड़ी अच्छी तरह चलता रहा। परेशानी तब शुरू हुई जब दसवाँ रिंग लगाया जाना था। हालाँकि श्रमिक खुदाई बराबर किये जा रहे थे और मिट्टी निकाले जा रहे थे, पर रिंग उस तरह अन्दर नहीं जा रहे थे जैसे पहले गये थे। वे एक ही जगह फँसे जा रहे थे। वे किसी भी दिशा में हिल नहीं रहे थे।

कामचलाऊ टीन की छत के नीचे उकड़ूँ बैठकर और घुटनों पर अपना माथा

टेककर परसू जल देवता से विह्वल होकर प्रार्थना करने लगा कि वह इस बार उसकी आशा को निराशा में न बदले। वह मन-ही-मन प्रार्थना कर रहा था। उसके पास के लोगों को भी पता न चला कि वह क्या कर रहा है। जो श्रमिक कुएँ के भीतर थे, वे यह पता लगाने की कोशिश में जुटे हुए थे कि आखिर यह रुकावट आयी कैसे? उन्होंने रिंगों के कोनों को खुरचा भी ताकि अगर कहीं एक रिंग और दूसरी रिंग के जोड़ों के बीच कुछ जमा हुआ है तो वह निकल जाए। हो सकता है कोई ऐसी जड़ वहाँ आ घुसी हो जो बहुत ही कड़ी हो और ऐसी परेशानी खड़ी कर रही हो। दरअसल, जमीन के नीचे जड़ें इस तरह बिखरी मिलती हैं जैसे किसी श्मशान भूमि में खोपड़ियाँ और हड्डियाँ। क्या यह ताज्जुब की बात नहीं है कि वे हड्डियों के रंग की ही होती हैं और उनका ढब भी उसी तरह का होता है?

परसू, मैं तुम्हारे सोच से एकाएक जागा। उसे जगानेवाला एक अस्पष्ट स्वर था। उस स्वर को वह पहचान रहा था। नहीं, यह स्वर जल देवता का नहीं था, बल्कि कद्दावर और हृष्ट-पुष्ट काबुलीवाले का था जो उसके सामने खड़ा था।

"परसू, मैं तुम्हारे काम की रफ्तार बराबर देख रहा हूँ। मुझे नहीं लगता कि तुम्हें कामयाबी मिलेगी। तुमने मेरी रकम दो महीने में लौटाने की बात कही थी। तुमने एक इकरारनामे पर दस्तखत भी किये थे। यह मत भूलो— लखीमपुर में हर कोई रहमत पठान को जानता है। अपनी बात से मुकरने की कोशिश मत करना।"

परसू के हाथ-पाँव फूल गये। उसने स्पष्टीकरण देने की कोशिश की, पर इसके पहले ही पठान अपनी साइकिल पर सवार होकर चोम के जंगल की बगल से पगडण्डी के रास्ते रवाना हो गया और जल्दी ही अदृश्य भी हो गया।

श्रमिकों ने खुदाई जारी रखी, पर उन्हें भरोसा नहीं था कि उनके हाथ कुछ लगेगा। बेहद कोशिश के बाद रिंग एक फुट तक जाता और फिर कहीं-न-कहीं रुक जाता।

शाम हो रही थी। श्रमिकों ने छुट्टी कर दी और निराश-से हुए आपस में एक-दूसरे को दिन का ब्यौरा देने लगे। रात काटने के लिए उन्हें पैदल चलकर जोनाई पहुँचना था जो काफी दूर था।

पर परसू वहीं-का-वहीं बैठा रहा। उसने श्रमिकों से केवल इतना-भर कहा, "पौ फटते ही तुम जोनाई से चल पड़ना और यहाँ सुबह-सुबह पहुँच जाना। मैं रात यहीं बिताऊँगा।"

श्रमिकों को परसू की सुरक्षा की भी चिन्ता थी। वे सभी एक साथ बोल

उठे, ''यहाँ जंगली जानवर हैं। तुम अकेले यहाँ कैसे रात-भर पड़े रहोगे।''

परसू ने उन्हें समझाने की कोशिश की, ''चिन्ता की कोई बात नहीं, आज रात लखीमपुर से एक नाटक मण्डली लौटेगी। वे इसी रास्ते से गुजरेंगे। मुझे उनसे अपने भाई के बारे में कुछ जानकारी मिल जाएगी। मैं उनका इन्तजार करूँगा और फिर जोनाई के लिए चल पड़ूँगा। इसलिए तुम लोग जाओ। मैं कुछ देर बाद रात को तुमसे आ मिलूँगा।''

आकाश में तैरता चाँद आधी डूबी हुई रूपहली नाव की तरह दिख रहा था। मैदान और जंगल चाँद की रोशनी में नहाये हुए थे। बंजर भूमि झील की तरह दिख रही थी। पेड़ और बेलें तरोताजा हो रही थीं, जैसे कि उन्हें रेशमी कपड़े के एक टुकड़े से अच्छी तरह पोंछा गया हो। कुएँ से खोदकर बाहर निकाले गये पत्थर और रेत भूमि पर गुम्बद की शक्ल में पड़े थे। कभी-कभी रेत चाँद की रोशनी में चाँदी के चूरे जैसे दिखायी देती थी। पत्थर जली हुई हड्डियों की तरह दिखते थे और ऐसे घूरते लग रहे थे जैसे कि चिता पर पड़ी कोई लाश घूर रही हो—वह लाश, जो जलकर राख होने को हो।

रात का जाने कौन-सा पहर था जब नाटक मण्डली के लोग मैदान के एक कोने पर दिखायी दिये। वे मीलों दूर से चलते आ रहे थे और गले में गेंदे की मालाएँ पहने हुए थे। वे जोर-जोर से बातें कर रहे थे।

परसू उनकी आवाज पहचानता था। वह चिल्लाया, ''अरे, सोने! बप! और हलधर!''

उधर से उनकी आवाज आयी, ''ओ-हो, परसू! मरे हुए हाथी की तरह पड़ा है वह बड़ा-सा गुम्बद, क्या वहीं है कुआँ जो तुमने खोदा है? चले आओ, चले आओ। चाँदनी रात में तुम्हें रास्ता ढूँढ़ने में कोई मुश्किल नहीं आएगी।''

नाटक मण्डली के ये सदस्य, जो जगह-जगह नाटक खेलते थे, आपस में भी बतियाए जा रहे थे। इतने बड़े मैदान में पहले वे भी रास्ते से भटक गये थे।

उनमें से कुछ कह रहे थे, ''हाँ, हाँ, अब हमें साफ दिखने लगा है। पहले हम भी धोखा खा गये थे।'' फिर उन्होंने परसू को सावधान किया, ''जरा ध्यान से आना। कहीं जंगली बिच्छू बूटी में न फँस जाना।''

अब दूर से ही उन्होंने पूछा, ''हमें पता चला है कि कुआँ खोदने के चक्कर में तुम्हें बहुत परेशानी उठानी पड़ी है। क्या यह सच है?''

अब तक सभी लोग नजदीक आ चुके थे और परसू के रूबरू खड़े थे। वे सब उसे जानते थे, वह भी उन्हें जानता था। दरअसल, वे भी उसी गाँव या आस-पास के गाँवों के थे, जहाँ से परसू आया था।

उनमें से एक ने अपनी ढोलक पर दो-चार थापें दीं और वैष्णव भजन की एक पंक्ति गुनगुनाने लगा :

"हरे कृष्णा! हरे कृष्णा! तेरे नाम के सभी दीवाने हैं, क्या स्त्रियाँ और क्या शूद्र। वे तेरा नाम लेकर ही भवसागर को भी पार कर जाएँगे।...हरे कृष्णा! हरे कृष्णा!"

एकाएक उस चाँदनी रात में हर कोई चुप हो गया। हलधर ने अपने दोनों हाथ उठाये और बोला, "परसू, तुम्हारे लिए बुरी खबर है। आज तुम्हारी माँ दामोदर के साथ गुवाहाटी के लिए रवाना हो चुकी है। तुम्हारा भाई खाना खाते वक्त बेहोश हो गया। उसे गुवाहाटी के मेडिकल कॉलेज हॉस्पिटल ले जाना होगा।"

यह सुनते ही परसू के भीतर से पीड़ा की चीख निकलने को हुई। वह उसे बड़ी मुश्किल से दबा पाया। उसका दिल टूट गया था। हलधर मजबूत काठी का था। वह धोती और कमीज पहने हुए था। उसने उसके दोनों हाथों को सहलाते हुए कहा, "तुम्हारी माँ कह रही थी कि तुम्हें चिन्ता करने की जरूरत नहीं। गुवाहाटी में तुम्हारा चाचा है। वह तुम्हारे भाई के साथ रहेगा। अब और देर न करो और जोनाई की राह पकड़ो।"

और यह कहकर नाटक मण्डली के लोग भी आगे बढ़ गये। अगली शाम उन्हें किसी गाँव या कस्बे में अपना कार्यक्रम करना था। इन छोटी-छोटी मण्डलियों को इन दिनों व्यस्त रहना पड़ता है। मंचन का सामान उनके पीछे-पीछे बैलगाड़ी से आता है। यहाँ का ऐसा ही चलन है।

परसू अकेला ही जोनाई के लिए चल पड़ा। उसे रात वहीं काटनी थी। हालाँकि खुले मैदान में हर कहीं मिट्टी के ढेले पड़े थे, पर उसे यही लग रहा था कि मैदान बिल्कुल साफ है। यह चाँदनी के कारण था, हालाँकि वह दो-एक बार उन ढेलों से टकराकर गिरा भी।

उसका छोटा भाई, जिसे वह बहुत चाहता था, शायद इस बार बीमारी से उबर न सके। क्या वह इतनी बड़ी क्षति बरदाश्त कर पाएगा?

चाँद की रोशनी में अमरूद के पेड़ों की जड़ें संगमरमर के टीलों की तरह दिख रही थीं। कुछ टीलों पर उगी हुई घास के चकत्ते रणक्षेत्र में काम आये सैनिकों के इधर-उधर बिखरे कनटोपों के समान दिख रहे थे। हर वस्तु परसू को किसी अँधियारी कंदरा की ओर खींच रही थी। वह कुआँ भी, जिसे उसने स्वयं खोदा था, उसे जमीन के नीचे किसी अनजानी विचित्र कन्दरा की ओर लिये जा रहा था। उसे लगा जैसे कि रहमत यह सब एक कसाई की तरह तौल-परख रहा है।

अगले दिन, हालाँकि सवेरे-सवेरे ही श्रमिकों ने खुदाई का काम शुरू कर दिया था, लेकिन वे एक इंच भी रिंगों को नीचे न कर पाये थे। मिशिंग जनजाति के श्रमिक तो तीन घण्टे तक इस कोशिश में लगे रहे, पर उनकी तमाम कोशिशें बेकार रहीं। रिंग बिल्कुल टस से मस न होते थे।

आखिर, वे हताश होकर चिल्ला पड़े, "इस भूमि पर भी किसी का शाप है। यहाँ कुआँ नहीं खोदा जा सकता।" और यह कहकर वे बाँस की सीढ़ी पर चढ़कर बाहर आ गये।

परसू उस समय कामचलाऊ छत के नीचे खाना पका रहा था। उन्हें बाहर आये देखकर वह फौरन उनकी ओर लपका, लेकिन वे भीतर जाने को तैयार ही न थे। उधर परसू भी हार माननेवाला नहीं था। वह उस साँप की तरह मचल पड़ा था जिस पर पाँव पड़ गया हो। वह पूरी तरह मुकाबला करने को तैयार था, चाहे कुछ भी हो जाए। उसने तुरन्त अपने कपड़े उतारे, कमर पर गमछा बाँधा और कुएँ के भीतर चला गया और बड़ी सावधानी से उन स्थलों को खुरचने लगा जहाँ एक रिग दूसरे से मिलाया गया था। जैसे कि उस पर भूत सवार हो, वह अपनी उँगलियों से ही रिंगों के कोने खुरचे जा रहा था और फिर उन्हें अन्दर धकेलने की कोशिश करने लगा था। वह घण्टों उसी कशमकश में रहा। जैसे वह पागल हो गया हो। वह खाना-पीना भी भूल गया।

फिर उसके हाथों को कुछ महसूस हुआ। वह कोई नन्ही-सी चीज थी, छिपकली की पतली दुम की तरह। वह एकदम खुशी से भर गया। वह हवा में कलाबाजियाँ लगाने को हुआ।

लेकिन वह कोई मामूली जड़ नहीं थी। उसने खूब जोर लगाया, पर उसे बाहर न निकाल पाया। वह जड़ गोह की तरह थी जिसमें इतनी ताकत होती है कि चाहे उसकी दुम आपके हाथ में हो, आप उसे उसके बिल से बाहर नहीं खींच सकते।

मिशिंग जनजाति के एक श्रमिक ने चुनौती स्वीकार की। वह भी कुएँ में उतर गया और दोनों ने मिलकर, पूरी ताकत लगायी, जिससे जड़ धीरे-धीरे बाहर आने लगी। लखीमपुर के बच्चे आह्लाद से भर कर गाने लगे :

"खींचो, खींचो, खींचो
बन्दर की दुम खींचो।"

फिर वह श्रमिक कुल्हाड़ी लेने बाहर आया। इस बार बिहार के श्रमिक भी उसके साथ कुएँ में उतर गये और वे भी उस जड़ को खींचने लगे। उन्हें

बड़ी सावधानी बरतनी पड़ रही थी, वरना हो सकता था कि रिंगों को कुछ नुकसान पहुँचता।

इस बार दो श्रमिक बाहर आ गये और मिशिंग जनजाति के श्रमिक अपने साथ बड़े-बड़े चाकू लेकर भीतर चले गये और परसू के साथ मिलकर सावधानी से जड़ काटने लगे। हालाँकि जहाँ से परसू ने जड़ को पकड़ रखा था, वहाँ वह पतली थी, लेकिन थी बहुत मजबूत। जिस समय उसे काटा गया, उसके गूदे से काफी रस निकला। दरअसल, जड़ के भीतर का भाग दूध जैसा सफेद था और चमकीला था और श्रमिकों ने भी पहले ऐसी जड़ कभी नहीं देखी थी। और तो और, यह बता पाना निहायत मुश्किल था कि इस जड़ के हाथ-पाँव भूमि में कहाँ-कहाँ तक फैले हुए हैं। क्या यह वह रस्सा तो नहीं जिसकी मदद से जल देवता भूमि के नीचे से जल खींचता है? जब उस जड़ को कुल्हाड़ी से काटा गया तो उसके अन्दर से खून जैसा पदार्थ बहने लगा जिससे श्रमिकों के हाथ सन गये। आखिर, जब जड़ को निकाल बाहर फेंका गया, तो कुछ ही क्षणों में रिंग खुद-ब-खुद नीचे जाने लगे। इसके साथ ही गाँव की औरतों का गीत भी गूँज उठा। ये औरतें कुएँ से पानी लेने गयी थीं। वे गा रही थीं :

''जल देवता, जल देवता! हम पर कृपादृष्टि रखना।
हम अपने कन्धों पर अपने बाल फैलाकर
चम्पक और चमेली से तुम्हारी पूजा करेंगी।
जल देवता, जल देवता! हम पर कृपादृष्टि रखो।''

अब एक रिंग दूसरे के ऊपर ऐन ठीक बैठ गया था। श्रमिक खुशी से नाच रहे थे।

कुआँ खोदने का यह काम एक हफ्ते तक खूब अच्छी तरह चला। पन्द्रह रिंग अन्दर बैठाए जा चुके थे, पर पानी का अभी कोई नामोनिशान न था। एक व्यक्ति जो अपनी बैलगाड़ी में कुएँ से निकाली मिट्‌टी और रेत उठाने आया था, अपने ढंग से बोला, ''अगर पन्द्रह रिंग लगा देने पर भी पानी नहीं दिखायी पड़ा है, तो समझ लो इस कुएँ में पानी मिलने की कोई उम्मीद नहीं है। यह सूखा कुआँ भी हो सकता है। अब इसे दुर्भाग्य ही समझो। इस इलाके में पहले भी दो-तीन लोग कुआँ खोदने की कोशिश कर चुके हैं, पर उनके हाथ भी निराशा ही लगी। चाहे कितनी भी खुदाई कर लो, सिर्फ रेत ही मिलेगी, पानी नहीं।''

जो बाल्टी पानी खींचने के लिए लटकायी गयी थी, उसमें केवल लाल मिट्‌टी, चट्‌टान के टुकड़े और रेत ही बाहर आयी। कभी-कभी गीली काली

मिट्टी भी बाहर आती थी, लेकिन पानी का कोई निशान न था।

मिशिंग जनजाति के श्रमिकों ने कुआँ खोदते समय ऐसी काली मिट्टी पहले कभी नहीं देखी थी।

कुएँ से बाल्टी खींच रहा बिहार का श्रमिक एकाएक चिल्लाया, ''काली मिट्टी के साथ-साथ कुछ मिट्टी के बर्तन भी आ रहे हैं। कहीं यह श्मशान भूमि तो नहीं?''

परसू ने अपनी उँगलियों से बाल्टी की हर चीज को टटोला। नहीं, नहीं, यहाँ इस मिट्टी में आदमी की खोपड़ी के कोई अवशेष नहीं हैं। यह आशंका निराधार है कि यह श्मशान भूमि रही होगी।

फिर भी इस आशंका ने उसका पूरी तरह पीछा नहीं छोड़ा। यह बात उसके भीतर घर कर गयी थी। कुएँ से जब भी बाल्टी निकाली जाती, परसू का दिल उसके साथ धक-धक करने लगता। यदि यहाँ अस्थियों का कोई भी चिह्न दिख पड़ा तो समझ लो इस कुएँ से हर कोई परहेज करने लगेगा।

उसे गाँव की स्त्रियों का सहलाता हुआ स्वर फिर सुन पड़ा। वही पहले वाला गीत था :

''जल देवता, जल देवता! हम पर कृपादृष्टि रखना।
हम कन्धों पर अपने बाल फैलाकर
सुगन्ध भरी चम्पक और चमेली से तुम्हारी पूजा करेंगी।
जल देवता, जल देवता!''

अब धीरे-धीरे तलछट दिखायी देने लगी थी। इसका मतलब है कि यहाँ पानी है। चूँकि परसू को कुआँ खोदने का इससे पहले कोई तजुर्बा नहीं था, इसलिए उसे लगा कि आखिर उसके हाथ पानी लग ही गया है। वह एक शराबी की तरह उत्साहित हो उठा था और खुदाई किये जा रहा था। बीच-बीच में मिशिंग जनजाति के श्रमिक कभी-कभी थकावट महसूस करते थे, पर परसू के लिए कोई थकावट न थी। श्रमिक तो दरअसल उसकी हिम्मत की दाद दे रहे थे और कह रहे थे, ''भले ही तुम दुबले-पतले हो, पर तुम में एक हाथी की ताकत है।''

परसू ने उनकी भी हिम्मत बँधाई, ''हम अठारह रिंग तो लगा चुके हैं। अब, पानी मिला ही समझो। अस्थियाँ या कपाल मिलने का अब कोई डर नहीं। देखो, देखो, हम गीली रेत तक पहुँच गये हैं।''

एक बाल्टी गीली रेत भी बाहर आयी। परसू को कुएँ से पानी लेने आयी गाँव की औरतों का मधुर गीत फिर सुनाई पड़ा :

''हम तुम्हारे लिए सुगन्ध-भरे फूलों की माला बनाएँगे।
ये फूल चम्पक और चमेली जैसे होंगे।
हम अपने कन्धों पर अपने बाल फैलाकर तुम्हारी आराधना करेंगे।
ओ जल परी, ओ जल परी...''

तीन दिन तक संघर्ष और चला और फिर कुएँ के तल से पानी फूट पड़ा। वह पानी परसू की कमर तक आ गया था। जिस तरह रिंग एक-दूसरे के ऊपर जड़े गये थे, उससे कुआँ बहुत सुन्दर लग रहा था।

फिर लगा कि जल देवता या जल देवी ने परसू के साथ अजब खेल खेला है। सर से पाँव तक कीच-भरे पानी से सराबोर परसू को जल देवता या जल परियाँ जैसे किसी जाल में फाँस रही हों। जैसे कोई व्यक्ति मरुस्थल में मरीचिका के पीछे दीवाना हुआ भागता है, वैसे ही वह भी पानी के लिए दीवाना हो गया था। पानी जैसे कि उसकी पकड़ से बाहर हो रहा था। उसे कीच-भरा पानी मिल गया था, पर वह बिल्लौर जैसा साफ पानी चाहता था, किसी भी कीमत पर।

यह सच है कि पानी परसू की कमर तक आ गया था, लेकिन कुएँ में चट्टानें थीं। उसने उन चट्टानों को तोड़ा और बाल्टी में भरकर ऊपर की ओर कर दिया। उसे डर था कि अगर इन चट्टानों को छोटे-छोटे टुकड़े करके बाहर नहीं फेंका गया तो ये रिंगों को नुकसान पहुँचा सकती हैं। वह इस कुएँ के भीतर बड़ी कुदाल भी नहीं चला सकता था, इसलिए काम और भी मुश्किल हो गया था। दो कुदालें चट्टानों की वजह से पहले ही टूट चुकी थीं। पर ताज्जुब की बात यह थी कि कमर तक आया पानी एकाएक सूख गया था। मिशिंग जनजाति के श्रमिक तो वाकई डर गये थे। उन्हें डर इस बात का था कि जरूर किसी देवता ने इस जमीन को श्राप दे रखा है। वे कुएँ में नीचे उतरने को भी तैयार न थे। उनके साथ ही बिहार के श्रमिकों को भी लग रहा था कि यह भूमि शापित है।

बहरहाल, उसने श्रमिकों को चाहे कितनी बातों से बहलाने की कोशिश की, वे कुएँ में उतरने को तैयार न हुए। वे किसी भय से ग्रस्त थे। वहाँ जो लोग इकट्ठे हो रहे थे, वे भी परेशान थे। ''चले आओ, चले आओ ऊपर। इस कुएँ पर जरूर किसी का शाप है। हमने पहले कभी ऐसा कुँआ नहीं देखा जिसमें इस तरह पानी सूख जाए। चले आओ, चले आओ ऊपर।''

पर परसू ने भीड़ की परवाह नहीं की। वह खोदे ही चला गया और बाल्टी भर-भरकर गीली रेत को ऊपर भेजता रहा। हर किसी को हैरानी थी कि उसे शापित कुएँ से डर क्यों नहीं लग रहा।

इस बीच परसू ने ऊपर की ओर भी देखा। भीड़ में उसे एक पगड़ीवाला व्यक्ति भी दिख पड़ा। उसकी पगड़ी में कलफ लगा था और उसका तुर्रा साँप के फन की तरह खड़ा था।

हाँ, वह रहमान पठान ही था, काबुलीवाला रहमान। इसमें शक की कोई गुंजाइश न थी।

परसू ने श्रमिकों को नीचे आने को नहीं कहा। वह अब इस बात पर तुल गया था कि वह खुद ही कुएँ से पानी निकालकर दिखाएगा या इस कोशिश में अपनी जान दे देगा। वह किसी श्रमिक को भीतर चाहता भी नहीं था, क्योंकि अगर वहाँ किसी की मृत्यु हो जाती या कोई दुर्घटना हो जाती तो उसे श्रमिक के परिवार को हरजाना देना पड़ता। अधिकारी उसके बिल से वह रकम काट भी सकता था। और परसू ने यह सुन भी रखा था कि पास का एक ठेकेदार हरजाना देने के इस चक्कर में ऋण तले पूरी तरह दब गया था। इसलिए परसू नहीं चाहता था कि कोई श्रमिक वहाँ आये। बेहतर यही होगा कि वह अकेला ही काम करता रहे।

कुएँ पर अब भारी जमघट लग गया था। कभी-कभी लोग अजीब नजरों से ऐसे देखते, जैसे कि चिड़ियाघर में कोई निराला जानवर आ गया हो।

7

खैर, खुदाई करते रहने पर पानी फिर दिख पड़ा, भले ही वह केवल तीन फुट ही था। अपने इस प्रयास में परसू पूरी तरह पस्त हो चुका था। इस बीच कुएँ का मुआयना करने जोनाई से एक विभागीय निरीक्षक भी आया था। वह मोटे शीशे का चश्मा पहने हुए था। उसकी जेब में तीन फाउण्टेन पेन थे और टाँगों पर हाफ पैण्ट थी। उसने बड़ी-बड़ी मूँछें रखी हुई थीं। लाइमेकूरी में हर कोई जानता था कि वह निरीक्षक तुनुक-मिजाज है।

लकड़ी की तिपाई पर बैठकर पहले वह कुएँ से निकाली गयी पानी की बाल्टी का निरीक्षण करना चाहता था। जब बाल्टी उसके सामने रखी गयी तो उसने पहले उस पर चश्मे के साथ निगाह डाली, फिर बिना चश्मे के। तीन बार पानी खींचा गया और तीन बार उसने उस पर निगाह डाली। पर वह किसी नतीजे पर नहीं पहुँच पा रहा था। वह यह फैसला भी नहीं कर पा रहा था कि पानी भूरा है या लाल। पर यह तो स्पष्ट था कि पानी बिल्लौर जैसा साफ नहीं है।

उसने अपनी जेब से एक डिबिया निकाली। उसमें उसने सुपारी, पान का

पत्ता और खानेवाला तम्बाकू रखा हुआ था। उसने पत्ते पर चूना लगाया और पान तैयार हो जाने पर उसे मुँह में डालकर बड़े चाव से चबाने लगा। पान के साथ तम्बाकू चबाने से उसे और भी अधिक सन्तोष मिला।

परसू जमीन पर उकड़ूँ होकर बैठ गया और उसने अपने घुटने अपनी छाती में भींच लिये। वह बड़ी आशा के साथ निरीक्षक की ओर देख रहा था। निरीक्षक के इर्द-गिर्द लोग भी जमा हो गये थे। वे भी बहुत उत्सुक थे।

आखिर, निरीक्षक ने चुप्पी तोड़ी और उसके मुँह से ये शब्द निकले : "मूर्ख, तुम्हें इस स्थल पर कुआँ नहीं खोदना चाहिए था। किसने कहा था तुम्हें खोदने को? इसके अलावा तुमने विभाग द्वारा निर्धारित गहराई से ज्यादा गहरा कुआँ खोदा है।"

परसू ने अभी तक गीली हाफ पैण्ट नहीं बदली थी। उसके समूचे शरीर पर अब भी कीच-भरा पानी था। उसकी उँगलियों से खून बह रहा था। घण्टों तक रिंगों के कोने खुरचने के कारण उसने अपने नाखूनों में घाव कर लिये थे और जिस समय वह कुएँ से चट्टानें निकाल रहा था, उस समय चट्टानों के किनारे ने उसके हाथ काट डाले थे।

पर निरीक्षक को इससे कुछ लेना-देना नहीं था। वह बोला, "मैं ऐसा प्रमाण-पत्र नहीं दे सकता कि यह पानी साफ है। खुद ही देख लो। पानी का रंग लाल है। मैं यह प्रमाण-पत्र ही दे सकता हूँ कि पानी लाल है। यह तुम सभी देख सकते हो।" और यह कहकर उसने अवहेलना के अन्दाज में बाल्टी से थोड़ा पानी लेकर परसू के चेहरे पर उछाल दिया।

परसू चुप रहा। उसने केवल एक ठण्डी साँस ली। लेकिन वहाँ कचरा उठाने आये एक कामगार ने परसू का पक्ष लिया और बिना हिचकिचाये बोला, "मालिक, अगर आप यह लिख देंगे कि पानी लाल है तो यह गरीब तो मारा जाएगा। इसके बिल को मंजूरी नहीं मिलेगी और इसकी हालत और खराब हो जाएगी।"

पर निरीक्षक पर इसका कोई असर नहीं हुआ। उसने अपनी साइकिल उठायी और जिधर से आया था, उसी दिशा में लौट गया।

जिस स्थल पर परसू ने कुआँ खोदा था, गाँववालों के लिए वह स्थल आकर्षण तथा कौतुक का केन्द्र बन गया। उसके सामने जो खाली जगह थी, वहाँ वे लोग अकसर जुटने लगे थे। उनलोगों में मिशिंग जनजाति का एक युवक भी था। वह परसू से बोला, "भैया, तुम कुएँ में थोड़ी रेत क्यों नहीं डालते? दो फुट तक रेत डालो, तब साफ पानी निकल आएगा।"

हर किसी ने इस सुझाव पर सहमति दिखायी और बोले, "हाँ, हाँ, तुम्हें

कुएँ में रेत डालनी चाहिए। यह सुझाव बहुत समझदारी वाला है।''

8

तीन दिन तक वे कुएँ में रेत डालते रहे। परसू हर हालत में कुएँ से साफ पानी चाहता था। वह पहले से भी ज्यादा अपने निश्चय पर दृढ़ था।

...फिर अप्रत्याशित ही हुआ। तीन दिन के बाद साफ पानी वाकई तिर आया। रेत ने जादू का काम किया था। यह एक करिश्मा था। कुएँ का पानी उतना ही साफ-शफ्फाक था जितना किसी तेज बहती नदी का होता है।

परसू बैठा-बैठा ही अब निरीक्षक की प्रतीक्षा करने लगा कि वह फिर आये और उसके लिए उचित प्रमाण-पत्र जारी करे। इस बार परसू ही नहीं, बल्कि गाँव के लोग तथा श्रमिक भी उसके आगमन की प्रतीक्षा कर रहे थे। जब कभी वे अनाज के खेतों की तरफ से किसी को साइकिल पर आते देखते, वे चौकन्ने हो जाते और उनकी उम्मीद बँध जाती। वे उसे दूर से देखते ही चिल्ला पड़ते, ''वह आ रहा है। देखो, वह आ रहा है।''

लेकिन निरीक्षक नहीं आया। गाँव के निठल्ले बच्चे उसका मजाक उड़ाते हुए अकसर गाते :

''बड़ी-बड़ी मूँछों वाला
ढोल की तरह फूले पेट वाला
सुपरवाइजर बाबू आ रहा है।
हटो, उसके लिए रास्ता छोड़ो।
उसका पेट
रिश्वत का पैसा खा-खाकर
फूल गया है।
तीन बार कूदो,
अपने लँगोट कस लो,
और उसे कुएँ में पटक दो।''

जब दो-तीन दिन तक इन्तजार करने के बाद भी निरीक्षक नहीं आया तो परसू ने सरसों के तेल की लम्बी गर्दन वाली एक खाली बोतल ली, उसे ठीक से धोया और फिर उसे कुएँ के चमचम करते पानी से भर लिया। उसने फैसला

कर लिया था कि वह स्वयं जोनाई के रेशम उत्पादन विभाग के अधिकारियों को यह पानी दिखा आएगा। उसने बोतल को साइकिल के हैण्डल से नारियल के रेशों से बने रस्से से बाँध लिया था और तेजी से साइकिल पर पाँव चलाता जोनाई के लिए चल पड़ा था।

जिस रास्ते से परसू आगे बढ़ रहा था, वह सुन्दर था। दूर से ही उसे केतकी के फूलों की सुगन्ध आयी। जरूर वे फूल अपने यौवन में होंगे। वह उन्हें देख नहीं पा रहा था, पर उनकी सुगन्ध अपना एहसास छोड़ रही थी। ठण्डी हवा ही अपने झोंके के साथ उस सुगन्ध को लायी होगी।

परसू अब देखारी नदी के किनारे-किनारे साइकिल चला रहा था। नदी सिलधारिया नाम की मछलियों से भरी हुई थी। उसके किनारों पर मिशिंग जनजाति के लोग बसे हुए थे। वे लोग एक उत्सव गीत गा रहे थे :

"बसन्त ऋतु आ गयी है
आओ, हम अपने बालों में आर्किड के पीले फूल सजाएँ
और मेले में नृत्य करने चलें।"

रास्ते में परसू ने हवा में उड़ता एक छोटा-सा काला, लाल पूँछ वाला पक्षी तथा सफेद-काले रंग के कठफोड़वों का झुण्ड देखा। उन्हें देखकर उसे खुशी हुई। उसे एकाएक यह भी लगा कि अब सब ठीक रहेगा और किसी के लिए भी बोतल से भरे साफ चमचमाते पानी की अवहेलना कर पाना असम्भव होगा।

कई दिन तक परसू अपनी साइकिल पर निरीक्षक के दफ्तर के इर्द-गिर्द चक्कर लगाता रहा, पर उससे उसकी भेंट न हो सकी। कभी उसे सुनने को मिलता कि निरीक्षक गुवाहाटी चला गया है, कभी पता चलता कि वह लाइमेकूरी गया है। गाँव के बच्चे परसू को पानी की बोतल के साथ निरीक्षक के दफ्तर के बार-बार चक्कर लगाते देखकर अकसर कोई गाना गाते हुए नाचने लगते। पर परसू ने इन सबकी कोई परवाह नहीं की। उसने उस दफ्तर में वह बोतल कई लोगों को दिखायी। हर कोई पानी की रंगत से प्रभावित था। रहमत पठान ने भी परसू को उस बोतल के साथ देखा था। दफ्तर के बाकी लोग भी देख चुके थे। इसलिए निरीक्षक के पास इसके सिवा अब कोई चारा नहीं रह गया था कि वह फिर वहाँ जाये और पानी का निरीक्षण करे। उसे इस पर गुस्सा भी आ रहा था।

आखिर, परसू को यह प्रमाण-पत्र मिल गया कि उसके कुएँ में पानी है। पर उस प्रमाण-पत्र में यह उल्लेख नहीं था कि पानी का रंग कैसा है। इससे परसू को पूरी रकम नहीं मिल सकती थी जिसकी उसने माँग की थी। उसके

बिल में से कुछ-न-कुछ पैसा कटना ही थी। दूसरे, उसने जितने समय में काम खत्म हो जाने की उम्मीद की थी, उससे कहीं ज्यादा समय लगा था और इस दौरान उसे अपने श्रमिकों को भोजन और पैसा, दोनों देने पड़े थे। इसलिए उसके पास बहुत कम पैसा बचने की उम्मीद थी। इससे वह न केवल काबुलीवाला के पास गिरवी पड़ी अपनी माँ की बालियाँ छुड़वाने में असमर्थ था, बल्कि उसे पठान को कर्ज की रकम वक्त पर न लौटाने के लिए भारी सूद भी देना पड़ सकता था।

परसू ने श्रमिकों को उनका देय चुकता किया और उन्हें रुखसत कर दिया। अगर उसे विभाग से कुछ मिल गया तो उसे वह अपने भाई के इलाज के लिए अपनी माँ को दे देगा। पर वह अब अपने भाई से मिलने के लिए बड़ा उत्सुक था ताकि वह उसकी कुछ मदद कर सके। वह अब कुआँ खोदते समय बनायी गयी कामचलाऊ छत के नीचे संघर्ष से भरी उन तमाम स्थितियों पर विचार कर रहा था, जिनका उसे अपने जीवन में सामना करना पड़ा था। वह उनकी असलियत साफ-साफ देख रहा था।

अब कुएँ के पास रेत और चट्टानों के अवशेष कहीं दिखायी नहीं पड़ रहे थे। कल यह छत भी गायब हो जाएगी। लाइमेकुरी के एक शिक्षक ने इसकी व्यवस्था की थी। उसका भाई उसके द्वारा खोदा गया अगर यह कुआँ देख सके तो वह बहुत खुश हो। पर क्या वह कभी यहाँ आ सकेगा?

क्या उसके भाई का अन्त वाकई आ रहा है? वह तो इसकी कल्पना भी नहीं कर सकता। भाई के बिना यह संसार कैसा लगेगा? एक बिन्दु के परे तो वह सोच भी नहीं सकता। सब कुछ गडमड हुआ दिखता है।

वह देर रात तक उस छत के नीचे बैठा रहा।

9

कुएँ से बाहर आते समय परसू की दिमागी हालत एक पागल की दिमागी हालत के समान थी। जब तक वह कुएँ में रहा, वह सारी दुनिया से कटा हुआ था। पर अब उसके सामने चिन्ताएँ-ही-चिन्ताएँ थीं। उसे अपने बिल मंजूर करवाने थे। निरीक्षक से मिला प्रमाण-पत्र भी पूरी तरह ठीक नहीं था। और, उसे रहमत पठान का डर भी खाये जा रहा था। उसे वक्त पर उसकी रकम लौटानी थी।

चलो, जो होता है होता रहे। वह इन्तजार करेगा। वह पहले अपने भाई

के पास जाएगा जो बिस्तर से लगा पड़ा है। उसके मन में सबसे ऊपर यही विचार था कि वह अपने भाई की जान कैसे बचाए! वह यह विचार भी कर रहा था कि इस जीवन का अर्थ क्या है! क्या यह अन्तहीन भ्रामकता और विच्छेद का पर्याय नहीं है? उसकी सरल बुद्धि ऐसे ही विचारों में उलझी हुई थी।

जर्मन घास और जंगली झाड़ियों से लदे हुए रास्ते से गुजरते समय परसू को अपने गाँव के बाहर एक बड़े गड्ढे के निकट कुछ लोग बैठे दिखे। वहाँ जामुन का एक लम्बा पेड़ भी था जिस पर भरपूर मात्रा में छोटे-छोटे रसीले जामुन लगे हुए थे। उस पर कुछ गिद्ध भी मँडरा रहे थे।

वह उस गड्ढे की ओर लपका। पर जिस तेजी से वह उधर लपका था, उससे उसकी साँस फूल गयी और वह बुरी तरह हाँफने लगा। गाँव के लोग वहाँ जुटे तो जरूर थे, पर उन्होंने उसका अभिवादन नहीं किया और न ही किसी ने उससे गाँव से इतने समय तक दूर रहने या उसके कुआँ खोदने के बारे में बात की। हर किसी के चेहरे पर एक प्रकार का भय व्याप्त था। वहाँ मृत्यु की खामोशी थी। सामने भूमि पर उसका मित्र भोला मरा पड़ा था। उसके समूचे शरीर पर खून के छींटे थे। उसके सर और सीने से बुरी तरह खून बह रहा था। एक गोली ने उसके सीने को चीर डाला था।

भोला के मृत शरीर के पास ही एक और मृत शरीर पड़ा था। यह शरीर एक स्त्री का था। उसे किसी ने एक लम्बी चादर से ढक दिया था। उसके बाल मिट्टी के ढेलों में उलझे हुए थे।

यह किसका शरीर है? परसू को हैरानी हो रही थी। क्या यह बकुल का शरीर है? यह विचार एकाएक उसके मन में कौंधा। हाँ, हाँ, उसी का है। भोला गाँव में चुपके-चुपके आता था। वह तब से ही चुपके-चुपके आ रहा था जब से उसने सरायपुंग में बन्दूक इत्यादि चलाने का प्रशिक्षण लेना शुरू किया था। उसने कई चाँदनी रातों में इसी स्थल के निकट उसे चमचमाती नली वाली राइफल लिये देखा था। वह जानता था कि यह भोला और बकुल का अभिसार-स्थल है। प्रेमी युगल ने भी, जब कभी वह वहाँ से गुजरा, उसे देखा होगा। बल्कि भोला तो झाड़ियों में से ही चिल्ला ने पड़ता था, "अरे, तुम इतने झेंपू क्यों हो? क्या तुम हमेशा भातखोर बने रहोगे? मर्द की तरह व्यवहार करो।" वह उसे साहसी बनने की सलाह देता था, "तुममें साँप के बिल में से उसके अण्डे निकालने की हिम्मत होनी चाहिए।"

परसू को वह सब याद आ रहा था। वह जल्दी-से-जल्दी वहाँ से हटने की कोशिश करता था और जब वह कोई जवाब नहीं देता था तो प्रेमी युगल उस

पर हँसा करता था। उन दिनों बकुल की हँसी कितनी निश्चिन्त थी! प्रेमी आपस में इतने आह्लादित होते कि उन्हें आनेवाले दिन का कोई खयाल न होता। अब उसी निश्चिन्त रहनेवाली युवती का शरीर जमीन पर निष्प्राण पड़ा था।

वह गड्ढा और उसके आसपास का हिस्सा लोगों की भीड़ से भरा था। इतने में पुलिस की जीप वहाँ पूरी रफ्तार से आयी और उस स्थल से थोड़ा पहले एकाएक रुक गयी। भीड़ में कुछ हरकत हुई। कुछ बेचैनी भी। परसू के लिए वहाँ रुके रहना दुश्वार हो गया। उसे चक्कर आने लगा। उसका मन हुआ कि वह वहाँ से भाग जाए। वह अपने घर पहुँचना चाहता था।

10

आखिर, परसू का बिल पास हो गया। पर उसे उतनी राशि नहीं मिली जितनी चक्रधर मण्डल ने बतायी थी। राशि हाथ में आने पर वह अपनी माँ की बगल में फर्श पर ही बैठ गया ताकि स्थिति का जायजा लिया जा सके, कि सबका चुकता कर देने के बाद उसके पास क्या बचेगा! दीये की रोशनी में बैठकर वह यह सब हिसाब-किताब कर रहा था। और, अब यह भी साफ हो गया था कि रहमत पठान का चुकता कर देने के बाद उनके पास दामोदर को वेल्लौर ले जाने के लिए कुछ नहीं बचेगा।

परसू की माँ अब अपनी निराशा छिपा नहीं पा रही थी। वह घुटनों में अपना सर डालकर सिसकियाँ भरने लगी। रहमत पठान को अब तक पता चल गया होगा कि उसके बिल का भुगतान हो चुका है। चक्रधर मण्डल ने ही उसे बता दिया होगा।

परसू दरवाजे पर खड़ा-खड़ा पठान का इन्तजार कर रहा था। वह किसी समय भी आ सकता था। उसने मण्डल से विनत भाव से कहा था कि वह पठान को उसके भाई की हालत के बारे में बता दे, उसे यह जानकारी नहीं थी कि इससे कुछ हल निकलनेवाला नहीं है। मण्डल ने दामोदर के प्रति कोई सहानुभूति नहीं जतायी। बेशक उसने, जब वह उनके यहाँ आया था, दामोदर की ओर गौर से देखा होगा, पर वह मात्र उत्सुकता के कारण, सहानुभूति के कारण नहीं। दामोदर एक तिपाई पर बैठा हुआ था। वह एक हफ्ते के बाद अपने बिस्तर से उठ पाया था।

कौन जाने, रहमत पठान अपना पैसा उगाहने कब आ जाए! वह निश्चित रूप से आज ही आएगा। इस क्षेत्र में वह हर किसी से पैसा उगाह चुका था।

अब उसे उन्हीं के यहाँ आना था।

ठक! ठक! ठक!

परसू को लगा जैसे कोई उसकी छाती ठोक रहा हो। उसे यह भी लगा जैसे कोई उसके दिल में कुआँ खोद रहा हो। उसे पत्थर, रेत तथा कड़ी चट्टानों के अलावा अपने चारों ओर कुछ दिखायी नहीं दे रहा था।

ठक! ठक! ठक!

उसकी आँखों में रेत गिर रही थी। उसकी आँखें रेत से भर गयी थीं।

शाम के समय रहमत पठान वाकई आ पहुँचा। उसके साथ तीन और पठान भी थे। वे खपच्ची के दरवाजे पर ही उसका इन्तजार करते रहे। रहमत पठान घर के भीतर आया और सहन में खड़े-खड़े जोर-जोर से पुकारने लगा, "परसू, ओ परसू!"

अपने सर पर पल्लू थोड़ा नीचा करके परसू की माँ सहन में बाहर आयी। उसके हाथ में एक तिपाई थी। लम्बे-तड़ंगे पठान को देखकर वह थोड़ा सहमी। पठान अपनी पारम्परिक अफगानी वेशभूषा में था—सर पर सफेद पगड़, काली जैकट तथा सलवार-कमीज। वह सहन के बीचोंबीच खड़ा था।

फिर वह ऊँची आवाज में बोला, "मैं तो यों ही चला आया था। मैं परसू से मिलना चाहता हूँ। मुझे अपनी रकम वापस चाहिए।"

परसू भी बाहर चला आया और मिन्नत करता-सा बोला, "हम पर रहम कीजिए, सरकार! हम बहुत परेशानी में हैं।"

"माजरा क्या है?" पठान ने परसू की परेशानी का जायजा लेना चाहा।

"मेरा भाई सख्त बीमार है। डॉक्टर कह रहे हैं कि उसे इलाज के लिए वेल्लौर ले जाना होगा। मैंने इसी भाई के इलाज के लिए कुआँ खोदने का छोटा-सा ठेका लिया था ताकि कुछ पैसा बच जाए। पर मेरे पास बचा ही क्या है! अगर मैं आपको आपकी रकम लौटा दूँ, तो मेरे पास कुछ नहीं बचता।"

पठान कुछ देर तक चुप रहा। फिर बोला, "तो यह तुम्हारा भाई है जिसकी कैमोथेरापी होनी है। किसी ने मुझसे इसका जिक्र किया था।"

"हाँ, हाँ, उसका यही इलाज चल रहा है।"

पठान कुछ क्षण चुप रहा और फिर बोला, "मुझे अपने भाई से मिलवाओ तो सही। पर हम तो मुसलमान हैं। तुम्हारे सोनेवाले कमरे में मेरा जाना अखरेगा तो नहीं?"

"बिल्कुल नहीं। आइए, आइए। वह तो बिस्तर से उठ भी नहीं पा रहा।"

रहमत पठान ने अपना पग्गड़ उतारा और कमरे में दाखिल हो गया। कमरे का दरवाजा इतना नीचा था कि उसे झुककर दाखिल होना पड़ा।

दीये के प्रकाश में रहमत पठान ने देखा कि दामोदर एक छोटे-से बिस्तर पर पड़ा है। वह हड्डियों का ढाँचा हो रहा था। उसके शरीर पर मांस नाम-मात्र को था। उसका जीवन अँधेरी सुरंग बन गया था। उसकी आँखें उन दीयों की तरह थीं जिनका तेल खत्म होने को हो और जिनकी बातियाँ बुझने से पहले झकाझक जल रही हों। उसके सर के बाल बिल्कुल सीधे खड़े थे जिससे उसका सर शरीर की अपेक्षा बड़ा दिख रहा था। अपनी आँखों में हैरत भरकर रहमत पठान ने लड़के के चेहरे की तरफ देखा, फिर उसने उसके हाथों और पाँवों पर नजर डाली। उसने अपने दोनों हाथ ऊपर उठाये और बीमार लड़के के लिए दुआ माँगने लगा। फिर ऐसा भी लगा जैसे कि वह दामोदर से कुछ कह रहा हो। सहन में बाहर आकर उसने एक बार फिर अपने हाथ आसमान की तरफ उठाये और आँखें बन्द करके फिर दुआ माँगने लगा। बेशक, वह परसू के भाई के लिए दुआ माँग रहा था।

परसू और उसकी माँ सहन में खड़े यह सोच रहे थे कि देखे, पठान अब उनसे क्या कहता है?

पर पठान ने कुछ नहीं कहा। उसने केवल अपनी जेब से एक रूमाल निकाला। रूमाल में परसू की माँ की बालियाँ लपेटी हुई थीं। परसू को वे बालियाँ देते हुए बोला, ''रख लो इन्हें और मेरी बात सुनो। तुम्हें फौरन कर्ज की रकम लौटाने की जरूरत नहीं। तुमने कुआँ खोदकर वह रकम कमायी है। तुमने वह काम भी ढंग से किया है। तुम अब और कई कुएँ खोदोगे। जाओ, अपने भाई का बढ़िया-से-बढ़िया इलाज करवाओ। याद रखो, भाई खुदा की नियामत है। अगर तुम्हारा भाई तुमसे प्यार करता है तो समझ लो, सारी दुनिया तुम्हारे साथ है।''

यह कहकर रहमत पठान परसू के घर के खपच्चियों वाले दरवाजे से बाहर चला आया और अपनी साइकिल पर सवार होकर आगे बढ़ गया। उसके साथ आये और पठान भी जल्दी-जल्दी मुख्य सड़क की ओर बढ़ रहे थे और जल्दी ही वे ओझल भी हो गये।

रहमत पठान अपने पैसों की वसूली न कर सका। शहर के बीचोबीच किसी अनजाने हमलावर ने उसकी हत्या कर दी।

अनुवाद : श्रवण कुमार

नंगा शहर

विशालकाय कमरे के कोने में खड़े लड़के को देखकर उर्मिला भट्टाचार्य के मित्रगण एकसाथ चीख उठे।

"बाप रे! एकदम प्रेत जैसा लग रहा है।"

"कहाँ से आना हुआ?"

...इन सवालों ने लड़के पर कोई प्रभाव नहीं डाला।

दिल्ली के जाने-माने पत्रकार रूपचन्द्र ने कहा, "इसका मतलब कल ओखला जाकर तुम कुछ समाज सेवा कर आयी हो?"

उर्मिला ने पूछा, "आपको कैसे मालूम हुआ?"

"कॉफी हाउस में तुमने डा. इसमाईली और कृष्णा कपूर नाम की महिला से परिचय कराया था। उन्हें अपने छात्रों के साथ झोपड़पट्टी जाने की योजना थी। तुम भी उनके साथ जाने के लिए तैयार थी।"

उर्मिला ने सिर हिलाया। कुछ गम्भीर होकर उसने कहा, "मैंने सुना है कि भारतवर्ष में सौ में से पच्चीस लोग हरिजन हैं। मुझे पूरा विश्वास है कि अगर हम सब एक-एक छोटा-सा उपकार करें तो!"

"छोटा उपकार!" पत्रकार रूपचन्द्र ने कहा।

"सुनिए रूपचन्द्र महाशय, आप हमेशा कहते हैं कि यहाँ सब काम करनेवाले लोग कम और कहनेवाले ज़्यादा हैं। मैं जो कहती हूँ उसे करती भी हूँ। मतलब मैं लड़के को पढ़ाऊँगी और आदमी बनाकर दिखाऊँगी।"

अध्यापक ठाकुर चिल्लाकर बोले, "आदमी बनाओगी? लेकिन तुम हमलोगों के लिए खर्च करनेवाले समय में से कटौती की कंजूसी नहीं करना!" उर्मिला खिलखिलाकर हँसने लगी, "नहीं, नहीं, उसके लिए कहने की जरूरत नहीं। दो-

चार दिनों में वही सबके लिए मीठापान और सिगरेट लाया करेगा।''

पत्रकार रूपचन्द्र ने स्वाभाविक जिज्ञासा से पूछा, ''अब कहो! कहाँ से मिली यह चीज़? बढ़िया तरीके से वर्णन करने का एक विशेष गुण तुममें है...फिर।''

''सुनिए, उसे लाने की प्रेरणा मुझे बहुत दिन पहले से ही मिली थी।''

''बहुत दिन पहले?''

''हाँ। बहुत दिन पहले ही। उन दिनों मेरे पिताजी हाईस्कूल के हेडमास्टर थे। एक दिन शाम की खेल-कूदकर घर लौटने के बाद मैंने देखा कि पिताजी के पुराने मित्र डी. आई. तौफीक हुसैन बैठे हैं। फर्श पर एक तरफ बैठकर हमलोगों का नौकर लक्ष्मण कोयले से कुछ लिखने की कोशिश कर रहा था।...मैं पिताजी की दुलारी बेटी थी। उनके गले में बाँहें डालकर मैंने कहा था, ''उस लक्ष्मण को देखिए पिताजी, कोयले से कुछ लिख रहा है। आज तक वो अपना नाम भी ठीक से लिख नहीं पाया, देखिए, कैसे उसी के पीछे लगा है!''

तौफिक हुसैन मेरे तरफ देखकर मुस्कराए और एक हाथ बढ़ाकर कहा, ''बिटिया आओ। मेरे पास आओ। अभी तुमने क्या कहा कि उस नौकर ने अपना नाम तक लिखना नहीं सीखा?''

''हाँ।''

''यह तुम्हारी गलती है, बिटिया!''

''मेरी गलती?''

''हाँ, तुम्हारी गलती!''

चौदह-पन्द्रह साल की उस उम्र में तौफिक हुसैन की बात अच्छी तरह से समझ नहीं पायी थी लेकिन उनकी यह बात मैं भूली नहीं। पत्रकार रूपचन्द्र ने कहा, ''अब ऐसा कानून बन गया है कि इस तरह के छोटे बच्चों को घर में रखना अपराध माना जाता है।''

अध्यापक ने कहा, ''हाँ, वैसे उस कानून को भी थोड़ा बदल देना चाहिए। लेकिन तुम्हें यह लड़का कहाँ मिला?''

उर्मिला बोली, ''कल मैं अंग्रेजी विभाग की अध्यापिका कृष्णा के साथ ओखला की झोपड़पट्टी में गयी थी। आपलोग जानते ही हैं कि खाली समय मेरे लिए बहुत डरावना होता है। यहाँ तक कि कभी-कभी मैं नशे तक की बात सोचने लगती हूँ। कल वहाँ जब लड़के-लड़कियाँ सभी कामकाज के बाद अपने-अपने घर चले गये तो मैं और कृष्णा चाय पीने के लिए एक 'ढाबा' में पहुँचे। हरियाणा की राह पर ट्रक ड्राईवरों के लिए यह ढाबा बना था। दो कप चाय का आर्डर देकर हम दोनों लकड़ी के बेंच पर बैठ गये।...थोड़ी देर में चाय आयी। हमदोनों निश्चिंत

होकर चाय पीने लगे। ठीक उसी समय हमारे सामने एक भूत-सी औरत आकर खड़ी हो गयी।''

''भूत!'' चीख उठा पत्रकार रूपचन्द्र।

''हाँ उसे औरत कहते हुए मुझे शर्म महसूस हो रही थी।''

''जनकपुरी, निजामुद्दीन रेलवे स्टेशन के आस-पास और 'डबल डेकर' से गुरुद्वारा तक जानेवाली सड़कों पर इस तरह के आदमी की शक्लवाले हड्डियों के ढेर अकसर देखे जाते हैं,...लेकिन हमारे सामने खड़ी उस औरत का एक अलग रूप था।''

रूपचन्द्र की तरफ नज़र उठाकर उर्मिला ने कहा, ''उसका एक अजीब रूप था। हाथ-पैर सरकण्डे जैसा लेकिन सामने की ओर बढ़ता हुआ घिनौना पेट...गुड़ की बोरी जैसा पेट...। शरीर में कही भी मांस नहीं लेकिन उस हिस्से में...''

''छी: छी:!''

''सिर्फ यही नहीं उसके साथ प्रेत जैसे दो और भी थे। दोनों भूखे थे। वह औरत हमारे पास खड़ी होकर रिरियाने लगी—''इनका बाप हरियाणा जानेवाले ट्रक का ड्राईवर था, रौशनारा रोड पर एक आदमी को मारकर गायब हो गया है...कुछ पैसे दो।''

''कुछ पैसे चाहिए?'' कृष्णा गरज़कर बोली।

''कृष्णा को क्यों दोष दें! सुना नहीं, आजकल के पढ़े-लिखे लोग भी चिल्ला रहे हैं कि समझदार लोगों को भीख देकर एक घृणित और शर्मनाक व्यवसाय को जिन्दा रखना उचित नहीं है।...लेकिन आँखों के सामने ऐसा भूत आकर खड़ा रहे तो क्या किया जा सकता है! कोटरों में फँसी आँखें? गुड़ की बोरी जैसा पेट। सुनिए, मैं कुछ देर तक उसकी शक्ल देखती रही। वह तब तक बस ड्राईवरों के लिए रखी गयी लकड़ी के एक बेंच पर में बैठ गई। उसकी नाक के दोनों तरफ पसीने की बूँदे चमक रही थीं और वह हाँफ रही थी। और दिन होता तो ढाबा का मालिक उसे कुत्तों की तरह दुत्कार देता, लेकिन इस समय कोई उससे उलझना नहीं चाहता था। इस ईंट-पत्थरों की नगरी में, जहाँ दूसरों के दुख में दुखी होनेवाले बिरले हो गये है, जहाँ लोग सिर्फ अपने बारे में ही सोचते-जीते हैं, वहाँ भी क़भी-कभी क़ोई दृश्य आदमी को चुप करा देता है।...वह औरत ठीक उसी प्रकार की दृश्य थी।''

पत्रकार रूपचन्द्र चिल्ला उठा, ''उसके बाद?''

''उस औरत ने अब हाँफना छोड़कर हम दोनों की तरफ इशारा करके ज़ोर-ज़ोर से कहा, तुमलोगों के हाथों में किताबें हैं, कन्धों पर झोला है, जरूर बच्चों को पढ़ाती हो। ले जाओ, मेरे इस लड़के को अपना नाम लिखने लायक बना दो। तुमलोग

पढ़े-लिखे विद्वान हो, हम हरिजनों के हाथ से पानी पीने में ज़रूर तुमलोग संकोच नहीं करोगी। खादी के कपड़े पहनने वाले एक राष्ट्रभाषा के प्रचारक ने मेरे हाथों से गरम पानी पीया था। ले जाओ, यह लड़का तुम्हारे नहानेवाला पानी भी गरम कर देगा।''

ढाबे का मालिक और उसके सारे नौकर दाँत निकालकर जोर-जोर से हँसने लगे। वह औरत चिढ़ गयी। मार खायी हुई बीमार कुतिया की तरह वह चिढ़कर बोली, ''तुमलोगों को आदमी कहने में शर्म आती है। क्या तुमलोग सचमुच आदमी होने लायक हो? तुमलोगों के घर में माँ-बहन नहीं है? अगर है और उन्हें इस तरह नमक की बोरी उठाये पिटना पड़े तो क्या करोगे? तुमलोग नपुंसक हो। तुमलोग आदमी हो ही नहीं सकते!''

इतनी सारी बातें कहकर वह फिर हाँफने लगी। फिर वह धीरे-धीरे उठने की कोशिश करने लगी।

अब तक हमलोग चुपचाप बैठे थे। थोड़ी देर बाद मैंने उससे कहा, ''लाओ, अपना लड़का मुझे दो, कुछ और न सही मैं उसे राष्ट्रभाषा जरूर सिखाऊँगी, 'किंग्सवे कैम्प' के हरिजनों के साथ वह भी इम्तहान में बैठ सकेगा।'' कृष्णा घबराकर चीख उठी, ''क्या करती हो! दिल्ली जैसे शहर में इस तरह सड़क से अनजान लड़कों को उठाकर अपने घर ले जाना कितना खतरनाक हो सकता है, जानती हो? निजामुद्दीन की उस अध्यापिका को कैसे मार डाला, सुना नहीं तुमने?''

''मैं उस समय कृष्णा की बातें सुनने के लिए तैयार नहीं की। आगे बढ़कर मैंने लड़के का हाथ कसकर पकड़ लिया। वह माँ की आँचल में मुँह छुपाने की कोशिश कर रहा था। वैसे वह उतनी कम उम्र का लड़का नहीं था जैसा कि मैंने सोचा था। ढाबा के हट्टे-कट्ठे पंजाबी मालिक ने कहा, ''पास में ही पुलिस चौकी है। वहीं लिखा-पढ़ी करके ले जाइए। बीच सड़क से इस तरह किसी के लड़के को लेकर जाना ठीक नहीं।'' पुलिस का नाम सुनकर वह औरत बोली, ''गोरा साहब ने हरिजन होने के बावजूद मेरे आदमी को प्यार से गाड़ी चलाना सिखाया था। लेकिन वह किसी आदमी को मारकर गायब हो गया है। पुलिस तीन बार झुग्गी में जाकर पूछताछ कर आयी है।''

पंजाबी ढाबेवाले ने चिल्लाकर कहा, ''भाग,आप इसकी बातों में न आइए! फिर एक अलग कहानी है कि मैं उसे यहाँ ले आयी।

रूपचन्द्र और ठाकुर ने एक बार फिर उस लड़के को सिर उठाकर देखा।

पत्रकार रूपचन्द्र ने कहा, ''सिर्फ कलकत्ता शहर में एक लाख बीस हज़ार लोग फुटपाथ पर सोते हैं। क्या आपने दलित साहित्य पढ़ा है?''

ठाकुर ने सहमति से सिर हिलाया।

"उर्मिला, क्या तुमने शायद हरिजन कवि नारायण सुर्वे, अरुण कामवे और नामदेव ढसाल की कविताएँ नहीं पढ़ी है। वे अब नयी सुबह का स्वप्न देख रहे हैं। इसलिए हरिजन कवि ने लिखा है,

"How will they stop minds
gone allaze,
no more reasoning now,
unreason helps a lot
once the horizon is red
what's wrong in keeping doors open?"

अध्यापक ठाकुर, पत्रकार रूपचन्द्र और उर्मिला का व्यक्तिगत जीवन सुखी नहीं था। लोग कहते हैं वह खूबसूरत औरत जो श्रीनिवास मिल में नौकरी करती थी, इस फटेहाल पत्रकार के लिए नहीं थी। पत्रकार के साथ पहाड़गंज की बरसाती और झोपड़ियों में रहते-रहते उसका फूल-सा शरीर सूरज के ताप से झुलस गया था। मार्च महीने की धूल ने उसके शैम्पू से धूले रेशमी बाल...ओह, बेचारा पत्रकार!

अध्यापक ठाकुर भी रौशनारा रोड की एक बरसाती में रहते थे। बीबी-बच्चों के साथ उन्हें दो कमरों में सुअर के झुण्ड जैसा रहना पड़ता था, और फिर अपने माँ-बाप के लिए भी खर्चा भेजना पड़ता था। इस शहर में पढ़ानेवालों के प्रति श्रद्धाभाव धीरे-धीरे कम होता जा रहा है। बूढ़े मालिक की मृत्यु के बाद नया मालिक अध्यापक ठाकुर को घर खाली करने के लिए बार-बार कह रहा था। नया मालिक पुराना घर तोड़कर नया बनाना चाहता था। दलाल के पास जाकर घर ढूँढ़ने की हैसियत अध्यापक की नहीं थी। घर ढूँढ़कर पूरी दिल्ली में मारे-मारे फिरने के बीच समय निकालकर उर्मिला के यहाँ बैठना और बातें करना उन्हें एक तरह का सुख देता था। उनके लिए यही थोड़ा समय होता था जब वे वर्षों पहले लखनऊ विश्वविद्यालय से पहला स्थान प्राप्त करते समय देखा हुआ सुनहरा सपना दोबारा देख सकते थे। उर्मिला के घर में अध्यापक ठाकुर बिलकुल सहज होकर बैठ सकते थे। क्लास में उन्हें हमेशा बेमन से पढ़ने आनेवाले छात्रों के झुण्ड का सामना करना पड़ता था। वे क्लास में बैठकर सिगरेट पीते रहते थे। कुछ वर्ष पहले तक उनके पास लड़के कामू के दर्शन के बारे में पूछने और जानने आते थे, वे उनके साथ दर्शन सम्बन्धी बहस करते थे। आज के लड़के उनके साथ कोई बातचीत नहीं करते। वे उनके अस्तित्व को ही नहीं मानते। कुछ दिन पहले ही कक्षा के दरवाज़े पर अध्यापक के पैरों में एक बीयर की बोतल टकरायी थी। अध्यापक ने कहीं पढ़ा था कि निराशा, हताशा, मन की खुशी, दोस्तों

को साथ देने, साथ में विलासिता के लिए भी आजकल के छात्र अनेक प्रकार का नशा करते हैं।

दिल्ली में उर्मिला सिर्फ तीन साल से थी। वह विश्वविद्यालय के हिन्दी-विभाग में पढ़ाती थी। अब भी उसकी 'प्रोवेशन' की अवधि खत्म नहीं हुई थी। एक भयानक दुर्धटना ने उसकी जिन्दगी ही बदल डाली। विश्वविद्यालय में अंग्रेजी पढ़ानेवाले उर्मिला के पति उच्च शिक्षा के लिए विदेश जाकर वापस नहीं आये। वहाँ से आनेवाले उनके दो-चार दोस्त एक फ्रेंच महिला के साथ उनके सम्बन्धों को लेकर रोचक और घिनौनी कहानियाँ विश्वविद्यालय में कहते फिरते थे। बड़े प्यार से सजाया हुआ घर-संसार जलकर राख हो जाने के बाद कुछ दिनों तक वह अपने भाई-बहनों के घरों में रहकर उपेक्षा और अनादर सहती रही। उर्मिला के माँ-बाप बहुत पहले ही गुज़र चुके थे। बाद में पढ़-लिखकर दिल्ली में नौकरी करना, यह एक दूसरी कहानी थी।

बहुत सारी कड़वे अनुभवों से गुज़रकर आख़िर उर्मिला ने एक फैसला किया था। उसने राख हो चुके अपने संसार को नये सिरे से गढ़ने का संकल्प ले लिया था। उसका मन शिकारी की तरह हो गया था। हर पुरुष के अन्दर वह अपने प्रियजन को ढूँढ़ती फिरती थी।

बहुत देर तक पत्रकार रूपचन्द्र सोचते रहे कि अब अध्यापक ठाकुर उठकर अपने घर जायेंगे और यही उम्मीद ठाकुर भी रूपचन्द्र के लिए करते रहे। आखिर कोई भी पहले उठकर नहीं गया। इस समय जैसे दोनों एक-दूसरे के दुश्मन हो गये थे। वैसे दोनों अच्छे दोस्त हैं लेकिन ऐसे समय में दोनों एक-दूसरे के दुश्मन बन जाते हैं। रात को साढ़े आठ बजे तक गपशप चलती रही। पंचम जॉर्ज के दिल्ली दरबार से शुरू होकर यशपाल, सआदत हसन मंटो और शमशेर बहादुर सिंह की कविताओं तक खूब बहस हुई। फिर दोनों साथ ही नीचे उतर गये।''

यह सन् 1974 की दिल्ली थी। अब तो इसे एक कुख्यात शहर माना जाता है। दोनों को मुख्य दरवाज़े तक छोड़ने के लिए उर्मिला नीचे उतर आयी थी। इसके बाद ऊपर जाकर उन्होंने अन्दर से दरवाज़ा बन्द कर लिया।

एक दिन उर्मिला किंग्सवे कैम्प के हरिजन विध्यालय में जगन्नाथ को दाखिला दिलाने के लिए पहुँची। कुछ दिनों तक वह उम्मीद करती रही कि जगन्नाथ की माँ हालचाल पूछने आएगी, लेकिन कोई भी जगन्नाथ के बारे में जानने नहीं आया।

झुग्गियों में जाकर राष्ट्रभाषा सिखानेवाले हिन्दी शिक्षक विष्णु प्रभाकर के साथ उर्मिला की अच्छी जान-पहचान थी। किंग्सवे कैम्प जाकर उर्मिला और जगन्नाथ ने उनसे मुलाकात की।

हिन्दी पण्डित ने कहा, "यह बहुत अच्छी बात है। पढ़ी-लिखी औरतों से हम ऐसी ही आशा रखते हैं। कुछ दिन पहले ही भावनगर की हरिजन महासभा में प्रधानमन्त्री ने कहा था कि हरिजनों की माँगें पूरी करने के लिए वे हर प्रकार से उनका साथ देंगे।"

"मैं हफ्ते में दो दिन जाकर उसे पढ़ा आऊँगा। तुम कॉपी-किताब तैयार रखो। देखो, ज़रा मेरे हाथ-पैर देखो। झुग्गियों में जाकर हरिजन बालकों को पढ़ाते-पढ़ाते मेरे हाथ-पैरों में कैसी विचित्र परत चढ़ गयी है। तुम्हें डरने की ज़रूरत नहीं, क्योंकि तुम्हारे शरीर में ऐसी परत नहीं चढ़ेगी।" विष्णु प्रभाकर दाँत निकालकर हँसने लगे। उर्मिला को विष्णु प्रभाकर की बातें ठीक से समझ में नहीं आयीं।

अन्य छात्रों की तरह जगन्नाथ ने पढ़ना शुरू कर दिया। विष्णु प्रभाकर हफ्ते में दो-बार आकर उसे पढ़ा जाते थे। एक अजीब से उत्साह के साथ उर्मिला भी खाली वक्त में उसे पढ़ाने लगी। एक महीने तक उसकी खबर पूछने कोई भी नहीं आया। वैसे उर्मिला को जगन्नाथ के घरवालों का यह रवैया बुरा नहीं लगा।

एक दिन अध्यापक ठाकुर ने कहा, "अब मुझे पूरा विश्वास हो गया है कि तुम उसे आदमी बना सकोगी। हमलोगों के इस शरीर मे विशेष शक्ति छुपी रहती है, पर कभी-कभी यह हम भी नहीं जानते।" उर्मिला ने मज़ाक में कहा, "सड़क से उठाये सोना को निखारने में बहुत समय की ज़रूरत है। जब वह हम सबको, अच्छी तरह से पहचान लेगा, तब शायद वह आपका हर समय इस घर में आना जाना पसन्द नहीं करेगा!"

अध्यापक ने एक गहरी दृष्टि से उर्मिला की तरफ सिर उठाकर देखा। ये अन्तर्भेदी दृष्टि के अन्दर का क्षतस्थान को छू गयी।

दो महीने के बाद एक दिन उर्मिला ने अपनी कक्षा के पासवाली सीढ़ी पर जगन्नाथ की माँ को बैठे हुए देखा। लगभग चिल्लाकर उर्मिला ने पूछा, "इतने दिनों तक कहाँ थी तुम? जगन्नाथ तुम्हारा सगा बेटा नहीं है क्या?"

"क्यों नहीं मेमसाब!"

"तो क्या उसे ले जाने के लिए आयी हो?"

"लेने क्यों आऊँगी, मेमसाब?"

उसका जवाब सुनकर उर्मिला निश्चिन्त हुई। उर्मिला ने ध्यान से देखा कि इन छह महीने में इस औरत में काफी परिवर्तन हो गया था।

उसने फटे-पुराने लेकिन साफ कपड़े पहन रखे थे। उस दिन के हाहाकार वाला कोई चिह्न नहीं था। पेट भी पिचका हुआ था। शायद अब तक बच्चा-वच्चा पैदा हो गया होगा।

"जगन्नाथ का बाप वापस आया या नहीं?"

उसने ना में सिर हिलाया। अब क्या पूछा जाए?

"आजकल कहाँ रह रही हो?"

"मिण्टो पुल में काम चल रहा है। मैं ठेकेदार के लिए काम करती हूँ।" व्यस्त औरत की तरह उसने कहा, "मेरे पास 'टाइम' नहीं है। पुरानी साड़ी-ब्लाउज वगैरह है क्या? कुछ पैसे भी दे दो।"

उर्मिला से विदा लेकर वह जाने लगी। जगन्नाथ भी दूधवाले 'बूथ' तक माँ के साथ-साथ गया। छत में खड़ी होकर उर्मिला ने देखा कि वह औरत जगन्नाथ को अपने कपड़े दिखा रही थी और जैसे उसे विश्वास दिलाने की कोशिश कर रही थी कि यह देख, मैं कितनी दुखी हूँ! फटे-पुराने कपड़ों से गुज़ारा कर रही हूँ।"

थोड़ी देर के बाद जगन्नाथ वापस आ गया। फिर वह उर्मिला के लिए चाय-नाश्ता बनाने में व्यस्त हो गया।

छत में बैठकर दोनों ने चाय-नाश्ता किया। फिर जगन्नाथ ने कहा, "आपके मेहमान लोग आनेवाले हैं। उनके आने तक मुझे थोड़ा-सा पढ़ा दीजिए।"

छत में खुले आसमान के नीचे दोनों कॉपी-किताब लेकर बैठ गए इस समय उर्मिला को यह परिवेश बहुत सुन्दर-सा लगा। टेलीविजन के तार पर कुछ कबूतर बैठे थे। रौशनारा बाग की तरफ से चमगादड़ों का एक झुण्ड उड़कर वहाँ पहुँचा था, वे आसमान पर बिलकुल छा गए थे।

अचानक उर्मिला ने दरवाज़े पर किसी-की दस्तक सुनी। जगन्नाथ ने जाकर दरवाज़ा खोल दिया।

गणित पर शोधकार्य करनेवाला उर्मिला का पुराना दोस्त यशवन्त दरवाज़े पर खड़ा था। कुछ साल पहले उसके साथ उर्मिला का बहुत अच्छा सम्बन्ध बना था। उस दोस्ती ने इतना गहरा रूप ले लिया था कि कभी-कभी उर्मिला उसके साथ मिलकर अपने टूटे हुए संसार को फिर से बसाने का सपना देखने लगती थी।

विश्वविद्यालय के कला विभाग में ही उस गणित के अध्यापक से उर्मिला का परिचय हुआ था। वह लाहौर से आया हुआ शरणार्थी था। उर्मिला को याद है, वह अप्रैल का महीना था। दिल्ली को गुलमोहर के फूलों से रंगीन कर देनेवाला महीना था। एक दिन लेडी श्रीराम कॉलेज के सेमिनार में वह भाग लेने गयी थी सेमिनार के बाद काफी देर तक गपशप करने के बाद लौटते समय शाम हो चुकी थी। बसें भी कम चल रही थीं। उसने एक बार सोचा कि किसी से लिफ्ट ले ले। आजकल सभी लिफ्ट लेते हैं। लिफ्ट लेकर यहाँ-वहाँ जानेवाले छात्रों की अनेक रामांचक और डरावनी कहानियाँ दिल्ली जैसे शहर में हर समय सुनी जाती हैं। लेकिन

सड़क में खड़े होने के बाद अँधेरी रात के भयानक माहौल के बारे में सोचकर डर लगने लगा। एक फिएट उसके सामने से गुज़री उसने हाथ उठाया लेकिन गाड़ी नहीं रुकी। एक और गाड़ी आ रही थी वह सोचने लगी, क्या रोकना चाहिए? रोक ले?

उर्मिला ने हाथ उठाया। चालक ने ब्रेक लगाकर उसके बिलकुल पास गाड़ी रोकी। एक घने बालोंवाला, काले फ्रेम के चशमेवाला व्यक्ति गाड़ी चला रहा था। सामने का दरवाजा खोलकर उस आदमी ने पूछा, "कहाँ जाएँगी आप?"

"माल रोड तक।"

घर कहाँ है? घर में कौन-कौन है? नहीं, नहीं यह प्रश्न उस आदमी ने नहीं किया था। महानगर के वातावरण से बहुत अच्छी तरह से उर्मिला परिचित हो चुकी थी। इस शहर में लोगों के मन में आग्रह, अनुभूति सबकुछ सूख चुका था। इन दिनों सबका मन जैसे डूबते हुए सूरज की तरह निराशा से भरा हुआ था।

आई. टी.ओ. और इण्डिया गेट की भीड़ को पार कर गाड़ी रिंग रोड से चलने लगी। अचानक उस आदमी ने सीधे बैठकर उर्मिला की बाँहों को देखा। पसीने से भीगी हुई थीं उसकी दोनों बाँहें। अब वह सज्जन बार-बार उर्मिला के सुन्दर बाँहों को देखने लगा। उर्मिला ने सोचा कि इसी जगह पर गाड़ी रोकने के लिए कह दे? लेकिन इतनी भीड़-भाड़ में बस पकड़ पाना भी उर्मिला के लिए सम्भव नहीं था। क्या किया जाए फिर!

"मैडम!"

"हाँ, हाँ यही रोक दीजिए।"

अब तक उर्मिला के शरीर का कुछ हिस्सा बिलकुल भीग गया था।

"क्या आपको मैं यही उतार दूँ?"

"जी हाँ, जी हाँ! उर्मिला ने ज़ोर से सिर हिलाते हुए कहा।

"लेकिन?"

"क्या?"

ब्रेक लगाने के साथ-साथ उर्मिला बिलकुल कूदकर गाड़ी से उतर गयी। शायद वह अनजान व्यक्ति भी गाड़ी से उतरकर कुछ दूर उसके साथ चला था। बहुत दूर तक उसकी आवाज़ उर्मिला का पीछा कर रही थी। काफी देर तक तेजी से चलने के बाद महाराणा प्रताप की मूर्ति के नीचे खड़ी होकर वह हाँफने लगी। उसने देखा कि अब उस गाड़ी ने उसका पीछा करना छोड़ दिया था। सिर के ऊपर अखण्ड शक्ति के साथ राणा प्रताप खड़े थे, अब कोई डर नहीं था। कोई चिन्ता नहीं थी।

थोड़ी देर के बाद उर्मिला पास के बस स्टाप पर खड़ी हो गयी, उसने वहाँ

दो-तीन लोगों के बीच एक पुरुष को देखा। कला विभाग, कॉफी हाउस और शोध-कक्ष में दो सालों से उर्मिला उस आदमी को देख रही थी।

आगे बढ़कर उस आदमी से परिचय होनेवाली बात भी बहुत अजीब-सी थी। बहुत आग्रह के साथ उसने उसे घर पहुँचाने की ज़िम्मेदारी ली थी। दोनों साथ ही बस में चढ़े थे। पुरानी पहचानवाले व्यक्ति से बातें करने के अन्दाज में उसने उर्मिला से मज़ाक किया था, "बस से उतरकर घर जानेवाली सड़क पर एक रेस्तराँ है न?"

"उस रास्ते पर क्या-क्या है, कभी गौर से नहीं देखा है?"

"उसी रेस्तराँ में प्रताप सिंह के अपहरण का षडयन्त्र रचा गया था।"

उर्मिला चीख उठी थी, "उसी रेस्तराँ के सामने से मैं हमेशा आती-जाती हूँ"

इसके बाद दोनों के बीच एक करीबी रिश्ता बना था। लाइब्रेरी, शोध-कक्ष, कॉफी हाउस, इण्डिया इण्टरनेशनल सेण्टर, सब जगह दोनों साथ-साथ आने-जाने लगे थे। एक दिन शादी के बारे में पूछने पर यशवन्त ने कहा था, "ईसाइयों के धर्मग्रन्थ में लिखा है कि कुछ लोग माँ के पेट से ही नपुंसक पैदा होते हैं, कुछ लोगों को दूसरे लोग नपुंसक बना देते हैं। यह बात जैसी मर्ज़ी वैसे समझी जा सकती है।" इतना कहकर यशवन्त ठहाका लगाकर हँसा था। उसकी उम्र तीस साल की हो चुकी थी। दो बहनों की दहेज के साथ शादी करने की जिम्मेदारी उसके सिर पर थी।

दो साल तक बहुत सोचने के बाद उर्मिला को विश्वास होने लगा था कि यशवन्त ही वह पुरुष है जो उसके टूटे संसार को जोड़कर नया रूप दे सकेगा। यशवन्त के मुँह से यही बात सुनने के लिए वह इन्तज़ार करती रही। आखिर यह इन्तज़ार हताशा में बदलने लगा। अपने मन के साथ एक तरह का विद्रोह करके उर्मिला ने यशवन्त से मिलना-जुलना छोड़ दिया था।

इसलिए इस समय यशवन्त को दरवाज़े पर देखकर उर्मिला कुछ निराश हुई, सिर्फ थोड़ी देर के लिए। मगर इतने दिनों की निराशा के बाद आशा की एक लहर-सी अचानक दौड़ गयी।

"खड़े क्यों हो? आओ, अन्दर आ जाओ।"

"पहले एक कप चाय पिलाओ। डिफ़ेन्स कॉलोनी से पैलेस सिनेमा होकर रौशनारा रोड से स्कूटर चलाकर यहाँ तक पहुँचना या किसी लड़ाई में जीतकर आना, एक ही बात है।"

उर्मिला चाय बनाने के लिए अन्दर चली गयी। जगन्नाथ ने उसकी सहायता कर दी।

आमने-सामने बैठकर चाय पीते समय उर्मिला को लगा जैसे यशवन्त कुछ चिन्तित है, क्या वह कुछ कहना चाहता है? अचानक उर्मिला खड़ी हो गयी। फिर

चिल्लाकर बोली, ''जगन्नाथ, अन्दर मत आना, हम कुछ जरूरी बातें कर रहे हैं।''

चाय की चुस्कियाँ लेते हुए बहुत देर तक यशवन्त उर्मिला का चेहरा देखता रहा। यह चेहरा, यह बाल, सुन्दर स्वास्थ्य, आँखों के नीचे उम्र और संघर्ष के निशान...।

बहुत देर तक दोनों चुपचाप बैठे रहे। धीरे-धीरे बाहर का हो-हल्ला कम होता गया। नीचे की दुकानें बन्द होने की आवाज़ आने लगी। अब उर्मिला कुछ बेचैन होने लगी। उसके बिखरे हुए जीवन को बनाने का सपना आज ही साकार हो जाए या फिर इसी क्षण चूर-चूर हो जाए। कुछ ज़रूर हो, आज...इसी समय कुछ हो जाए!

यशवन्त ने कहा, ''हमलोगों की जान-पहचान बहुत पुरानी हो चुकी है, क्यों?''

उर्मिला चुप रही।

''सुनो, क्या हम और थोड़ा-सा पास-पास नहीं रह सकते?''

उर्मिला ने एक तीखी नज़र से यशवन्त की तरफ देखा।

फिर कहा, ''इसका मतलब सबकुछ बिल्कुल साफ हो गया है, औरतें हमेशा चाहती हैं कि उसे आश्रय मिले, उसे भरोसा मिले!''

''उर्मिला, उर्मिला!!''

नहीं, नहीं, उर्मिला और कुछ भी नहीं सुनता चाहती। कुछ देर में उत्तेजना कम होने पर उर्मिला की आँखें भर आयीं।

यशवन्त ने अपनी कुर्सी उर्मिला के पास खींच ली। उसकी पीठ पर बड़े प्यार से वह हाथ फेरने लगा, फिर उसने कहा, ''सुनो उर्मिला, मैं इसलिए तुम्हारे पास नहीं आया हूँ।''

जैसे दो हाथ की दूरी पर उर्मिला उछल पड़ी।...आसानी से छोड़नेवाला आदमी यशवन्त नहीं था।...वह आगे बढ़ा।

''ऐसा किसने कहा कि मैं तुमसे दूर हो जाऊँगा? मैं इस बन्धन को और मज़बूत करना चाहता हूँ।''

''और मज़बूत?'' उर्मिला की दिल की गहराई से ये शब्द प्रतिध्वनित हुए। ''तुम यह बन्धन कैसे मज़बूत बनाओगे?''

एक जंगली जानवर की तरह यशवन्त उछलकर बैठ गया, ''यू गिव मी सेक्स!''

''सेक्स! क्या यही सबकुछ है?''

एक पल के अन्दर क्या घटा, उर्मिला को अच्छी तरह से याद नहीं था। आँखें

खोलकर उसने देखा था, मेज के पास एक शीशे का गुलदस्ता चूर-चूर होकर बिखरा पड़ा था। कब जगन्नाथ अन्दर आया और टूटे शीशे बटोरने लगा था उर्मिला नहीं कह सकती, जगन्नाथ का हाथ कट गया था, लेकिन उसने उस तरफ ध्यान नहीं दिया था। हाथ से खून बहने लगा था, उर्मिला ने पागल की तरह दौड़कर अपनी साड़ी के आँचल से उसकी उँगलियाँ दबाकर पकड़ ली थीं। उसकी दोनों आँखें भर आयी थीं। इस छोटे लड़के के सामने उसने अपनी आँसू छुपाने की कोई कोशिश नहीं की। इस क्षण में जैसे वह लड़के की माँ की तरह ममतामयी बन गयी। जैसे इस माँ के सामने उर्मिला निःसंकोच भाव से रोने लायक बन गयी।

एक तरह की आत्मग्लानि और विद्रोह के भाव ने उसके मन के किसी गुप्त कोने में बसे दुःख और यन्त्रणा को किसी तरह से दबाकर रखा था। एक हरिजन लड़का ही इस समय उसके मन को समझनेवाला माध्यम बन गया।

''जगन्नाथ, झटपट जाकर थोड़ी-सी कॉफी बना ला। हमदोनों बालकनी में बैठकर कॉफी पीऐंगे। यह बहुत ही गन्दी दुनिया है। फिर भी हम जिन्दा रहेंगे, आ, मेरे पास आकर बैठ।''

थोड़ी देर के बाद दोनों बालकनी में आमने-सामने बैठकर कॉफी पीने लगे। हाँ, जैसे थोड़ी देर पहले कुछ भी नहीं घटा था। यह दिल्ली महानगरी में रोज़ होनेवाली दुर्घटना जैसी ही थी। किसी स्ट्रीट लाइट की रोशनी की तुलना में दूर का रौशनारा बाग अँधेरे में डूबा हुआ लगा।

अचानक किसी की तेज आवाज़ सुनायी दी, ''मैडम, हमलोग आये हैं, दरवाज़ा खोलिए।''

सीढ़ियाँ चढ़ते हुए पत्रकार रूपचन्द्र और अध्यापक ठाकुर पहुँचे।

फिर कॉफी बना। गपशप चलती रही। आज उर्मिला काफी उत्साहित लग रही थी, इसलिए दोनों ही आसानी से उठकर जाना नहीं चाहते थे। अध्यापक ठाकुर ने अतीत की कहानी शुरू कर दी,

''गयार जब उप कुलपति थे तो दिल्ली विश्वविद्यालय का माहौल ही अलग था। मेरा इण्टरव्यू लेने के बाद उन्होंनें बोर्ड के एक अन्य सदस्य को इशारा करके कहा था, ''यू वुड नॉट बारगेन विद हिम।''

छोटे से कदवाले उस आदमी के ठहाके की गूँज...उनके ज्ञान की तरह गहरी और बच्चों की तरह मासूम थी, कितना मधुर संयोग था...ओह जैसे एक युग बीत गया है...

सन् 1958 की वह विज्ञान काँग्रेस। आइज़नहावर आये। ड्यूक आफ एडिनबरा आए। विश्वविद्यालय के रजिस्ट्रार के मौजूदा दफ्तर के सामने शामियाना लगाया गया

था। अब वह विश्वविद्यालय के खेल का मैदान बन गया है, आपने ध्यान दिया होगा। और दिल्ली विश्वविद्यालय के अध्यापक संघ के चुनाव जीनते के लिए जनसंघियों और काँग्रेसियों ने एक बार क्या काण्ड किया था, याद है न! कम्यूनिस्ट लोग सिर्फ सोचते ही रह गये, जबकि विभाजन के उन भयानक दिनों में सच्चे मन से सिर्फ ये कम्यूनिस्ट ही लोगों की मदद में लगे थे। उनके द्वारा अपनी ज़िन्दगी को जोखिम में डालकर भी दूसरों को बचाने के बहुत से उदाहरण हैं।''

अब पत्रकार रूपचन्द्र ने भी बातों का सिलसिला शुरू कर दिया।

''एक समय दिल्ली ऐसा भाषाहीन महानगर नहीं था। मथुरा के माथुर ही दिल्ली के सबसे बड़े बुद्धिजीवी कहलाते थे। ये लोग अभिजात व्यवसायी थे। वे पण्डितों का मूल्य समझते थे। उस समय मुशायरा कहाँ होते थे जानती हो?''

''ओह लखनऊ का इत्र, मुँह में डालते ही रस बननेवाला पान और माथुर लड़कियों का कविता प्रेम! रूपचन्द्र कुछ-कुछ उत्तेजित हो उठा था।''

''ओह, शिफॉन और ज़री के कामवाली वे साड़ियाँ, हीरे की नथ और पानदान!''

''कहाँ खत्म हो गये वे दिन?''

ठाकुर ने भी जोश में कहा, ''हाँ, कहाँ ख़त्म हो गए वे दिन? राजनीति की दुर्गन्ध के बीच कहाँ गायब हो गयीं इत्र की सुगन्ध?...

ज़ोरो की आवाज़ के साथ नीचेवाली दुकानों के दरवाज़े बन्द होने लगे। चौकीदार लोहे की कील लगी हुई लाठी से सड़कों पर ठक्-ठक् आवाज़ करता हुआ टहलने लगा...कुछ समय के बाद ही यह सारा इलाका श्मशान की तरह सुनसान हो जाएगा।

पत्रकार रूपचन्द्र और अध्यापक ठाकुर के बीच हमेशा की तरह प्रतियोगिता चलने लगी, कौन पहले उठकर अपने घर जाय। ऐसे समय में दोनों एक-दूसरे के दुश्मन बन जाते थे। ठाकुर कुछ बेचैन होने लगा। उसका अपना घर-परिवार था, पत्नी थी, बच्चे थे, और देर होगी तो वे यहाँ तक ढूँढ़ते हुए चले आएँगे। आजकल उसकी पत्नी नाराज होकर बातें सुनाने लगती थी, ''आप रोज़ रोज़ उस अकेली औरत के पास गप्पबाज़ी करने जाना छोड़कर शाम को बच्चों की पढ़ाई नहीं देख सकते हैं?''

''ओफ् क्या ज़रूरत है, हाँ, क्या ज़रूरत है इस समय ऐसी बातों को याद करने की?''

''सुनो उर्मिला, मैं मॉरिस गयार की बात कर रहा था न?''

''हाँ, हाँ!!''

''दिल्ली विश्वविद्यालय के उस समय के उपकुलपति मॉरिस गयार दरअसल

मानद उपकुलपति थे। छोटे से कद के बिल्कुल ऋषि-मुनि जैसे आदमी थे। और उनकी बेटी मिराण्डा...''

पत्रकार रूपचन्द्र ने कहा, आप पुराने मैदान के सामने बने शामियाने की बात कर रहे थे...''

''हाँ, हाँ यह उसी समय की बात है जब वी. के. आर. वी. राव उपाध्यक्ष के पद पर थे, ड्युक ऑफ एडिनबरा आये थे, आइसनहावर आये थे, ओह, एक कप और कॉफी बनाने के लिए नहीं कहा जा सकता था क्या...तुम्हारे उस दुबले लड़के को?''

रूपचन्द्र को अध्यापक का यह प्रस्ताव अच्छा नहीं लगा, क्योंकि उस समय वे उर्मिला के साथ कुछ देर तक अकेले रहना चाहते थे।

आज पहली बार उर्मिला को ये दोनों आदमी बहुत गन्दे लगे। जैसे उसके सामने दो गिद्ध बैठे थे और वे धीरे-धीरे एक टुकड़ा मांस बनती जा रही थी। उसने लगभग चिल्लाकर कहा, ''जगन्नाथ, जा एक पॉट चाय फिर से बना ला।''

ठाकुर ने बड़े उत्साह के साथ शुरू किया, ''उन दिनों मैं हडसन रोड में रहता था।''

रूपचन्द्र ने कहा, ''हडसन! वह भयानक हडसन!!

''हाँ, हाँ, वही जनरल हडसन भारत के आख़िरी सम्राट बहादुर शाह को उसने ही गिरफ्तार किया था। दिल्ली गेट के पास स्थित ख़ूनी दरवाज़ा का नाम सुना है न, वहीं शोकमग्न सम्राट बहादुर शाह को बुलवाया गया था।...

शायद किसी समझौते की आख़िरी उम्मीद बँधाकर बुलाया गया था,

हाँ, वृद्ध सम्राट बहुत उम्मीदें लेकर आए थे...

वे हुडदार ऊँट-गाड़ी में चढ़कर आये थे। लाल किला से आजकल के मौलाना आज़ाद कॉलेज तक सम्राट आ गये थे। उसी जगह पर जनरल हडसन ने सम्राट के लिए एक उपहार भेजा था, सोने की थाली पर रेशमी चादर से ढँका...सम्राट ने वह चादर हटाकर क्या देखा था?''

ठाकुर ने उर्मिला और रूपचन्द्र की तरफ देखा। सबलोग बड़ी जिज्ञासा से सुन रहे थे।

''वह एक रोंगटे खड़े कर देनेवाला उपहार था। सम्राट के पुत्रों के कटे हुए सिर उस थाली में रखे थे।''

उर्मिला बिलकुल चुप हो गयी। रूपचन्द्र के भी मुँह से भी कोई आवाज़ नहीं निकली।

''रंगून के सदर बाज़ार के अठ्ठावन नम्बर बंगले के कोने में आज भी ज़फर

की कब्र है। पहले इस बंगले में कोई अंग्रेज कप्तान रहता था... ।'' कॉफी आ गयी। साथ-साथ बातचीत में भी नया उत्साह आया। ज़फ़र की शोकभरी कहानी को कॉफी की गरमी से दूर भगाने की कोशिश हुई।

अब नये सिरे से विश्वविद्यालय की कहानी शुरू हो गयी। एडविना माउण्टबेटन को जिस मकान में शादी का प्रस्ताव दिया गया था, उसकी बात होने लगी। आजकल यह मकान 'फाइनेंस फाइव' के रूप में उपयोग किया जाता है।

ठाकुर अपना एक हाथ ऊपर उठाते हुए ठहाका मारकर हँसने लगा, ''तुमलोग कभी 'फाइनेंस फाइव' तक गये हो? दोपहर के खाने के समय दो मोटी-मोटी बिल्लियाँ एक मेज़ से दूसरी मेज तक कूदती फिरती हैं, तुमलोगों ने देखा है कभी?''

''फाइनेन्स फाइव की मोटी बिल्ली!'' सबलोग ज़ोर-ज़ोर से हँसने लगे।

उर्मिला की हँसी अट्टहास जैसी सुनाई दी। रात को दस बजे तक ठाकुर और रूपचन्द्र के बीच प्रतियोगिता चलती रही। कोई भी पहले उठकर नहीं जाना चाहता था।

...ठीक उसी समय किसी ने दरवाज़े पर ज़ोर से लात जमायी। विकट आवाज़ से दरवाज़ा खुल गया। बुलेट की तरह आकर जगन्नाथ तीनों के बीच खड़ा हो गया। फिर उर्मिला को इशारा करके कहने लगा, ''नीचे वाली दुकान के लोग तुम्हारे बारे में बुरी बातें कहते हैं। मेरी माँ को पेट के लिए उन ठेकेदारों पर अड्डे पर बैठकर चाय-रोटी खानी पड़ती है। तुम्हारी ऐसी कोई मजबूरी नहीं है। फिर क्यों तुम इन हरामज़ादों के साथ आधी रात तक बैठकर गप्पें हो? क्यों? झुग्गी-झोपड़ियों की गन्दी औरतों और तुम्हारे बीच क्या अन्तर है?''

...इसके बाद बहुत कुछ हो गया।

जगन्नाथ चला गया।

उर्मिला के पुरुष दोस्तों ने इस बात को ज़्यादा महत्व नहीं दिया। सिर्फ अध्यापक ठाकुर ने एक दिन पूछा था, ''आख़िर तुम क्या करती! और थोड़ा-सा सोचकर देखो...धीरे-धीरे वह बड़ा होता, एक दिन वह जवान होता...फिर?''

इस सवाल का सामना करके कुछ देर के लिए उर्मिला भी किंकर्त्तव्यविमूढ़ हो गयी। ''हाँ, ठीक ही है। आखिर वह क्या कहती?''

रूपचन्द्र ने उर्मिला से विद्रूपता के साथ कहा, तुम संगमरमर के बने फर्श पर रहनेवाली औरत हो, झुग्गी-झोपड़ियों की भयानक स्थिति को नहीं समझ सकती। सुनो, जनकपुरी, तुर्कमान गेट की झुग्गियों में घूमते समय मेरे जूते घिस गये थे। मैं सबकुछ अच्छी तरह से जानता हूँ। झुग्गी बहुत खतरनाक जगह है, ''और वहाँ से उठाकर लाया हुआ लड़का... ?''

असहाय होकर उर्मिला ने सबकी बातें सुन ली। सच ही तो मन में यह भी सोचती रही कि दिल्ली के रूखे वातावरण में रहकर रूपचन्द्र ने यहाँ की कठोरता को अपना लिया है। इस वातावरण ने नब्बे फीसदी लोगों को प्रभावित किया है, तो ये लोग कैसे बच सकते हैं।

जगन्नाथ के चले जाने के बाद एक अजीब खालीपन उर्मिला को सालता रहा। इस खालीपन को भरने के लिए वह लाइब्रेरी में ज्यादा वक्त गुज़ारने लगी। एक दिन उसके दो-चार सहकर्मियों ने उसे याद दिलाया...''तुम्हारा प्रोबेशन पीरियड ख़त्म होनेवाला है। विभाग के अध्यक्ष से मिलकर तुम्हें बातचीत करनी चाहिए।''

उर्मिला विभाग के अध्यक्ष से मिलने गयी। पहाड़ बने फाईलों के ढेर से सिर उठाकर अध्यक्ष ने सवाल किया, ''तुम्हारा नाम उर्मिला भट्टाचार्य है? विभाग के सेमिनारों में कभी तुमने भाग लिया है?''

''बहुत बार भाग लिया है, सर!''

माथे तक अपनी आँखें चढ़ाते हुए विभागाध्यक्ष ने उसे देखा जैसे उसकी बातें विश्वास करने लायक नहीं हैं।

''आजकल क्या कर रही हो?''

''राम साहित्य में नारी पर शोधकार्य कर रही हूँ।''

''यह काम बहुत लोगों ने किया है।''

''यह सही है कि बहुत लोगों ने किया है, लेकिन सबके पास अपना वक्तव्य होता है। फिर उस ज़माने में भारतवर्ष में नारी पर जो घिनौने अत्याचार होते थे उसका उदाहरण दुनिया में और कहीं नहीं मिलता।'' विभागाध्यक्ष ने कुछ नई फाइलें निकाल लीं। उर्मिला को वहाँ ज़्यादा देर तक बैठे रहना निरर्थक लगा। कुछ देर के बाद वह कमरे से बाहर निकल आयी।

दिसम्बर का महीना। धूल से भरे हुए दिल्ली की मुख्य सड़क पर उर्मिला ने कदम रखा। उसे ऐसा महसूस हुआ जैसे उसके हाथ-पैर सूखकर खुरदरे हो गये हैं। कुछ साल पहले तक अपने आपको अलग-अलग प्रसाधनों से सजाने का उसे बेहद शौक था। आज कहाँ गयीं उसकी ये इच्छाएँ और सुन्दरता के प्रति रुचि! किसी भी तरह पहनी हुई साड़ी, पुरानी जूतियाँ और सूखी हुई केशराशि! जैसे धीरे-धीरे वह अपने से ही अनजान बनती जा रही थी।

...कहाँ जाना चाहती थी वह? इस समय वह कहाँ जाएगी?...धीरे-धीरे वह ओखला के बस स्टाप तक बढ़ने लगी।

भीड़ में बैठकर भी उर्मिला को लगा कि वह अकेली थी, बुरी तरह से अकेली हो गई थी। हर समय सिर्फ एक ही बात उसके कानों में गूँजती रहती, हाँ, जगन्नाथ

ने कहा था, "झुग्गी-झोपड़ियों में रहनेवाली औरतों और उसमें, उसका कोई अन्तर नहीं है।"

सेन्ट्रल सेक्रेटेरियट में बस बदलते समय भी उर्मिला ने अपने आपको पागल-सा महसूस किया। यह कैसी अनुभूति है? जब वह बच्ची थी, उसके पिता उसे अकेले सड़क पार करने नहीं देते थे, और आज? आज कितने रास्ते वह अकेली पार करती है। अकेलापन एक लाइलाज बीमारी की तरह हर समय उसका पीछा कर रहा था।

पता-ठिकाना उर्मिला के बैग में ही था। थोड़ी देर में उसने ओखला की झुग्गियों में कदम रखा। भूत-प्रेतों जैसे एक झुण्ड ने उसे घेर लिया। उन दिनों साफ कपड़े पहनकर झुग्गियों में घूमनेवाले लोगों को झुग्गीवाले जासूस समझते थे। तुर्कमान गेट और ओखला की झुग्गियों में रहनेवाले गरीब लोगों को हमेशा अपनी झोपड़ी उजड़ने का डर बना रहता था।

कुछ देर में एक बूढ़े ने उर्मिला को एक लकड़ी के दरवाज़े तक पहुँचा दिया। बूढ़ा आदमी झोपड़ी के अन्दर घुसा और एक औरत को साथ लेकर बाहर निकल आया। उर्मिला को पहचानने में देर नहीं लगी कि वही जगन्नाथ की माँ थी।

शर्म और आत्मग्लानि में डूबी हुई उर्मिला कुछ देर तक संकोच में खड़ी रही। वह खुद समझ नहीं पायी कि यह आत्मग्लानि इस समय क्यों हो रही हैं! जगन्नाथ की माँ ने कहा, "आप मेरे लड़के को पढ़ाने के लिए ले गयी थी न? अन्दर आएँगी आप? क्या इस तरह बाहर ही खड़ी रहोगी?"

उर्मिला ने कहा, "नहीं, मैं बैठूँगी नहीं। क्या वह फिर मेरे पास रहने आएगा?"

"कैसे कहूँ जाएगा या नहीं? आपलोगों और शराबियों की कसमों के बीच क्या कोई अन्तर है?"

दुबला-पतला मरियल-सा बूढ़ा गला खँखारता हुआ बोला, "कसम खाना भी ऐसे लोगों के लिए शौक की तरह है। बहुत सारे कड़ुवे अनुभवों ने शायद इस औरत को रूखा बना दिया है। फिर लड़का जब खुद ही चला आया तो उसमें किसी भी प्रकार का दर्द महसूस करने की ज़रूरत ही नहीं थी।"

जगन्नाथ की माँ ने कहा, "वैसे आपको अन्दर बैठाने की कोई अच्छी व्यवस्था नहीं है।"

उर्मिला ने व्यस्तता दिखाते हुए कहा, "मैं जानती हूँ कि तुमलोगों की हालत फिलहाल अच्छी नहीं है। लड़के का बाप भी शायद आज तक नहीं लौटा।"

साड़ी के आँचल से आँखें पोंछती हुई औरत ने कहा, "आपके पास से लौटने

के बाद से वह झुग्गियों के बदमाश लड़कों के साथ रहने लगा है। इतनी-सी उम्र में ही वह कहने लगा है कि दुनिया के सारे लोग ख़राब हैं। जिन्हें अच्छा कहा जाता है, वे भी सिर्फ नाटक करते रहते हैं।''

दूर आसमान में सूरज डूब गया। ओखला के इस झुग्गीवाले इलाके में चिथड़ों से बनी झोपड़ियाँ अब तूफान से टूटे हुए किसी खण्डहर जैसी लगीं।

''आप क्या इसी तरह बाहर खड़ी रहेंगी?''

''नहीं, मैं चलती हूँ, उसे आना हो तो भेज देना, मेरे घर का दरवाज़ा उसके लिए हमेशा खुला रहेगा।'' फिर अचानक जोर से उर्मिला ने उस औरत से कहा, ''मैं उसे पढ़ाने के लिए ही ले गई थी। कसम खाना मेरे लिए शौक की चीज़ नहीं थी!''

दिसम्बर महीने की बेमौसम बारिश शुरू हो गयी। एक दिन सुबह उर्मिला ने देखा कि दरवाज़े पर जगन्नाथ खड़ा था। पिछले चार महीने में जैसे उसकी उम्र बहुत बढ़ गयी थी। सूखे बाल और रूखा शरीर। फटे-पुराने कपड़े पहने हुए जगन्नाथ के मुँह से बीड़ी की बदबू आ रही थी।

''क्यों ऐसी हालत बना रखी है तूने?''

उसने कोई जवाब नहीं दिया। वैसे उसकी काख के नीचे दबी पोटली को देखकर उर्मिला समझ गयी थी कि जगन्नाथ अब रहने के लिए ही आया था।

लेकिन इस हरिजन लड़के और उर्मिला के बीच जो दीवार खड़ी हो गयी थी, वह टूटी नहीं। बल्कि वह दीवार पहले से ज्यादा मज़बूत होने लगी।

''तो क्या फिर से पढ़ाई करने के लिए आया है?''

उसने कोई जवाब नहीं दिया।

''इतने दिनों तक कहाँ रहता था?''

''निगमबोध घाट में।''

उर्मिला के मन में बिजली कौंध गयी। वही निगमबोध भारतवर्ष की एकमात्र जगह जहाँ सात मन की लकड़ी से एक आदमी को जला दिया जाता है। हाँ, यही जगह है जहाँ आदमी जलकर बिलकुल खत्म हो जाता है। यहाँ से अधजले शरीर को ले जाकर नदी में बहाना नहीं पड़ता। उसी जगह पर जगन्नाथ कुछ लावारिस लड़कों के साथ रहता था।

उर्मिला को लगा कि उसका गला सूखकर काठ-सा हो गया है।

क्या करे अब? उसे भगा दे?

नहीं, नहीं वह चाहती थी कि उसके पास कोई रहे!

इस निर्दयी शहर में उर्मिला किसी को नहीं जानती। विदेश में पढ़ने जाकर

गायब होनेवाला पति, अपने को लेकर व्यस्त रहनेवाले भाई-बहन, दोस्त बनकर दूसरे फायदे उठानेवाले रूपचन्द्र और ठाकुर और यशवन्त के बारे में सोचकर उर्मिला की दोनों आँखें भर आयी। उसके माँ-पिताजी बहुत नेक दिल इन्सान थे। एक संस्कार से भरे परिवेश में वह पली-बढ़ी थी।

नहीं, नहीं, वह क्यों जगन्नाथ को भेज दे? शायद सचमुच उसे इस रूखे शहर में सोना मिल गया है!

जगन्नाथ ने मुँह-हाथ धो लिया। पहलेवाली जगह में अपने कपड़े और सामान तरीके से रखा। अब सारे कमरों को देख लेने के बाद उसने एक गहरी साँस ली।

''आपने शायद घर-आँगन की सफाई करनी छोड़ दी थी!'' अपने मन से उसने पूरे घर में झाड़ू लगाना शुरू कर दिया। लकिन दोनों के बीच बनी हुई अदृश्य दीवार वैसे ही रह गयी। दिल्ली में बेमौसम बारिश तीन दिन तक चलती रही। ये तीनों दिन उर्मिला का हाल-समाचार पूछने कोई नहीं आया। पूरे दिन किताबों में डूबे रहना, शाम को बालकनी में बैठकर रौशनारा बाग से धीरे-धीरे उड़कर आते हुए चमगादड़ों के झुण्ड देखना और श्मशान जैसी रूप लेती अपनी कल्पना के साम्राज्य में विचरना ही उर्मिला का मुख्य काम था।

जगन्नाथ बीच-बीच में आकर पास खड़ा होता था। उर्मिला का चाय-नाश्ता और खाने की रुचि और समय के बारे में वह सब कुछ जानता था। वह उत्साह के साथ कहता कि इस साल की परीक्षा में सबको चौंका देगा!

चौथे दिन जगन्नाथ कुछ बेचैन-सा था। बारिश ने अब भी दिल्ली शहर को बिलकुल अपंग बना रखा था।

शाम के वक्त जब रौशनारा बाग के चमगादड़ों की उड़ने का वक्त हो गया था, तभी जगन्नाथ पैर पटकता हुआ बालकनी में आकर खड़ा हो गया। उखड़ी हुई आवाज़ में उसने कहा, ''निगमबोध में रहनेवाले हरिजनों के लड़के हिन्दी के पण्डित विष्णु प्रभाकर को पीटकर उनकी हड्डियाँ तोड़ देना चाहते थे।''

उर्मिला यह सुनकर बिलकुल चिल्ला पड़ी, ''हे भगवान्! उस निरीह व्यक्ति ने क्या बिगाड़ा है तुमलोगों का? अनपढ़ों के बीच वह आदमी क्या देवता जैसा नहीं था? बेचारे का घिसा हुआ जूता और फटी हुई खादी की पोशाक! क्या वे निस्वार्थ रूप में काम नहीं कर रहे थे?''

जगन्नाथ गरज़ उठा, ''तुर्कमान गेट और नज़फ़गढ़ में उनके पढ़ाये हुए लड़कों को नौकरी नहीं मिली है, जबकि उनके पास राष्ट्रभाषा की परीक्षा पास करने का प्रमाण-पत्र भी है।''

गुस्से से उसकी नाक के आसपास का हिस्सा लाल हो गया। बीड़ी पीने से

काले हो गये उसके होंठ बिलकुल घिनौने दिख रहे थे।

उर्मिला चुप रही। वह क्या कह सकती थी ? इन बातों का कोई जवाब उसके पास नहीं था।

उर्मिला को लगा जैसे वह लड़का एक जवान पुरुष का रूप धारण कर पूरे घर में बेधड़क घूम रहा है। आश्चर्य! उसने कहा, ''तीन दिनों तक आप घर में बैठी हैं, कोई आपका साथ देने नहीं आया? बहुत बुरी बात है न?''

उसने यही बात फिर से दोहरायी।

क्या कह रहा था वह ? दूध के दाँत भी नहीं टूटे हैं और यह बड़ों जैसा बोलने लगा है। क्या निगमबोध में रहकर यही सब सीखकर आया है ? हाँ, वही रहस्यमय निगबोध घाट!

शाम को जगन्नाथ घर से कहीं निकल गया।

रात के एक पहर तक जब वह वापस नहीं लौटा तो उर्मिला कुछ बेचैन हो उठी। छत के उपर चढ़कर वह नीचे देखने लगी। रिमझिम बारिश हो रही थी। सड़क किनारेवाली लाइट के सामने अब धुएँ की परत-सी पड़ गयी थी। रौशनारा बाग के चमगादड़ों के झुण्ड अब आसमान में छा गये थे, पूरा माहौल भारी-सा हो गया था। अचानक उर्मिला ने दो छायाएँ देखीं। मैदान का मोड़ पार कर वे इधर ही आ रही थीं। रास्ते में उनके अलावा और कोई भी नहीं था।

उर्मिला छत से नीचे उतर आयी। दरवाजे पर दस्तक की आवाज़ सुनाई दी।

दरवाज़ा खोलकर उर्मिला आश्चर्य से चीख उठी, सामने खड़ा गणित का अध्यापक यशवन्त 'रेन कोट' खोल रहा था और पास खड़े जगन्नाथ के मुँह से बीड़ी की बू आ रही थी।

आगे बढ़कर जगन्नाथ ने कहा, ''निगमबोध इलाके में घूमते समय यशवन्त साहब से मिला था, मैं कैदी की तरह पकड़कर लाया हूँ, कि भागने न पाए...मैंने इनसे कहा कि तीन दिन से आप भूत की तरह अकेली बैठी हैं।

''सुनिए आप मस्ती कीजिए। आप मज़ा लीजिए और मैं सीढ़ियों पर बैठकर पहरा दूँगा। सिर्फ वापस जाने से पहले आपके मेहमान मेरे टूटे डब्बे में दो-चार रुपये और सिक्के डाल जाएँ । मैं सीढ़ियों पर बैठकर पहरा देता रहूँगा॥''

अनुवाद : पापोरी गोस्वामी

❑❑❑